沈阳市作家协会 编

花开的声音

盛京文学网2015卷

中国书籍出版社
China Book Press

编委会

编委会主任　　　王久成　关蓉晖
编委会副主任　　王英辉　陈　尧
编　　　委　　　白小易　庞　滟　张　颖　卢盛娟
　　　　　　　　张艳华　于雅欣　运　涛

序：心中是北方家园

高海涛

诗人说："一下雪，北京就变成了北平"。此刻，当窗外飘起了今年的第一场雪，面对着这本书稿，我也想说：一下雪，沈阳就变成了盛京。

盛京是沈阳的古称之一。这里是辽沈大地，山峰高耸，河流壮阔，英气勃勃，而沈阳，这个日出壮丽、日落辉煌的城市，见证过明末清初的金戈铁马，近现代的风云色变，也见证过新中国黎明的雄伟壮阔。曾几何时，沈阳被称作"共和国工业的长子"，也获得过"东方鲁尔"的美誉，它曾拥有星座般璀璨的国有企业，巨流般浩大的产业工人，因此，就连它在改革中所肩负的沉重和在振兴中所遇到的艰难，也似乎都赋予了它某种坚毅的表情。

我觉得这就是沈阳之为沈阳，与国际城市相比，它或许像澳大利亚的墨尔本，有着短暂而丰富的历史。而越是这样的历史，可能越值得珍惜，所以，当人们说起沈阳的历史气韵、文化形象，似乎还是觉得盛京之称更古雅、更繁华，也更有诗意和底蕴。盛京和北京没法比，和南京、西京（今西安）也没法比，不过在"白山王气、黑水霸图"的大东北，昔日的盛京如今的沈阳，毕竟是一座无可争议的历史名城和文化古都。我在沈阳生活了近三十年，按我的方式，我喜欢把它描述为"雪国古都"——听起来就像日本作家川端康成两部代表作的名字：《雪国》和《古都》，显得幽静而旷远，质朴而富丽。

《花开的声音——盛京文学网2015卷》，这书名同样给人以静谧感，雪落无声，花开有声，这花开的声音如"跨世寻梦"路上的"红火焰，白火焰"；如"城堡里的童话"和"飘扬的红头巾"；如"开往深圳的火车"上的"村寒"；如"黑娃进城"后的"牵挂，那么远"；如"北干线以北"的"诗佛"；如歌唱"永字八法"的"青衣"；如"山野的梦"；如"脆弱的烟花"在"吆喝"着"初恋，我失去的芳菲"；如"克什克腾的四月"照亮了"母亲的红嫁衣"……

我知道，用这种方式来列举书中作品的题目是诗意的，也是随意的。实际上，这本书只是盛京文学网2015年所发作品的选集汇编，但质量之齐整，形式之多样，已足以令像我这样Out于网络的人称羡了，"不到东山向一年，归来才及种春田。雨中草色绿堪染，水上桃花红欲燃"，王维此诗，也正是我此时的观感。

全书分为小说、诗歌、散文三卷，共选入作品130多篇，涵盖了传统文学和网络文学。作者中既有驰誉全国的著名作家和诗人，也有影响广泛的顶尖级网络作家，以及穿行于纸媒和网络之间的双栖式实力派作者与文学新人。而更令人欣喜的是，这些作者不仅有实力而且有潜质，不仅有凝聚性而且有包容性，这里有辽沈作者耕耘的身影，也有外省作者清新的足迹，他们来自长城内外，大江南北，南海之滨，天山脚下，如此大的辐射范围，我认为既体现了互联网的功能，也体现了地域文化的魅力。沈阳作为东北地区的中心城市和东北老工业基地振兴中首当其冲的重镇，作为国家历史文化名城和风光迥异的"雪国古都"，在文化和文学上，也应该有与其经济、文化地位相适应的传播力、影响力与辐射力。

由沈阳市作家协会主办的盛京文学网创建于2013年，这在如今以互联网为代表的新媒体时代，可谓应运而生。而且，这个以"盛京"命名的公益性官方网站，似乎从一开始就找对了自己的定位，那就是立足沈阳，面向辽宁、东北和全国。这其中特别重要的，就是发现和扶植文学新人，既要树立领军人物，更要推出文学新人，而随着文学新人的生长，一个城市的名字及其历史气韵和文化形象，也被传播到了远方。的确，城市是有灵魂的，是有生命的，是生长的，而城市的生长和文化与文学的生长，就像一棵大树与其绿荫的关系，不能形成的绿荫的树，显然也无法构成风景。

毫无疑问，这个网站的工作是卓有成效的，中国作家协会几次到辽宁调研网络文学发展情况，盛京文学网都被列为重点调研对象。就连像我这样相对比较"传统"的读书写作者，也几乎无时无刻不感受到这个网站的存在，他们开办的文学讲堂，吸纳的文学社团，关注的校园文学，设立的盛京文学奖，还有微信平台和影像传递，都让人随时有一种亲切感、认同感和激励感。而现在读这本《花开的声音》，同样的感觉又再次得到了确认和强化，盛京文学网，不仅是一个在辽宁、东北和全国都有较好影响的网络平台,而且在辽沈地区和省内外广大作家和文学爱好者心中,它已经具有了某种家园的意味,这种意味很动人,就像《鸿雁》那首人们熟悉的歌中所唱的:"心中是北方家园"。

雪国春动,古都花开。随着国家东北老工业基地振兴战略的进一步实施,我们的北方家园,昔日的盛京现今的沈阳,必将花开似锦,花香四季,重新焕发出卓越的、骄人的、独属于北方这片海边黑土地的风华与活力。

(作者:文学评论家,辽宁省作协副主席,第八、第九届茅盾文学奖评委。)

目 录

小说卷

跨世寻梦	白小易 / 003	
红火焰，白火焰	庞 滟 / 019	
鞘藏寒气绣春刀	月 关 / 027	
哑舍系列之香烛篇	玄 色 / 033	
拐过香磨	黄小玲 / 051	
开往深圳的火车	张迎春 / 056	
公主城堡的秘诀	宋 欣 / 059	
苏联红军飘扬的红头巾	张艳荣 / 062	
饺 子	卢盛娟 / 068	
路边算命	刘胜民 / 071	
"铁掌帮"传人	运 涛 / 074	
片儿警	董 斌 / 077	
村 寒	杨百良 / 082	
检查官	石 锋 / 090	
秀 儿	王 颖 / 094	
夜 魔	刘姿序 / 103	
黑娃进城	刘亚中 / 109	

手机里的故事	刘亚明 / 112
都是"别墅"惹的祸	李忆锋 / 115
跨　越	孙　静 / 120
包子李	白小川 / 122
香　蕉	月黑风高 / 125
老　鹤	战文友 / 128
织布的精灵	刘天伊 / 133
到剧组抓演员	郭春旭 / 135
躲　钉	房永新 / 140
牵挂，那么远	汪恩赐 / 148
枷　锁	郭建英 / 152
奇迹巧克力	蒋春旭 / 155
淘鱼趣事	誓言无忧 / 158

诗歌卷

现代诗歌

大地葵花（组诗）	林　雪 / 168
萌情的季节（组诗）	向春林 / 175
诗佛（外两首）	晏略殊 / 180
《与屈原书》（外一首）	刘棣聚 / 183
与水为邻（外一首）	韩东林 / 185
神奇的中国胃（外一首）	武海涛 / 188
角落里的小石人（外一首）	李　忱 / 192
种（外一首）	程云海 / 194

为你挽留一池月光（外一首）	王洪霞	/ 197
夜晚（外一首）	麦贤睿	/ 201
信马由缰，祝福一段晨光（外一首）	孙明波	/ 203
恋人（组诗）	郑佳仪	/ 206
初恋，致我们逝去的芳菲（外一首）	钟兴国	/ 209
静听春天花开的声音	杨金祥	/ 212
神宁心安的草原	郭圣超	/ 217
永字八法（组诗）	严开钧	/ 219
青　衣	蔡伯春	/ 223
诗人（外一首）	徐向南	/ 226
安顿一场花瓣雨（外一首）	程枥颉	/ 228
想你不哭	关海旺	/ 231
许下这样的时光（组诗）	梁美玉	/ 233
明月（组诗）	房艳辉	/ 237

古典诗词

沁园春·福陵怀古	王　诚	/ 242
诗教十年随感	王　诚	/ 243
鹧鸪天·咏梨花	曲日光	/ 244
长相思·相聚梨花园	曲日光	/ 245
五绝·初恋印象（五首）并序	王永胜	/ 246
新民赋	薛景春	/ 248
天桥笔架山赋	周庆玺	/ 250
冬雪赋	张　颖	/ 252
清平乐·书案那朵莲	吴芙蓉	/ 254
浪淘沙·沈阳航空博物馆观感	吴芙蓉	/ 255
西江月·品茶	张铁仁	/ 256
七绝·征雁	张铁仁	/ 257

临江仙·秋夜	田世杰 / 258
水龙吟·盛京文学网两周年抒怀	田世杰 / 259
七律·冰雪画展	王文举 / 260
蝶恋花·荷	王文举 / 261
一剪梅·蝴蝶	徐淑英 / 262
七律·咏笛	徐淑英 / 263

散文卷

向日葵的影子	鲍尔吉·原野 / 267
我的文学启蒙老师	薛 涛 / 270
山野的梦	闫缜尔 / 275
老墙猜想	花溪水 / 279
妈妈的体温	张淑华 / 282
父亲母亲的一天	张艳华 / 284
约 定	欣 语 / 289
村 庄	丁 梅 / 291
远去的母亲	木 白 / 296
夏之晨	马金海 / 301
秋日放歌	杜 桥 / 303
红月亮	毕雪飞 / 305
爱,是一份懂得	刘 静 / 307
开一扇窗	张连卿 / 310
我想收到一封信	周 丽 / 313
父亲留给我的财富	李 铭 / 316
透过千年风尘的联想	吴秋蓉 / 318

目 录

一块剩馍和五个鸡蛋	崔沈霞	/ 321
莲叶田田舒翠袖，细雨微微润新苗	莫春华	/ 324
故乡的香椿树	牧 歌	/ 327
心在旅途	刘 勇	/ 329
雪是落入凡尘的天使	刘洪静	/ 332
乘着想象的翅膀	陈晓琳	/ 334
公主怡情	杨百良	/ 338
慢生活　茶时光	黄 蕾	/ 341
花开静默，瓣落心河	张宏娟	/ 344
寻一方清幽，泊一份静然	尹存娣	/ 347
潜香文字，静雅人生	刘海成	/ 350
脆弱的烟花	王 青	/ 352
吆　喝	孙 燕	/ 356
祭　祖	分飞燕	/ 359
五月，夏未央	高冬梅	/ 362
初恋，我失去的芳菲	秋 韵	/ 365
红尘深处	马佳欣	/ 368
小雨中遐想	景艳玲	/ 372
安宁一片	毛靓华	/ 374
克什克腾的四月	盛 韬	/ 377
残	孙怡冰	/ 379
雪伴落叶的思念	杨 冰	/ 382
漫步大昭寺	水 灵	/ 384
懂你，渐老的母亲	王丽红	/ 388
葡萄藤丝语	金 萍	/ 391
亲情中的乡愁回味	邵国阳	/ 394
田野的味道	梁永生	/ 398
吟月，把你写在我五月的记忆里	尹伊雪	/ 400

转运竹的心事	一　墨	/ 402
母亲的红嫁衣	李爱林	/ 405
我与岁月还有你	刘楷强	/ 408
扇啪叽	万有裕	/ 412
春天，与你有个美丽的相约	李海燕	/ 414
弟　弟	讷　讷	/ 416
爸爸在，我不怕	娉婷如玉	/ 418
永远的木屋	耕　石	/ 421
上　坟	张殿云	/ 424
麻大湖人	绍　庆	/ 426
母亲，母亲	刘　星	/ 430
棋盘山寻美	宫学大	/ 434
沐浴尽嗅自然香	刘洪琴	/ 437
故乡之魂	萧　笙	/ 441
洒满阳光的回忆	王明杰	/ 443
百年小路	宇　佳	/ 445
一个人的世界	刘建国	/ 449

小说卷

跨世寻梦

白小易

不知这是个差错还是别的什么,我突然出现在2095年的世界。我在那儿出了数不清的洋相,也有许多非凡的经历。这回我要讲的是我在一间神奇而又普通的游艺宫里所"创造"的奇迹——我在那儿见到了我一直非常钟爱而又无缘相会的梦露(她在我两岁那年便告别了人世),同时我还把另一位我很崇敬的艺术天才拉进了奇妙的"三角结构"中……

我得先告诉您,2095年的游戏和现在的游戏完全不是一个概念。在那个机器人控制的世界,自然人已经没有什么工作可做了。玩成了人生最重要的内容。所以我一到这儿便被请去接受玩的训练。他们特意为我这个"初玩者"配备了一名"导玩"小姐,她毫不隐瞒地告诉我她是个机器人。她先领我进了一家游艺宫,这地方在我看来倒像是一个高档旅馆。我这个来自1993年的最狂热的电子游戏爱好者在这儿却是一窍不通。但我马上就发现机器人最大的好处便是耐心和一视同仁。她对我讲解了一番,然后领我进了一间游艺室。我看到一个像我那个时代的某种航天器一类的东西。她打开小门:

"请进吧。祝你好运气,更祝你早点儿出来。"

我还真舍不得撇下她,就说:"我自己恐怕玩不好,你不能进来指导指导我吗?"

"大部分人都愿意自己玩儿。"

"可我从来没这么玩过。等我会了之后我也爱自己玩。"

"里边没有我的位置呀，我只能坐您腿上啦？"

我看了一眼她的臀部，心想但愿那裙子下面可别是一堆铁块儿，"行啊，我很高兴。"

她就利利索索地钻进来坐在我身上。原来这是一具完美绝伦的带着异香的身体。

然后就是她对我进行培训了。她告诉我这是一台历史游戏机（很惭愧，我一开始还听成"立式游戏机"了，惹得她直皱蛾眉），它能够把我送到任何一个指定的过去时间内的任何地点，我可以和我所知道的任何一个历史人物见面并且发生现实性的关联。她怕我不明白，特意举例说比如它可以送我到史前的猿人山洞里去体会一下人类祖先的生存方式……

"好了好了，"我忍不住打断了她的喋喋不休，"这我懂，你只要告诉我怎么回来就成了。"我早已想好了我要找的人，这根本不用她替我操心。

"游戏开始前，先约定口令，一旦您不愿意玩下去了，说声口令就可以回来。"

"这太好了。我给你的口令就是'我不想玩啦'，行吗？请你马上送我去看看年轻时代的梦露就去她的家乡好了，时间……你可以先给我几个画面让我选择一下吗？比如说梦露十八岁时候的一些场景……"

"真想不到您第一次就这么会玩儿。好吧，下面是随机选取的几个场面，您选定了就说一声停。"

她的话音未落我便大吃一惊——梦露真的出现了！接着我看出这是在她家的厨房里。梦露和一个脸色苍白的女人在一起吃饭。梦露在说着什么……可这机器人小姐好像对梦露怀有某种成见，在我正想听听梦露的嗓音时居然把画面转换了梦露走进一间小酒店……

"停下，停下。"我喊道，"就从这儿开始吧！对了，我怎么……加入进去？"

"很简单，您只要选择一个角色。"她指着那个被静止了的场景说，"现在这个场景里的所有人都可以做为您的精神载体，你可以变成他们中的任何一个人，包括梦露本人。"

我指了一下柜台里的那个红头发的小伙子，"我就当他吧。"

"好的，现在请您坐好，游戏马上开始了，您要记住，在听到嘀嘟一声之后，您就是那间小酒店里的伙计了。祝你走运。"

实际上因为激动过分，我根本就没听到那声"嘀嘟"，我只是在一阵突如其来的晕眩之后就看到了活生生的梦露。

她正从门口向我走来。呵，这就是许多年后让整个世界都为她而倾倒的梦露啊！我擦着手里的一只高脚杯，注视着这个越来越近的美艳绝伦的躯体，不免有点儿心潮澎湃。

"你好，梦露。"我说。

她回头看了看，"你在跟我说话？查理，我是诺玛·琼。你一定是累昏了头了。"

我想起这时她还不知道她后来的事。"对不起，琼小姐，我……的确是昏了头了。"我有些手足无措，"您来点儿什么？"

"跟平常一样。"诺玛·琼轻轻皱了下眉头。

天知道平常是什么样儿。我只好装糊涂，"一杯威士忌？"

"天哪！伏特加！"

好在我总算找到了那东西。

"冰块儿！查理，你今天是怎么啦？"诺玛·琼已经相当不高兴了。

这时我反倒无所谓了，"琼小姐，您就将就点儿吧。呆会儿我请您喝杯香槟。"

"为什么？"

我向四周看了看，"为了你的美貌征服全世界。"

诺玛·琼突然放声大笑起来，"噢，查理，你今天一定是喝多了！"

随后我发现不管我（也就是那个倒霉的小查理）说什么，诺玛·琼只是一味感到莫名其妙。而且她的响铃般的笑声弄得小酒店的所有人都把目光投向了这里。于是我感到进行得不大顺利，恰巧一个大胡子走过来冲我要"苏打水"——我一向弄不明白苏打水怎么可以下肚——干脆当着诺玛·琼的面儿来了个"翻脸不认人"：我扬起头，对着天花板喊了一嗓子"我不玩儿啦！"

眼前的一切登时消逝，我又回到了那间游艺室。

"第一次玩到这个水平，已经相当不错了。"导游小姐在安慰我。

"你知道我为什么要退出来吗？我要重新开始！我知道我错在哪儿啦我不该听你的话去扮演当时的一个什么人物，我怎么可能演得像？我要以我自己的形象去玩儿这个游戏！好了，还从这个场景开始。"

那小姐嘀咕着，"呆会儿不知道您还要玩出什么花样儿呢。好吧，开始了——"

我又来到那间小酒店里。但这一次我的视角完全变换了，我正在推门进店，一眼看见梦露倚在柜台边和那伙计在谈笑。这一次梦露的表情可是比刚才自然多了。

我马上就发现我的出现让酒店里的人感到某种不安。他们都侧过身偏过头来看我。我以为是服装上的问题，心想他们很快就会适应的。我径直朝柜台走过去，冲伙计打了个手势。

梦露也和那伙计及其他人一样在看我。伙计看明白我的意思之后没动，只是看了看梦露。梦露挑着眉梢儿大声说："是日本人吗？"

"不！"我一下子明白了，此时乃1944年，正是第二次世界大战最火热的时候，"我是中国人。"

我听到了一些含义不那么确切的笑声。但我可不在乎这个。（只要我一不高兴，就可以随时让他们通统滚回到历史的尘埃中去。）

"你要什么？"那伙计好像不大情愿伺候我。

"香槟。"我转向诺玛·琼，"小姐，我可以请您喝一杯吗？"

"请我？噢，谢谢。"诺玛·琼显得有点儿受宠若惊。

这时那伙计把一杯酒放到我面前。

"请给这位诺玛·琼小姐来一杯。"我有些不大高兴地提醒他，"好吗？"

"好的，好的，先生。"他到底被我的气势给镇住了。

诺玛·琼的表情让我又爱又怜，她问我，"请问先生，您怎么知道我的名字？"

"我还知道你以后的名字，玛莉莲·梦露。"我一得意，有点儿板不住自己了，"我知道你这辈子的一切。"

"您是什么人？"诺玛·琼瞪大了眼睛。

"你没听说过东方有很多神奇的法术吗？"

"那么您能告诉我十年之后我是什么样子吗？"诺玛·琼显然以为她在开始一场游戏。

"十年之后您是一位扬名全世界的电影明星了。差不多所有的男人都迷上了你……"

梦露的一阵大笑打断了我的"预言"，"天呐，您可真会讨人喜欢。我的确梦想当电影明星，这一点真让您猜着了。您还知道我什么？"

"我们到那边坐下慢慢说好吗？"我注意到周围的目光都不那么友好。

"好的！"梦露答应得挺爽快。

我们在靠窗的一张桌边坐下来。我就一边品味着美国四十年代的"陈年老酒"，一边向她大讲了一番她从那以后在好莱坞所开创的光辉业绩。把个梦露听得如痴如醉……

"唉，这一切要是真的该多好！"梦露的双手托着俏丽的小脸蛋儿，陷入了一种无以自拔的向往之中。

"这一切都是真的。"我意味深长地看着她。

"但愿吧。"诺玛·琼说。

我看着她那副痴醉的小模样儿,想到那些我并没有告诉她的故事,特别是她的悲惨结局,不禁有些黯然神伤。一种怜香惜玉的情怀由然而生,"你干吗那么希望它是真的?你完全应该比那活得更好、更幸福。我想问你,你就只想当个引人注目的明星吗?"

"对我最重要的是,我想得到爱。"诺玛·琼此时显然是非常真诚的,但这只持续了那么短短的一瞬,"噢,不管怎么样,我谢谢您。您让我非常愉快。"

我看出诺玛·琼又在把这当儿戏了。

接下来她的兴趣转移到我身上,"我以前从没见过您,请问您……"

看来我得向梦露介绍一下我自己了。可我该怎么说呢……"我是刚刚到这儿的。实际上我从没有真正到美国来过……我的身份相当复杂,我不是一个普通人,我现在可以去任何地方,可以去见许多历史名人。我首先选择了你……"

梦露听得迷迷糊糊,只是惊奇地睁大了双眼看我。

"我们出去走走好吗?"我轻轻说。这在我的家乡是很流行的话,不知在这个地方,这个时代是否能产生效果。

"我很高兴!"梦露嚯地一下站了起来,丝毫也没有我故乡的那些女孩儿的扭扭捏捏。

我一站起来,梦露就挽住了我的臂弯。我不由得心花怒放。正待出门,那个伙计拦住了我。

"先生,您还没有付账呢!"

我这才想到那张未来世界的磁卡在这儿是不好使的。我把手伸进口袋……我该上哪儿去弄点儿货币呢?我在进入未来世界的时候连人民币都掏得一分不剩,更何况美元?

那个红头发的伙计这下子可找到了发泄的机会,开始对我恶言恶语。周围那些压抑了许久的看客也都在打口哨、瞎起哄。更可怕的是,我发现梦露正以一种狐疑的目光在重新"审视"我——是啊,在那个年代,一个口袋里掏不出钱的家伙怎么可能获得一个女孩子的信任呢?

我只好轻轻说了声:"好吧,我不玩儿啦。"

机器人小姐正撇着小嘴儿等着我呢。

"真扫兴，你怎么不给我弄点儿钱带去？梦露眼看就被我搞到手了。"

"现在去哪儿找那东西呀。再说你要梦露也不是这么个要法啊——你可以到机器人工厂去定做一个和梦露一模一样的机器人——那不比这省事多了！"

"有这样的事？"

"是谁送你来这儿的？他们连这都没告诉你？你刚才玩的这种游戏是计算机分别复制了梦露和你。那个'你'和坐在这儿当看客的你既有联系，又是分离的。"

这位机器人小姐的言词如此坦诚直率，倒让我有些吃不住劲儿了。我嗫嚅着："是啊，他们太不够意思啦……他们什么都没告诉我……"

"您还接着玩吗？"导游小姐说。

"当然。我还没玩儿够呢。"我说，"不过先等会儿。"

"产生什么困惑了吗？"导游小姐以一种戏弄加体谅的微笑看着我。

"什么叫困惑！"我不屑地哼了一声，"这点儿事儿还值得我困惑？"

"你呀，你……叫我说你什么好呢——挺不容易地来一趟，瞧瞧你关心的那点儿事儿吧！让你见识见识历史游戏，你怎么就不去见见托尔斯泰啦、林肯啦、达尔文什么的，偏偏一下子就直奔那个梦露而去……1993年的人真是不可思议。"

这个机器小佳人居然可以用这样的口气教训我，我感到既意外又好玩儿。

"我想弄明白这其中的原理。比方说我刚才介入了梦露的生活，那么她以后的经历就要发生一些转变了吗？"

"你只是以为你介入了梦露的生活，这种游戏的实质是按游戏者输入的指令再现某一地点的某一时间的实况。然后把这一场景内所有的人和物都复制出来。这些人依然保持着他们当时的记忆与心理。不过你参与的结果并不影响当时的历史。因为那毕竟已经发生过了。"

"你让我想想这也够奇妙的了，你是说完全按照真实的情形复制？"

"百分之百的真实。世界上发生过的任何一件事都是要留下痕迹的。比方说现在我们脚下这块地方从它存在起已经经历了无数事件。我们可以按时间索引把它经历过的事一一再现出来。"她说着在计算机键盘上飞快地敲打了一通，显示器上出现了一只正在睡觉的恐龙。

"瞧，这是此地一万两千年前的情形。现在的技术已经使我们视整个地球为一个硕大的磁盘，可以随心所欲地读出它所有的信息。"

"那复制是怎么回事？"

"复制当然是在上面的基础上，利用合成技术制造出一个和当时完全一样的人。

你可以把他放到任何一个全新的环境里。比如，你可以让机器制造出一个中国古代三国时的诸葛亮，然后却把它放到中国抗日战争时期，看他如何对付那些侵华日军……对了，你之所以能出现在 2095 年，也是同样的道理。"

"我忽然想到一个更有意思的玩法。你知道梵高吗？"

"他活得那么惨，你怎么还有心思玩他？"这机器人小姐还真挺博学。

"你说他惨指的是什么？"我故意问。

"这还用说吗？一个那么伟大的画家，他的画是全世界最贵重的艺术品，可是他本人却穷困潦倒，甚至一生都没有得到过一个像样的女人……"

"好了，连你也有这种遗憾！这正是我想解决的问题，请你把梵高'复制'出来好吗？马上！"

她好好看了我一眼，也不多说什么了，开始操作。她还是请我在主显示器上选定具体场景……

……梵高在山坡下的一片麦田里做画。当空的太阳就像一个炽热的火球。那一大片黄熟的麦子在风中荡漾着，整个天地间好似一个沸腾着的炉膛……

"这是法国的阿尔，1888 年。下面的场景可能更合你的心意。"

……一个非常俗气的小房间里，梵高和一个女人在床上缠绵。那女人只能勉强算得上是个女人，毫无魅力可言。而梵高却醉心地躺在她的怀里，不住地在她身上吻着……

"这女人就是妓女拉舍尔？"我忙问。

"正是！你真行呵。"

"瞧，她在玩梵高的耳朵！这女人真让我恶心！我从来也没想到她会是这么一副模样儿。梵高太不自爱啦，怎么可以把耳朵献给这样的女人。"

"下一个场景就该是梵高为她割下右耳啦。"

我大叫起来："行行好，请你马上停下来！我要两耳俱全的梵高。"

"你让我把复制出的梵高放在哪儿？带到这儿吗？"

"不行，他老人家恐怕理解不了这个世界……"我想了想，忽然灵机一动，"对了！你把梵高送到梦露那儿去！怎么样？"

"你这家伙，可真会玩儿。"她笑了笑，"送到哪个时期的梦露哪儿？还是那个小酒店？"

"不，不要那个倒霉的小酒店。去好莱坞，对，好莱坞！"

"我替你选一个吧——"她也来了情绪，"这个怎么样——1954 年 9 月 14 日纽约第52大街。梦露正在拍的这部电影叫《七年之痒》。这可是一个十分性感的镜头……"

我从显示器上看到的梦露可以说是她一生最光彩夺目的时刻。我暗暗一算,她正值28岁。这个年龄的女人好像熟透了的果子,饱满而又甜蜜。

"好极了,就这儿吧。现在请你把梵高送去吧。记住:要割耳朵之前的梵高!还有,你把我也一块儿送去。我担心梵高乍一到那儿会不知所措,我可以为他指点迷津。"

"难得你还有这份好心。"她说,"好吧,暗号照旧,顶不住了就喊一声,我好把你弄回来。也许不会像你想的那么容易的——对了,在那儿你还会碰到梦露的一个丈夫,乔·戴曼吉——他可是个有名的醋坛子,你和你的梵高得小心点儿。那个场面就是被人们津津乐道的'裙子风波',有人不知出于一种什么心理,特意把这个镜头的拍摄地点事先通知了梦露的丈夫。这位过气的棒球明星也居然真的亲临现场,并且当众大吵大闹……准备好了吗?你自己数三个数——"

……

这是一个外景拍摄现场。我站在一群仰首围观的影迷中间。梵高就在我身旁。他的衣着显然与周围那些20世纪50年代的纽约人格格不入,但却没有人意识到这一点——大家的眼睛都盯着那个高高在上的玛莉莲·梦露呢。梵高的表情看上去十分惶恐不安。他东张西望,不知所措。

"你别怕,温森特。你只要跟着我就行。"我对他说。

我叫出他的名字,梵高对我放了点儿心,至少我看出他不急于从我身边走开了。我知道一时不可能跟他说清楚,就让他往上看。梵高第一眼看见梦露的时候显然受到了一种"震动"——他愣在那儿,眼睛睁得很大,嘴也不知不觉地张开了。

梦露亭亭玉立地站立在一幢大楼的外楼梯上。因为有这么多的围观者,她的样子挺兴奋,因而也显得越发生气勃勃。这是在试验拍摄效果,导演喊了一声,安放在下面的一只巨大的鼓风机便轰鸣着把梦露的裙子掀起来——只一会儿我就看出这些围观者显然就是为这个来的——每到这一瞬间,人群中便爆发出一阵欢呼。

说实话,这个时候我几乎忘掉了被我带到这儿来的梵高。当梦露的裙子高高地扬起,像一面旗帜在召唤着整个世界,我感到一种魂不守舍的激动。那几乎透明的粉红色的丝质内裤似乎就是温柔之乡的魔影,裹缠着男人们的无限的向往与期寄。

这时梵高说话了,"难道这是到了天堂?"

我看了看迷醉的梵高,"这只能算做天堂的台阶。我会领你进入真正的天堂。"

梵高从身上摸出一个本子和一支碳笔，对着梦露画起速写来。我看了不禁有些暗暗称奇——梵高在他的一生中原本是不可能有这幅作品的，但是现在却有了。而且是真正的梵高以真正的梦露为模特儿的作品！世人也许不会承认它，但我却深知它的价值。

"这画归我了。"梵高画完，我就不客气地把它从本子上撕了下来。

梵高似乎对我的举动充分理解。他二话没说，接过本子马上又画了一幅。他边画边说："要是您喜欢，我还可以再为您画几幅。"

"那可太好了。你真慷慨。"我真是心花怒放。

"但是请原谅，我的画不能白白送给您。"梵高的眼睛盯着我，显出了一种出乎我的意料之外的狡黠。

"有什么条件您尽管说吧。"我以为这是梵高的一大进步，所以诚心诚意地鼓励他。

"您必须把我介绍给这位女士。这您能做到吗？"

我会心一笑，嘴里却说："让我试试看吧。人人都想跟她在一起，可她毕竟做不到哇。她只能记住少数特别杰出的人——你觉得你行吗？"

"我想我是一个出色的画家。"

"您的画值多少钱？"我觉得这种游戏特别有意思。

"我弟弟提奥每月给我 150 个法朗。我的画全都归他了。将来那些画会带给他几倍甚至几十倍的收入！我相信提奥的钱不会白白浪费的。"

我听着心里不禁感到有些辛酸——1990 年他的《向日葵》已经超过了一亿美元——这个我现在还不想告诉他。我只是说："好吧，我试试看吧，但愿梦露不嫌弃你。瞧你穿的这身衣服，简直就像个流浪汉。"

梵高显得很难为情，"我没有钱。"

我说我也没有。然后我就拉着梵高向梦露挤过去。好歹等到这个镜头拍完，我就抢在那些拿着签名簿的影迷之前截住了梦露。可是我马上发现我几乎站不住脚跟，背后不断地有人在往前挤。我知道我的时间不多，要是不拿出点儿绝活儿来，梦露就会把我仅仅看成一个普通影迷而已。

"梦露小姐，你知道梵高吗？"我直截了当地问她。

从她的神态看，她显然把我当成了一个爱刨根问底的记者。她边走边说："我知道，我看过《梵高传》，我对他相当崇拜。也非常同情他。"

"那么你想要一幅他的画吗？"

"我可买不起。"梦露一笑。

"我可以送给你。看这幅怎么样？"我把梵高那张画举起来。

梦露真的很专心地看了一眼，"画的是我——梵高画的？"

"当然。这就是梵高本人。"我拉了一把梵高，推到梦露面前，"互相认识一下吧，这位是好莱坞明星玛莉莲·梦露，这位是荷兰画家温森特·梵高——都是货真价实的大腕儿！"

梦露和梵高对视了一下，有一会儿他们都没说话。然后梦露突然笑了一下："他还真挺像我心目中的梵高。谢谢你们。再见。"说完梦露侧身打算走开。

"这可不是谁在开玩笑！他是真正的梵高！"我急了，大叫起来。

梦露却头也不回地直往前走。

"去追呀！"我冲着傻站在那儿的梵高喊了一声。

梵高没动。

这时我看到一个身材魁梧的壮汉子迎住梦露。一脸醋意地压低声音对梦露发着脾气。

"那是谁？"

"也许是她的丈夫吧——对了，是他！"我想起机器人小姐对我的嘱咐。

"她不该有丈夫。"梵高说。

"你这样想？"我又来了兴致，"要是让你做她的丈夫呢？"

"我想我不配。"梵高倒挺爽快。

我听到梵高的这般言词不禁有些感慨，于是想把这话题延续下去，"不过和她睡觉你总不反对吧？"

"假如可能的话……"

"没什么不可能的事。"

我当即给游艺宫的机器人小姐发出暗号，使我回到了未来世界。看到她又是一副笑嘻嘻的样子，我知道又要遭到揶揄，于是先给自己解嘲，"人与人的沟通真是个千古难题。"

"更何况是这种跨世纪的皮条营生。"

"你的嘴太损了。"我不禁失笑，"我这可是不谋一分私利的。"

"那又是为了什么呢？"

"只不过为了弥补一下历史的遗憾而已。梵高这么杰出的男人凭什么连个真正的女人都没尝过？他为妓女割去耳朵等于是整个世界都受到了阉割！"

"哈,你太激动了。历史就是历史,你现在所做的一切都改变不了它了。说到底还不是满足你自己的某种心理——还是自私。"

"爱说什么说什么,这件事我一定做到底。"

"你还想怎么做?你已经把一个梵高扔在好莱坞了,你还要怎么折腾他?"

"我想出了一个绝妙好主意:把他们俩全都从他们各自的环境里提出来,送到一个原始状态的大洋孤岛上去。只要他们两个人在一起,没有油画更没有电影,让他们过一种全新的生活。怎么样?"

"这倒也不失为一种玩法。"她说,"是不是需要把你也送去?"

"我干吗去掺和?"

"你不去你还玩什么?再说你是个作家,这也可以叫深入生活嘛。"

"真有你的。看来我这皮条客还得当一阵儿。"我笑了笑,"让他们俩就按刚才那样子上海岛吧。我挺喜欢他们那模样儿。"

几秒钟后,我、梵高还有梦露就已经呆在太平洋深处的一座孤岛上了。他们两个显然还没转过神儿来,傻乎乎地四下张望着。我心想那机器人小姐存心耍弄我——她把我卡在两棵长在一起的大树之间。我一恢复知觉,马上就感到身体被树干夹得生疼。我挣扎了一下,难以脱身。

"喂,你们两个,快来帮帮我!"

梵高先跑过来,"天呐,是您!"

谢天谢地,他还记得刚才在好莱坞的经历。

梦露这时也过来了。"你不就是刚才那个纠缠不休的记者?"

"先让我出来行不行?"我不耐烦了。

他们合力把我拽出来。梵高的力气不小。而梦露穿的实在是少了点儿。(她穿的正是刚才拍戏时的那身服装。)

这一下子我感到好受多了,轻松自在地审视着这个新天地。从身边的植物和景色看,这还是个热带岛屿呢。那机器人小妞儿挺会选地点。

"这是什么地方?"梦露问。

"是海边……"梵高在向远处眺望,"今天真是莫名其妙,一会儿是这儿,一会儿是那儿的。怎么一下子又跑到这么个地方来了?"

"海岛!大洋里的一座没有人烟的孤岛。"我得意洋洋地玩味着,"你们两个已经无路可逃了。"

"这到底是怎么回事？！"梦露有点儿急了，"你们是什么人？这是绑架吗？"

"不，小姐，我们也不知道怎么到这儿来的。"梵高紧着解释。

"也许是一阵龙卷风吧。"我不妨装傻。

"可是你怎么知道这是个海岛？"梦露似乎在证明她是个聪明女人。

这倒的确是我说走了嘴。这儿只能在一个方向看见海面。我只好耍赖："刚才在空中飞行的时候你睁开眼睛了吗？我可是睁着的。"

"我们应该四处去看看。"梵高倒显得挺冷静。

"这是好主意。"我说，"事到如今了，着急也没用。现在是该考虑一下怎么生存下去的问题了。"

梦露不依不饶地盯着我，"我就是觉得是你捣的鬼！"

"我可以证明他是个好人。"梵高到底是老实人，"刚才你站在楼梯上的时候，他就在我身边，我们一直在一块儿仰头看你。"

"谁又能证明你是不是好人呢？你这个假梵高！"

"我就是梵高啊！"

梦露轻蔑地哼了一声。又转向了我，"你呢，你是谁？"

"和你们两位一样，我也是搞艺术的。我是作家。我叫白小易。"

"没听说过！"梦露这回想起了利用梵高，"假梵高，你听说过有个叫'白小易'的作家吗？"

梵高很抱歉地看了我一眼，"对不起，我没读过您的作品。"

这毫不奇怪。但是我想给他们一个说法，"这一点我大概也和你们很相似——在世的时候不被大家赏识……"

"不管怎么样，他那句话说得对，我们是应该考虑一下生存问题。"梵高说。

梦露这次没有反对。我们三个人就在岛上巡视起来。岛上的热带雨林完全处于原始状态，带着梦露几乎是寸步难行。她的那身连衣裙一会儿就成了破布条儿，细嫩的肌肤更是不堪那些粗枝大叶的爱抚。这时我才想到这游戏是不是选的难度太大了点儿。我们能在这儿呆下去吗？

"如果这真的是一座孤岛，我们就成了鲁宾逊了。"梦露娇喘着说。

这倒突然给了我一种启示……我借口梦露走得太慢，让梵高陪着她，自己走出了他们的视野。

一声暗号，我又回到了机器人小姐身边。

"你可真够意思，又把他们扔下自己跑了。"

"那哪是人呆的地方！吃什么？用什么？睡在哪儿？"

"让我说你什么好呢！"机器人小姐不乐意了，"这是不是你自己的主意？人家梦露还能想到学习鲁宾逊呢。"

"我就是为这个回来的——鲁宾逊不是还有那么一艘沉船做本钱吗？你为什么不给我们安排一点儿外援？"

"你也太难伺候了。好吧，你都要什么？别墅、游艇……再来一架飞行器？"

"不是这个意思，不用太现代化，我只要一些最基本的生产和生活资料——起码得让我们能活下去吧？这过分吗？"

"好吧，这倒不难，可是怎么给呢？那地方完全封闭，你怎么解释它们的来历？"

"这很好办。你忘了我是干什么的了——你只要把那些东西都放在山洞里就行了。"

然后我让机器人小姐在显示器上明确指给我放东西的具体地点，这才又回到孤岛上。

梦露这会儿的情绪已经糟透了。她坐在一棵横倒的枯树干上，双手捧着脸呜呜直哭。梵高蹲在她身旁，小心翼翼地哄她。

"哈！大明星这是怎么啦？"我拨开树枝走过去，"中国有句古话：吉人自有天相。我刚刚发现了一个海盗的藏宝洞，要不要一起去开开眼？"

"有海盗？天呐！"梦露惊叫一声。

"只有财宝，没有海盗。"我笑起来。

"真的？"梵高也高兴了。

到了"藏宝洞"我真是哭笑不得——没想到机器人小姐在那儿放了那么多东西。我原想的就是弄几把锹镐刀枪一类的工具，再来点儿小麦稻米之类的口粮也就行了，可现在展现在我们面前的却分明是一个百货商店。梵高简直都傻了，站在那儿直呆呆地看着，不说一句话。而梦露这会儿倒挺自然，径直走到"女士用品摊位"试穿新鞋去了。我瞟了一眼，发现那是一双20世纪90年代很流行的软皮旅游鞋。

这哪还用得着什么学习鲁宾逊？顶多能算一把夏令营了！

可想而知，这之后的事情就完全不是我预想的那样了。

首先是野餐。梦露的胃口出奇地好。一时间她只管往面包涂奶油，再也不管梵高是真是假了。而梵高对方便面赞不绝口，像个孩子似的嘎嘎吱吱干嚼个不停。我坐在离他们不远处的对面，一面喝着易拉罐啤酒，一面瞧着这两位世界名流。我真不知该拿他们怎么办。

也许像我那时候一首流行歌里唱的，我该"悄悄地走开"了？

"现在我们该考虑怎么离开这个鬼地方啦。"梦露吃饱了肚子依然这么清醒。

"为什么要离开？"梵高依旧很老实。他从好莱坞起就认定自己到了天堂，所以他没有任何疑惑。

于是我觉得这儿还有戏。

"离开不是不可能的，但得有机会。"我说，"也许某一天，会有一条船路过这里。梦露小姐，你那么急着回去干吗？"

"'干吗？'有好多好多事情等着我呢。"

"你是说那些影片？没拍完的和正要拍的……你觉得你一天到晚地为它们奔忙，真的很有意思吗？"

梦露好好看了我一眼，"不然干吗？"

"在这儿好好逍遥一把吧。"

"这儿？什么地方不比这儿好玩儿。要是想度假的话，我随时可以去夏威夷，去戛纳。谁受得了这么个孤岛！"

我满心恶作剧的快感，心想：宝贝儿，我就是要看你如何消受。

"给我画布和颜料，我愿意永远呆在这儿。"梵高说。

随后我们又开始对这个岛的探索。梦露虽然毫无兴致，但她也不敢离开我们。她怕海盗、毒蛇和其他别的什么。我们爬上岛上最高的那座小山，确切无疑地看到了环绕四周烟波浩渺的海洋。梦露马上就泄了气。

"看来我们是得做长期打算了。"梵高说，"那些东西总要慢慢用完的。必须想点办法。"

"你不是当过牧师吗？好好替我们祷告一下吧。"我逗他。

"我的事你怎么什么都知道？"梵高瞪着我。

"这戏你们还要演到什么时候！真让我恶心。"梦露借机发起脾气，"从哪儿找来的蹩脚演员！"

"这儿只有你是演员。"我说。

"你还是认为我是假梵高？我为什么要冒充我自己？"

"行了行了。这些都无关紧要——重要的是，现在我们要一起生活在这个小岛上了。这就是现实。梵高先生的画，梦露小姐的电影，以及我本人的小说，在这儿屁用都没有。还管谁是真是假干吗？梵高，我看你的体格不错，开荒种地想必不成问题吧？"

"我想我行。"梵高说。

"梦露呢，你会什么？"我想戏弄戏弄梦露，"烧火做饭总该行吧？"

"这算什么？我还会织布呢。"想不到梦露关键时刻还真冲得上去。我一下子想起她曾经干过纺织工。

"好极了，看来还都是劳动人民出身啊。"

"你呢——你能干什么？"梦露盯住了我。

"我嘛……比较适合做领导工作。"

他们俩都觉得我这话很幽默，一起大笑了一通。

梵高在山坡上找到一片草木不太茂密的地方，开始张罗搭窝棚。我说得搭三个，梵高说两个就行。这时梦露插嘴说只搭一个就够了。我懒得理她，抡起斧子开始砍树。梵高却面红耳赤地在那儿和她较上真章了——他一本正经、没完没了地责问梦露怎么可以这样。逼得梦露只好一个劲儿解释她是开玩笑。

还是照我的主意，搭了三个窝棚。梦露这会儿看起来很开心。尽管她一直没把梵高当做真正的梵高，也没把我当成真正的我（这倒无所谓），但她至少已经把我们看做她的伙伴了（当然她也没别的办法）。这时候天也黑了，梦露伺候两位精疲力竭的苦力吃了晚餐。

这时我们发现一个问题：这个地方没有任何夜生活，甚至连光明也没有。而我们三位又都是不习惯早早安歇的艺术疯子，便觉得有些空虚。我们在营地前开出的那片空场上燃起篝火，在那儿神侃起来。我当着他们的面把他们的前生后世讲了个淋漓尽致。弄得他俩直把我看成了上帝或者怪物。梵高对我关于2095年的描述表现出了极尽痴迷的向往，而梦露也终于认识到她那个繁华似锦的好莱坞相形之下只不过是一场鄙俗的春梦。

在我这么神采飞扬，志满意得地指点着这两位我心目中多年的偶像时，我不住地玩味着我是多么的幸福……这是一个何其完美的场景……在这个纯自然的，空渺无边的海天之间，熊熊的篝火映照着金黄头发的梦露、火红头发的梵高，还有漆黑头发的白小易……我们就像是傲立在宇宙苍穹间的三个超越时空的幽灵……这辈子能活出这种滋味，夫复何求呢？

梦露的窝棚在我的和梵高的之间。她在钻进去时对我和梵高道了晚安。此外她还分别给了我们很亲密的微笑。在我理解，这倒很像是"各就各位"式的赛跑预备令……不知梵高的感受如何，反正我从一开始独自呆在窝棚里就感到心猿意马，坐卧不宁。梦露在那边轻轻地反复哼唱着一支歌。由此我知道梵高还没有什么行动，大概和我一样，正在他的小窝棚里辗转反侧。

我真的想马上冲进梦露的小巢，把她紧紧地抱在我的怀中……可是，那样的话，我又何必把梵高弄到这儿来呢？

随着一阵悉悉簌簌的响动，一个白影子梦一样地飘到我的身边啊，是梦露！

我的心狂跳着，目不转睛地看着她。

"我好害怕……"她说。

"梵高在你右边的棚子里。"我竭力使自己平静下来。

"噢，天呐——"梦露不愧是个最出色的女性，"对不起，我搞错方向了。"

我毕恭毕敬地送走了梦露。

我想，我真的该退出这场游戏啦。

作者简介

白小易，一级作家，中国作家协会会员，1960年8月生于沈阳。1983年毕业于辽宁大学中文系。获得"辽宁省优秀青年作家"和"沈阳市德艺双馨文艺家"称号，及各类文学奖数十项。代表作《客厅里的爆炸》曾被国内外数百种报刊和选集转载，并入选美国 NORTON 出版社出版的《世界60篇优秀短小说》，出版多本小说集。

小说卷

红火焰，白火焰

庞滟

有一位老人，天一下雪，他就在雪地里找啊找，他的眼睛被洁白的雪花严重烧伤了，整日流淌着泪水。这位老人，每当他看见冬日的白雪，就如同看见火焰一样。飘飘扬扬的雪花，在老人的眼里，就是招魂的灵幡，他跑啊跑啊，跑进自己的悲伤里……

一

在北方一个破旧的小村庄里，一个婴儿哇哇出世了，这一刻，正是冬天，天气那么冷，漫天飞舞着大朵的雪绒花。无家可归的风，像一个乞丐，到处敲着门窗，尖着嗓子乞讨吃食和温暖，这似乎是一种暗示，暗示了这个婴儿那冰冷的命运。

婴儿的母亲是个中年人，她无力地闭着眼睛，不敢看孩子，这已经是她的第三个孩子了。前两胎就因为是女孩，都没活长。接生婆拉长声音报喜："恭喜啊，喜得一千金……"

一个中年男人一直躲在外面听动静，此刻，他呼啦一下子闯进来，屋里人马上感觉一团寒冷。

"又是个妮子，送人，赶紧抱走。"来自南方的父母都唤女孩为妮子。

这就是作为一个父亲，对刚刚出生的女儿说的第一句话。他的脸比寒风还要冷上十倍。

接生婆拿起礼品，不满地嘟囔着，生女孩又不是接生婆的事，生气地夺门而去。男人蹲在地上沮丧极了，甚至拖着哭腔说："儿子啊，我的儿子，你在哪儿啊？我咋就不能有个儿子啊？"原来，这个男人，天天满脑子都在想，儿子儿子，我的儿子。

这个中年男人，思想固执，一心想要个传宗接代的儿子，要把刚出生的妮子送人或丢到城里，让有钱人去收养。刚刚生完小孩的女人，拖着虚弱的身子，竟然跪下来哀求他，长一声短一声恸哭，满屋子哀伤，终于把妮子留了下来。

本来就不该出生的妮子，却有个毛病，从小就爱哭，晚上哭得更厉害，嘤嘤嗡嗡的像一只迷路的蜜蜂，爸爸认为这是扰民。爸爸讨厌她的哭声，说她是讨债鬼托生的，连看都不愿多看她一眼，更别说取个正经的名字。那年月，想吃上一顿饱饭都不容易。妮子爷爷又患病，折腾几年又离世，家里已经负债累累。妮子多病，长得又瘦又小，头发稀疏的像枯黄的野草一样，瘦削的脸上，只有那双大眼睛胆怯天真又纯净无邪，时常波光粼粼，让人心生温暖、爱怜。

妮子四岁的时候，爸爸把一群羊交给她了。天刚放亮，她就把羊赶出去，太阳落山才把羊群赶回来。每只羊都吃得肚子滚瓜溜圆，而妮子饿得肚子瘪瘪的。

妮子整天和羊群待在一起，村外的一个小树林，成了她的快乐王国，她是那里的公主。她在那里唱歌、跳舞，歌是自己随便唱出来的、舞也是自己随便跳出来的，妮子是个聪明伶俐的女孩。你看吧，在那普通的小树林里，花草为她鼓掌，蝴蝶蜜蜂为她伴舞，还有小虫和小鸟为她奏乐，羊、小兔子、小刺猬都是她的忠实观众。她还是那里的爱心大使，连微小的蚂蚁都是她要保护的对象呢。

爸爸的愿望终于实现了，妮子的弟弟出生了，可这对妮子来说，并不是一件好事。

弟弟抢去了父母全部的爱，妮子却遭殃了，经常挨饿，吃的是残汤剩饭，也许妮子适应了这种不公平的待遇？她眼睛依旧纯静如水，一点怨言也没有。

那个寒冷的冬天，妈妈把自己结婚时的红棉袄改小了，穿在妮子的身上。红色多么好啊，这色彩让妮子喜欢，这色彩也打扮了妮子，人们发现，妮子原来是个美丽的女孩，妮子有了名字，从此就叫红妮，大家都这么叫了。

她特别懂事，不争不闹，像个小大人儿，什么事都能忍着，什么累都能承受。她喜欢那些背负重物的小蚂蚁，觉得它们可怜又伟大。红妮甚至给小蚂蚁取名，叫红色小蚂蚁，给小兔起名，叫红色小兔，就连那棵丑陋的拉拉藤，也给它起个好听的名字：红藤。

红妮因为营养不良，典型的大脑袋小细脖，特像电影里又干又瘦的小萝卜头儿，只是比小萝卜头自由一些罢了。那个时候流行电影《红岩》，几乎每个晚上都要放映，这对红妮来说是最高级、最快乐的享受了，自从看了电影，知道了小萝卜头，她竟然有了一个奇怪的想法。

有一天，红妮终于鼓起勇气，看着脚尖，对父母说："爸、妈，我想上学！"

爸爸坚硬地扔出两个字："不行！"

妈妈在一旁唉声叹气，无助地抹着眼泪。红妮低着头走了出去，眼泪随着脚步洒了一路。这天夜里，红妮独自一个人坐在羊圈里，抱着一只老绵羊无声地流着眼泪，满天的星星也湿了眼睛，它们的眼泪落在了草叶上，小草也哭了。那只老羊寸步不离地守在红妮的身旁。当妈妈找到红妮时，她的身体热得像燃烧的火炭一样。

高烧了两天后，醒来的红妮变得更加沉默无语，再没提过上学的事。这个年龄不应该有的忧伤、悲哀，红妮都尝到了，那双眼睛，就像被乌云笼罩的一湖秋水。只有跟小朋友们学习读书写字时，她的眼睛里才能闪耀着金子一样的光芒。

姥姥可怜红妮，经常把好吃的东西留给她，找村里上学的小朋友教她。小小的红妮非常懂事，非常好学，是个合格的小学生，村里的孩子们都愿意教她读书、写字。

二

有一次，红妮从小朋友那看到一本《巨人的花园》，里面配有精美的图片。红妮看了爱不释手。聪明的红妮用一个熟鸡蛋换来一个夜晚的阅读权。

那天夜里，红妮一个人躲进柴房，偷偷点上煤油灯，仔细临摹书上的每一幅图画。她喜欢画面里的那些开心的孩子，还有那个让人害怕又可爱的巨人。红妮有个小秘密，把他们画下来，就能永远留在身边了，让他们成为她最好的朋友，可以和他们说说话，讲讲她遇到的故事。

谁都不知道，红妮是个具有天赋的小孩。

当红妮在油灯下描完最后一幅画时，不小心碰翻了油灯，烧着了身旁的柴草。疯狂的火苗像饥饿的困兽到处乱窜，伸着长舌头，吞吃柴草。红妮慌了，拼命扑打。最后，她抱着书惊恐万状地跑出去，可着大嗓门高喊：救火啊，救命啊……她吵醒了沉睡的村子，所有的狗在叫，人在叫，火也在咆哮。

那是个月黑风高的夜晚，红色的火焰疯狂地点燃了寒冷的夜空。嘈杂和践踏喧嚣了红妮的家，人们都来救火，带着复杂而惊奇的表情，这是红妮制造出来的热闹，火被扑灭了，而红妮心头的火燃的正旺，她吓傻了。

　　大火过后，柴房和柴草都被烧去了一多半。红妮被关进一间小屋子里，爸爸凶神恶煞一样，抓着树条子冲进来，逼着她交出那些惹祸的书。红妮倔强地紧咬牙关，就是不交。她脱掉了红袄，只穿了一件单衣，背对着父亲，等着挨打。她不想唯一的红袄被抽开了花，她那么喜欢这红色的棉袄。

　　爸爸气急眼了，树条子疯狂地落在红妮瘦骨嶙峋的身体上，嘴里不停地咒骂着。被锁在门外的红妮妈绝望地拍打着门板，嘶哑地哀求着："妮啊，听妈话，交出书吧，答应你爸，以后再也不看了……妮子他爸啊，求求你，看在老天爷的份上……饶了她吧……她可是你的亲生娃啊！"

　　妈妈的哭喊声淹没在爸爸的怒火里。皮开肉绽的红妮听到妈妈的哭泣，嘴唇被咬出了血，她不肯求饶地硬挺着，像一株弱小的花儿坚强地对抗一场暴风雨的蹂躏。

　　红妮被打晕了，她借的那本书和那些画活了下来。

　　几天后，红妮挺着虚弱的身体帮助姥姥烧火，看着满身伤痕的红妮，姥姥老泪纵横，数落着红妮爸心狠。不料红妮却安慰起姥姥来："姥姥，不怪我爸，是我烧了柴房。他打我是应该的。还好啊，我新交了好多朋友，他们还活着。"

　　红妮举起那本完好的书，无限快乐，天真地笑了。《巨人的花园》给了红妮巨大力量！

　　"巨人终于明白，没有孩子的地方就没有春天……巨人生活在漂亮的花园和孩子们中间，感到无比的幸福……"

　　红妮给姥姥念着，小脸被火光映照得宛若一朵生机勃勃的鲜花。

　　她天真地问："姥姥，是不是那些没有春天的寒冷地方，就是因为没有小孩子去呢？"

　　姥姥撩起衣襟又开始擦眼睛，沉重地点着头，叹息着。

　　红妮没上过学，可是她学的认真，红妮喜欢看书，这让红妮表现了与众不同。

三

　　红妮的弟弟很可爱，胖嘟嘟的像个洋娃娃。弟弟看到红妮就呵呵地笑，她经常偷着亲他的小脸，捏他胖胖的小手，这时的她最开心了。爸爸却呵斥她远离弟弟，不要摔伤了他。她经常捡废品去卖，换来糖果给弟弟吃，自己却不舍得吃一块，经常一个人躲到角落里闻糖纸上留下的味道。

弟弟会走了，见到红妮的身影就缠着她不放。妈妈劝爸爸，家里活多，让红妮看管弟弟，干活也多了个帮手。爸爸看了看红妮，警告她一定要加一百个小心看好弟弟，他是家里的命根子。红妮高兴地答应着，只要有时间就背着弟弟出去玩。在红妮心里，弟弟是她唯一可以对话的朋友。

在红妮的背上，调皮的弟弟一点不老实，揪她的小辫子。那么喜欢长发的红妮，为了弟弟，毅然剪掉了小辫子，捧着断发，她心疼地哭了。

红妮剪掉了辫子，可是，一场大祸却悄悄生长出来。

那天晚上，是弟弟的生日，爸爸很开心，连喝了两壶酒，破天荒地给红妮夹了一块肉。红妮望着那块油光闪闪的红烧肉，埋下头，哭了。

饭后，收音机里传出了扭秧歌的热烈曲调，爸爸摇晃着扭起了秧歌，很好看。在红妮怀里的弟弟摇晃着两只胳膊让爸爸抱。爸爸伸着长脖子来亲弟弟，红妮把弟弟放在了爸爸的脖子上，这个很普通很平常的姿势，让红妮十分向往，她从来没有享受过这样的待遇。

收音机里的音乐像热带的风，一浪高过一浪，弟弟在爸爸的脖子上，热烈地舞动着小手，身体随着乐曲一耸耸地动着，他的笑声像一串风铃在黑夜里飘荡。爸爸是太高兴了，喝了小酒，扛着宝贝儿子，整个人似乎都漂浮起来。忽然，爸爸脚下一滑，就那么摔倒了。一切声音，戛然而止。

在门槛里面的土地上，铺着一块平滑的白石头，弟弟的头与石头合作出来的声音，那就是死神的笑声。弟弟头上的鲜血，像一朵美人蕉，留在那块白石头上。

妈妈抱着没了呼吸的弟弟，哭昏了，从没流过泪的爸爸，也大哭起来。红妮傻傻地站着，她不相信弟弟会死，他只是睡着了，一会就会醒的。

她去扶地上的爸爸，怕他着凉，他会腰疼的。哭红眼睛的爸爸仇恨地盯着她，他看见红妮，仿佛看到了谋杀者，一巴掌打过去。

那一巴掌，集中了爸爸所有力气，所有仇恨，也集中了爸爸的所有懊悔，那一巴掌，打肿了红妮的左脸，轰隆一声鸣响，从此以后，她左耳边的鸣响声再没停歇过，像一架飞机一直在她耳边飞。她一直认为那是她的弟弟的笑声在她耳边飞。

红妮很想跟弟弟一起去天国。但她找不到去天国的路。她在黑暗里一直走，一直走。在她前面，月亮从大片的乌云后面跑出来爱抚她，明亮的月光下有一条银光闪闪的河，弟弟在那河面上，开心地跳啊，蹦啊。红妮认定那是天上的银河。她跌跌撞撞跑过去，被河边的石头绊倒了。那河是坚硬的，她看不到弟弟了。弟弟一定是藏到河的下面去了，她用石头拼命地凿那条坚硬的"银河"。

太阳要诞生时，河被敲开了。红妮看到弟弟在河里向她笑，她开心地跳了进去……

当她睁开眼睛时，眼前没有弟弟，只有苍白的妈妈，她守着红妮，嘴里却叫着弟弟。

妈妈忽然把红妮抱在怀里，哭着说："我可怜的孩子啊，多亏村里人看见，救了你一命。别再想不开了，你要是死了，妈就一个孩子也没有了，叫我还咋活啊！妮听话，留下来，陪妈妈啊！"

红妮也哭了，妈妈太可怜了，弟弟在梦里告诉她，不该扔下妈妈不管的。

红妮被接到姥姥家去住，她怕见到爸爸。她每天依旧早早起来去放羊，晚上天黑再把羊赶回来。她躲着爸爸，她害怕见到爸爸那怨恨如刀的目光，割得她浑身疼痛，心悸颤抖。看着多病的妈妈，她又心疼又无奈。

四

一天，爸爸去城里卖羊毛，回来的路上遇到一场瓢泼大雨，连人带车翻进了深沟，一条腿被砸断，腰也不能动了，爸爸成了瘫子。爸爸失去劳动能力，也失去了往日的威风，像一只患病的老绵羊。

妈妈得了痛风性关节炎，干不了重活。家里再也没有欢乐的气氛，好像天要塌下来。这个时候，红妮胆小怯弱的话语，成了家里唯一期盼的声音。爸爸也许感悟到什么，他悲哀地对红妮妈说："如果我的腿治不好，干脆给我一包耗子药，让我死个痛快。"

红妮听到爸爸的话，伤心地哭了。她觉得爸爸是天下最可怜的人，红妮一夜间突然长大了。

红妮每天去放羊，帮妈妈侍弄庄稼，照顾卧床的爸爸。红妮发现，爸爸的目光柔和了，总欲言又止地要和她说什么。红妮对妈妈说："等到了秋天，羊儿长肥了，多卖些钱，给爸爸治腿。"原来，红妮的心里，没有一点怨恨。

过度的劳累，睡眠不足，十岁的红妮瘦弱不堪。晚上，一边吃着饭，一边打着瞌睡，手里的碗歪斜着，稀饭溪水一样弯弯曲曲地流了一桌子，往往是一顿饭还没吃完，人就已经趴在饭桌上睡着了。爸爸在一旁愧疚地看着，眼眶湿了，他嘱咐红妮说，少干点活儿，别把身体累坏了。

那年的冬天特别冷，人们都缩在屋子里猫冬。红妮依旧每天早早起来去放羊，晚上跟跟跄跄地背回一大捆比她个头还高的干柴。她的手和脚冻伤了，裂出一道道血红的口子，淌着紫红的脓水，脚肿得连鞋都穿不上。

夜里，妈妈捧着红妮的手和脚，流着眼泪说："妮啊！瞧你这手脚都快冻成烂柿子了，流脓淌水的，都伤到了骨头啊，打明个儿起，妈去放羊，你在家好好养着！"

红妮安慰妈妈说："妈，没事的，等春天来了，冻坏的地方就长出新肉了。妈妈腿疼怕风吹，跟不上羊群，会弄丢羊的。"

没有睡熟的爸爸听到这些话，心里憋闷，泪水悄悄溜出来，一直淌到耳朵里。

爸爸转过身去，偷摸擦去泪水，温和地召唤红妮，把这瘦弱的女儿第一次拉进怀里，颤抖着声音说："妮啊，我的好孩子，爸对不起你！等卖了羊，爸让你上学读书去。"

红妮蜷缩在爸爸的怀里，浑身颤抖着。此时红妮很害羞，也很悲伤，伤心地哭着说："爸爸，你打我吧，都是我的错，我真不是故意想摔死弟弟，也不是故意烧柴房的……"

爸爸心痛地抚摸着她的头，哽咽着："妮啊，不哭啊！过去的事都是爸爸的错，爸爸无能，爸爸罪该万死啊，以后，爸爸一定会好好疼你！"

爸爸知道，这些悲伤，岂止是大人的，红妮的伤痛一点不比大人少啊。

红妮懂事地说："爸，我一定听话，不去上学了。等卖了羊，把你的腿治好，领我去市里看花园，再买一本书，就是《巨人的花园》，这就够了。"

爸爸心疼地搂紧女儿，连声答应着。摸着女儿瘦骨嶙峋的身体，悔恨的眼泪就是止不住。

在那个最冷的冬天，红妮的身影一直在风中飘来飘去，像一团跳动的火焰，在寒冷中燃烧着。那个冬天，这小小的一团红色火焰，支撑着那个贫困哀伤的家。

一场罕见的暴风雪突然降临，患了重感冒的红妮，顶着大雪好不容易才把羊群圈回来，到家后一数，少了一只小羊。

妈妈让红妮不用去找了，雪太大，跑丢的小羊早被冻死了。红妮倔强地说："不行，一定要找回来，一只都不能少！咳，咳，咳……"

正在发着高烧的红妮剧烈地咳嗽着，她又累又饿，为了找回小羊，顾不上喝上一口水，吃上一口饭，顾不上暖一暖冻僵的身子，偷着跑进风雪中。

当黑色的夜空像一块破布缠裹住村庄时，大雪还在热烈地飘着，如同燃烧后飘起的一片片烟雾，北风饿狼一般呼啸着乱窜，红妮一直没有回来。妈妈在大雪中焦急地呼唤着她的乳名,村里的人也都出来找她,树林里到处都响着红妮的名字。

最后,在很远的树林里,大家找到了红妮,她靠在一棵大树的后面,躲在她红袄里的小羊奇迹般地活着,她却低着头,永远地睡着了。

红妮的身上落满了雪花,她身上的红袄,在白雪的映衬下更加红艳,似一团红色的火焰,在这洁白的寒冷的大地上,剧烈地燃烧着。

作者简介

庞滟,原名庞艳,2010起年开始创作,以小说、儿童文学为主,散见于《小小说选刊》《微型小说选刊》《小说月刊》《鸭绿江》《满族文学》《文学少年》《(新西兰)华页》等百余家报刊,有部分作品入选《2016年度中国小小说年选》《2016年中国微型小说排行榜》《2016中国年度小小说》年选及各文集。2016年获得"全国小小说十大新锐作家"奖。多次获省市级奖项。2016年出版长篇儿童小说《星星的孩子和梦魇》,2017年出版小说集《红火焰,白火焰》。

鞘藏寒气绣春刀

月　关

青州府外南阳河畔,有一户酒家。这家店既卖酒,也卖茶。

酒家的店面极小,掌柜、厨子和店小二都是店主刘旭一人,平时除了不远处那座村庄的百姓们会来沽点酒,就靠南阳河上往来的客船上临时下来歇脚的客人和打渔的渔夫们来照应,所以生意非常冷清,这店主也无心经营,时常收了酒旗茶幡去寻些别的生计,过往船只和左近居民都习惯了,一见门前杆上没了酒旗茶幡,便也不再过来。

今天这家小酒店似乎就已打烊了,门前那根细竿子上光秃秃的,可你要是走近了,就会发现茶幡酒旗虽然收了,门板却未全部安上,起码还留了两块门板的缝隙来通风换气。店里面静静地坐了几个人。

四个人围桌而坐,背门而坐的是一个十七八岁的少年,穿一身青衣,那服饰打扮,根本就是一个大户人家的小厮家仆,此人生得眉清目秀,只是唇薄眼细,脸色阴沉的白中透青,看着有些怕人,正是青州府杨家大少爷杨旭的贴身伴当张十三。

在他左手边端坐的是一个魁梧的大汉,这人穿一袭圆领皂衣,年约三旬,颔下一部粗髯,根根粗如钢针,生得是浓眉阔口,颇具英武之气,他的神情很冷,既没有蹙额瞋目,也没有咆哮如雷,就只是静静地坐在那儿,一股杀气便从他身上静静地散发出来。

张十三右手边却是一个胖子,这胖子四十多岁,大腹便便,圆脸肥腮,若是剃了头发，再换身僧衣，恐怕就会有我佛弟子把他当成"弥勒真弥勒，化身千百亿，时时示时人，时人自不识"的布袋和尚，还以为他老人家又来游戏人间了。

这个胖子穿着一身团花交领的员外衫，头戴折角纱巾，衫是上好的棉布，却非丝罗，看来他家中虽然有钱，却只是个纯粹的商贾，既非士，也非农，所以没资格穿绸缎锦衣。如今是洪武皇爷坐龙庭，上下尊卑的界限分明着呢，谁敢僭越了规矩？

就在前两年，江南那边发生过一件事，有十几个平民家的少年，因为家中富裕，买得起皮靴，所以都穿了靴子显摆，跑到街头去踢毽，结果被巡街公人抓个正着。那时皇帝老爷刚刚下诏：庶民、商贾、技艺、步军、杂职人等一律不许穿靴。有人顶风作案，自然要严惩不贷。最后十几个倒霉蛋都被砍了双脚。

有鉴于此，青州府虽然有点天高皇帝远的意思，可是家里有钱却没资格穿华服锦衣的商人老爷们，也只好在家里穿穿锦衣丝罗抖抖威风，一旦出门的话，外面多少是要罩上一件布衫的，夹着尾巴做人至少太太平平，谁也不敢公然招摇，直接挑衅大明洪武皇帝的威严。

这胖子眉毛很淡，天生一双笑眼，那双笑眼的眼角此时正在不断地抽搐，额头鬓角也在不断地淌着汗，肥胖的手里紧紧抓着一块洁白的手帕，不时地擦擦额头腮边流下的汗水。

张十三对面坐着的，就是这家小酒店的店主刘旭了，刘掌柜生就一副老实憨厚的相貌，穿一身青粗布的直裰，襟角掖在腰带里，两只袖子挽着，露出板板整整的一截里衬，他的嘴唇紧紧地抿着，一脸苦大仇深，好像坐在他旁边的这三个人都是吃霸王餐的食客。

皂衣大汉是青州知府衙门的一个检校，名叫冯西辉。检校是官，虽说比九品官还低一些，只是个不入流没有品的小官，可那也毕竟是官，平民百姓见了他是要唱个肥喏，尊称一声大人的。

圆脸胖子姓安，名叫安立桐，是青州安氏绸缎庄的掌柜，经常往江南一带去采买丝绸，再运到北方来贩卖，家境殷实、身为一方富贾，腰缠万贯，在官场上他一个纯粹的商人固然屁都不是，可他家里有钱，平民百姓们见了他，就得巴结着唤一声员外老爷。

天很热，店里的气氛却冷的可怕，四个人都阴沉着脸色，一言不发，压抑得令人窒息。过了许久，安员外才艰难地咽了口唾沫，小心翼翼地道："杨旭死了，咱们的差事算是办砸了，现在该怎么办？大家都这么闷着不说话，也不是个事儿呀，冯总旗，咱们这里边您的官儿最大，您得给大家伙儿拿个主意才成啊！"

冯检校的嘴唇动了动，丝丝地好像在冒凉气儿，好半天才幽幽地道："拿主意？拿什么主意？四年前，你我四人奉命离开应天府，潜入这青州城，足足耗费了四年的时间，把金事大人能够动用的全部财力、物力和人脉都用上了，这才把杨旭扶持起来。上个月，本官刚刚给金事大人递了消息，说杨旭已成为齐王心腹，大人可以开始进行下一步的行动了，谁曾想……，谁曾想就他妈这么一转眼的功夫！"

冯检校狠狠一捶桌子，茶杯一齐跳了起来，冯检校这才恨声道："杨旭让人宰了，消息一旦传到金事大人耳中，我们会是什么下场可想而知，几位，罗大人的手段你们是晓得的，若不想落得个求生不得求死不能的下场，那就自我了断，寻个痛快吧。"

想起京里面那位大人杀人不见血的厉害手段，几个人不由自主地打了个冷战，刘掌柜喘了半天粗气，咬牙切齿地道："真他娘的，哪底是哪个乌龟王八，杀谁不好，偏偏杀了杨文轩，杨文轩一个身世清白的诸生，又不是什么江湖人物，他能得罪了谁，竟然莫名其妙就……，啊！大人，你说会不会……是咱们的身份暴露了？"

张十三一声冷笑，对这位年长他近一倍的同僚毫不客气地训斥道："你是人头猪脑么！我们行事如此隐秘，怎么可能被人察觉？退一步说，如果我们真的暴露了身份，谁会对我们不利呢？唯有齐王，可若是齐王下的手，他需要用行刺的手段？他会只杀杨旭？

"就算我锦衣卫最风光的时候，在王爷们眼里有几斤分量？应天府五军营的那两位指挥大人是怎么死的你忘记了么？他们就因为冲撞了一位进京朝觐的王爷仪仗，就被王爷使人当街活活打死，结果怎么着了？这位王爷不过是被皇上训斥几句了事。

"除了造反，根本就没有能加诸藩王身上的罪过，真就是有什么惹了众怒的罪行，那也是王爷犯错，长史代罪，除非是谋逆大罪，否则普天之下谁动得了皇子？如果杨旭之死真是齐王授意，齐王要杀我们就像辗死一只蚂蚁般容易，用得着这般藏头匿尾？"

安员外搓着手，忧心忡忡地道："眼下追究杨旭的死因有什么用处，重要的是，我们该如何向罗大人交待啊……"

张十三冷冷地道："杨文轩一死，我便抹去了船上的痕迹，用车子把他载来此地，消息此刻还未张扬开来，我连城都不进，而是把诸位约在此地相会，就是想要大家一起来商量对策，我……是没有办法可想的。"

安员外脸色苍白地转向冯检校，说道："冯大人，你看……要不咱们把这里的情形向大人如实说明？杨旭之死完全是一个意外，罪不在你我，咱们是无辜的，眼下又是大人用人之际，说不定……说不定大人会放过你我呢。"

张十三又是一声冷笑："吃的灯草灰，放的轻巧屁！罗大人几时这般心慈手软过了，应天那边现在的情形你又不是不知道，我锦衣卫现在处境何等艰难，想要翻身，依赖的就是咱们了。四年前，大人还能给咱们提供一些帮助，帮咱们扶持一个杨文轩出来，现在，大人已不可能再给予我们任何帮助了，大人的全部希望都葬送在咱们手里，你还指望大人会饶恕你吗？"

安员外汗流得更急了。

张十三在这四个人中地位有些特殊。四人中以冯检校为首，但要说到与应天府那位罗大人的关系，张十三才是罗大人的心腹，因此除了面对冯检校时他还能保持几分尊敬，对其他两人却是呼来喝去，丝毫不假辞色。安员外和刘旭早已习惯了他的跋扈。

就在这时，门外有人喊道："店家，在下捕了几尾鲜鱼，不知店家这里收吗，在下的价钱很公道，比起鱼铺子里来可要便宜多了。"

刘掌柜正在心烦意乱之中，挥手便嚷："去去去，老子今儿不开张，酒幡茶旗都收了，你看不见？"

他一面骂一面抬头，待他看清店外那人模样，整个身子顿时一震，就像遭了雷击似的僵在那儿不动了，冯检校三人察觉他的神情有异，立即扭头向门口望去，这一看，三个人也是大吃一惊。

杨旭！

那个昨夜死掉，现在正藏在后院马车中，因为天气太热尸体都已要发臭的杨旭，居然一副叫化子装扮，活生生地站在店门口，手里提着一串大小不一的鱼，用柳枝穿着鱼鳃，看起来那都是刚捕来的鲜鱼，鱼尾偶尔还会有气无力地摆动几下。

他的头发蓬乱松散，胡乱挽一个髻，横插一截树枝作簪，身上披一条破破烂烂的短褐，下摆处残破的如丝如缕，下身则是一条变了颜色的灯笼裤，用草绳儿胡乱系在腰间，小腿上打着绑腿，脚下是一双破草鞋，露着脏兮兮的脚趾头。

惊魂稍定，四人才发现这人与杨旭还是有着些许不同的，首先这人的举止气度与那风流倜傥、年少多金的杨公子相去甚远，不过这倒关系不大，就算是皇帝老子穿一身叫化子行头往街角一站，手里托着破碗，也绝不会再有那九五至尊的威风气派，很大程度上，这是衣装的问题。但是此人比杨旭结实一些，肤色也要比杨旭黑的多，另外就是一些无法确切说出的因素，完全是一种感觉，一种陌生的感觉。

冯检校四个人用"找碴"一般挑剔的眼光仔细地审视他，甄别着这这叫化子与杨旭的区别，发现二人的区别实在是微乎其微，如果不是他们已经见过杨旭死的不能再死的尸体，真要以为这人根本就是杨旭稍作打扮，特意扮成了叫花子来戏弄他们。

今天没开店，窗都关着，只在店门口敞着两扇门，所以室内光线很暗，那人看不清店中人的神情，店中四人却能把他看的清清楚楚。这个人虽是一身寒酸，可是五官相貌却与杨旭一般无二，如果让他换去这一身乞丐行头，再好生打扮一下，可不就是那骑马倚斜桥，满楼红袖招的风流公子杨旭么？

冯检校和张十三的目光相继亮了起来。

那人站在门外，看不清店中众人的神情，却能感觉到他们正在怪异地打量自己。他那来历不明的身份在这对户籍人口控制最严格的时代对他来说是一个最重大的威胁，为了避免麻烦，他一路行来连城都很少进，要不也不至于混成这般形象，此时察觉情形有异，立即提高了他的警觉，他打个哈哈道："店家若是不买，我自离开便是，何必这么大的火气呢，打扰了。"说罢提了鱼就走。

安员外喘了口大气，惊叹道："你们看到了么，看到了么，这人竟与杨旭长得一模一样，真是天下之大，无奇不有，要不是杨旭的尸体就在后面车子里，咱们几个刚刚还亲自验看过的，我真要以为是杨旭活过来了！唉，为什么这短命的乞丐不死，不该死的杨旭却死了呢？"

安员外长吁短叹着，冯检校和张十三已慢慢扭过头去，用一种看白痴似的目光看着他，安员外被他们看的有点发毛，他摸摸自己的鼻尖，讪讪地问道："呃……我……我说错什么话了吗？"

张十三揶揄道："安立桐，我以前只觉得你蠢，却没想到你比猪还蠢。"

安员外的脸腾地一下红了，结结巴巴地问道："我……我又怎么啦？"

冯检校对刘掌柜沉声吩咐道："你跟上去，盯住他，看他何处落脚！"

刘掌柜点点头，先返回内间，片刻功夫竟提了把刀出来，冯检校皱眉道："跟踪一个叫化子，还需要带刀？这把刀亮出来，一旦落入有心人眼中，岂不是一桩天大的祸事？放下！"刘掌柜讪讪地放下刀，闪身出了店门。

安员外这才反应过来，惊叫道："啊！我明白了，大人，莫非……莫非你想用这乞丐鱼目混珠？"

张十三刻薄地道："老安呐，我方才说错了，其实你比猪，还是要聪明那么一点点的。"

冯检校却没有说话，而是拿起了搁在面前的那柄刀。这是一柄狭长略弯的刀，轻便灵巧，易于近身搏斗，缅怀地看着这把刀，冯检校的目光渐渐热切起来。他拇指一按卡簧，利刃呛啷一声弹出半尺，冯检校的指肚轻轻拭过锋利的刀锋，喃喃自语道："绣春刀啊绣春刀，要到几时你的威风才能重现人间？"

一刀在手，一股无形的杀气已冲霄而起，漫过了南阳河畔的一草一木、一水一山。

本文选自网络小说《锦衣夜行》第二章

作者简介

月关，原名魏立军，起点中文网白金作家，中国作协会员。辽宁文学院客座教授，上海视觉艺术学院客座教授，辽宁政协知联会会员。

哑舍系列之香烛篇

玄 色

一个燃烧了千年不灭的蜡烛。

哑舍：哑舍里的古物，每一件都有着自己的故事，承载了许多年，无人倾听。因为，它们都不会说话……

医生认识老板至少也有两年了。

但是奇怪的是，他并不知道老板的名字。

而老板也不知道他的名字。

天知道，前几天老板是怎么找到他的，还把刚出手术室的他叫出来救狗！

老板他有手机吗？这都是个谜。

又怎么知道他手机号码的？这也是个谜。

而且当时在他手机上显示的，是未知号码。

医生甩了甩头，先不去考虑这种事情，他首先要把跑丢的狗狗找到。

他新命名为"阿帕契"的那只狗狗，居然一个没注意，就往古董店里面跑去了。

医生想要找老板，但老板正在把那条香妃手链收到柜子里，全神贯注，对他的呼唤丝毫没有反应。

医生只好自力更生，朝狗狗追了过去，但是他追到一架玉屏风时，犹豫了一下。

他在古董店混了这么久，还从来没有往古董店的内间去过。只是在外面的十几平米的地方转悠来着，甚至由于光线阴暗，连这架玉屏风都没有见到过。

这架玉雕刻出来的屏风足足有一人高，上面雕刻着的是一个园林的景象。雕工逼真之极，巧妙地运用着玉石的俏色，并且随着他的走动，山水能分得出来远近之趣，楼阁还能具现深邃之体。甚至上面所刻的人物表情丰富，能看得出来喜怒哀乐，花鸟鱼虫也绰约可见，几乎可以想象得到花间鸟鸣的声音和鱼跃而起的水声。

医生一下子就被迷住了，他在屏风前走来走去，看着因为光线的变化，玉石呈现的不同晕彩，甚至还想伸手碰触上面的玉石。

"汪汪！"此时阿帕契的声音就从屏风的后面传来，医生收回手，转头想找老板，但是一下子没找到。

算了，管他呢？反正就是为了把狗抓回来，若放任那只顽皮的狗把内间的东西都糟蹋了，他可赔不起。

因为据老板说，哑舍里的古董可都是价值连城。

虽然这点他持着怀疑的态度，但是就算他面前这架玉屏风的用料是普通的质地，那雕工也是惊艳绝伦，绝对不是凡品。

医生认命地叹了口气，从玉屏风转了过去。

在玉屏风后面，是一条极深的甬道，两旁全都是一个个小房间，上面也没有标牌，因为光线阴暗，所以显得阴森恐怖。

医生想在墙上找电灯的开关，但是摸索半响，无果。最终他放弃了，因为他想起来，在古董店，好像没有半个电器，连外间的照明，都是用那两盏长信宫灯。

医生把兜里的手机掏出来用屏幕的光做照明用，一边小声地喊着阿帕契的名字，一边试着沿着甬道往前走。

不久之后，他发现前面不远的某扇门是微微开着的，而背后有着微弱的光传来。

医生走了过去，试着推了一下门。

木门"吱呀"一下应声而开，因为一路走来的气氛太压抑，让医生的心不由自主地提到了嗓子眼，但是当他看清屋里摆着什么东西时，顿时松了口气。

一个只有几平米的小屋子里，什么都没有，除了一只点燃的红烛。

见没有狗狗的踪迹，医生打算再继续去找，可是他一回头，却发现不知道什么时候站在他身后的老板，正在黑暗中幽幽地看着他。

"你……你想要吓死我啊？"医生半天才缓过神，他抚着胸口，觉得自己的心跳直奔120，这对他健康的心脏简直就是巨大的伤害。

老板白皙的脸，在黑暗中看起来更显得苍白。他淡淡地瞄了一眼医生，道："谁让你随便进来的？"

"呵呵，我找阿帕契，那死小子跑进来了。"医生心虚在先，陪着笑说道。

老板一挑丹凤眼，"那条狗吗？刚看他跳上我的柜台，正在吃你买的早饭。"

"那死小子！"医生佯怒。不过他尚是首次看到老板不笑的样子，压力十足，忍不住为自己辩解道："我什么都没动过哦！再说这屋子里也什么都没嘛！"

老板听到他说什么都没动过之后，表情缓和了些，但当他听到后半句时，笑笑道："古物都是娇贵的，自然都是分门别类放置。有些需要干燥的环境，有些要避开光照，有些要隔绝空气，这香烛燃烧产生的温度、光线和灰尘，当然不能让其他古物和它同处一室。"

医生抓了抓头，不敢置信地问道："你是说，这根蜡烛是古物？我还以为是点上照明的呢！"这根蜡烛通体红色，只有一尺多长，看起来普普通通，和平常的蜡烛没有什么两样。细看，在蜡烛的底部，还缺了一块。

老板点了点头道："是的，这根香烛是深海人鱼的膏脂制成，能燃烧千年以上。现在，它已经燃烧了七百多年了。"

医生的嘴已经张成了"O"型，心想骗小孩都不会信的吧？

老板看了他一眼，微微一笑道："想不想知道这根香烛的故事？"

"说吧，我想知道。"医生抱着听故事的心理，反正他今天也不当班，听听无妨。

老板看着香烛燃烧而产生的烛烟缓缓上升，幽幽说道："这要从七百多年前的一天说起。"

从前有座山，山里有座庙，庙里有个和尚。

这是一个很通俗的故事开头，但是这个故事里，没有山，却有座庙，而且庙里也不止一个和尚。

当时，战祸连绵，饥荒遍野，很多人都被饿死了。

庙里有几个小和尚，都是家里穷，实在养不活了，才送到庙里剃度，求佛祖慈悲，勉强活着的。

故事的主角是一个小和尚。

这个小和尚叫什么名字，他自己都不记得了，连这座寺庙的方丈，都管他叫小和尚。

小和尚的职责，就是看守伽罗神殿的香火。不管什么时候，务必要保持大殿之上的香火不断，香烛不灭。

白天都有很多善男信女来烧香，所以小和尚白天就躲在香案底下睡觉，晚上起来整夜整夜地守着大殿，及时添加香火，更换香烛。

从来没有人陪他说话，他一向也沉默寡言，甚至连念经的时候都很少发出声音，所以被方丈认定是与佛无缘之人，被发配晚上来守着大殿。

小和尚的世界里，就只有那熏鼻的香火味，和一个个跳动的烛火。

随着时局的动荡混乱，来庙里上香的人越来越少，大殿里供奉的香烛也越来越少。

小和尚为了保持烛火不断，只得减少摆放的香烛，到最后每个晚上不得不只供奉一个香烛。

虽然寒酸，但这总是没办法的事。

直到有一天晚上，小和尚从箱子里取出最后一个香烛，长长地叹了口气。

他明天要去和方丈说，庙里的烛火要添了。

但是庙里是不是有钱再买香烛呢？

小和尚一边忧虑着，一边把最后的这一根香烛点燃，恭敬地放在伽蓝神像的右边。

然后，和平常一样，他慢慢地注视着火焰跳动的模样，什么都不想，把脑袋放空，真正地在发呆。

"喂！小和尚！"

小和尚辨清了这个声音是从上面传来的，半晌之后才反应迟钝地抬起了头。

在他的头顶上，有一个半透明的人，飘浮在半空中。

小和尚眨了眨眼睛，发现这个半透明的人，准确地说，是一个女人。

这个女人眯着一双媚而细长的眼睛，低垂着眼帘，从高空俯视着他。

"小和尚，人生究竟有多长？"她的声音虚无缥缈，就像环绕在她身畔的那些烛烟一般。

"人生，就在几十年之间。"小和尚愣了一下，呆呆地回答道。他很少说话，所以声音沙沙哑哑的，带着生涩和紧张。

女人挑了挑她那双柳叶般的长眉，眼睛睁开了少许，饶有兴趣地看着小和尚："小和尚，是你把我叫醒的吗？"

"叫醒？"小和尚迟疑了一阵才道："女施主，你是怎么到那么高的地方？"

"女施主？你以为我是人？我才不是人呢！你难道不怕我是鬼？"女人翻了个白眼，本来就倾国倾城的容貌更是美得惊心动魄。

小和尚很老实地摇了摇头："这里是伽蓝大殿，妖魔鬼怪是进不来的。"

"还真是虔诚啊！"女人挑了挑眉，斜眼看了下不动如山的伽蓝神像，轻蔑地勾了勾唇。

小和尚虽然傻，但是他不瞎。

他看到了这个女人没有脚，再往下就是他刚刚点上的那根香烛，香烛燃烧形成的烛烟冉冉升起，便形成了一个女人的形状。

"你……你是那根香烛？"小和尚又使劲眨了眨眼睛，以为自己是在做梦。

"没错，我就是那根香烛。你可以叫我烛。"

小和尚仰着头，愣愣地看着浮现在半空中的烛。

香烛上升的烟越来越多，她的形象也就越来越分明。白嫩如玉的肌肤上，一对深邃而媚长的眼睛，像是可以勾去仰慕者的魂魄。她的体态轻盈，姿容美绝，身穿着他从未见过的华贵衣服，而她那犹如锦缎般的发丝，就像有生命一般，飘浮环绕在她的周身。

"嘻，小和尚，喜欢你所看到的吗？"烛在空中优雅地打了个转儿，将头低下，轻轻地飘了下来，一直降到比小和尚略高一些的地方才停下。她俯视着他，轻勾唇角无限魅惑地说道："只要你把这根蜡烛吹灭，我就会变成真的，下来陪你哦！"

烛的声音就像是他小时候枕过的棉花枕头，柔软又舒服。她那由烛烟形成的发丝，氤氲地围绕着他。而丝丝香线，隐隐没入了他的鼻尖，让他整个人都飘飘然，不知身在何处。

"小和尚？小和尚？"

小和尚足足呆愣了半晌，才听明白她的要求，连忙把头摇得像个拨浪鼓一般。

"不行……"他只说了半句话，就赶紧闭上了嘴。因为他发现他一说话，呼出来的气就几乎把她吹动了几分。

他屏住呼吸，生怕把她吹散了。

烛撇了撇嘴，瞪了小和尚一眼，又重新飘到了半空中，背对着他。

小和尚努力地仰着头，他虽然看不清烛脸上的表情，但却也想象得到她必然是非常的失望。他想要出声安慰她，却嘴拙得不知道如何开口。

不过她应该不会失望太久的，这根蜡烛，到明天中午就应该燃尽，她应该就会如愿以偿了。

整个晚上，小和尚头一次没有看着跳动的火焰，而是一直仰着头，凝视着她的背影，片刻都没有移开过目光。

第二天清晨，小和尚睁开眼睛，发现昨晚他点燃的那根蜡烛还在燃烧着。

但是怪就怪在，居然还是他刚拿出来的那么长，连一寸都没有缩短过！

这怎么可能？小和尚又揉了揉眼睛，可是他面前的画面并没有改变。

"真是个奇怪的小和尚，见到我的时候不惊讶，这时候反而这么激动。"烛躺在殿顶的梁上，一脸嫌弃地说道。

小和尚仰起头，"这蜡烛是不是燃不尽？"

烛大大方方地点了点头，"是的，这蜡烛是千年的人鱼膏脂做成的，本应该在秦朝的始皇帝墓中长燃万年的。这根蜡烛是遗漏在外的，不知道为何流落到此处。"

"人鱼？"小和尚虽然见识不多，但也知道人鱼是一种极其美丽的传说，在大海里生活，上半身是人，下半身则是鱼尾……

小和尚看着眼前的烛，由烛烟形成的她上半身是人形，而下半身则由蜿蜒而上的烛烟形成。

"烛，你原来是人鱼吗？"

烛不承认也不否认，只是美艳动人地微微一笑，"小和尚，把这根蜡烛灭掉吧，这样我就能得到永远的解脱了。"

"解脱？"

"是的，我要去秦始皇墓里，捣毁那个墓。秦始皇想要长生不老，但是人生只不过在数十年之间，他又何必让那么多人陪葬？"

小和尚的头仰得有些酸麻，他几乎要被她的笑容所蛊惑。

但就在他即将听她的话有所行动之时，却一眼看到了在她身旁的伽蓝神像。

"怎么了？小和尚？很简单的，只要你对着这根蜡烛吹一口气。"烛迫不及待地飘了下来，整个虚幻的身体绕着小和尚。

从他的左耳飘到右耳，来回地低声劝诱着。

小和尚眼见着她惊心动魄的美貌就在他眼前来回飘荡，连忙闭上了眼睛。为了不让她悦耳动听的声音动摇他的心，小和尚开始喃喃自语地念起《金刚经》。

"若以色见我，以音声求我，是人行邪道，不能见如来……"

烛飘荡的身影滞了一下，"小和尚，你说的是什么意思？"

"声色皆有相，有形有象皆为魔，如果一个人用色相引诱我，低声下气的来求我，是一个人走了旁门左道，不可见到如来真佛的。"

烛扑哧一声笑了出来，笑声清脆动人，"笨和尚，平常都是谁教你诵经的？这句话的意思是：告诉你不能执着以相貌、声音去寻佛的心，否则就入了邪道，不能见如来。"

小和尚半信半疑地听着，他只是个守夜的小和尚，方丈说他慧根不高，也就没有教他经文的意思。他只不过听师兄们念经念得多了，会一些粗浅的经句，还都一知半解。

烛绕到小和尚的面前，看着他闭着的眼帘下眼球乱动，不由得好笑道："《金刚经》里还有一句：'凡所有相，皆是虚妄；若见诸相非相，即见如来。'世间的一切皆是生生灭灭，皆是虚幻的虚相，每个人皆有如来智慧德相，即本来面目。所以要修回本来面目才是正道。"

小和尚呆着思索了半晌，忍不住睁开了眼睛。此时烛就坐在了他的对面，浑身飘散着丝丝烛烟，烛烟散发出淡淡的香气，蜿蜒向上，盘旋回转，缠缠绵绵。清晨的缕缕光透过她的身影，直直地照射在地砖之上。

什么叫虚相？

这才是虚相。

"不开窍的小和尚。"烛见小和尚只是呆呆地看着她，不悦地撇撇嘴，"果然是着相之人吗？如你所愿！"

小和尚还没想明白她这句话是什么意思，就看到面前的烛化作一团青白色的烛烟，扭曲了几下之后，又重新幻化成另一个相貌。

华缨垂髻，黑须红脸，圆领宽大深绿袍。

和大殿之上的伽蓝神像一模一样。

"怎么样？小和尚？我就是伽蓝菩萨，我不缺你那一根香烛的供奉，去吹了吧！"烛幻化成的伽蓝菩萨连说话都粗声粗气，在大殿中还有着微微回响。

小和尚直视着面前的伽蓝幻像，半晌才眨了眨眼睛，双手在胸前合十，缓缓地诵道："若以色见我，以音声求我，是人行邪道，不能见如来……"

"……"

许久许久之后，一个嗔怒的娇叱声在殿内爆发："榆木脑袋！"

从这以后，小和尚的生活开始变得多姿多彩起来。

其实他就是一个普通的小和尚，生活的范围还是在伽蓝神殿，作息时间也和原来一样。

但是，他的身边，有了一个烛烟化成的女人。

虽然，她所求的，只不过是让他吹灭他点上的那根蜡烛，但是他无法答应。

因为这是庙里的最后一根蜡烛。

这最后一根蜡烛，还是静静地在神殿中燃烧，庙里的其他人都不知道这根蜡烛还另有名堂。

也没有人关注这根蜡烛为何从来都没有减短过，为何永远都是那么长。

他们关注的是伽蓝神像，是佛经，或者，是明天是否还能化到缘来果腹。

"小和尚，人生究竟有多长？"这是烛最爱问的一个问题，也是她每次出现之后，必问的问题。

"大概，在几十年之间。"小和尚总是这么回答她。

烛听了，便闭上嘴。不过也只能维持半天安静，便开始磨他把蜡烛吹掉。

小和尚每天晚上都被烛骚扰，一开始还能硬着心肠不听不闻，但有一次还真的被她说动了。

不过他需要找到另外的一些蜡烛来代替这根供奉在伽蓝神像前，可是当他刚要开口和方丈说，就发现方丈在为吃什么而发愁。

他开不了口。

生不逢时啊！

各地的起义军越来越多，大家都不耕种了，也没有粮食。

没有粮食，就更要起义。

"哼！所有朝代的更替都需要的是战争，但是战争是需要老百姓来承担的。"烛如此抱怨道。

小和尚静静地听着，在心中默念了两遍，还是不懂。

他确实是不懂。

但是有几个师兄却呆不下去了，扔下了佛经，还俗去加入了起义军。

"小和尚，你怎么不跟着一起去？"烛问道。

小和尚仰着头，他已经习惯总是仰着头看她，一开始脖子会比较酸，但是在不知不觉中，他的脖子也习惯了这个动作。

"我不去，我的任务，就是不能让伽蓝神像面前的香火断了。"小和尚回答道。

"榆木脑袋，你就是去了，我也不会灭的。唉，不行不行，万一你这个笨和尚死在战场上，我岂不是永远都解脱不了了？嗯，你还是留在这里的好。"烛来来回回地抱怨着。既不爽小和尚没有远大目标，又怕他真的想不开去参加起义军。

小和尚默默地咬着手中发硬的馍馍，觉得她好吵。

又好可爱。

"小和尚，人生究竟有多长？"烛每天还在问着这个问题。

"也许，在饮食之间。"小和尚每天看着碗中减少的食物，有感而发道。

烛听了之后，沉默的时间比以前长上了许多。

庙里走的人多，剃度进来的人更多。

很多人走投无路，就剃度当了和尚。方丈慈悲为怀，将他们纷纷收容在寺内，虽然还是吃不饱，但是寺内大家自己种的地开始有了收成，勉强可以维持下去。

小和尚一下子多了许多师弟。

但他的职责还是在伽蓝神殿守夜，他本就是一个容易让人遗忘的人，但是师弟们都知道他。

因为如果白天他不睡觉的时候，他总是会坐在香案前，虔诚地看着伽蓝神像。

一看，就是好久。

没有人知道，他其实看的，是在伽蓝神像上面的她。

"小和尚，我漂不漂亮？"烛发现小和尚天天在盯着她看，忍不住问道。

小和尚诚实地说道："你是我看过最好看的女施主。"

烛听了很高兴。

但是小和尚继续说了下去："我从小没见过几个女施主，不过你长得都比她们好看。"

烛："……臭和尚！"

庙里经常有祈求伽蓝神保佑的香客，只是很少有深夜来拜的。

某天夜里，小和尚正对着香烛发呆，不知道身畔什么时候突然出现了一个人。

这个人一身黑衣，样貌却像笼罩在虚幻中一般，怎么都看不清楚。

只是令人印象深刻的，就是他那身黑衣上绣着一条深红色的龙。龙首绣在右手的袖口，龙身蜿蜒盘踞在他的右臂之上，龙尾正好是绣在右肩。

小和尚本来不应该盯着人家不放，但是这条龙确实绣得栩栩如生，让他忍不住多看了一眼。

就这么一眼，小和尚才发现，这位香客并不是盯着伽蓝神像，而是一直看着放在香案上的香烛。

"这根香烛不错。"低沉的声音忽然间传来。

小和尚的眼皮抖了一下，不知道该如何回答。烛现在并没有出来，这根香烛看上去就只是普通的香烛。

他为什么要夸这么普通的一根香烛？

"小和尚，如果你不想要它了，可以把它转手给我。"这个男人继续说道，"我是个古董商，这根香烛很不错。"

这个男人并没有多说什么，只是反复地说着香烛很不错地走了出去。

小和尚心惊胆战，立刻转过头去。

大大敞开的庙门外空无一人。

男人来去无踪，小和尚几乎以为自己看到的是鬼神。他连续好久都没有睡好觉，更加每天每天地看着香案上的香烛，生怕她不见了。

小和尚成了众师弟崇拜的偶像。

他自己并不知道，对他们问的佛经全部都不知道是怎么回事，但是他的只言片语，反而被师弟们当成是高深莫测的禅语。

小和尚不知道怎么解释。

他还是喜欢和烛说话。

虽然他和烛说话，烛三句都离不开劝他吹灭蜡烛这句，但是他还是喜欢。

一天晚上，他吃晚饭的时候，被几个师弟缠着讲佛经，一直缠到入夜，都还没有结束的意思。

师弟们知道他的职责是看守神殿，有一个重八师弟自告奋勇地替他去了。

小和尚想阻止，却又找不到理由。

他害怕别人看到烛，却也害怕烛是他一个人幻想出来的，他害怕所有这一切只不过是他做的一个梦。

复杂的心理，让他根本开不了口。

然后，他被热情的师弟们缠着聊佛经聊了一个晚上。

其实都是他们在说，他在听。

准确地说，他也没有听，全部心神，都已经不在这里。

天蒙蒙亮的时候，他就立刻跑到伽蓝神殿，却发现方丈在严厉地训斥着昨晚替他值夜的重八师弟。

小和尚一惊，以为是方丈发现了他的烛。

但是，事情比他想象得更严重。

昨夜重八师弟在值夜的时候，睡着了。

老鼠把香烛啃了一个缺口。

在底部。

小和尚心痛得几乎要死掉。

重八师弟被方丈当众训斥，小和尚却恨不得他训的是自己。

重八师弟在晚上偷偷地用扫帚打伽蓝神像，说伽蓝神连自己面前的东西都管不住，还怎么管殿宇，怎么管天下？

重八师弟不知道在哪里找来一支笔，在伽蓝神像背后，写上了"发配三千里"。

小和尚都看到了。

但是他却没有出声阻止。

因为那天以后，烛就再也没有出现过。

虽然小和尚再也没有见过烛，但是这根蜡烛还是一如既往地燃烧着。

一分都没有减少。

小和尚把老鼠咬的缺口转向了背面，再用以前蜡烛燃烧过的蜡泪填补了这个缺口，使它看上去就像崭新的蜡烛一样。

没有人发现这根蜡烛就是原来那根。

可是烛还是没有出现。

又不知道过了多久，小和尚还是夜夜守着神殿，夜夜看着香烛。

终于在一天晚上，烛又重新出现在他的面前，美貌依旧，艳丽逼人。

只不过，她左手的袖子像是被什么东西咬掉了半截，代替她袖子的，是一层极丑的红色蜡布。

"榆木脑袋！你说！你怎么赔我的裙子？"烛恨恨地说道。

小和尚傻傻地笑了起来。

她还在。

真好。

"榆木脑袋，你不是说没钱买香火代替吗？如果我教你怎么赚钱，你不就可以大大地赚上许多，可以给庙里添香火了？"也许是这次事件让烛心惊肉跳，所以她就越发地劝诱起小和尚来。

可是那些香火，都不是你。

小和尚心里默默地想着，缓缓地摇了摇头。

烛气得在大殿内乱飘，然后停在小和尚的面前，认真地问道："小和尚，那你想要什么？什么我都可以给你！"

想要什么？

小和尚愣愣地看着她的眉眼，唇动了动，却没有发出声音。

"师兄，你为什么不答应她？"重八师弟某天凑过来，小声地问道。

小和尚一惊，知道重八师弟肯定是听到了他和烛的对话。

这也在意料之中，毕竟这偌大的神殿，谁都可以往来。

小和尚淡淡地回道："钱财乃身外之物，若不是真心供奉在佛主案前，那要之又有何用？"

重八师弟无语，默然走掉。

可是烛却没有放弃说服小和尚的工作，某天晚上突发奇想地说道："难道小和尚你是要当皇帝？我听到很多人都想当皇帝，你想当皇帝的话，我可以告诉你怎么当啊！"

小和尚无动于衷。

烛以为他不相信，连忙详细地把怎么当皇帝的过程全说了出来。现在天下大乱，她身在孤庙之中，居然能把所有势力都说得清清楚楚，如何加入其中一个势力，怎样进行下一步，竟然巨细无遗。

烛说完之后，看着毫无反应的小和尚，顿时泄了气。

她又做了一件蠢事。

"你真的不动心？刚刚你那个弄坏我袖子的师弟，就在门外偷听。现在估计已经打点行装上路了。你就甘心让他当皇帝？"烛懒懒地坐在香案上。

"秦失其鹿，天下共逐之，於是高材疾足者先得焉。"小和尚想了半天，才挤出这句听来的古文。

烛扑哧一声笑了，头一次觉得，这个小和尚还是挺让人刮目相看的。

"重八这人贫苦百姓出身，如果他真的做了皇帝，也是百姓之福。"小和尚认真地说着，打从心底里希望重八师弟能拯救这个乱世。

虽然他不信就因为照着她说的几句话去做，就能当皇帝。

"秦失其鹿，秦朝、秦朝……"烛却没有理会他，不断呢喃着，眼神飘忽到了那个久远的年代。

后来，朱重八果然当上了起义军的首领，推翻了元朝，建立了明朝，改名朱元璋，真的当上了皇帝。

小和尚在的寺庙，便是天下闻名的皇觉寺。

伽蓝神殿再也不需要那根燃不尽的香烛了，有上百根的香烛取代了它。

从此香火旺盛，香客不断。

皇帝不久之后，驾临皇觉寺，下令在这上百根的香烛中，寻找一根被老鼠啃过的香烛。

还有，召见小和尚。

当小和尚被带到重八师弟面前时，他看到了那只被官兵抢走的香烛，静静地放在桌子上燃烧着。

底部的伪装被识破拿掉，露出了那里丑陋的缺口。

"你能让这里的女人再出现吗？"以前是师弟，现在是皇帝的这个人，急切地问道。

小和尚诚实地摇摇头。

烛出现与否，都是她自己的意愿，他无法控制。

皇帝皱起了眉头，出家人不打诳语，所以他也不必追问这话到底是不是真的。

"这蜡烛是怎么回事？她不是想要自由，想要解脱，只要吹灭了蜡烛就可以吗？为什么朕却吹不灭它？甚至用水泼都没用！"

小和尚恍然，这才知晓为何烛一直缠着他。

因为只有点燃这根香烛的人，才能把这根香烛吹灭。

"师兄！快想办法让她出来，朕想见她！"

皇帝还称他为师兄，这已经是很难得的待遇了。

但是，小和尚还是诚实地摇摇头，他真的做不到。

小和尚虽然做不到，但是皇帝可以另外想办法做到。

用金钱利诱是不行的了，皇帝曾经在伽蓝大殿外偷听过烛用钱财劝诱小和尚，这个办法自然是不好用。

但是，皇帝还可以想其他办法。

在密室中，小和尚被皮鞭抽打得遍体鳞伤。

重八师弟变了，不仅仅是他的头发长出来了，也不仅仅是他改了以前的名字。连他的人，都整个变了。

变得心狠手辣，变得不择手段。

小和尚咬紧牙根努力地不发出声音，他不知道烛能不能看到，但是他不想她听到。

就在他快晕过去之前，他看到了一丝烛烟飘荡在他的面前，隐约闪过了烛带着关切的脸。

"小和尚，人生究竟有多长？"他听到她还像往常那样问道。

她怎么这么喜欢问这个问题？

小和尚迷迷糊糊地想着，勉强提起一口气道："人生……就在……呼吸之间。"

烛一惊，目光变得复杂起来。

而小和尚却并没有力气细看她的神色，无奈地闭上了眼睛。

昏迷中依稀闻到了一股熟悉而香甜的香檀味。

小和尚努力地睁开了眼睛，发现自己被一团浓郁的烛烟包围着。

他还躺在密室内，身上皮开肉绽，疼痛难忍。

但他还是露出了笑容。

因为桌上燃着的，还是那根香烛。

他在密室内找了许久，都没有找到烛的身影，只有围绕着他的这团烛烟。

但是香烛像是发觉了他转醒，火焰摇晃了两下，烛烟开始变得细长，蜿蜒地从门缝钻了出去。

是烛指示他逃跑的路线，小和尚意会地站起身。

虽然他每天都在伽蓝神殿里，但是他从小在这座庙里长大，对暗道还是了然于胸的。

也许是上天保佑，也许是没有人把他当回事，小和尚居然强撑着伤重的身体，把烛从守卫重重的寺庙中带了出去。

"为了我，离开了侍奉多年的寺庙，你不后悔吗？"烛在他身边，飘渺地问道。

"不悔。"漆黑的夜里，小和尚捧着香烛，在深山里走着。那寺庙，因为师弟，已经变了味道。他想起那尊被重塑金身的伽蓝神像，心下不禁黯然。不管外表多光鲜，但他知道，那金漆之下，是一尊破败的神像。

"为了我，你被伤得这么重，你不后悔吗？"烛低头看着地上的血迹，闷闷地问道。

"不悔。"小和尚脚下踉跄了一下，差点摔倒在地。但是他仍稳稳地捧着香烛。

小和尚走了很久很久，但其实并没有走了多远。不多时，就可以看得到搜索他的士兵们，举着火把，把整座山都包围了。

"把我吹灭了吧，否则他们迟早会循着火光，找到你的。"烛在小和尚耳边担心地劝道。头一次，烛不是为自己着想，而是担忧着小和尚。

小和尚深深地看着她，终于举起了手。

烛的脸上划过释然和难舍的复杂神色，缓缓地闭上了眼睛。

终于结束了。

她心心念念的就是这一刻，为什么心中还会有着不舍呢？

烛的眼前闪过第一次见到小和尚的画面，那时，他还只是个少年……

半晌过去了，烛却没有感觉到任何变化。

她不解地睁开双眼，却忍不住惊呼出声。

她的面前一片漆黑，没有了半点火光。但是她却借着月光看得一清二楚。

构成她的缕缕青烟从小和尚的手掌上方腾然升起，他竟然直接用整个手掌包住了香烛的火焰。

无情的火焰正吞舐着他的手心，几乎在指缝中，都可以看得见肆虐的火光。

"为什么？！"烛急忙地在他的身边飘来飘去，想把他的手掌移开。

可是她无助地发现，自己的手碰到他之后，就化为了飘渺的青烟。

小和尚满头大汗，疼得脸都扭曲了，但却维持着柔和的笑容。

烛生生地呆住了。她此时才注意到，她记忆中的那个小和尚，已经长大了。

在不知不觉间，他已经长成了一个英伟的男人，原本稚嫩迷茫的表情已经被坚毅所取代。汗水顺着他本来端正的脸庞流淌下来，可以想象他正忍耐着说不出的难受。

但是他的双眼却一直对着她笑着。

烛突然想起来，这么多年，小和尚一直都是这样。

在庙里，他是最虔诚的一个，满脸漠然，尤其是那双眼睛，没有焦距，空寂一片。

仿佛什么都没有看，又仿佛什么都看在眼中。

只是每次当她出现在他面前时，他的目光瞬间就变了。

变得温柔似水。

"烛，我知道你要我灭掉你的火焰，实际上只是想解脱而已。我不知道你是什么，但是对于我来说，你是真正活着的。我又怎么能杀生呢？"小和尚轻柔的声音不断地传来。

"但是，我保护不了你。所以，只好把你托付给能保护你的人了。"

"你别生气……"

什么？他在说些什么？

一向寡言的小和尚居然一下子说了这么多话，让烛无法接受。

烛有听没有懂。

然后，烛的视线里出现了一条深红色的龙。

"好好照顾她。"小和尚抬起头，郑重地对着某人说道。

没有人说话，只是红龙向前动了动，接过了小和尚手里的香烛。

火光从小和尚的手掌中流泻而出。

烛这时才发觉，这条深红色的龙并不是真的，而是绣在一个人的右手袖口上。黑底红线，由于绣工卓绝，乍看上去，就像真的一样。

这条栩栩如生的龙，龙头对着袖口，就像是随时都能腾云驾雾而出一般。

烛不知道为什么这个男人会穿破重重包围，出现在这里。但是当她看到他拿起香烛时，忍不住颤抖了一下。

黑夜中，这根香烛，就像是被那条红龙叼在口里一样。

"小和尚！你！"烛死命地缠着小和尚，但是香烛渐渐远去，烛烟也渐渐稀薄，她变得越来越透明。

她不甘心！他凭什么要替她做主？他不过只是个小和尚！

"人生，究竟……有多长？"小和尚吐出一口血，断断续续地问道。

烛愣住了，这个问题她一直都是在问他的，如今反过来被问到，一时居然无法回答。

小和尚朝她柔柔地一笑，"人生，就在……你我之间。"

烛一愣，烛烟再也支撑不住她的人形，倏然间朝黑暗中的那点火光遁去。

这是烛，最后一次，看到小和尚。

"故事讲完了？"医生斜靠在墙上，发现老板没有再往下讲的意思了，愕然反问道。

"嗯，讲完了。"老板点了点头。

"那结局呢？"医生咬牙切齿。按理说，这种故事，不都应该有个结局来告慰观众的吗？

"结局？这就是结局。"

"那小和尚死了？"

"小和尚又不是神仙，当然会死，只不过当时并没有死。小和尚只是鞭伤和烧伤，很容易就被救活了。朱元璋得不到香烛，但是又找不到香烛的下落，只好恨恨地放弃。小和尚又回到皇觉寺，职责还是守着伽蓝神像前的香火。他每天都点燃着无数根香烛，看着无数根香烛静静地燃烧、熄灭，却独独没有他的那一根。"老板淡淡地叙述着。

"啊？那最后呢？最后怎么样了？"

"最后？"老板认真地说道，"最后，小和尚，变成了老和尚。老和尚死了。"

医生无语，顿时觉得站在这个阴森森的地方听这个故事的他，简直就是个白痴。

"这故事太过分了，几百年前的事了，还扯上了朱元璋？你又怎么知道得那么清楚？还有，那个穿着红龙衣服的人是谁？怎么也不可能是你吧？"医生仔细地看着老板，发现他身上穿着的是那件黑色的唐装，而且他还记得，那条红龙应该是绣在他后背上的。

故事里的那个人分明是龙首绣在袖口的。

医生努力回忆着，貌似他看到老板穿过的红龙衣服，不管龙的姿态怎么变化，龙首都是对着老板的脖子。

就好像是要吃掉他一样……

老板神秘地笑了笑，并没有回答。他转身道："走吧，去看看你的早餐有没有被吃光。要不我们到外面吃点东西吧，当然，要你请客。"

医生看到老板身后盘踞的红龙时，免不得愣了一下。随后听到老板说的话，他才无奈地撇了撇嘴，这老板可是无时无刻不忘记揩他的油啊！

医生在走之前，忍不住又回头看了一眼暗室内仍然燃烧着的那根蜡烛。

怎么看都只是一个普通的蜡烛而已。

他耸了耸肩，小声地喃喃自语道："也不知道那个小和尚怎么想的，明明喜欢你，还不说出来。唉！我也变疯魔了，居然会相信这个故事。喂！老板！你要去哪里吃饭啊？太贵的我可请不起啊！"

门关。

走廊里还传来医生的大呼小叫声。

此时蜡烛的火焰，跳动了一下。

一颗晶莹血红的蜡泪，顺着蜡身，缓缓地流淌了下来。

哑舍：哑舍里的古物，每一件都有着自己的故事，承载了许多年，无人倾听。

因为，它们都不会说话……

      本文节选自：玄色长篇小说《哑舍》系列之香烛篇

作者简介

  玄色，中国青春畅销书作家。2007年开始写作，代表作有《哑舍》系列作品等。出版的一系列作品，都是青春幻想类型文学的佼佼者。

拐过香磨

黄小玲

闵彦民脚跟脚地随在吴庆天的身后上了公共汽车，闵彦民看见女乘务员老熟人般地冲着吴庆天笑了一下，说："去啊，吴庭长。"吴庆天随便地哦了一声便坐在了乘务员指给他的座位上。这时候过道里还没有站人，因为还有几个座位空着，可空着的座位在最后边，离吴庆天的座位很远，闵彦民跟本就没打算坐到后边去，他站在吴庆天的旁边就不动了。乘务员白了他一眼，说："后边儿坐去，有座非站着干嘛！"闵彦民像没听见似地，仍原地站定。这下乘务员声音大起来："你这人真怪，座空着你不坐，偏在过道里站着，别人还以为没坐了呢，还怎么愿意上车！有'病'啊！"闵彦民这才不情愿地向后走去，心想，什么他妈娘们儿！要不是心中装着事，怕冲淡主题，闵彦民不会不与那娘们理论，可闵彦民没有。他向后面的座位走去，由于是不情愿，动作就有些拖沓与倔强，尤其是那双脚，好像有千斤重，迈起步来一只脚紧紧贴住另一只脚，显得很别扭。这时，吴庆天冲乘务员送过去一瞥，那分明是嘲笑、鄙夷、蔑视还带有赞同和鼓励乘务员的一瞥，闵彦民感觉到了。"有'病'啊！"三个字像蘸了水的海绵，在他的大脑里迅速膨胀饱满，几欲从他的鼻孔、耳眼、嘴巴里滴落下来。

闵彦民记得吴庆天也大声对他说过这三个字。当时闵彦民正在陈述事件的整个经过，一开始还有些拘束，可越说就越流利起来。因为吴庆天漫不经心地翻着手里的一本卷宗，似看也似在听，一直没有接话，这使闵彦民的陈述没有一点障碍，到后来，就像一个演讲者一样大发着议论和感慨，仿佛面对的是亿万观众，或者是已入无人之境。这时吴庆天喊了一声"有'病'啊！"这使闵彦民的大脑瞬间一片空白，然后就像泄了气的皮球一样一点一点地软蔫下去。末了他说："我冤枉，找个说理的地方。"

闵彦民咽不下这口气，他觉得再也没有比这更窝囊的了，老婆被吕冲勾搭上，还被吕冲反咬一口，背上一笔债，作为一个男人，他几乎都没脸见人了。

闵彦民是民办教师，赶上这拨教师精简民办一个不留，他毫无理由地走下讲台走近了锅台。

老婆双燕按说是个能干的主。一个人养着一千多只鸡，屋里屋外还从来都是利利索索干干净净，她很少支使闵彦民干这干那，而是喜欢把闵彦民洗涮打点得干干净净工工整整。她说为人师表就得有个样。其实，她更喜欢闵彦民早晨有模有样地走出去，晚上下班还是有模有样地走回来。这就和其他姐妹的男人有很大不同，他们往往是一身灰一身土或者是喝得醉醺醺，她才不愿意她的丈夫也是这个样子呢！她不在乎闵彦民那一脚踢不倒的几个工资，她在意闵彦民的手与村里其他男人的手不同。闵彦民的手大而长而白而柔，她喜欢闵彦民的手在她的身子上游走，她时常看着其他姐妹们的男人老锉一样的手，觉得这样的一双手要是摸在自己的身子上，那该是天底下最叫人难以忍受的一件事情。

家里的事几乎不牵扯闵彦民，这让闵彦民倒是一心一意地做他的民办教师。闵彦民在学校里的口碑极好，勤奋、敬业、实在，家长反映也不错。可是，几次考公办他都没有考上。闵彦民不相信自己考不上，他总是极有耐心地为下一次考公办而备战，他没想到民办教师一刀切，他再也没有下一次了。

公共汽车走走停停，不一会儿就拣满了人。这是通往县城乘客最多的一辆车，到达县城时间是早8点。到县里办事的，上班的，进货的，采购的都习惯坐这辆车。闵彦民坐这辆车，是因为他知道吴庆天每天都坐这趟车上班，吴庆天上班的法庭离家30里路。闵彦民穿过过道的人向吴庆天的座位走去。

闵彦民被精简之后，媳妇双燕慢慢就指望上了闵彦民。先是随着大姑娘小媳妇赶集上店，有闵彦民在家，她再也不用急三火四地赶着点回家喂鸡，从前一个人的活现在两个人来干，自然就有了很多闲暇时间，双燕有时就东家坐坐，西家聊聊，听送料的业务员侃哪儿的集市大，哪儿的集市货全，还跟着来送鸡料的车赶过几趟更远的集。双燕现在的想法实际多了，一双手再白再柔也抵不上现在这样实在。

闵彦民倒是耐得住寂寞，除了房间和鸡舍，基本上是大门不出二门不进了。饲料行业竞争得厉害，鸡饲料都是厂家免费送货上门，指哪卸哪。这天，闵彦民正过目卸饲料，媳妇双燕扯着嗓子告诉他，明天学校张老师儿子结婚，请他。他想，一会儿回屋再告诉他还不行，扯这么大嗓门。他摊开手对业务员吕冲说："得，又一份礼！这份礼可必须得随。"业务员吕冲说："礼尚往来嘛，礼多说明人缘好啊！"

闵彦民和张老师在学校里是十几年的同事，很合得来。闵彦民被精简，张教师着实难受了一阵子。这次儿子结婚，他把闵彦民请来，当自家兄弟待，陪娘家客人吃饭，闵彦民感慨万千，多贪了几杯，很是尽兴。随娘家客人一起出来，想这起码要比正常提前两个小时，这不仅仅是时间上的提前，是张老师够意思，尽管他精简回家，还拿他当朋友。这样想着，脸上喜滋滋脚步轻悠悠地回了家，媳妇双燕和业务员吕冲就被他撞了个正着。闵彦民没有一点思想准备，一瞬间有点像看西洋景。等酒精和血液充贯脑门抓着家什冲过去，业务员吕冲早已在媳妇的掩护下丢盔卸甲地跑掉了。

闵彦民扯过媳妇扇了两下，媳妇从容地应着，没有胆怯，没有求饶，这反倒让他失去了打下去的兴趣。他想起昨天卸饲料时媳妇的大嗓门儿，莫不是对暗号吧！他一屁股圪蹴在地上，他觉得他再也不是一个像样的男人了。

闵彦民已经穿过过道里的人来到吴庆天的座位旁站定。他说："吴庭长，真的就像你说的那样判了吗？"吴庆天没有说话也没有看他。他又说："我冤枉。你真的不能为我主持公道吗？"吴庆天还是没有看他。吴庆天闭眼靠在后座上。吴庆天说："法律只相信证据。"

闵彦民堵得慌，是吕冲让他做男人矮了一截，他要去找业务员吕冲。不想，还没等他出门，吕冲自己却送上门来，这是他没有料到的。

吕冲是打心眼里不想失去这个客户，硬着头皮来找闵彦民陪罪。还有前几天闵彦民还完鸡料款的一个欠条忘了抽，一并送过来顺便讨个好。可还没等接上话茬，就被气呼呼的闵彦民一棒子给撂倒了，腿骨骨折。这下吕冲被打急了，反说拿了欠条来要账，发生口角被打。闵彦民被告上法庭，连住院费及欠条里外里闵彦民要拿出两万元。

闵彦民真正是赔了夫人又折兵。即使是打了人住院费他任拿，那已经还完款的欠条再去还一遍不冤出水来嘛！

闵彦民一次次地去找吴庆天，一遍遍地讲述事情经过。吴庆天要他找出还款证人，他说媳妇双燕可以证明。这显然不能成立。关键是吴庆天还说他无中生有，说他撞见吕冲和他媳妇怎么不当场将吕冲撂倒。闵彦民理屈词穷了。可闵彦民是冤枉的，闵彦民就又将经过说了一遍。吴庆天说："还要说多少遍？连老婆都豁得出来！"闵彦民看出吴庆天已很是瞧不起他了。

闵彦民憋屈得坐卧不安。这时候，他已经忽略了媳妇和吕冲的事。关键是欠条的黑锅对他来说也是致命的，他做了半辈子老师啊！可谁能相信他呢！他想死都说不明白了，可死能说明他起码是冤屈的啊！他真的备了一把刀，塞在长筒皮靴里，他准备跟吴庆天到法庭里，再一次从头到尾说一遍经过，吴庆天再不信，他就死给他看好了。

闵彦民站在吴庆天座位旁，跟吴庆天说话，吴庆天一直都没有把脸转过来看他一眼，他原来是睁着眼睛坐着的，闵彦民从后面挤过来跟他说话，他反倒把眼睛闭上了！吴庆天闭着眼睛靠在后座上，这让闵彦民心里"咯噔"一下，仿佛全车的人都因为吴庆天对他的态度而跟着瞧不起他，莫非他满脸都是倒霉相不成！干嘛要用死来证明自己冤枉呢，不，个狗娘养的瞧不起人的吴庆天，杀了吴庆天，不要你相信了，就在这小娘们的车上！个狗眼看人低的娘们儿！叫你的车鲜血横流以后拉不着客！再跑回去杀了那个不要脸的吕冲！闵彦民被自己突然冒出来的这个想法吓了一跳，他下意识地两只脚合并在一起，右脚马上感觉到左脚脖子那一溜尖硬利器的触摸。他有些兴奋，他被这种兴奋激励着，眼神似乎有了一种晶亮的光泽。他扫了一遍车厢里的人们，或坐或站，都麻木的表情，没有人因为他的兴奋而兴奋。不过他想，这麻木一会儿就会被惊悸所代替。他又朝车窗外扫了一眼，马上就是一个大站，下车的人比较多，他不能急于动手。再往前是香磨，拐过香磨他就下手。因为拐过香磨之后是一个小站，他会在开车门的一瞬间结果了吴庆天然后扬长而去，他甚至都不屑再看吴庆天一眼，他怕吴庆天那鄙视他的神情让他等不到拐过香磨。

大站下去一些人，又上来几个人，他一眼从上来的几个人中认出他曾教过的一个女孩子，他连忙把脸背向女孩。这女孩子小学一直跟他的班，学习很好，只是家境困难，后来听说初中没念完就辍学了。尽管他背过了脸，可女孩儿还是认出了他，女孩儿一边往他这边挤一边喊："闵老师，进城啊？"他装作听不见。可女孩儿又喊了一遍，并已凑到他的身边。他含糊地答："哦。"女孩说："我也进城，这么巧，要不还真不容易见着您呢！"他只好转过脸来。女孩正好站在了他和吴庆天的中间。女孩已经长高了，出落得亭亭玉立，一口一个"闵老师""闵老师"地叫着，这让他有些无地自容。女孩可能还不知道他已经被精简了。他尽可能地不看着女孩儿，他把脸扭向车窗外。

香磨就要到了，他又下意识地两只脚紧紧地并在一起，又一次感觉到了那尖硬利器的触摸。这时,女孩儿的话语又响起来。女孩儿说:"闵老师,有件事在我心里窝了好久了,老想找您说说,今天终于有机会了。"他的两只脚还紧紧地并着,可他再也感觉不到什么。他茫然地望着窗外,树木和山影嗖嗖地向后退去,他眼睁睁地看着车已拐过香磨,驶过小站,他恍惚记起女孩问他去县城啊,他答过"哦"。他眼睁睁地看着吴庆天到法庭下了车,可他的脚似有千斤重就是抬不起来。女孩一个闪身,说"您坐,闵老师。"便把他推到吴庆天刚刚坐过的座位上。女孩儿说:"这件事我窝囊极了,就想找您唠唠。"

闵彦民把眼睛闭上,也像吴庆天一样往座背上靠,女孩儿看见他的喉结上下滚动了几下。

闵彦民睁开眼睛的时候,车厢里仿佛一下子亮了许多,他再也没有望向窗外,不过他估摸着县城还是快到了。

作者简介

黄小玲,又名黄晓玲,笔名凡情,公务员,1964年出生。以写诗起步,先后在《诗刊》《星星》《鸭绿江》《芒种》《沈阳日报》等发表诗歌百余首,并多次在省市举办的诗会中获奖。

开往深圳的火车

张迎春

列车启动，开进一片萧瑟和荒凉之中。这个季节的北方寒意深深。

安置好行李，老李一屁股坐下，看着窗外的景色一点点暗下来，迅疾远去，那种感觉又来了。一连几天，老李总觉得丢了点什么，却想不起丢了啥。

半年多了，自从老伴去世，儿子的电话就没消停过。儿子让他把店盘出，去深圳和他们一起过。

老李舍不得。店不大，只有十几平方米。接过来十多年了。夫妻俩积蓄不够，东借西凑，才盘下这家店。夫唱妇随，虽说没攒下多少，靠着这店也算供着儿子读了大学，结了婚。

老伴走了，可只要在店里，他就觉得她还在。没了店的日子他不知道怎么过。

老伴突发心梗撒手而去。儿子不放心他，一天一个电话。兵来将挡水来土掩，他总有不去的理由。直到有一天，儿子说，我们两口子要去外国进修，把你孙子一个人扔家里？这回他没话了。

对面的老大姐电话里嘱咐来嘱咐去的，满是不舍。不知道离别的是老伴还是儿女。

老李最舍不得的就是大哥了。一起打球多年，他的身体结实了，球艺长进了，和大哥早就是成了无话不谈的好朋友。这大半年，大哥更是嘘寒问暖，所有的业余时间都和他耗在了球场上。飞旋的球，让他沉到谷底的心又轻盈起来。

那天，他和大哥说了兑店的事。大哥说，孙子一直想改变经营方向呢。

想起多年前，老李至今内疚。那年大哥提议两家合伙做生意。老伴不同意。朋友就是朋友，一合伙，说不定生意做不长，朋友也没了。老李不以为然。人和人不一样。你看咱和大哥，这不一直亲如手足嘛。

出兑的消息传开后，老李接到好几个电话了。老朱出价最高，老李没有应承。

老朱说，别给别人，我再加点。这就把定金送过去。老李赶紧说，别别，等我电话吧。

大哥每天问长问短，看样子还真是下定了决心。

进站，出站。车停，车开。下车上车的人带进来阵阵寒意。

老李沉浸在自己的思绪里。

十多年的心血低价盘出，老李真舍不得。可是大哥要兑，另当别论。往下一想，老李又划开了魂。这行不比当年，支个摊开个店谁干谁挣。现在不行了。这两年算算，除了维持家用所剩不多。大哥兑过去能挣钱吗？他把价格压了又压。看样子大哥心里也没底，眉头紧锁着。

那天哥俩吃饭。大哥说，李呀，不用特意照顾大哥，同样的价格先紧大哥就成。我知道这些年挣得钱都在货里。深圳物价高，你那俩退休金不当事。手头松快点给孙子添点啥，不也脸上有光嘛。

大哥这么一说，老李更不安了。他没回答大哥的话，他还在想着怎么能让大哥接过去就挣钱。原打算为减少损失带一部分去深圳的货，他决定不带了。都给大哥吧。大哥淡淡地说，谢谢啊。

"哐咚、哐咚"的火车钻进无边夜色，老李失眠了。

老李的眼前总是大哥那张没有笑容的脸。

老李睡不着就翻清单。那摞清单都快翻烂了。狠狠心，部分商品半兑半送，部分商品就送大哥吧。大哥的眉头总算舒展了。

能让的让了，不能让的也都让了。老李还是睡不着觉。隔行如隔山。他经营的项目技术含量比较高啊。嗯，距离儿子出国还有段时间。儿子出国前最后几天再走，他可以手把手地多教教大哥的孙子。

大哥脸上有了笑容，老李心中悬着的石头落了地。

一阵沙沙的雨声。车窗上有眼泪在聚集，承受不住就流了下来。

前天，临出门下雨了。终于不用风雨不误地去上班，老李心里一阵轻松。看看日历，他还是打着伞出了门。

离他去深圳的日子不远了。再跟大哥和孙子多聊聊吧。

进得门来，大哥的脸色有点沉。老李关切地问，怎么了，大哥脸色不好。大哥说，没事，昨天没打球睡得不太好。

老李说，今晚吧。今晚再跟大哥过几招。

大哥的孙子说话了。李爷爷，今天老朱来了。大哥向孙子摆手。孙子不管不顾。老朱说你兑给我们的价格太高了。大哥说，李，别听小孩子乱说话。他懂什么。

明显感觉到了大哥的不快，老李后背发凉。张了张嘴，又把嘴闭上了。老朱还有这么一手，大哥不会真信了老朱的话吧？

想着大哥这么多年对他的好，老李心疼地又作了让步。最后就连老伴去世前新换的电脑都送给了大哥。那可是老伴的心爱之物啊。

唉，钱总有花完的时候，和兄弟情分比，不算啥，真的不算啥。

老李打电话让儿子退了飞机票，自己重新买了火车票提前了行程。

站台上，老李望得脖子都酸了，也没有见到大哥的影子。

大哥来短信了。"李呀，到了深圳找点事干。一下子闲下来，人老得快呢。球也别停，啥时回来还跟大哥过几招。"

老李把被子往身上拽拽，火车一路向南很久了，怎么还这么冷啊？

作者简介

张迎春，沈阳市作协会员。文字见于《小说林》《天池小小说》《北方文学》《小小说大世界》《燕赵文学》《天下书香》《微篇小说》《沈阳晚报》《宝安日报》等。《用心点亮》获全国百字小说大赛入围奖。有作品收入《小小说选刊》《小小说美文馆》《中国最好小说》《中国实力派美文经典》《对号入座》《新办公室故事》《蜗居在办公室》等书籍。《守候流星雨》等入选中小学生最喜欢100篇小小说和散文。

小说卷

公主城堡的秘诀

宋　欣

　　走过了千山万水,一支由各行各业人士组成的探险寻宝队,终于找到了传说中有无数宝藏的公主城堡。

　　公主城堡矗立在对岸,看不到桥,找不到船,怎么办呢?幸好,云消雾散,城堡门外现出一尊笑咪咪的弥勒佛。他使出法力,胳膊伸展、伸展、再伸展,探过又宽又深的山涧,一只肉乎乎的大手摊在草地上,说:"公主城堡有个秘诀。就是我下面出的这道题:一加一等于几?知道答案的,到我的手上来,只要有一人答对。我会把你们全接过河来。"

　　寻宝队的人全笑了。有个业余神探说出了大家的心声:"一加一这样的问题能作为公主城堡的秘诀,答案一定不简单。"

　　一个专门研究古墓秘室的考古迷连声称是:"越是看似容易的问题,其实越复杂。我的同行有不少人,在探寻古墓秘室时,常因秘诀回答错误而葬身其中。"

　　寻宝队里有个商人,他才没那么多禁忌。公主城堡里的宝藏他要先睹为快,先下手为强。他一个箭步蹿到弥勒佛的手心。弥勒佛的胳膊缓缓收回,手掌停在河正中的上空。弥勒佛说:"回答吧!"

　　商人说:"1加1等于1。"

　　"噢?为什么?"弥勒佛的笑脸僵住了。

　　"我们做生意,搞促销。最常用的手段就是'买一赠一'。不过,买一个电视,不是赠一个电视，而是赠一个小手电。买一套家具，不是赠一套家具，而是赠一把笤帚。买家误会 1 加 1 等于 2，其实，是前一个 1，加上后一个可以忽略不计的 1，还等于 1。"

弥勒佛手一翻。"啊——""扑通！"商人掉进河里，眨眼之间就无影无踪。

弥勒佛的手又伸了过来，依旧笑呵呵地问："还有谁想回答呀？"

探险寻宝队就剩下业余神探和考古迷了。经过"石头、剪子、布"，考古迷输了。他只好自认倒霉，一步一步蹭到大佛的手心。他虽然不是基督徒，但在国外留过学，不由自主地在胸前画了个十字。忽然，他灵机一动，联想到了一种答案，于是说："一加 1 等于十。"

弥勒佛说："噢！为什么？"

考古迷说："中国数字的'一'和阿拉伯数字的'1'，正好是一横、1 竖，加起来就是一个'十'字，所以一加 1 等于十。"

大佛手一翻，又是"啊——""扑通！"

业余神探彻底傻眼了。他"扑通"一声跪倒，涕泪交流、不停地向弥勒佛磕头："饶了我吧！我真不知道一加一等于几呀！"。

正在这时，山间的小路传来了清脆的歌声。一队打着"残疾儿童夏令营"旗帜的"红领巾"从远处走来。

弥勒佛高兴地说："欢迎欢迎！小朋友们，考你们一个问题。1 加 1 等于几呀？"

带队的辅导员老师一边重复问题，一边给聋哑儿童打手语翻译。弱智的儿童和盲童全呲着豁牙子，一齐高声回答："等、于、2——"

山谷里不断回响："2……2……2……"

而聋哑儿童虽然不能说话，却全举起了食指、中指，打出了胜利的手式。

顿时，弥勒佛的胳膊化成了一座七彩虹桥，公主城堡的大门"轰"然打开。里面五色斑斓、金光灿烂，鲜花盛开，百鸟争鸣。原来，那里是集古今中外全部玩具、器械和世上所有小动物于一体的儿童乐园。白雪公主在教滑雪，美人鱼在辅导游泳，七仙女正载歌载舞。总之，城堡中的志愿者全是中外传说中的公主或仙女。

"残疾儿童夏令营"的小朋友像一群小鹿似的，从桥上跑过去。盲童睁开了明亮的眼睛，聋哑小朋友发出了欢声笑语，肢体有病的小学生健步如飞，弱智的孩子变成了聪明的"红领巾"。

作者简介

宋欣,辽宁省作协会员。从1979年开始发表小说、散文、诗歌百余万字。《天上有个农民工》在《南方日报》的全国小说征文中获三等奖;《大厦上的火山》在东北小小说沙龙全国征文中获小说二等奖;《马大个儿》在盛京文学网全国征文大赛中获优秀小说奖。2015年5月在作家出版社出版长篇小说《格尔尼卡的欢乐颂》。

苏联红军飘扬的红头巾

张艳荣

一

丽娅你在哪？

这个问题一直困扰着当记者的廖启，他是从父亲那听到的丽娅的故事，如今他接过父亲手里的接力棒，继续寻找丽娅。

丽娅是中俄混血女孩，爸爸是中国人，妈妈是俄罗斯人。十七岁的丽娅已经会说俄语、汉语、日语，她在黑龙江畔一个叫凤翔镇的学校当老师。在1945年的8月11日这一天，她那不经意的一回眸，一折返，她的人生也出现了历史性的拐点，生命永远定格在清纯浪漫的十七岁。

这天凌晨，丽娅跟着父母从凤翔镇的东街，向西街转移，苏联红军要彻底清剿日本鬼子。在转移的人流中，丽娅牵着奶牛，跟在父亲的身后，母亲和弟弟落在了后面。已经快到西街了，丽娅回头，想看看母亲走到哪儿了。正看见母亲和弟弟正被两个苏联红军拦住，可能因为母亲是俄罗斯人。丽娅不放心，把牵牛的绳塞给父亲，折返，向母亲跑去。原来苏联红军让他们去司令部登记，看见丽娅，说她也得去。原来，苏联红军要找会说俄语、日语的人，去凤翔镇的北山日本要塞劝降。他们到司令部的时候，屋里已经有十多人了。有个叫托斯基的军官问："你们中间谁会说日语？

跟我去要塞劝降。"

没人回答。

丽娅的母亲使劲握着丽娅的手，对她轻摇头，示意她不要说话。

问到第二遍的时候，人群还是鸦雀无声。

丽娅的母亲把丽娅揽进怀里，又把弟弟揽进怀里，生怕有人把她的孩子抢走。托斯基军官又问了第三遍，丽娅挣脱了母亲的怀抱，说："我的日语好，我是学校老师，要塞里还有我教的日本人的孩子，他们是我的学生。他们几天前都跟着父母进要塞了。"

母亲双手抱住她，"傻孩子，那是要去打仗，要塞里不光是日本的女人和孩子，还有拿枪的日本军人。"

托斯基军官说："8月10日傍晚，日本方面已决定投降，广播已经播放了这个消息。只是还没正式宣布，要把这个消息告诉要塞的日本人，让他们放下武器，减少无辜的死亡。"

丽娅安慰妈妈，"没事的，日本要投降了，我只是把和平的消息传达给他们。"

母亲已经泪流满面，她把红色花头巾摘下来，戴在丽娅的头上。母亲还想嘱咐她几句话，托斯基军官催促着丽娅上了敞篷汽车。丽娅微笑着，轻松的像是要去旅行，回头跟母亲招手。母亲追赶着汽车，大声喊着，丽娅早点回来。

丽娅太年轻了，她是当老师了，可她毕竟只有十七岁呀，还是天真的大孩子啊。十七岁的天空是蔚蓝的，飘着朵朵白云。日本关东军多残暴啊，母亲知道劝降意味着什么，不是被虐杀，就是被打残。

这一走，丽娅是死是活，再无音讯。

当天，丽娅跟着托斯基军官的一个排上北山要塞劝降，中间就隔了一天，到了13日，苏联红军向北山日军要塞全面开火。那天，万炮齐发，那炮弹大的，像猪羔子似的，拖着红光直射北山，天摇地动。这样昼夜不息的炮击持续了三天三夜，北山山头活生生被炮火削去了两三米。当所有人都认为，要塞彻底摧毁，日军荡然无存时，冲上山的苏联红军，却遭到了日军来自要塞的猛烈炮火。可见，要塞的坚固。苏联红军只好安放成吨的炸药，倾泻更多的炮弹，将要塞彻底毁灭。

战火彻底平息就到了15日，大家都在欢庆胜利，而丽娅的母亲眼含着泪水，到处寻找丽娅。她去哪了，是死是活？母亲找到苏联红军司令部，他们说不知道，说先头部队已经开走了，托斯基也跟着先头部队出发了。母亲那双期盼的眼睛，因为日夜思念，再流出的眼泪是红色的。她看见戴着红头巾的姑娘，以为是她的丽娅，她追上去，看个究竟。她爬上北山，找遍了战场沟壑，翻遍七窍流血的尸体，没有丽娅。山上一片狼藉，鞋子，衣服，帽子，还有被炮弹肢解的胳膊、腿，散落在草丛里。母亲爬在草地上辨认，丽娅穿的是双棕色的皮靴，粉红色的裙子，没有丽娅的衣服。母亲绝望地靠在树上哭号，哦，就在前面，一棵树上，飘扬着一条红头巾。丽娅的头巾，是她亲手给丽娅戴头上的。母亲把红头巾捧在手里，辨认着，是丽娅的头巾。母亲呼唤着，丽娅，而回答她的只有阵阵的山风，呜咽着，一遍一遍从她的耳边拂过。

那么丽娅呢？在战争的历史拐点上，丽娅也留在了拐点上。

当地的人只知道北山是日军的要塞，谁也不知道要塞什么样，只见一车车往山上运劳工，却不见有人从要塞走出来。从山上时常传来狼狗的撕咬声，那是有劳工死了，狼狗在撕咬尸体。要塞完工之日，是劳工死期之时。所以，要塞是个绝密。

要塞的神秘和丽娅的劝降失踪，都成了解不开的谜。有人说丽娅跟着部队走了，有人说她在山里迷路了，还有人说她被大炮震聋了，失去记忆，流落他乡。

二

功夫不负有心人，廖启得到最新消息，当年带丽娅上山的军官托斯基找到了。并且，现居俄罗斯的弟弟，也把姐姐丽娅的照片辗转带回中国。

廖启准备启程，去莫斯科找托斯基。

莫斯科红场，载着太多的辉煌历史。廖启就在红场见到的托斯基，一位已经九十多岁的老人，穿着二战时的旧军装，胸前挂满了二战时的奖章，精神矍铄。见到廖启，他从胸前摘下一枚军功章，他说，唯有这枚军功章他没有资格戴，应该属于中俄混血姑娘丽娅的，是那位年轻的姑娘用生命换来的。

托斯基回忆。

他们当天就上北山劝降了，事先写的劝降书，丽娅照着用日语喊话。要塞里的日军也向他们喊话，坚决不投降，效忠天皇，他们不相信，日本要投降。第一天劝降无果，第二天又上山，这次丽娅照着劝降书喊完，她自己发挥着，说了很多话。她对着要塞喊："孩子们，我是丽娅老师。老师不会骗你们，从要塞走出来吧，告诉你们的爸爸妈妈，这里将要被炮火覆盖了。你们走出来，可以回日本，继续上学。"

果然，有两个十二三岁的女孩从要塞跑出，跑出能有五六米吧，接着跑出两个荷枪实弹的日本兵，又把她们拉进要塞。丽娅对托斯基说，她看清了，有个女孩是她的学生。这说明，丽娅劝降还是有效果的。托斯基决定先下山，给日军一个思考的时间，明天再来劝降一次。

下山的时候，丽娅说她想爸爸妈妈和弟弟了，想回家。托斯基说她的劝降任务还没完成。明天再来最后一次，然后，她就可以回家了。如果日军投降，就避免了很多死亡，其中包括要塞里她的学生。

13日，他们又上北山了，在离要塞不远的地方喊话。刚喊一半的时候，有个日本妇女拉着孩子跑出要塞，这次日本兵没有追出来，而是开枪直接打死。丽娅吓的用头巾捂着脸，趴在地上。她对托斯基说她很害怕，让她下山回家吧。托斯基也同意了，准备放弃劝降。这时，要塞里举出了白旗，并喊话，要求丽娅一个人进来谈话。丽娅翻译给托斯基听，托斯基思忖片刻，决定让丽娅进要塞。他鼓励丽娅，你是善意的，是为他们好，去吧。

丽娅一步三回头地走进要塞，她的红头巾消失在要塞尽头。

之后是漫长的等待，能有三个小时吧。突然听到要塞里激烈的争吵，还有野兽般的嚎叫，像狼嚎，像猪叫，夹着女人尖利的哭声。紧接着从要塞里传出枪声，连续枪声。

枪声过后，归于平静。

顷刻，要塞日军向托斯基他们发起进攻。托斯基懊恼不已，这时，他知道丽娅永远回不来了。

三

听完托斯基的回忆，廖启想暴跳，他想赤臂上阵跟谁干一仗。如果眼前的老军人像当年一样年轻，他不管出于什么目的或目标，他都想跟他搏斗一次。廖启还是没忍住，爆发了，他说："为什么？让一个十七岁的小姑娘进要塞，你们十好几个大男人。托斯基上校，还是应该称呼您将军，你是身经百战的军人，应该知道法西斯的残暴。那些穷途末路的日军，他们自己的妻女都杀，何况丽娅。三个小时啊，丽娅在魔窟里呆三个小时，天。这三个小时，在战场，您知道，会发生多少可能和不可能吗？如果，是您的女儿，你会让她去吗？简直是刽子手，杀人犯。"廖启越说越激动，对着天空，流泪不止。他想象不出，他也不敢想象，在丽娅生命的最后一刻，遭受了什么。

翻译问廖启，要把这段话翻译给托斯基听吗？

廖启说翻译，一定翻译给他听。告诉他，丽娅的妈妈哭瞎了眼睛，爸爸一病不起，两位老人直到去世，都不知道女儿的下落。由于军方未能对丽娅劝降做出书面结论，丽娅被列入战争失踪人员，迟迟无法定为烈士。

托斯基听后，说了句什么，廖启没听清，也不想听懂，大概是道歉的意思。唉，廖启长叹一声，谁最应该道歉呢，是那些发动战争的侵略者。

中国人民抗战胜利70周年纪念日那天，廖启沿着当年丽娅上山的路登上了北山。秋高气爽，大朵的白云在蓝天飘荡，阳光洒在树叶上，山林明亮，鸟语花香。当年的弹坑还在，要塞的残垣断壁还在，已经被树木覆盖。廖启望着一片开阔的草地，开满各色的花朵，蝴蝶、蜜蜂在花间飞舞。他仿佛看见丽娅，那个中俄混血的美少女，留着长长的麻花辫，打着蝴蝶结，穿着粉色的连衣裙，脚蹬棕色的皮靴，在草地上载歌载舞。还有头上那条红色的花头巾，在绿色的草地上格外显眼。据说，她当老师的时候，参加过歌唱比赛，还获得了第一名。

美丽勇敢的丽娅，我来看你了。你变个蝴蝶来我身边吧，我带你去北京，去看胜利的阅兵。

廖启茫然四顾，他在寻找，寻找那棵小树，飘扬着丽娅红头巾的那棵小树。在那棵小树下，盛开着两朵百合花，一只鲜艳的蝴蝶，正在翩翩起舞。他从莫斯科回来时，带回一条俄罗斯红色花头巾，是不是跟当年丽娅戴的那条一样，他认为一样。今天他带上山来了，送给丽娅。他把红头巾挂在树上，久久地凝望。此情此景，他不禁想起一首歌，千年之恋，他轻声哼唱着：

  谁在悬崖沏一壶茶，
  温热前世的牵挂，
  而我在调整千年的时差，
  爱恨全喝下。
  ……
  而你今生又在哪户人家，
  欲语泪先下。
  ……
  你却错过我的年华，
  错过我转世的脸颊，
  你还爱我吗，
  我等你一句话。

作者简介

张艳荣，中国作家协会会员，辽宁作家协会理事，辽宁文学院签约作家，鲁迅文学院第十七届中青年作家高研班学员。中篇小说《父亲的山高 母亲的水长》获辽宁文学奖，并获《解放军文艺》优秀作品奖。短篇小说《对峙》和中篇小说《父亲情深 母亲意浓》分别获《解放军文艺》优秀作品奖。长篇小说《命令无情》入围第九届茅盾文学奖。《暗杀》2016年获辽宁作协纪念建党95周年小说二等奖。

饺 子

卢盛娟

  张大明站在窗前，望着不大的天空慢慢地黑下来。他的生命被无情的黑夜又带走一天，这一天不会再回来了。
  "难道我真的没用了吗？"无名的恐惧感一阵阵袭来。妻子秀珠把衣服轻轻地披在了他的身上，心疼地说："睡吧！"
  漫长的黑夜在梦中很快地过去了，和煦的阳光照的还是那扇窗。只是与黑夜早晚交替着。
  "大明啊，今天出去转一转吧，别总窝在家里了。"大明媳妇秀珠一边收拾厨房一边温柔地说着。
  "咳……"一声长叹短嘘。一套旧单室，居室与厨房紧挨着，蚊子嗡嗡声大的叹气声无遮挡地钻进了秀珠的耳朵里。工厂倒闭，说下岗就下岗。大明一下子没了收入，就靠媳妇做保姆挣钱维持家里生活，儿子才上小学，需要钱的地方太多了，能不愁吗？再说，一个堂堂的大老爷们也不能没事干啊！
  "今天我休息，去看看你妈和我妈。给你50块钱，中午在外面吃吧。"秀珠把手擦干，从褥子最底下小心翼翼地拿出2个20元面值，一个10元面值的。
  "10块就够了。"大明马上把2个20元的塞回给媳妇。
  "就你那饭量，10块钱还不够塞牙缝的呢！"媳妇说笑着，死乞白赖地又塞给大明20元。

大明 40 多岁，1 米 76 的个头，浓眉大眼，站在人堆里一看就是东北汉子。他找了几个月的工作不是做家政伺候病人就是当门卫打更。他想：我在工厂里可是一把好焊枪手啊！可现在焊接技术一点也用不上，真窝心。他又失望地从中介公司出来，垂头丧气地走着。

"包子、饺子、面条、米饭、各种炒菜了啊，进来吧大哥"！到中午了，大明肚里的馋虫听见吆喝声都齐刷刷地挤到嗓子眼来，任他怎么使劲咽，也咽不回去。只好跟着"口口香饺子馆"的服务员走进去。

大明挑个人少的地方坐下来，把菜谱翻了好几遍，扫一眼对面的男女正在低头吃饺子，心想：嗯，还是吃饺子便宜，找工作时万一能和饺子谐音碰到"侥幸"呢！就吃饺子吧！他决定要猪肉白菜馅的。

"什么破饺子，一股泔水味，太难吃了"，对面一位打扮的半土不洋的少妇怒摔筷子，埋怨道。

"不爱吃啊？走，换个地方！"男的年近半百，长得五短身材，肥头大耳。他见身边的女人不高兴，马上笑脸相陪，扶起女人离开了饭桌。

大明看了看只动了一筷头，还冒热气的两盘饺子，然后全神注视着那位胖男人，确定胖男人结完账，搂着少妇走出了饭店。他立刻放下菜谱，前后撒么一眼，把两盘饺子迅速拉近自己，又环顾四周，拿起方便筷，夹起饺子三个两个地往嘴里扔，一顿风卷残云。肚里的馋虫不管啥饺子，吃完就都不闹了。

服务员过来收盘子，一边擦桌子一边问："大哥还没点菜呢，就吃完了哈？"一堂哄笑。

大明站起身来不理不睬，就好像没听见一样，直奔收款台。他掏出 10 元，顿了一下又掏出 20 元，放进'爱心捐款箱'里面，一句话也没说。

饭店的服务员们向他投来敬佩的目光，望着他渐渐离去的背影。人虽然越来越小，形象却越来越高大！

作者简介

卢盛娟，毕业于辽宁文学院，同时获得全国高等教育自学考试中文专业毕业证书。沈阳市作协会员。在沈阳铁路分局主要负责动迁回迁安置工作。曾任沈阳北站会计，曾任办公室主任、法律顾问。现移居新西兰，任华人协会理事、总编辑。曾获"优秀编辑奖"称号。曾担任"外国人说汉语"大赛评委。曾在《醉在云乡》中文大赛中获优秀奖。并有一些文章被录入《奥纽华文作品精选》文集里，现任盛京文学网责任编辑、监督员、蓝魂文学社社长助理。

路边算命

刘胜民

离家不远有一座神羊公园，公园门前是一个宽大的休闲广场，每天傍晚，那里人头攒动，灯火通明。整个夏天，我们全家几乎天天都去那里遛一遛。

从家出来，沿着公园外的小路去广场，透过栏杆看到园内的景色。公园的墙外也有摆小摊的，不时向路人吆喝着。每天，也总有一个满头白发、胡须很长的老头在那里算命。路过时，偶尔也能听到老人向路人，口若悬河地解析命运。我们不信那个，所以每次都匆匆而过。

儿子要升初中了，临毕业的头几天，得了感冒，有几天没去上学，等到考试时，他报考了一家私立中学。那家中学孩子心仪已久，当成绩下来，录取分数竟差了5分，儿子整个人立时蔫下来，天天无精打采。媳妇和我商量，赶紧托熟人给他弄进去，别让他跟没魂似的。说来也巧，一个同事跟那里的校长是同学，很快把儿子办了进去。可是，不知为什么，儿子还是一蹶不振，直到开学都一个月了，还是打不起精神，老感觉自己没出息，自己的学习前途渺茫，连班主任动员他参加班干部竞选，也不愿意参加。我们与他谈了好几次，都没能解开的他的疙瘩。

天气渐渐冷了，去广场散步的次数，也越来越少。有时，我独自走在路上，脑子里不停地合计儿子的事情，心里很是烦闷，该怎样解开他的心结呢？

一天周末，我和儿子又去广场散步。走着走着，看到路边的算命老人正闲着，我突发奇想，何不请老头来解解儿子的心病呐？反正他也是顺情说好话，无非给他几块钱嘛。想着，我就拉儿子来到跟前。

"算一回多少钱？"

"五块，"老头问，"给谁算呀？"

"我儿子，老师傅，你能看看我儿子将来学习上的事吗？"我忙说。

"能呀。来，小伙儿，你坐下，先让我看看你手相。"

他拉过儿子的手："哦，小伙子，从你的手相上，就能看出你的姓来，是姓刘吧？"

"啊？！"儿子惊得嘴张得大大的，算得真准！

"再看，从你手心纹路上看，你在小学当宣传委员——"

儿子的脸一下涨红了，他感觉无比的神奇。

"别动。再看这条线，说明你小时候曾经淘过气，还掉到水里了——"

天呀！儿子惊讶得快要崩溃了。的确，五岁那年，他在南湖公园玩时，从岸边掉下去，灌了好几口水才被捞上来。

……

我说："以前的事，算你老人家蒙对了，你给看看孩子将来在学习上有什么作为吗？"

"什么叫蒙！你这话可不招人听呀。"老头有点不悦。儿子也不满地白了我一眼。

"好，好，算咱爷们失言了，你给看看他学习上的事吧。"

老头又细细端详了几下，说："这孩子学习没问题。最近学的不顺，可卦相上看，这孩子脉相不错，现在入秋了，在学习上马上有个新的攀升，成绩能很快上去，而且还能当个宣——什么委员。"

……

老头又白话了一通，听得我和儿子都挺欢喜，给了五元钱，爷儿俩连广场都没去，就兴冲冲回家了。

一连好多天，儿子跟变了个人似的，天天睡得很晚，总是自己关上门看书。他本子上的老师批语，夸奖的词语也越来越多了。到了开学两月后，一天儿子回家后，笑呵呵地告诉我们，他又当上宣传委员了。

真得感谢那次路边算命，它把儿子身上的潜能又激活了。

孰不知，在那天算命之前，我已经提前给了老头十元钱，并谈了儿子的情况。

作者简介

刘胜民，男，1965年出生。先后任沈鼓集团宣传干事、秘书，沈鼓集团工会副主席；沈鼓集团党委工作部部长，通风公司分党委书记、核电公司分党委书记、集团工会副主席。2000年以来，先后在《鸭绿江》《诗刊》等发表散文、诗歌等，2009年1月结集散文集《明朗天空》，现为沈阳市作家协会会员。沈阳市职工文联作协副主席，盛京文学网匠工文坊社团顾问。

"铁掌帮"传人

运 涛

在永固建筑有限公司门前的广场上，忽然冒出一群表演单指钻砖、头骨断砖、单掌劈砖等绝技的江湖人，自称是铁掌帮裘千仞的第四十代传人。

"在家靠父母，出外靠朋友，我们'铁掌帮'来到贵宝地，开张三天，分文不要，你若觉得我们表演得好，给亲戚朋友同事同学街坊邻居宣传一下，若觉得表演得有虚假，欢迎当众指出来，如果说得有理，我们退出贵地，永不再来。"

几个江湖人的身材都不是特别魁梧彪悍，开场白也说得不是太地道，让观众觉得是一伙新手，但他们表演的功夫却很不一般。

一个瘦弱的中年男子，用一个手指头，对准方砖的中央，左拧右拧几下，就把砖钻通了，几乎像钻透一张纸那么简单，手指头露了出来。

一个女子用头顶方砖，方砖被顶得碎成几块，像硬泡沫一样脆弱易碎，头却没有伤着一点。

一位老人左手立握，不需要任何的借力点，就可以用右手将砖劈断，像切豆腐一样。

把围观的人看得目瞪口呆，难以置信又不得不信。

永固建筑有限公司的职工下班了，也都围拢过来看热闹，刘秘书心很细，观察事物能力很强，他向来不太相信江湖骗术，他捡起掉下的砖屑，琢磨从哪里入手揭穿他们的骗术，砖是真的砖，没有假，不是用别的道具代替的。但他直觉有不对劲的地方。铁掌帮本来只是金庸在小说《射雕英雄传》中杜撰的江湖帮派，裘千仞都是子虚乌有的，更哪里会有传人？如果他们的身份不是真的，那么功夫也不可能是真的。

他发现他们用的都是方砖，而且似乎是同一型号，他虽在建筑企业工作，却主要写文字材料，不明白建筑材料怎么回事。但他想，方砖肯定是"铁掌帮"表演的秘密所在，于是偷偷打电话给电视台的好友小牛记者和公司建筑材料生产销售部的老马经理，他想当面戳穿"铁掌帮"的骗局，自己也能最先发一篇独家的新闻报导。

小牛和老马到了之后，刘秘书问"铁掌帮"："你们自己说表演全是真的，真金不怕火炼，我找来了电视台的来录像，如果一切如你们所说，我们给你免费宣传，如果有半点虚言，我们给你们曝光，你们敢不敢答应？"

"当然敢了。"几位江湖艺人对电视录像大为兴奋，满口应承，大概认为是出名发财的机会到了，刘秘书也非常兴奋，因为他想很快就会让"铁掌帮"原形毕露了。

瘦弱的中年男子拿出一块方砖，特意炫耀地让小牛近距离拍了特写，然后摆足了架势，吸气、运力，运指如风，用一个拇指把方砖中间钻出一个圆孔。再拍手指头特写，没有戴什么防护的金属指环指甲，更没有受伤。

女子也拿出一块方砖，同样让小牛拍了特写镜头，气沉丹田，站好马步，拿起砖向自己的头顶一撞，方砖碎了。再拍头部特写，没有戴假发，头皮也没伤着。

老人出场，活动一下筋骨，将一块砖放在凳子上，半边在凳子上，半边悬空，像煞道骨仙风，把胳膊抡了几圈，挥掌如刀，向砖的中央砍去，方砖断了。再拍老人的手掌特写，就是有些发红，没有受伤。

几位艺人见小牛把他们的表演都认真拍摄下来，就得意地问刘秘书他们："怎么样，是真功夫吧，没有水分吧。"

刘秘书略一思忖，已然明白，就说："这样真功夫，我来学学，可以么？把你们的砖给我几块。小牛，你接着拍。"

没等他们答应，刘秘书自己拿过一块砖来，把指头也向方砖中间一用力，居然也钻出一个圆圆的窟窿。

又拿起第二块砖，闭上眼睛，向头顶一拍，没碎，狠了狠心，刘秘书加大了力量，又拍了一次，方砖也碎了。

他有了信心，第三块砖垫在凳子上，手掌一用力，也把砖劈断了。

刘秘书拍拍手上的灰尘，问道："我算不算'铁掌帮'的高手？"

"原来是同门高手，失敬失敬！"几位艺人拱手打着哈哈，却没怎么慌张。

刘秘书心里想这些闯江湖的人，脸皮都够厚的。于是就把话挑开了："这砖是你们特制用来表演的，你们根本就不会铁掌帮的功夫，全靠这稀松的方砖骗人，连我这文弱书生都能劈开的砖，怎么可能是正常的砖。"

中年艺人说："这位同门朋友，或许我们学艺不精，手上铁掌功夫有限，但这砖却是货真价实，优质建材，对门就是永固公司，本市建筑行业的老大，可以请他们鉴定。"

刘秘书笑了，"你知道我是干什么的，我就是对门永固公司的，今天就是要给你们鉴定一下，真的假不了，假的真不了。马经理，你来看看。"

老马把砖拿在手里，脸色突变，变得很难看，刘秘书问："是正常的砖么？"老马没言语，刘秘书示意小牛给马经理特写镜头，他匕斜着几位艺人说："这是我们建筑材料专家，他能告诉我们这砖的秘密。"

女艺人道："那就让他说啊！"

马经理瞪着刘秘书怒喝，"你这个吃里扒外的东西，想不想在公司干了？"扔下砖掉头就走，砖在地上碎屑乱飞，刘秘书莫名其妙，楞在那里不明白所以然。

老艺人对牛记者的镜头说："我们确实不是武林人士，也不会铁掌功，这砖却不是特制的，这是我们从永固公司承建的本市十大重点工程之一，市中心公园的施工现场拿的铺道砖，就是由他们公司自己生产的'永固'系列优质建材之一，这样的砖，使我这样的老人，她那样的女子都成为了铁掌功的高手，请电视台代我们感谢永固公司，生产了可以用来表演铁掌功的道具砖。"

作者简介

运涛，辽宁昌图人。现为黑龙江省黑河市作家协会会员、盛京文学网小说主编、美丽之声文学社副社长，有上百万字作品发表于《中国电影报》《中国地名》《财政文学》《辽河》《新民文化》《绿野》《万泉》等杂志报纸和盛京文学网等网站。

片儿警

董 斌

老陈"吸溜"一声干掉了半碗豆浆，习惯地用手背擦了下嘴巴，拿了张餐巾纸擦擦了手，然后扔掉，瞧着老板娘没注意，急忙把3元钱压在碗底下，撒开大步就走。只一会儿，就听老板娘在后面大声地招呼他，老陈得意的笑了，他可不愿意为了几顿早餐被人说三道四。

拐进胡同，正好7点，他每天对辖区的巡视即告开始。

老陈喜欢从这条胡同进入辖区，不只是因为他和爱人恋爱时经常走过这个胡同；也不只是在这里总能感觉年轻，总可以像少年时一样，一边用手撸着树叶、一边前行。最关键的是，这条小胡同是他管辖区的僻静之处，很多犯罪分子实施犯罪前选择在这里伺机作案或犯罪后从这里逃窜。所以老陈每天从这里经过，也想利用犯罪分子的这个特点，寻找犯罪分子的蛛丝马迹和遗留下来的证据。

让老陈骄傲的是，他配合侦破辖区"08伤人抢劫案"，只呆在胡同半小时，就从犯罪分子留下的鞋印上判定了犯罪嫌疑人是"钢炮"。"钢炮"被抓的时候还在被窝里补觉呢，他怎么也没想到，公安来得这么快。市刑侦队长问老陈：怎么就认定是"钢炮"做案？老陈说："这小子的脚比一般人都瘦，我一看就知道是他！"刑侦队长听老陈说完，不无感慨道："任你'钢炮''金炮'，遇到老陈都变成了'哑炮'！"

老陈的辖区被一条马路天然分成了两片儿。西边未动迁的老区在东边高楼耸立的新区面前显得破落和寒酸，但老陈还是喜欢老区，因为那里有太多熟悉的面孔和满是人情味的问候。

他一边走，一边微笑着接受大伙的招呼觉得这样很惬意。自己既像是这里久居的街坊，可以和大家称兄道弟；又像是一位长者，受到人们的尊敬。老区里住的人杂，既有老坐地户，也有租用房屋的；既有做小买卖的，也有外地来打工的。可不管社情怎么复杂，不管多么难收拾的邻里纠纷，只要老陈出马，大多都能迎刃而解。老陈对这一点尤为自豪，他特别满意的是自己公正威严的震慑力，小混混对他来说更不在话下，听到他的名字，他们都会发抖。偶尔也有几个不知道天高地厚的愣头青，想试试老陈的劲道，结果可想而知，基本都成了小鬼和阎王爷"较劲"了。

买烟的老孙喊着老陈，顺手塞给老陈两盒5元钱的石林烟，老陈会意地笑了下，揣进了兜里。他喜欢抽这个牌子的烟，用自己的话说，"好抽不贵"。他看不上所里一些小年轻的，嘚瑟得不行，每个月不到一千块钱，竟然每天叼着20元一盒的玉溪。老陈想：这要不是"败家子"，就是向辖区的老百姓"索拿卡要"了，他几次想提醒新警察们不要这样做，后来想想，自己就因为这张爱得罪人的嘴，次次被作为提拔人选，次次因为群众基础不好被拿下，还是少得罪点人，别管那些闲事了。不出所料，一年没到，有两个小年轻的就因为违反警风警纪被开除了。老陈现在想起来还后悔，就像自己家的孩子自己没管好一样愧疚、心疼。

绕了一圈，没发现什么异常，老陈有些累了，一屁股坐在了大树旁，支起二郎腿，右手拿出一支"石林"，在左手的大拇指甲上颠了几下，让烟丝"实成"些，然后打着火机，过瘾地抽了起来。当他近乎悠然地喷出第一口眼圈时，那支烟只剩下了半只。

老陈抽的烟没给老孙钱，这是他做了十多年警察，唯一接受的他人馈赠。不过老陈这烟抽的不心虚，他觉得这是一种荣耀，没有他老陈，老孙这烟摊早就关铺子了。

"你好好看看，这是不是你儿子的字，这小子玩牌欠了我们的钱，你不给钱，我们就搬你的烟！"一个小痞子拎着比他父亲年龄还大的老孙说。"我不信！我儿子根本不会打牌，我儿子不来，我不会给你们钱的！"老孙倔强又自信地说。"别跟这老不死的废话，抢！"几个小痞子说罢就动起手来，老孙一边拦一边大声呼喊："求求你们别搬了，可怜可怜我这残疾人吧！"可这几个家伙为了追债都急红了眼，谁还听老孙的。一个小子竟然不顾老孙只有一条腿，一脚把老孙蹬出老远，老孙一个劲地在地下磕头，呼号着："还有没有天理了？"街坊邻居看着这情景也不敢动，害怕报复。有良心好的，急忙拨打了110和居委会的电话……

老陈那时刚刚被换到这片儿,这天正跟几个居委会的同志了解情况,听到这事后跑着就赶到了现场。几个小子还在耀武扬威地教训老孙:"等你儿子回来了,好好教育教育他,没本事就别出来混!"说着就要走。老陈这时候出现了。只听他大喊一声:"别动!"趁三个小子一愣神,一个箭步冲了过去,一手拎起一个小子的头,往里一用力,两个小子当时就互相撞晕了。剩下的一个刚想跑,老陈上去一个"大背"把那小子重重地摔倒在地,等所里的警车赶到,老陈都已经把这三小子捆起来了。围观的群众都夸新来的片警手脚利索,武功盖世,问派出所的老人儿:"这家伙是不是特警队下来的?"老陈听着大家夸自己,心里舒坦,洋洋得意地接过老孙递过来的"石林"抽了起来。还把帽子摘下,当成扇子在手里龙飞凤舞着扇风。"老陈,你注意点影响,你看你的警容,什么样子?"所长并不因为老陈立了一功,就放松要求,狠狠地刺了他一句。老陈也觉得自己有点得意忘形,夹起尾巴和大伙回所里了。

后来老陈还帮老孙的儿子找了个技校读书,又帮着安排了工作,小伙子从此再也不打牌了,这让老孙感激万分。他无以回报,就经常给老陈几盒烟以示感谢,老陈也不推辞。

老陈出名了,他勇斗歹徒的事迹一传十十传百被演绎成各种故事。其中最为离奇的是:一天老陈在辖区的小饭店吃饭,一眼就看出了对面坐着的是两个小偷。他不动声色,一边慢慢地嚼着花生米,一边喝酒,并用闪着威严的目光紧紧地盯着那两个家伙。突然,只见他一仰脖干掉了大半瓶白酒,然后抄起酒瓶、大喊一声:"你俩都给我跪下!"那两个毛贼一听,立马"扑通"一声都跪地下了,一个吓的当场尿了裤子,另一个说:"大哥,你别收拾我们,我们跟你走,你会功夫啊!"不管这事是真是假,反正自从老陈来了以后,这一片还真就很少发生刑事案件了。

看看快十点了,老陈站起身来,抻了抻制服,进入了新区。老陈不爱来刚刚建成不久的新区,新区有自己的保安,他们感到老陈到这里巡视纯属挑刺。新区的居民也不待见他,人富见识多,根本也没人把他当回事。而且人家大多数是新户,也没人知道他老陈是个什么货色!老陈想起上周他和所里几名同志去新区征求意见,新区里在外面闲聊的女人把他们当成了打狗队的,吓得抱起自家的小狗,没命的跑,越叫越跑。有个大妈跑累了,一屁股坐到地上,放声大哭:"打死我也不能让你们把我的宝贝带走!"真让老陈他们哭笑不得……

"不好!有情况!"老陈刚巡视到3单元,就听到有隐约的叫喊声和物件的破碎声传来,他来不及细想、循着声音来到四楼一号。门虚掩着,一个半裸露着身子,衣服被撕成一片片地挂在胸前的女子正和罪犯搏斗。歹徒看着一个警察进来,一把推开了女人，拿着匕首挥舞着向老陈冲过来，企图杀开一条血路。老陈急忙向腰间拔枪，等他想起自己巡视是不允许带枪的时候，刀锋已经接近了身体。他下意识地一躲，刀尖稍稍偏出，但刀刃已经划入了手臂。紧接着歹徒的第二刀又到了，老陈先向右侧跨了一步，闪开刀锋，用流血的右手抓住了罪犯的手腕然后向内用力，左手顺式外推，使尖刀朝向罪犯自己刺去。老陈想得不错，但受伤的手臂早吃不住劲，眼看着罪犯的刀子再次捅向自己。老陈也是急红了眼了，一口咬住了罪犯的手臂，再也不松口了。那边吓晕了头的少妇警醒过来，抱起了花盆砸向罪犯，就在罪犯回头的功夫，老陈竟然用嘴从罪犯的手臂上撕下一块肉来，罪犯惨叫一声放开了刀子……

  老陈被送到医院缝了 12 针。医生在缝合之前顺便检查了老陈的牙齿，却没有一颗松动。他惊讶地说："老陈，你可真是铁齿铜牙，那小子都被你咬出骨头了！"老陈脸红红的，用没受伤的左手连连摇着，冲着所长和医生说："咬人这事可千万别给我传出去，丢人丢人！"

  缝针的时候，手机里不停地传来"请接电话"的提示音。老陈总想看看，所长说："你老老实实缝完针再接。"老陈说："糟了，我老婆明天去定房子，我拍了胸脯今天要借回去五万块钱的，你看看这咋整？一定是她着急了，来电话了！她要是知道我没去借钱，还不知道要怎么骂我呢！"

  所长和医生都笑了，没想到在歹徒面前那么勇猛的汉子会怕老婆。所长说："你别着急，借钱的事情我帮你办，我这就去给弟妹打个电话，让她放心。"说着所长就往外走。"等等！"老陈喊了一声，所长回头不解地望着老陈。老陈脸憋得通红，不好意思地说："先别告诉我老婆我受伤的事，就说我有紧急任务出差了。我爱人胆小，身体又不好，别再吓着她……"

  老陈因为工作成绩突出，特别是又抓获了公安部通缉的入室强奸抢劫犯，被记了功，还给予了物质奖励，他的积极性就更高了。

  老陈吃过早点，硬塞给老板娘 3 块钱。刚出了胡同，阳光一下子洒在了他身上，他高兴地吹起了口哨，看着老孙向他招手，心想：都立功的人了，不能再要老孙的烟了。一扭头，走开了……

作者简介

董斌,沈阳人,1985年入伍,2006年转业到沈阳市城建局工作。作品《阳光灿烂的日子》曾获2005年全球华人散文大赛金奖;《曾经,渐行渐远》获2015年"盛京文学奖散文奖";《茶之感悟》获2015年"中华文学最美散文奖";《昂扬,你生命的旗帜》获2016年"建党70周年中华文学最佳散文奖";《片儿警》获2015年"全国法制文学大赛"小说二等奖;《巡逻》获2016年"登沙河杯"小说三等奖。多篇作品选入各类丛书,200余篇作品发表于全国各地报纸杂志。

村　寒

杨百良

一

　　村党支部书记不一定都会喝酒，而徐贵是从当上村支部书后才学会喝酒的。
　　徐贵原本不会喝酒，不会喝酒就不是合格的村支书。只要上级来人，一把手就得亲自陪酒，不亲自陪酒就是对领导不重视，你的工作就会遇到意想不到的麻烦，也就很难一帆风顺。然而徐贵偏偏与酒无缘不喝正好一喝就多。为了工作打开局面，为了招商洽谈顺利，为了盛情款待领导，徐贵不得不舍命陪"君子"，把各路"神仙"陪明白，如此他作为一把手逢客必陪喝来喝去喝坏了身子喝出了胃病。
　　患病容易去病难，犯一次比一次严重。而徐支书这次犯胃病，一不因为村民百姓，二不因为孩子老婆，老婆麦花事事都由着他惹不着他，确切地说这次犯胃病是因为村长张财。
　　其实，徐贵跟张财，原本是两个好得不能再好的知心朋友。可自从张财当上村长之后，彼此的关系逐渐由亲近到淡薄再到疏远观点不一各持己见直至后来针锋相对。徐贵满腹委屈理直气壮，张财委屈满腹气壮理直，他俩究竟有何冤何仇何利害冲突？追根问底根本无冤无仇无任何利害冲突。村民百姓都心知肚明他们俩的初衷都是一个，为了给村民百姓谋福创业。村民百姓又都不理解，他俩究竟有什么化不了的干戈解不开的疙瘩此起彼伏相互排斥？包括他们自己也莫名其妙。

二

徐支书从乡里开会回来，径直找到通讯员，说你通知常短务干部晚7点到村里开会。通讯员说真碰巧，村长也让我通知晚7点开会。回家的路上，徐支书琢磨着张村长葫芦里装的什么药？开会怎么事先没对我讲过……

吃罢晚饭，常、短务干部按时到会，落座后各自浏览着当日报纸。妇女主任岱雪沏好浓茶，掏出"石林"给每人发一支。

村长细品着，狐疑地瞅着烟丝，问："会计今天怎么这么大方？"

会计说："恁暂乡派出所所长来，我买了一盒。"

村长把脸一沉，说："打谁的幌子也不中，谁买的谁自己掏腰包！"

会计眨巴眨巴眼睛，没吱声。

徐支书对张村长说："你不也通知开会了吗？你先讲吧。"

张村长说："那好，我开会不啰嗦，开板就唱，讲两件事，一是减轻农民负担，二是压缩不合理开支。上级摊派下来什么邻里费卫生费等等名目繁多硬往下摊，只要是不合理，在我当村长期间咱村概不接受，哪怕是丢掉乌纱帽。从今天起，上级无论谁来，包括皇亲国舅，招待一律一菜一饭不备烟酒，既便是开拓性生产投资项目也得往后推二年，渡过难关再上，望大伙严格遵守。"

徐支书说："张村长讲得干脆，我不重复，我今天从乡里领回一个新项目，县委在咱乡搞合作社试点，拟定先在咱们村搞500亩景观树苗培育项目，具体研究一下。"

大伙你瞅瞅我我瞅瞅你，谁也不吱声，各自闷头抽烟。

"我想，趁我在位之年，为百姓办成一件事业，这500亩景观树苗培育成功了，可以满足全镇乃至于全县景观绿化所需，所以我就主动争取过来了。"

岱雪问："树苗从哪来？"

徐支书说："县林业局负责联系，资金村里先垫付，随着合作社的发展逐渐转为股份制。"

张村长左腿翘在椅子上，左胳膊肘拐在膝盖上，手托腮不吭声。

会计说："咱村的经济状况大伙清楚，干部的工资才开一半，来客招待可以赊账，垫付资金需二三十万元，上哪赊去？"

岱雪听得有点别扭，便反驳道："照你这么说，国家财政没钱，全运会就不办了

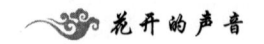

呗？"

会计一愣，但他不是党员，也就没法接茬分辩，便斜眼瞅瞅村长。村长反复捏鼓着烟屁股，紧绷着脸，沉默不语。

徐支书说："张村长你看看这事儿怎么办？拿个意见。"

张村长就把烟屁股掐死，反问徐支书："你是事先决定了，还是跟我合计？"

"当然是跟你合计了。"

"要是跟我合计，我不同意。"

"你咋个不同意？"

"我说过了，减轻农民负担，压缩一切开支，开拓性生产投资也得往后推二年。"

"你说得固然在理儿，可我这也是为村民造福啊。况且，我这是上级下达的新项目。"

"你已答应了，还跟我走啥好瞧？"

"怎么？我身为一把手，遇事得先请示你？"

"你既然有权独断，就自己张罗去呗。"

"我自己张罗还要你个村长干啥？我姓徐的问心无愧，拉饥荒也是为了村民百姓。"

"别唠光彩话好听嗑，说白了就是拿百姓的钱为自己树碑立传……"

岱雪听得刺耳，插话说："你俩为工作犯不着争吵，说不定将来从仇人变成儿女亲家呢。"她的话迎来了书记和村长敌对的目光。

三

春兰是书记徐贵的女儿，锁柱是村长张财的儿子。二人三年前同时考入省林学院进修，毕业后二人放弃都市发展立志建设家乡。

春兰和锁柱骑着自行车，行至半路，天气下起了毛毛细雨。此时他们的车架上各自都驮把伞。两把雨伞，能遮避两个人不被雨淋湿，两把雨伞，会疏远两个人的心距。于是，他俩谁也未撑开，尽可能地放慢车速遂又推着自行车缓慢行走，任凭雨丝肆无忌惮地狂吻着，淋漓尽致地沐浴着，似箭穿梭地扫射着，他的心怦怦狂跳，她的血波涛汹涌，二人缓慢而行，谁也不说话。

突然，春兰冷不防问道："你为啥放弃前程跟我回家乡？"

锁柱想也没想顺嘴应声："我喜欢你。"

"你喜欢我什么？"

"腰条。"

锁柱的回答既诡秘又滑稽使春兰气愤不已骄傲万分。春兰的腰条的确很美，丝毫不夸张春兰的腰条堪比河边杨柳一样迷人，又像青青松柏一样傲然挺立。春兰喜欢这种浪漫情调，锁柱的感觉乖巧瑕不掩瑜。

春兰说："我早就发现你在我身上打主意，但我可明确地告诉你。"

锁柱说不用你告诉，我知道我应该怎么做。春兰说耍嘴皮子不好使，我需要的是你的创业真本事。锁住明白春兰所指的真本事，"回到家乡，你就看我咋样配合咱们的父亲……"

四

张村长和徐支书闹掰后，带着火气回到家，让老婆炒两个菜，自斟自饮喝着闷酒。

老婆说："又谁惹着你了？回家整这出损样。"

他吱的呷口酒，硬梆梆地甩出一句："老娘们少插嘴，没你屁事。"

"瞧你就憋气，人家当干部稀图捞点什么，你可倒好，见天村民百姓百姓村民，啥好处也捞不着，回家跟老婆孩子撒气。"

张财闷闷不语，仍自斟自饮，满腹牢骚素描似地写在脸上。

老婆说罢，把话题转向锁柱和春兰，"我跟你说点正事儿。"

"有什么正事？神道道的样。"

"咱儿子的对象。"

"这事儿，怪我，整天瞎忙，没空过问。"

"等你过问，黄瓜菜早就凉了，儿子在林学院时就悄悄地和徐支书的春兰好上了。"

"和谁？徐春兰？！咋不早点跟我说呢？"

"敢对你说吗？你跟徐支书仇人似的"。

"不行，咱锁柱宁肯打光棍也不订她！"

"两个孩子青梅竹马，咱就成全他们吧！"

"说啥也不跟徐贵做亲戚，我不同意。"

"瞧你那倔脾气，谁敢跟你说实话，俩孩子是为开发景观树苗专业合作社而回乡的。"

张财紧锁双眉沉思不语。

"锁柱他老舅刚才来了，没敢直接找你，先跟我说了，要加入合作社。"

"加个屁！我他妈还能跟徐贵说吗？"

等候在门外的小舅子，趁机进屋，笑道："姐夫，自从你当村长，我没给你找过麻烦，也没借你多大光，我能加入合作社，主要是为了将来的股份。我跟徐书记说不上话，你给说句话准能行，我给二千元好处，我不求你别的，就求你一句话。"

五

两日之后，在村委会办公室里，张村长和徐支书因开发景观树苗培育项目又僵起来了，僵得难解难分互不相让。

俩人的矛盾，发展到这个份儿上，无从化解，已不限于工作分歧而激化为个人矛盾。徐支书心里憋足了劲，说我主张开发景观树苗培育项目是造福予村民百姓，没你村长我照样张罗，叫人们看看。村长说我在其位不合理摊派和额外负担甭想往咱村加。书记和村长各自较劲劲头十足都想展示自我排挤对方将工作干出特色。百姓大吉大德。徐支书从县林业局得知技术指导和销售订购早有安排，他为贷资金贷款的事儿急得团团转；张村长以身作则严格财经审批制度清理三角债陈欠，对开发新项目死不松口。为此书记和村长各不相让，景观树苗培育项目进展非常不顺利……

六

徐支书的胃病又犯了，一躺下就是十多天，吃啥啥不顺口，瞅哪哪不顺眼，把跟村长俩憋的气搬到家里来撒，好像他同村长的恩恩怨怨都在老婆身上。

恰巧女儿春兰也回来了，表情黯然神伤，愁眉紧锁，脸颊布满沧桑泪痕。

"爸爸，你就别跟村长较劲了，行不？！"

徐贵觉得很意外，就把矛头转向女儿，"怎么，你也胳膊肘往外拐？"

"你们都是为了工作，就不能相互退让一步吗？"

"你们没看出来吗？他张财一直都在拆我的台。"

"通过另一种方式，照样可以实现你的事业夙愿。"

麦花是过来人，看出了女儿的心思，便扶着女儿进里屋，用手抚摸着春兰的头说:"孩子,你是不是喜欢上锁柱了?跟妈说实话。"

春兰泪眼婆娑地说:"我们俩在林学院一直都很好,我同他返回家乡,就想共同替老一辈圆事业的梦想,哪成想他们老一辈的变成仇敌了!"

春兰哭诉着扑在妈的怀里,徐贵在这屋听出八九分,得知女儿要和锁柱好,顿时怒火中烧,冲里屋吼道:

"春兰,你给我出来!都给我出来!"

母女二人规规矩矩地偎缩在北炕沿边。

"你给我说清楚!怎么回事?"

春兰惧慑地看着爸爸,透出期盼的神色。

麦花慌忙护住女儿,抖颤着说:"别动怒,女儿一直没敢对你说,她和锁住俩……"

"说个屁!我打死你个老东西!"顺手"啪"地一个大嘴巴给妻子打个趔趄。

春兰惊愕,脸色惨白,很吃力地冲爸说:"我的事不关妈妈,你干脆就打我!"

"我他妈的当了二十年支书,统管千家万户,到头来栽倒在自己的家里了!"

"你当初不是也说锁柱好吗?我想当民办教师,可你安排了张锁柱。"

"当初是当初,现在是现在!"

"现在锁柱大专毕业了,同我一道回家乡,还能帮你开发新项目呢!"

"你有能耐了,有文凭了,敢公然跟我叫板了!"徐贵凶神恶煞一般冲着女儿吼道。

妈妈猛力将女儿推出屋,哭泣着喊:"快跑——赶快跑——"春兰前脚走妈随后跟了出去……

七

夜幕降临,偌大的黑云像块黑布将月亮和星星裹得严严实实,乍起的北风荡着尘沙,弥漫得徐支书眼花昏暗,举步维艰,他掖下挟着酒瓶子,跟跟跄跄地走在夜幕里。其实他是在用酒壮胆儿,主要是在茫然地夜色里寻找着女儿春兰……

"徐支书——徐支书——"

徐支书以为是女儿在喊他,便回头问道"你叫我什么?!"

"我不是春兰,我是岱雪呀。"

"你想骗我?你站住。"

"你那大嗓门儿能听二里地，我在家都听到了。"这显然是谎话，其实是麦花让她来的。

"岱雪，你别拦我，这是我们家中的事。"

"老徐！你把火往下压一压，听我说。你家的事一点也瞒不过我，春兰和锁柱都是好孩子。"

"好孩子？哼！我徐贵可没恁大福分。"

"这么说吧，春兰和锁柱的事，我早就知道，依我看，他们并没有错。"

"她没有错……那就是我的错啦！"

"你冷静点，你跟村长是有矛盾，也包括我，跟村长合不来，可这是两代人的恩恩怨怨呐！锁柱跟春兰，从小青梅竹马，又一同上大学！"

"岱雪，你不知道，春兰她……"

"唉！爱情说不清楚，我也是过来的人，包括我的父母，谁能体味和理解女儿的心？"

徐支书气得无从发泄心中的闷气，便瘫坐在地上，拧开酒瓶盖，嘴对嘴喝着闷酒。

"孩子不敢跟你说实话，可我知道，春兰和锁柱是为了你那个项目才回家乡发展的。"

徐支书用火辣辣的目光盯着岱雪："你说什么？"

"春兰已经在县里预订好30万元的景观树苗苗圃，锁柱把景观树苗销售合同都拿到手了。"

"我……真的就……输给张财了？！"

"你没输，咱都没输，事业成功了，又得到一个德才兼备的好女婿！"

徐贵抽搐得两腿瘫软，由于过度的悲伤，酒性发作，难熬的胃病折磨得他晕倒了……

岱雪尴尬地望着徐支书，村长张财也赶到了，村长呼叫老徐，连掐"人中穴"，最后二人将徐支书背回家。

次日，村长安排四轮拖拉机，亲自出面，同锁柱、春兰一道将徐支书护送到县医院，仅仅一天时间，因胃粘膜严重脱落，徐支书已奄奄一息了。村长不容众人劝阻，扑倒在徐支书身上憾然恸哭，"老徐大哥……我太固执……对不起你……对不起父老乡亲……对不起孩子啊……"

七天一晃就到了，当春兰和锁柱去给父亲添坟时，老远发现张村长守候在徐支书坟前，坟上覆盖着五彩缤纷的景观花树……

作者简介

杨百良，辽宁省作家协会会员，1994年毕业于辽宁文学院。现已在《芒种》《音乐生活》《雪莲诗刊》《北方诗刊》《文笔精华》《燕山》、辽宁作家网、中国作家网、中国诗歌网、东北作家网、中国当代作家网等平台发表作品100余篇（首），其中文学评论《尘封旷远的风俗画卷》荣获盛京网络文学大赛提名奖。纪实文学《播撒者的足迹》荣获辽宁省文化厅"文化志愿、服务基层"主题征文三等奖。

检查官

石　锋

问你个脑筋急转弯："上初中和班里新同学说的第一句话是什么？"

你好？你叫什么名字？咱们好像以前见过？……不对不对。你仔细回忆一下，第一句话准是："你哪个小学的？"

我胜利小学的。哈哈，早听说了吧？鼎鼎大名的胜利小学。没听过？我们胜利小学不是重点小学，不用托关系花钱进，看起来挺不起眼的一小破学校，周围的居民都管咱们学校叫"农民工小学"。可就是有名，为啥？告诉你，因为胜利小学"高人"特别多。

"高人"可不是那种参加奥赛得名次的，或者钢琴考几级的种子选手，是真正身怀绝技、藏而不露的世外高人。不信？给你说几个。

五年级有个小个子，能飞檐走壁，上房爬树那是轻轻飘飘。四年级有个小胖子特别能吃，一顿四个鸡腿外加一个大肘子——这个不算？不白吃啊，摔跤时候谁也干不过他，逮个机会往你身上一坐，嘿——他不欠身你甭想起来。还有个小丫头，嗓子那叫一个好，穿透力特别强。她班要是上音乐课，我们全校都得停课，专听她一个人唱。不是校长让停课，是她的歌唱得太好听了，老师讲啥也听不进去了。

我最佩服的"高人"是"检察官"。不是检察院派来的，是个小孩儿，跟我一届的。他最会写检查，所以就得了这个外号。"官"不是最大最厉害的意思吗？他也挺得意这个外号的，谁叫都答应。

写检查没什么了不起？那是你。我们胜利小学的"检查官"能把检查写得出神入化，惊天地泣鬼神的。不信？给你说件事吧。

有一次，杨乐犯了个小错误。杨乐就是"检察官"的大名。他犯的什么错误记不太清了，估计那次的错误犯得略微有点大，所以校长让他当着全校师生做检查。大概是杀一儆百的意思呗，也教育教育我们。

听说杨乐的班主任极力阻止这次公开检查，说杨乐写的检查具有"蛊惑性"，效果会适得其反。校长没信，检查大会就照常举行了。

那天做完课间操，运动员进行曲没响，我们就知道肯定是要发布通知，或者要给谁颁个奖啥的。不一会儿，杨乐上领操台了。他看上去瘦瘦小小的，还戴个挺大的眼镜。我们开始还以为他要演讲呢，因为看上去不像调皮捣蛋的坏学生。可他真是做检查的。

"我的检查"，他一念，我们就明白了，然后就特别好奇地等着听，他到底犯了什么错误。但是说真的，除了这个题目以外，我一点没听出做检查的意思，倒好像在听一篇优秀的范文《杨乐奇遇记》。

"事情要从那个月明星稀的晚上开始说起……"杨乐跟说评书似的，讲起了一个跌宕起伏、千回百转的故事。他的语气也随着事件的展开忽高忽低地配合着，有时还来点声效。反正，我们都听傻了。直到主任跑到广播站放起了进行曲，我们才像刚醒过来似的，排队进了教室。可惜杨乐的检查就这样被残忍地打断了。

我们回到教室，还回味着杨乐讲了一半的传奇经历，心里有小小的羡慕。这大概就是杨乐班主任担心的"适得其反"的效果吧？

打那以后，杨乐"检察官"的外号就叫开了。谁有检查要写，都去找他，他把以前写的随便拿一篇，那个同学抄抄改改就行了。改的时候要往不好了改，因为杨乐的检查写得太生动。就是这样也常常被老师识破，她用犀利的眼神在纸上一扫，然后扔过来："杨乐写的吧？重写！"

谁能保证不犯个错误？不写个检查？所以咱们都愿意认识杨乐。大家也爱找他一起玩，要是捅个娄子啥的，他正好可以写一篇新的检查。我们作为"同案犯"，连"犯罪经过"都不用改了，省事儿。那些小女生也总围着他，有事没事瞎聊。她们不用写检查，也爱找他套近乎，不知道为啥。

杨乐后来上哪个初中了？咱们一中啊！就在三班。他们班主任还是个语文老师，这回杨乐可更得出风头了。

其实私底下，我们都管杨乐叫"文豪"。可他不乐意听，每次都"去去去"，不让我们乱喊。他也不参加作文比赛，说没意思，不如检查写得来劲。

上初中以后，老长时间没听说他的动静了。有一天，在走廊里遇见他，我就问："官儿，最近写了几篇？"我指的当然是检查了。

"唉——没写。"

"哦？表现这么好？"我有点意外。在胜利小学的时候，写检查可是他的家常便饭。

"什么呀，我们老师就俩招：小错罚站，大错找家长，不让写检查。"

"哎呀可惜可惜！你们班同学没有耳福，听不到杨文豪的大作了。"

"去去去。"他头也不回地走了，就给我留一个背影。

写检查可是命题作文，老师没让写，总不能搞自由创作吧？我有点替杨乐惋惜。

后来听三班的同学透露：杨乐不是没有争取过写检查的机会。开学后他没老实几天，就开始上学迟到、上课接话、作业不完成、扫除打破桶。结果先是被罚站，后是找家长，作业也补了，桶也赔了，检查——还是没写上。

有一天早自习，杨乐主动写了一份检查，交给班主任李老师。李老师只瞄了一眼，就把那厚厚的一沓纸撒到垃圾桶里了，还语重心长地说："你有时间写这个，为什么不好好完成作业呢？"

那么厚一沓啊！杨乐一定熬了大半夜写的吧。可惜我不在现场，要不一定来个"飞手夺宝"，把检查官的"大作"抢救下来。

杨乐当时脸憋得通红，一声没吭就回座位了。接下来一整天都蔫巴巴的。

看来"检察官"这个绰号，以后不再属于杨乐了。

不过，我们胜利小学出来的，可都不是白给的。没过几天，杨乐就上演了一出"大戏"。

一中教学楼后面有个锅炉房，冬天烧煤供应暖气，平时可以打热水。锅炉房外面有个大烟囱，有十几层楼高。烟囱壁上砌着一根根钢筋，密密麻麻排列到烟囱顶端，是检查烟囱时手脚攀爬的梯子。

杨乐被发现时，已经顺着这排钢筋，差不多快爬到烟囱的一半了。我们一大群老师和学生围拢在烟囱下面，看着他身手敏捷地往上爬。那情景真是惊心动魄。

李老师的脸煞白煞白的，声音颤抖着向上喊话："杨乐——你快下来——危险——有什么事好好跟老师说——"

杨乐一回头，笑了笑，还说句什么，太高了听不清。

我们这些同学也在下面喊他的名字。我的嗓门大，他一定听见了，还摆了摆手。

说真的，我不觉得他是那种爱寻短见的主儿，看他的表情也不像。我甚至有点怀疑他是在表演，那个词儿怎么说来着，对了，作秀！

杨乐突然停住了，转过身，腾出一只手，从斜背的挎包里往外掏东西。我的天——他只用一只手抓着细细的钢筋。

我正替他捏把汗呢，突然看到满天飞舞的纸片，扬扬洒洒从烟囱上飘落下来。如果纸片再小点，我一定说那像一场不大不小的雪。

大伙不再仰头看杨乐了，都低下头去捡那些纸片。我认得那上面的字，是杨乐的，他写的检查。

后来杨乐自己下来了，被校长叫到办公室狠狠剋了一顿，还被罚写一份深刻检查。

我挺替杨乐高兴的，心想他终于可以一展风采了。可是后来听说，杨乐这次的检查写得特别简短，才一页。

杨乐在一中有了个新外号——空中飞人。真是的，不是爬烟囱还发现不了他有这个潜质。

可我还是挺怀念那个"检察官"杨乐，偶尔还会想起，在胜利小学的领操台上，他在运动员进行曲的伴奏下，最后说"欲知后事如何，且听下回分解"时，脸上那得意的微笑。

【本文获第三届"读友杯"全国儿童文学创作大赛短篇文学创作教师组优秀奖。】

作者简介

石锋，女，1973年5月出生。文学博士，大学教师。近年致力于儿童文学写作，已有十余万字儿童小说与童话发表在《文学少年》等杂志。

花开的声音

秀 儿

王 颖

一

阳光透过缀满了碎花的粉红色窗帘照在身上,一阵阵凉风从一扇开着的窗子吹进来,窗帘便在凉风的吹拂下像是有了生命般起伏飘荡地飞展。窗帘的一角在舞荡中轻抚着秀儿胖胖的小脚丫,痒痒的,像是有小虫在攀爬。

秀儿一骨碌坐了起来,睁着惺忪的眼睛,看了看自己的小床,奇怪,爸爸呢?刚才明明是爸爸抱着我上公园,扶着我坐木马,我还搂着爸爸的脖子对爸爸小声说:"爸爸,我想你!"怎么现在又在我的小床上了呢?咦?"爸爸,爸爸。"

"秀儿",妈妈从厨房走进来,一边用毛巾擦干脸上的水珠,一边忙着到梳妆台的镜子前,从各种瓶瓶中拿出一种来,旋开盖,将白色的液体挤到在手上,复又涂在脸上,手指就着这液体在脸上螺旋形滑过,乳液在手指的移动中渐渐地消融在皮肤里。

秀儿看到镜子里的妈妈的脸在手指的作用下一会眼睛变得又细又长,一会嘴又尖尖地聚在一起,旋即又扁扁地像是要被拉到耳朵上去了,觉得又惊奇又好玩。秀儿拍了拍胖胖的小手,好看的眼睛笑成了弯弯的月牙。看到妈妈渐渐变圆的眼,秀儿忙用小手捂住嘴低下头,又不时偷偷地抬起眼看着妈妈的脸。

妈妈走到床前,一下把秀儿揽在怀里,笑道:"坏秀秀,总是偷着笑什么?对了，刚才是不是又想爸爸了？"

"嗯。"秀儿点点头

"唉！"妈妈松了手，站起身，又回到镜子前用一把好看的梳子不紧不慢地梳理一头黑亮的短发，同时拖着长腔道："别理你爸爸，你爸不要俺们娘俩儿，家也不回，也不想秀秀啦。"

"不对，不对，爸爸去给秀儿挣钱去了，给我买小车，买好多的好东西，爸爸还给你钱……""行啦！"妈妈的声音里有一种明显的恼怒。

"没良心的，一说你爸就护着，你爸好，你爸管你吃、管你上幼儿园？赶紧穿好衣服，上幼儿园。"

秀儿原本低着的头，垂得更低了，两岁半的秀儿还不懂，好好的，妈妈为什么要生气，但秀儿还是朦朦胧胧地知道，妈妈不喜欢说爸爸的事，可爸爸是秀儿的爸爸，秀儿就是要护着爸爸。

粉白的墙上画着好看的花，红的，粉的，金黄的，还有绿绿的叶子。墙上还有和自己一样长着胖胳膊胖腿的小人，还有长鼻子大象和会跳舞的小熊，最上面是太阳公公在笑咪咪地对它们笑呢。

秀儿手背后，直直地和小朋友们靠墙坐成一排，长头发的小阿姨正拍着手教歌谣：

"幼儿园，像我家，老师爱我我爱她，老师夸我是好孩子，我爱老师像妈妈。"

"哇！……哇！我要找妈妈。"秀儿身边刚来的小叶子大声哭喊了起来。

正在笑咪咪就着节拍晃着身子的小阿姨，不觉皱了皱眉头，来到小叶子跟前抱起她："小叶子是乖宝宝，妈妈上班给叶子买好东西吃，妈妈一会就来接宝宝，叶子最听话了，是不是？"

叶子今年才二岁，比秀儿还小。她只知道妈妈没有了，疼自己、乖自己抱着自己的妈妈没有了。这个陌生的人是谁？她要干什么？这是什么地方？为什么爷爷奶奶妈妈爸爸还有我自己的小床都没有了？这个女人的嘴一张一张地在干什么？吓人，怕。"妈！……"

小叶子不知道自己要什么，觉得只有大声的哭叫才好，妈妈也许会听见，妈妈会突然地出现，来抱自己。

叶子的哭声无形中起了号召的作用，又有几个小朋友哇哇地哭了起来。小阿姨放下叶子，眉头皱得更紧了。

"都别哭了，下课。秀儿，领着站排出去做游戏。"

花开的声音

秀儿，没有哭。秀儿在第一天来的时候就没有哭。

没上幼儿园前，爸爸回来的时候要比现在多，每次回来都问秀儿？"想爸爸没？""想了。""哪想？""肚肚想。"

接着爸爸会把秀儿从地上一下子举到头顶，让秀儿骑在脖子上。爸爸好高好高，秀儿咯咯地笑着像是在飞，然后爸爸的包里会变出好多好东西，有玩具汽车，有布娃娃，有新衣裳……

那时，妈妈也爱笑，一天到晚"秀儿，秀儿"的，像唱歌。

后来爸爸回来的时间越来越少了，说是忙，总是出差。出差是什么？秀儿不懂，但爸爸每次回来的时候，还是要抱抱秀儿，问"在哪儿想爸爸？""肚肚里。"爸爸每次都要笑，只是爸爸笑时嘴巴张得越来越小了。走时，爸爸还是会拍拍秀儿的脸，拉拉秀儿的小手。秀儿知道，爸爸一定是想说"肚肚里"。

妈妈开始还跟爸爸吵，后来，妈妈就不爱说话了，再后来，大姨来看妈妈，妈妈哭了。听大姨说什么男人在外面谁也保不住什么的，还说这年头你给谁省着啊，现在手里不抓点钱，到时候你靠什么什么的。

秀儿不明白她们在说什么，但秀儿知道她们一定是在说爸爸。

秀儿爬到妈妈身上，用手捂住妈妈的嘴，"不许说。"

妈妈推开秀儿的手，骂道："小没良心的。"

从那以后，爸爸回来时，妈妈总是跟爸爸要钱，有时，爸爸不回来，妈妈就打电话让爸爸送钱。妈妈也开始经常出去，出去时就把秀儿放在姥姥家或大姨家。

秀儿每次都不哭。秀儿知道妈妈会回来，爸爸在肚肚里。

"站排，站站排。"秀儿一个人站在队伍的旁边，看着小朋友一个拉紧一个的衣襟。

"走！一、一、一二一，小朋友走路要走齐。一、一、一二，小朋友走路要走齐……"

二

阳光下，一块不大的草坪上星散着一群花朵儿样的孩子，一棵好大好高的树像巨大的绿蘑菇，遮住了这些在绿色里游弋的花朵。在大树脚下的杂草中，有一株纤纤的、嫩嫩的、圆圆的黄色小花摇摇地在树的阴影里开放。

秀儿蹲在草地上，这朵盛开的小花令秀儿感到迷惑。这花和墙上画的一样又不一样，在风里会摇、会动。还有细细的毛毛，像，像……像笑咪咪的太阳公公。这个突然出现的念头让秀儿觉得豁然，觉得轻松，觉得快乐。

"秀儿，你奶来看你啦。"

抬起头，那朵小小的黄花便跌落在茫然的无识里。只见奶奶站在门口，正笑着对自己招手，秀儿甩着两条肉滚滚的小腿，蹦蹦扭扭地朝奶奶扑去。

奶奶穿了一件白色纱质的上衣，一条宽宽松松的裙子，在正午的燥热里带来一阵凉爽的宁静与慈祥。

秀儿本想扑到奶奶的怀里去，可是看看站在奶奶身边和奶奶一样注视着自己的小阿姨，秀儿只是拽着奶奶的手，依着奶奶的腿，不再作声。

"这孩子，也不会说个话。"奶奶怜爱地说。

"行，秀儿不错，特好带，要是幼儿园的孩子都像秀儿我们就省老心了。"

"还行吧，这孩子就是憨厚。"

"我见过秀儿的妈妈、姥姥，您这是奶奶？秀儿的爸爸很少来啊？"小阿姨接着说到。

"啊，她爸爸太忙，也没有办法，总是东跑西跑的，听说过几个月还要和他们老总去香港呢。"

"是么？挺行的啊。"小阿姨明显升高的音调中流露出羡慕。

秀儿静静地依在奶奶的身边，奶奶的身上有一种好闻的洗衣皂的味道，和家里妈妈刚刚洗过的被子一样。

"这不是今儿端午了，我给送过来几个粽子，看家没人就直接过这儿啦，也想看看秀儿。"奶奶笑着说。

"那我先把粽子放冰箱里，免得坏了，晚上等她妈来接秀儿时带回去。"

"那就谢谢你啊。"

小阿姨拿着奶奶带来的一袋子粽子走了。

奶奶蹲下身子，秀儿一下扑到了奶奶的怀里，奶奶不由得向后仰了仰。秀儿用小手搂住了奶奶，小脑袋不停地在奶奶的肩头蹭来蹭去。

"秀儿，想奶没？"

"想奶奶。"秀儿说完又调皮地吐着舌头。

奶奶拿出一个红绳带在秀儿的脖子上。红绳上有五颜六色的小物件。

"这是小扫帚，小葫芦，小香包。你和你大姑家的小姐姐一人一个。"

奶奶的手有点扎人，但秀儿喜欢。

"奶奶，我……我想跟你走。"秀儿的声音卡在嗓子里。

静静的正午时光里，酷热的骄阳下没有一丝风的迹象，只有热的焦土和焦土上暴晒在阳光下的秋千，滑梯和饰有各种小动物头饰的转椅在陪伴着房檐阴影里周身汗腻腻的胖秀秀和双手微颤的奶奶。

那朵小小的黄花，仍然在大树的脚下开放着。

三

"爸爸！"晚上秀儿和妈妈回到家时，竟发现爸爸回来了。秀儿兴奋得小脸像红红的苹果，笑着叫着扑到爸爸的身上，爸爸顺势举起了秀儿。

"开飞机啦，飞呀……飞呀。"伴着秀儿咯咯的笑声，秀儿和爸爸一同跌坐在床上。

"秀儿，快下来，别戏磨爸爸，让你爸歇会儿。"妈妈说话时脸上带着笑。

秀儿见爸爸还没有换鞋，便蹦到地上，一扭扭地跑去抱来了爸爸的大拖鞋。爸爸的拖鞋真大，像两艘大船。

爸爸换上了拖鞋便靠在沙发上看电视里转播的拳击比赛，妈妈在厨房忙晚饭，只有秀儿坐在地毯上玩下午奶奶送给她的五颜六色的小物件。

"小白兔，真可爱，两只耳朵竖起来，爱吃萝卜和青菜，蹦蹦跳跳跑得快。"

唱呀，甩呀，啪，甩到爸爸放在地上的皮包里。秀儿把小手伸到皮包里，拿出来的不是秀儿的红绳，是什么？长长的，窄窄的。"妈妈，你看，这是什么？"

妈妈把炒好的菜放在桌上，转身从秀儿的手中接了过去，"这是胶卷。"

"你别动！"秀儿吓了一跳，抬头看爸爸时，见爸爸的脸沉得怕人。

妈妈下意识地一下握紧了手中的胶卷："怎么？有什么背人的？我偏要看！"

妈妈闪过爸爸，展开了胶卷。

"好哇，这是谁穿着我的衣服在我屋里？！你，你！"妈妈一下扑到爸爸身上，把刚刚挺身站起来的爸爸又撞跌到沙发里。

爸爸一把抓住妈妈的手："把胶卷给我。"

"休想！"妈妈头发散乱，一边哭一边嚷道。"不过了，我和你拼了！"雨点般的拳头落在了爸爸架起的手臂、肩膀和身上。

"哇……！"在这间混杂纷乱的黄昏小屋里，又增添了秀儿稚嫩而嘹亮的哭声。

开始时，秀儿被这突然的变故吓呆了，她不明白自己做了什么，不明白那长长的叫胶卷的东西为什么会让刚刚还欢眉笑眼的爸爸妈妈顷刻间就像电视里带手套打架的人一样打了起来，直到看见妈妈脸上奔流的眼泪和高高大大的爸爸猛然跌坐在沙发上，秀儿才从失神的惊愕中回复到巨大的惊恐里。

秀儿哭着伸着小手，抱住妈妈的大腿，"妈妈，不打，不打。"

伴着秀儿声嘶力竭的哭喊，"哧"，一道血红的血线在妈妈细长的指尖下刻印在了爸爸的脖子上。

被激怒的爸爸猛地推开妈妈站起身来，妈妈向后一个趔趄撞到了桌子坐到了地上。桌上的瓷器沿着共同的方向滑射出去，"呼"，"哗"，白色的碎片和绿色的菜叶放射般向四周散开，最后，又都坠落在那张好看的地毯上。

"够了！离婚就离婚，什么条件我无所谓，用得着你这么发疯！"。爸爸紧皱着眉头，夹着皮包，一脸愠怒地开门走了。

"你混蛋！"一只幸存的白瓷碗从妈妈手中奋力地飞向隔开了爸爸的那扇门，一声脆响，无数碎片便在这瞬间有了生命，有了运动，有了飞扬。

"妈妈，不哭。"妈妈抬起头，看着秀儿让泪水浸润得有些红肿的小脸和一撇一撇的小嘴，所有的悲酸、苦痛和无助都化做了泪水，更汹涌地在眼中奔流。

妈妈一把把秀儿揽在怀里："秀儿，别怕，以后妈妈就只有秀儿一个人啦，咱们一定好好过。"

"不，妈妈，我要爸爸，要爸爸回来。"秀儿喃喃地说。

妈妈起伏的肩不动了，泪眼相望，惊魂未定的秀儿不知道妈妈对自己看什么。

妈妈站起身，走进了厨房，一声很深很重的叹息在深浓的暮色里颤抖，好像空气在呻吟。

房内，只有秀儿孤零零地伴着一片的狼藉。电视上，拳击比赛已经结束了，在舒缓优美的乐曲中，晶莹的冰面上，一对美丽的男女在翩然地翔舞。

风，从开着的窗子吹进来，淡红色的窗帘又在风的鼓荡中飞扬。

今夜，好大的风。

这一夜，秀儿不知是怎么度过的。爬上自己的小床，软软的，像一团棉花。紧紧地搂住爸爸买的玩具大笨狗狗，只一会，整个人就跌落到一片混沌的星云状态之中。

小鸟飞呀飞，秀儿象白云飘，幼儿园墙上画的大象、小熊也一起和秀秀在公园绿绿的草地上打滑梯，唱歌谣。

"……我实在舍不下秀儿……"，"她爸又……"一阵好凉好凉的风和大手怪把小鸟、大象、小熊都吹没了，"妈……"

"秀儿，秀儿，好孩子醒醒，妈妈在……"

秀儿睁开眼睛，暗红的灯影里，妈妈和大姨正在看自己，根本没有什么大手怪。

秀儿又放心地躺下，翻了一个身。窗外，远远的夜空中，有一颗亮亮的星星。

妈妈的手轻轻拍在身上，那持续的、恒定的节奏又把秀儿托举到了星云的深处。

"……离婚得狠下心才行……"

那亮亮的星星变成了秀儿手中的宝石，在秀儿的手里闪光。

"……要房子，绝不能要孩子……"

一阵幽怨压抑的啜泣声，好遥远，是星孩子在哭吗？

"……我，我实在舍不得秀儿……"

咦，这朵纤细的、嫩嫩的、圆圆的小黄花，在，在哪儿见过呢。

"……别傻了，现在心软，将来有你苦的……"

那朵小花在飞在变小、变淡，最后，最后，最……后……

四

据科学家考证，人的智力发展在 3 岁以前已经完成了百分之七八十，在这一阶段，对语言发展、对色彩的分辨、对知识的吸收都在以人们意想不到的速度进行。中国老话说，三岁看老，这当然难免有些局限和武断，但三岁孩子的智力和想象力仍然令成人世界感到震惊，以至于愈来愈多的人造神童交相辉映在人类长河的夜空。但是，在人类情感的发展上，神童却显得苍白，他们可以记住几百、几千个方块字，他们可以进行简单的数学运算，他们甚至可以抱着与自己相关无几的大毛笔在宣纸上描摹出一个大大的"寿"字，可他们就是不能超常地理解成人世界的情感。他们不能理解成人世界中纤如毫发、繁如蜘蛛网般的相对动荡、相对非理性的黑白两极间的灰色地带，不管他们是置身于昆仑山上的一株草，还是幽草涧边生，他们都在自己固有的情感世界是平静如常。

秀秀就是这样生活在自己的世界里。那个惨痛惊惧的夜晚像一星的弱焰，渐渐地消散在意识的深处。在一个全新的地方，拥有着慈祥的关爱，秀儿就像是大树庇护下的那朵小花，蓬勃地生长。

到奶奶家已经两周了，经过那场变故，妈妈和秀儿都病倒在了床上。奶奶把秀儿接到了家中，临走时，秀儿拉着奶奶的手，回头对妈妈说："这是你家，你就好好呆着吧，我要上我奶奶家了。"

妈妈听了之后，平静而苍白的脸上很用力地挤出一丝笑，想说什么，最终还是什么也没有说出来。

在奶奶家中的光阴像滑过手指尖的风，轻巧、流畅、无形。奶奶家中的房子好大啊，到处透着整洁和清爽。连贯东西屋和客厅的大地板，对于秀儿而言，更像大大的游乐场，不像自己家中被大床小床和沙发挤占得只剩下一块放饭桌的地方。

秀儿蹦跳着像只快乐鸟。秀儿不停地从东屋跑到西屋，折返身来又跑到客厅，玩得高兴时也会一下子躺在地板上，滚过来滚过去，就像人类未启蒙的幼年时期对脚下大地出于本能的热爱要远胜过对床的关注一样。每到这时，奶奶都会笑着说，这是快乐的小猪儿啊。

秀儿喜欢奶奶甚至胜过了妈妈。在秀儿的眼中，奶奶总是那样平和、明朗、慈祥。奶奶是黎明的晨曦，是正午窸窣作响，洒下一片阴凉的大树，是傍晚时分的夕阳，是月朗星稀时的那片清辉，是当爷爷发脾气时，隔开爷爷的那面墙。

妈妈却是火，高兴的时候，心肝宝贝，又抱又叫，像火，像烈日，像酷热；生气时，一脸的不耐烦，一脸的暴躁，也像火，像烈日，像酷热。

比较而言，秀儿喜欢奶奶更多些，毕竟和风细雨的环境更适于孩子成长。但秀儿也有一个小秘密，秀儿不喜欢爷爷，秀儿有点怕爷爷。

一次，爷爷把秀儿叫到跟前说："来，我教你数数，省得你老在地上打滚。数，1、2、3、4、5、6、7、8、9、10。"

秀儿瞪着小眼睛看着爷爷，看爷爷的白头发、白胡子。

"1、2、3、7、8、10。"

"重念！1、2、3、4、5、6、7、8、9、10。"

"1、2、3、7、8、10。"

爷爷生气了，生气的爷爷举起了手中的筷子。奶奶忙把秀儿揽在怀里，笑道："呦！呦！快跑，快跑。"

秀儿偎在奶奶怀里，偷偷地笑，但秀儿知道，爷爷生气了。

没过几天的一个下午，在楼下和小朋友玩了好一会的秀儿和奶奶一起回到了家，刚进门，秀儿的小脑子里不知怎么地一亮，闪过了一个好词儿。秀儿径直走到躺在床上看电视的爷爷面前，看着爷爷说："大傻瓜！"

爷爷满脸惊异和困惑："你说什么？"

"大傻瓜！"

爷爷猛地坐了起来，随手拿起一本书，瞪着眼，要打人的样子。"错没？"

"没。"

"错没？"

"没。"

爷爷站起身来要打秀儿,秀儿转身就跑,爷爷紧追不放,最后,秀儿跑到了墙角,无处可逃。抬眼,爷爷的手举得高高的。

"妈……"秀儿哭了。秀儿的哭声像警报一样在房间里回荡。奶奶像救火队员一样把秀儿救了出来,奶奶也跟爷爷瞪了眼。

从那以后,一连几天,秀儿都躲着爷爷。晚上出去溜弯时秀儿也是尽量躲着爷爷,让奶奶走在中间。后来,奶奶再问时,秀儿点点头承认是秀儿错了,然后拍拍脑袋跑掉了。

妈妈也来过一次,对妈妈的到来,秀儿并不觉得有什么不同,仍是东屋西屋地跑。

"秀儿,快过来让妈看看。"妈妈说:"我还怕你想我在这里闹人呢,病一好就过来看你,可,你这小没良心的。"

秀儿站住了,探出小脑袋来,望着妈妈笑。

妈妈的眼睛红了,隐隐地有光在闪。

(秀儿的妈妈爸爸离婚了,妈妈要房子,要秀儿,要钱。)

秀儿回家了。

清晨,一阵凉风吹过,粉红色的窗帘又在优雅地旋舞。秀儿从梦中醒来,睁开惺忪的睡眼,看见妈妈在忙早饭。对于秀儿而言,一切都和过去一样。爸爸还是很少回来,回来的时候就给妈妈好些钱。妈妈爸爸再也不吵架了。秀儿每天也还是要上幼儿园,一想起长头发的小阿姨和小叶子,秀儿就急忙穿好衣服,背起小书包嚷到:"妈!快点,我要上幼儿园。"

夏天过得好快,转眼就到了立秋。

秋后面有冬,冬后面有春……春后面,还有夏……

作者简介

王颖,出生于沈阳,成长于沈阳。本科学历,理工科出身,但一直爱好文学,上学期间,获得沈阳理工大学(原沈阳工业学院)征文活动特别奖。参加工作后,长期从事轻工行业某杂志的编辑工作,在"辽宁广播电视报"副刊上发表过文章。近年来在网上从事近体诗的学习与教学。

夜 魔

刘姿序

窸窸窣窣的声音骚扰着耳朵，这种细微的摩擦声让人生厌。

初夏的夜晚还有些微凉，沿着河道走过，冷腥的气息刺激着嗅觉。我就躺在河道边的长椅上，夜风吹过，我又缩了缩身子。那扰人的声音从不远处的桥下传来，河边没有路灯，漆黑的夜中只能看到虚影，隐隐约约是个有些瘦削的男人。

我跳下长椅，在稍远一些草坪上躺了下来。这个样子见怪不怪，事业失意、情场失意，多半还喝个烂醉如泥。

男人摇摇晃晃地朝前走来，最终瘫坐在我之前躺过的长椅上。

"我不想活了。"男人酒气熏天，但看起来并没有失去理智。

他长长地舒出一口气，我刚想凑近看看，就被一股难闻的酸臭味熏得倒退几步。

"兄弟，我就是想说说话。"男人的目光有些浑浊，每一句都像要咬到舌头一般。我侧着脑袋，呵，他叫我"兄弟"，都糊涂成这样了还能说话，也真是不容易。

我躺在草地上，任由蚊虫骚扰，闲来无事听听醉汉的呓语也算是个不错的消遣。

"他们说我是杀人犯……我确实没有杀她……我爱过她，怎么可能杀了她！哈哈哈。"他尖利的笑声堪比噪声，紧接着被他呕吐的声音打断了，我甩甩头，今晚还是先找个舒服的地方睡觉吧。

转身想走，一个白影挡住了去路，是个半透明的虚晃影子，隐约能分辨出五官还有长长的头发。白影绕着男人，犹豫而又迷茫。

我自称是流浪诗人，符合我的身份，也符合现在人的审美。

深夜有种干涸的味道，悄无声息地走在无人的街道上，有种称王称霸的快感。街旁的路灯昏暗无神，平日穿梭不息的汽车，此时不知蛰伏在街道的某处。我仰头张望，那些高耸入云的商业大厦，死气沉沉，在灯光映射不到的地方已经和无星无月的天空黏在了一起。

觉得我接下来会作诗？别开玩笑了，我这不入流的水平只是说说而已。我的诗就算是说出来也不会有人听得懂的，谁会没事蹲下来听我说话呢？还真别说，刚才就有一个。

我和那个男人算不上相识，最多只能说见过面，认识而已。他嘛，应该就是普通人口中的精英了，每天出入我面前这幢玻璃大厦，就连大厦门外的地面也是一尘不染。我因为好奇这里，偷偷接近这幢怪物，只要一低头，就能在反光的地面上清楚地看清自己难看的样子。在我懊恼之时，就会有保安出现，跺着脚驱赶我，每次我都是落荒而逃。就在众人都对我避之不及的时候，那个男人停下脚步，我看见他锃亮的皮鞋朝我迈过来，我首先反应就是逃，我逃下台阶，忍不住回头的时候，他还在玻璃门前望着我。我甩甩头，转身走了。

我好奇，好奇如果我没有逃，他会做什么。

从那天开始，在固定的上下班时间，我会躲在大厦外面的一角，盯着粗细不均的长腿，努力提高视线去寻找那个男人。他的脚步很轻快，总会有一起下班的同事微笑跟他打招呼，偶尔听见别人称呼他的职位，算得上是小有成就的精英了吧。

没过多久，他也注意到了我，显然是没有预料到我会观察他。接下来，他每次多少都会给我带些吃的，默默地放在距离我不远处的石阶角落，然后转身离开。我感激他的食物，却从来没有吃过，偶尔会有一些小狗试探咬上一口，庆幸小狗依然活蹦乱跳。他是真心给我食物，是施舍？可能只是单纯的分享。

我开始观察他的生活。比我想象的要简单得多。

除了上班，平日里也就是那么两三个好友，我无法得知他内心的想法，但总觉得在两三个好友面前，他依然很疏离。夜晚加班后回家的路上，偶尔会停在一处路灯下，坐在公共长椅上，点燃一支烟，任由烟气缭绕，烟灰掉落，他只是盯着莫名的远方，吐出一口气，仿佛这就是男人的浪漫。我在黑暗的角落里，对此嗤之以鼻。

但，这并不影响我对他的好感。

他有个娇俏可人的女朋友。女朋友很爱她，每次见面都会给他带亲手做的小食，男人接过小食，含蓄而又礼貌地微笑，女朋友灿烂的笑脸慢慢绽放，可以感觉得到一股名为温暖的东西滋养了四肢百骸。男人不自觉地在衣角搓搓手，女朋友牵起那只还未舒展开的手，娇笑着靠在了他的肩膀。

爱这个词对于我来说过于深奥，也过于奢侈。我也只能从我眼中所见去摸索男人的感情。礼貌的表情，拘谨的动作，从他对待好友的态度上就能看出，的确不是个善于言辞和表达的人。这种冷和礼貌更像是一层外衣，正常人总不会裸着，多多少少总会穿些保暖又好看的衣服，而衣服之下，附着于躯体的灵魂，那是个奇妙的存在。

像是影子，存在又看不清内在。

天，快要亮了。这种灰白的色调让我莫名恶心，干燥而又窒息。

我再次回到河道长椅那里，男人已经不见了，若不是地上还存留呕吐之物，我都快记不得昨晚他来过。

似乎，前天晚上他也来过，和他那个可爱的女朋友。

我换了一处长椅，舒舒服服地躺下了，以扭曲的姿态蹭了蹭后背，又想起了昨天晚上那个白影。我偶尔会看到一些别人看不到的东西，希望我这样称呼他女朋友，他不会介意。他当然不是杀人犯，这点我最清楚了，他女朋友明明就是我杀的，他顶多算是帮凶吧。

前天夜晚，也是在这里。女朋友泣不成声，反复念叨着："你不能这样对我。"男人低着头，任凭女朋友的撕扯与捶打，始终一言不发。

"你别忘了，你是怎么坐到这个位置的！就凭你自己，怎么能顺利晋升？！"

男人低头不语。

"好啊，我这就去告发你！"

清脆的耳光声从男人掌下传出，女朋友捂着脸呆坐在地上，瞪大了眼睛。男人低声说道："你老实点，我们两个本来就互不相欠。你是帮了我不少忙，可我也满足了你的心意，你想要的我也尽量满足了你，我现在要自由，你应该还给我了。"

女朋友张着嘴，震惊得说不出来话。远处的我有点烦躁，一瞬间我就要明白了新的情感，可是却又抓不住了，若即若离就差那么一点点。就在我不安之时，女朋友似乎拿出了什么，还未等我反应过来，已经朝男人刺去，男人冷静地夺下利器，顺手扔进了河里。

不行，不能让男人死，我还有没懂的事情需要男人来解开。

"你不能这么对我……"女朋友掩面哭泣,"我真的会去死……"

"你要是有胆量就去吧,我就能自由了。"

男人转身离开,脚步轻快,如同平日上下班一样。女朋友望着他的背影慢慢移到河边,面对着河水不知想些什么。层层的积云阻挡了天上的光源,万籁俱静。

接下来的事情很杂乱。

为了让男人能好好活下去,解开我一些疑惑,我帮助他女朋友跳入河里。深夜时分,除了男人,再无他人。男人听见落水声音赶了回来,他有些踟蹰地站在河岸上,最终再次离开,河水中女朋友挣扎的水花越来越小。当男人走出这个公园的时候,水花消失了。

我似乎离想要的真相,更近了。

公园里早起晨练的人多了起来,我伸个懒腰准备去大厦那里等待他。我原以为昨天他会休息,但依然是西装领带地出现在大门前。那天夜里的痕迹被抹得一干二净,给我的食物还放在往日的地方,遇到相熟的同事亲切打招呼,平静、自然、彬彬有礼。结果当天晚上下班的时候,整个人的精神状态就不一样了。我猜他女朋友的事故已经人人皆知了,他精神因此受到了打击?不,真正打击他的应该是大家把他看做是凶手吧。

衣着整洁的男人出现在视线之中,神态如常,他脚步有些发沉,有些停顿后大步迈向透明玻璃怪物。今天男人的身边格外冷清,以往相互打招呼的同事都避之不及。玻璃大门张着大口,他脆弱的身躯就要被这里吞噬。

对于我自己的所作所为,我在忏悔。忏悔我一时的冲动加速了一个人生命的进程。我只是不希望男人的一切毁于此时,他在我的心中算得上是个好人,更重要的是,他是我第一个用心观察,并且产生疑惑的人,我的启蒙还需要他。

夜幕降临,从闷热浮躁的气氛渐渐解脱出来。我平躺在树阴笼罩过的地上,地面被阳光烤得发焦,我觉得我像是个待熟的荷包蛋。这里斜对面就是男人家的单元门,门旁立着续着小胡子的男人,手指夹着烟卷,用力吸进最后一口烟气,两只手指一松,烟蒂掉落在地,皮鞋压上一拧,烟蒂黏在了大理石地面上。

小胡子很不耐烦,从满地的伤疤来看,已经快要到了等待的极限,相隔不到几米距离的可怜垃圾箱静静伫立在那里。

男人的身影逐渐清晰,小胡子嘴角一翘,迎了上去,手里那根刚点燃的烟总算是捻在了垃圾桶上的烟盒中。

男人见到小胡子,停下了脚步。戒备的神色立刻把自己伪装成铜墙铁壁。小胡子早已舒展开了眉头,微笑打招呼。"就算是当初的对头,你也是赢了的那一方,但这个位置你不适合,我告诉过你的。"

男人依旧很疏离,维持着礼貌的外表。"我还有事。"

"我也有事。"小胡子没有让步的打算,"告诉你个秘密,全公司都知道了你女朋友的事,其实是我一不小心传出去的,那天晚上就是那么凑巧,我一不小心看到了你们两个在那里。"

"你要是看到了,就知道我没有杀人。"男人从牙缝中挤出声音。

小胡子摇摇头:"那么黑,我可看不清你做什么,但是我听到了了不起的言论啊,什么两不相欠啊,什么还我自由啊,哦还提到了这个职位。"

"那又如何,现在一切依然是我的。"

小胡子抱着胳膊,冷笑:"就是讨厌你这种礼貌的清高嘴脸,骨子里的自私和幼稚。"

男人像是被戳中了心思,眉头拧得更深。

我竖起耳朵,似乎我追求的答案一闪而过。之前听不懂的话,想不懂的情感可能得到了解释。极力掩饰的东西和内心本来的面目是无论如何也藏不住的。把天真无知作为挡箭牌的人是幼稚,那知道自己幼稚却极力伪装的人是什么?

小胡子的声音不断地飘来,悠扬而又掷地有声。"成了上位者就掌管了一切?他们得知你有可能是杀人犯的时候,可没人在意真相,他们在意的是接下来谁会成为新的上司。"

真相永远是掩埋在言论之中的,鱼龙混杂的信息里,真假成了谈资,利弊才是主导。当被舆论淹没,过往的伪装破绽沦为笑柄。在我看来,小胡子反而像是个泥泞的旁观者,他善意地提醒着男人的幼稚,却又卑鄙地选在男人最脆弱的时候来布施善意。

"还有你的自私,把一切都算得分毫不差,只在意以自己的付出去索取回报,不会去考虑别人给你带来的光环。当初你一脚踹开我,我真挺伤心的。"

男人的形象在小胡子的口中逐渐丰满,我惊异与我所见的不同。曾经清晰的印象,已被言语搅乱,而真相呢?确实不重要了。

"你是来看我笑话的。"男人终于开口。

"不不不,我是来打击你的,顺便看你笑话。后来你利用职位来压制我,我也就不追究了,其实我真是个善良的人。"

小胡子是善良的人,那我呢?我又算得上什么?终于明白了在男人身上的疑惑,可是接下来的问题谁又能解答?

一缕几乎透明的白色人影飘散到我的眼前,人影穿过我的身体感受到了刺骨的寒意,我能看到她,也能感受到她的愤怒。人影环绕在男人身边,白色裹住他,想要抢夺,想要撕咬。

我浑身一抖,似乎冥冥中有所指引,弓起身子一跃而出,扑倒在男人身上,一口咬住了喉管。温热腥咸的液体灌满口腔,一边作呕一边咬得更深,男人抽搐着,一双大手钳住了我的脖子,拼尽最后的力气把我甩了出去。

身体撞击到铁质硬物,我猜是那个可怜的垃圾箱。我听见了骨头碎裂的声音,或许这才是我寻找到的答案。意识模糊之前,我最后听到了人们的尖叫。

"疯狗咬死人了!"

胡说,疯狗多难听,我是流浪诗人。

作者简介

刘姿序,起点中文网签约作者,编剧。毕业于辽宁师范大学中文系及辽宁文学院新锐作家班。沈阳市作家协会会员、盛京文学网编辑、《慢点》独立杂志副主编。

黑娃进城

刘亚中

进城的想法,是媒婆婆来了三次以后,才在黑娃心里慢慢出现的。因为每次媒婆婆来,见到娘都是喜笑颜开地,可是一见了黑娃,除了咳声,就是叹气,这让敏感的黑娃心里很不安,他听得出媒婆婆的意思。

爹是再不会回这个家了,他在城里有了新老婆,有多新呢,听村里人说,说话还奶声奶气的,看着就像爹的老闺女,可爹欢喜着呢。

黑娃想,娘是指望不上爹了,可是娘才四十岁,娘还不老,娘也得要再有一个男人,帮她干地里的活,家里的活。而自己,终究要离开娘,去外地读书,将来留在城里工作也是可能的,可要是等到那时候再让娘嫁人,娘已经很老了,谁还会再要娘呢?人到老了,身边总得有个伴啊。

黑娃,你长大了,你要帮着娘找到幸福,这样,无论你在不在娘身边,心都是安的。黑娃在心里对自己说,去城里,找爹去,听人家说,爹家的院子很大,两层小楼呢,不管他新老婆愿意不愿意,我毕竟是爹的儿子,他总不会撵我走吧,为了娘,豁出去了!

进城前的一天,黑娃瞒着娘去了媒婆婆家,几句话让她也喜笑颜开之后,他请求媒婆婆带他去见那个男人,他说有些事,要跟人家讲清楚,不然,心里不踏实。媒婆婆连连说"中,中",就带着他去了。

男人是个地道的庄稼人,一脸朴实相,黑红的脸膛上,一对转动不太灵活的眼睛里，流露出的却是温和的目光。说话的时候一字一句，不快不慢，有板有眼。三间房的小院也里外透亮。虽然他的模样远不及爹，但浑身上下，也干干净净的，黑娃在心里试着把他和娘放在一起，感觉还算般配，这让黑娃放窄的心一下子宽绰了不少。

黑娃对媒婆婆说，我想单独跟叔说句话。媒婆婆点头，说，当儿子的，应该，你娘有你这样的儿子，有福气呀！说着，先离开了。

院子里，只剩下黑娃和娘未来的男人。

黑娃不说话，眼睛死死盯着男人的眼睛，然后一步一步地走近前，把右手手掌摊开，向男人伸了出去。男人也没说话，看着黑娃把手伸过来，以为黑娃想跟自己握手，就也把自己的右手伸了出去。

可是，他想错了，当他的手与黑娃的手一相遇，他就知道自己的想法错了，黑娃根本不是想跟他握手，而是要跟他"扳掌"！

"扳掌"是乡下比手劲儿的一个叫法，就是两个人互相握着对方的手，然后各自都把劲使向自己掌心的方向，谁把对方的手扳倒在自己的掌心里，谁就算赢了。

男人明白，今天这个孩子是想给自己一个下马威，他想让自己知道，他有的是力气，能保护自己的娘。

男人笑了一下，这个笑是善意的，像一个观众一下子就看穿了台上的戏法，却根本不想去揭穿，而是带着兴致继续观看一样。

此时，男人的手已经被黑娃紧紧握在了手心里，一个健壮的、充满了斗志的、青春少年的手心里，他感受到了一股力量，一股强大的、持久的、不达目的不罢休的力量，而这股力量的源头，来自这个少年年轻的心。

紧握的手掌，压跑了空气，却让脉搏更清晰，男人明显地感受到一颗年轻心脏有力的跳动，这颗心，充满了对母亲的爱。

男人的手和黑娃的手悬空较量着，彼此掌心依然保持着直立的状态。男人粗糙的掌心紧挨着黑娃细腻的掌心，这让黑娃微微放松了一下，他知道这是一双勤劳的手，母亲跟着他，吃穿是不愁的。随即，他感觉到男人的掌心有汗渗出来，黑娃笑了，随后加大了手劲儿……

一个成熟的男人面对着为母亲的幸福而战的少年，他的内心其实早就放弃了赢，趁着黑娃的一个加劲儿，他就势一个手软，手掌瞬间被黑娃扳倒。

黑娃笑了，他看出了男人有意的妥协，这是个肯服软的男人，出不了大格。

"好好待我娘，将来，我也给你养老。"黑娃一边说，一边走出了院子。

黑娃要进城的这天，娘一滴眼泪也没掉，娘一边给他收拾东西，一边叮嘱他到了城里要守规矩，别丢乡下人的脸。黑娃听着，不住地点头。

其实，娘的话他并没听进去多少，让他欣慰的，是娘平静的态度，这多少出乎了他的预料。

自从爹彻底从这个家离开，到现在已经五年了，这五年，黑娃看到最多的，就是娘的眼泪。娘是个小女人，哭声也小，很多时候，娘的眼泪竟是无声的，它们就像溪水一样，从娘的眼睛里缓缓地流出来，冲刷着娘脸上的皱纹和斑点，这让娘瘦消的面庞悲伤而生动。

可今天，娘却没哭，黑娃细想想，自从和那个男人的亲事定下来，娘就没再流过眼泪，左邻右舍问起的时候，娘也总是很欣喜地样子。看来，娘是中意这个男人，娘也期待属于自己的幸福呢。

黑娃就那么认真地看着娘，看着娘在屋子里来回走动着，说着话，他要把娘的样子刻进心里。看着看着，黑娃心头不禁一酸，他不知道自己的这个决定对娘来说，是好还是不好，他也不能保证那个男人真对娘好，眼下，他唯一清楚的，就是这一走，再不能天天看见亲娘了，再不能天天吃到娘做的饭了。

黑娃紧吸了几下鼻子，又使劲儿地翻愣了几下眼睛，才终于把眼泪憋了回去，他不想娘看出他的不舍，他大声嚷着，这回黑娃要去城里享福喽，黑娃要去住别墅喽！

娘用手敲了一下他的头，说，去吧，你都十五岁了，该去见识见识，别惦记娘，娘有人照顾了……

告别娘，黑娃头一回，一个人坐在了通往城里的汽车上，看着熟悉的景色离自己越来越远，黑娃觉得自己一下子长大了……

作者简介

刘亚中，笔名小尼、楚楚，有人称她为白衣天使，她说她就是一名护士。写过诗，写过歌词，出过一本诗集，名字叫《那一点人间烟火》。当下，她被儿童文学的世界吸引，工作之余，常常把自己变成孩子。她成熟，却又幼稚；她有过伤痛，却总是微笑。她的见心姐说她内心怀着过剩的处女气质，体内总是燃烧着未竟的青春，她很以此为傲。

手机里的故事

刘亚明

晚饭以后，出租车司机 A 拉的几名乘客好像都是喝过酒的男士。夜色已深，街面行人渐渐稀少，A 再次把车停在饭店门口。A 知道，这个时候人们大都回家了，最好的活源就在酒店、洗浴、歌厅、茶楼这些夜生活丰富的地方。A 边听车上的收音机边等乘客，出租车司机就是这样：活多忙得不错眼珠地开车，轻闲的时候百无聊赖。收音机里传来赵本山和宋丹丹的小品并没有引起 A 的多大兴趣，他环顾着周围，准备再拉一个乘客就打烊回家。

忽然，车里时断时续发出手机振动的声响。A 打开车内棚顶灯，寻着声音在车后排座位找到了那只手机。这时，可能因为长时间不接电话的缘故，对方放下了电话。这是一只新款手机，A 一时想不起来是哪个乘客丢失的，主人丢失了手机一定很着急，得赶紧给人家送去。A 是全市出租车行业职业道德标兵，不会把这只手机自己留下的，他曾经把乘客遗忘车上的一万元钱交到了出租车公司，还经常免费接送邻里老人去街里买药看病。

谁的手机呢？A 一边合计，一边打开未接电话号码回复了这个电话，因为这样能立即知道这部手机的主人，就会物归原主。

"喂？"A 打通这个电话。

他刚想问是不是您的手机落在我车上了，里面传来一个稚嫩的声音："爸爸，爸爸，你怎么还不回家呀？"

A 看看车仪表盘里的时间——快到 12 点了，这个孩子等他爸爸还没睡。

"爸爸工作忙，妞妞，别给爸爸挂电话了。"A 在电话这边听得出里面一个女人在细声和挂电话的孩子说话。

可能孩子太小了，也可能大半夜都没睡不够清醒，她自己一个劲地对着话筒说，连 A 说的话，她都没听清楚。接着孩子哭了，电话撂下了。长时间的停顿，A 准备把电话再挂过去。

这时，电话又响了。A 看看不是刚才那个电话，是另一个本地固定电话号码。

"喂，同志，你好，这手机是我老公的，能还给我吗？"是一位女士的声音。

"不对吧，刚才怎么有一个女士说是她的呢？"A 想起刚才小女孩在电话里找爸爸，他多了一个心眼：怎么这个电话另有其主？

"不会呀，我老公在外边喝酒喝多了，在床上躺着呢，刚才找电话发现没有了，我才挂的这个手机。你把电话给我送来，我给你 1000 元。"

"怎么不会，他女儿刚给这个手机挂的电话喊爸爸。你说，你到底是谁？"A 质问着那边。

手机里声音停滞了，但 A 还听得见一个男士醉酒的喊声。一会儿，那男士拿过了话筒，A 甚至猜想一定是抢过了话筒。"哥们，把手机还给我，我给你 1500，不 2000 元，好吗？"

A 无语。

双方这样对峙了很长时间，A 放下了电话。接着，他把电话又打到了女孩家。"郑强，怎么今天又不回家了，怎么还加班呀？"这次是女孩妈妈接的（A 想一定是女孩妈妈）。

"是呀，我们单位事情太多。"A 顺嘴胡诌了起来。

"你不是郑强，你是小赵吧，郑强怎么不给我挂电话？"

"他在陪客人吃饭。怕你惦记，让我挂的电话。"

"啊，那我就放心了……"

这时，A 突然为自己急中生智的编造自豪起来了，他觉得今天又做了一件好事。刚放下这个电话，电话又振动起来。A 一看还是喝酒的那个男人现在在的那家电话号码，他就是郑强吧。A 把电话摁了，没有接听，这样反复十多次，A 才接听了，他倒要听听他们说什么。那边疯狂地喊着，什么我记得你的模样和车号，等等，大骂司机不道德。A 气愤地关掉了手机，抽出电话卡，撅折，扔在了道边。

当然，A 记下了女孩家的电话号码。他打开车大灯，把车开往回家的路上……

作者简介

刘亚明：男，1963年出生。县作家协会副主席兼秘书长、省市作家协会会员。从1986年开始在《文艺报》《诗选刊》《鸭绿江》《诗探索》等百余家报刊发表诗歌散文小说寓言等作品。曾获第四届中国西柏坡散文节红色散文征文大奖赛二等奖，辽宁作协《鸭绿江》杂志社、新诗学会、营口市鲅鱼圈开发区文联等共同主办的庆祝新中国成立六十周年"鲅鱼圈杯"全国诗歌大奖赛优秀奖；2015年《人民文学》杂志社与济南市历下区作家协会联合举办的"诗意济南，风雅历下"诗歌三等奖。有《仰望的岁月》等书籍出版。

都是"别墅"惹的祸

李忆锋

开春时,韩明家办了一件大事,在市郊买了一套房子。他们管这房子叫"别墅",其实不是别墅,连洋房都算不上,是一套四十多平的小高层住宅。这套房子专门用来休闲度假,叫"别墅"是为了显得浪漫一些。

楼盘开发时,开发商打出温泉进户的招牌,说本楼盘里流淌在自来水水管里的不是普通的水,而是具有多种神奇功能的温泉水。买房的人质疑开发商炒作,开发商斩钉截铁地答复:是真温泉,经专家认证的。买房人就信了。

郊区的房价不像市内的房价高得吓人,加上手头正好有一笔余富钱,韩明和妻子小葛就动了买房念头。一是可保值,再一个,拥有一套休闲度假的郊区房,也显得生活有品位。韩明拍板买了。

装修完毕,韩明夫妇来验收。呼吸着只有远离市区才有的新鲜一些的空气,看着楼前楼后难得的大片草地,泡在荡漾着温泉水的浴盆里,两口子欢天喜地,感觉比没有度假房的人高出大半头。

最初一段时间里,韩家人对温泉房的热情很高涨,基本上是一周来一次。不来"别墅"住上几天,对不起按月交付的物业费。赶上冬天还要多去几次——得把取暖费住回来。后来一算计,去温泉房来回的油钱也是一笔不小的开支,不能里外搭钱,就改为半个月二十天去一趟。

韩明两口子是大方人,热情邀约亲朋好友一起享受美妙的度假生活,温泉房开始接待各方来宾，小小"别墅"热闹起来。当然有懂事理的人，他们明白，虽然房子面积小，但也是韩家的一件喜事，所以也没空手来，递上了"燎锅底"的份子钱。

温泉房地处郊区，没人开超市，采买是个问题。当然这点困难对热心请客的韩明来讲不是问题。咱有车，柴米油盐可以从市里带。每次温泉房聚会，韩明都大包小裹地从市里的家往"别墅"携带食品。

一个冬日的周末，适逢降雪。韩明想起一句古诗：晚来天欲雪，能饮一杯无。他约几个好友去温泉房，小饮热泡度周末。

冬天吃火锅好，暖和。韩明决定涮火锅，吩咐妻子小葛把肉片青菜海产品调料等火锅必备带齐，几个人冒着飘飘小雪到了"别墅"。

浴室里温泉水冒着腾腾热气，等着宾主"下汤"沐浴；火锅里肉片青菜都煮好了，等着客人下筷。就在这时韩明发现，桌上没有火锅调料。他把食品袋翻个底朝天也没找到。奇怪了，明明从家里的冰箱中拿出来了。往市内的家打电话，老爸接电话说，火锅调料在门口的吧台上，你忘带了。

没调料，白水煮青菜，着实难以下咽。韩明脸色不好，说妻子小葛犯了丢三落四的毛病，坏了一顿好饭。被当众数落，小葛觉得没面子，就和韩明顶嘴：你心细你咋不带呢？两口子互不相让，你一言我一语拌嘴。

聚会的朋友有些尴尬，急忙劝韩明两口子，说清汤清水好，有利于身体健康。然后个个都做出吃得很香的样子，呼噜呼噜吃完了。也没"入汤"泡浴，就各上各车打道回府了。"别墅"聚会不欢而散，韩明两口子很不愉快。

烦恼事跟着来。小葛娘家妈来电话，说葛兰你老舅对你有意见。上个月你二姨去你家，你带她去"别墅"洗澡。这回你老舅去，你没带他洗，人家挑理了。

小葛解释说，那不叫洗澡，叫泡温泉。

妈说，管是啥，你得给你二姨和你老舅一样的待遇。

温泉房最开始启用时，韩明夫妇列出邀请洗温泉的人员名单，家人的排序是，双方父母、哥姐弟妹，然后是七大姑八大姨。没想到，还是把个娘亲舅大的舅舅给落下了。小葛给老舅打电话，告知下次老舅来串门时，一定带他老人家去别墅洗澡。老舅答应了。

没想到按下葫芦浮起瓢，儿子又不高兴了：这个走那个来，咱家温泉房变公共浴池了，真烦人！

这话说得没错。一晃儿，同事同学好朋友，算起来有几十号人享受了韩家的"别墅"温泉。即便这样，还有一些人没被邀请上，在背后嘀嘀咕咕，弄得韩明两口子很无奈。

住"别墅"本来是一件很幸福的事，怎么就成了痛苦的起点。韩明两口子也开始莫名其妙地叽咯。叽咯到后来，找到烦恼的根本原因，就是那个耸立在市郊的水管里流淌着温泉水的"别墅"。

没有"别墅"就没有这些烦恼事。逐本追源，找出当时最先张罗买"别墅"的祸首。韩明说是小葛有虚荣心，主动要买；小葛说，韩明有钱就嘚瑟——那年韩明挣了一笔外快，心里痒起来。没想到，买房花了二十万，装修花了十来万，一下子支出三十万，家底空了。要是韩明每年都能挣十几万，这样的开销倒是啥也不影响。但接下来的一年多里，公司效益不好，韩明就挣那点死工资。上高三的儿子要考大学，补课费翻番儿往上涨。一个月几千块钱只能请几门主课的家教，要想门门课程全补，那得万八千的。偏偏这时小葛又因病在家休假，单位只开基本工资。别墅房的房贷加上物业采暖费，也是一笔不小的开支，家庭经济发生了严重危机。韩明和妻子心情不好，动不动就吵架。

别吵了，要是不想住，那就卖了吧。儿子不爱听父母吵架，给爸妈出主意。房子卖了你们就不惦记了。

这倒是解决问题的好办法。韩明大妻同意了。拟好售房词，贴出小广告："出售温泉房一套，水质佳装修精地址好，距市区半个小时路程。"当然，这所谓的"半个小时路程"，是指车出了闹市区，从高速路口到温泉房的距离。要是从市中心出发到温泉房，得用一个小时。赶上堵车，那就没准儿了……

小广告贴出去个把月，没人理。韩明又把售房信息挂在网上，并且拍了照片放上去，看上去真的很美，但还是没人理。韩明只好把售房信息送到了房屋中介。中介的胖女人面带难色：这小区卖房的很多，不好卖。

为什么？韩明问。

温泉房就是住个新鲜，新鲜劲儿过去了，人们就不爱往这边跑了。到了晚上，一栋楼里没几户亮灯的，像死城，所以很多住户张罗着卖。可是买家少。

那怎么办？

你把价位降低些。女人建议。

降价？那不赔了吗？我那可是精装啊。

女人面露难色，不这样不好卖。

韩明无奈，只好同意。

一个月没消息，两个月还没消息，韩明夫妇在煎熬。三个月的时候，电话终于来了，有人要买。是一对年轻人，在温泉房附近上班，他们很有诚意地把定金都交了，等办完买卖手续就转全款。

韩明夫妻很高兴。"别墅"出手，缓解了家里的经济危机，了断了一个引起烦恼的祸根。

可是，来自房产部门的一个答复给韩明当头一盆冷水：温泉房是小产权，暂不能交易。

家里等着用钱，房子却卖不出去，又不想去住……韩明夫妇越想越烦躁，冲突再次升级。韩明挖苦小葛虚荣心强，要过高人一头的生活，张罗买"别墅"；小葛讽刺韩明没主见，你同事圈拢你你就买，看看现在，那些张罗最欢的同事，有几个真买了，就你上当了……到最后，夫妻俩都把对方的缺点一条条列出来，陈芝麻烂谷子都翻出来，甚至把祖宗八代都扯了进来。

不说不知道一说吓一跳，原来对方身上这么多难以容忍的缺点。既然缺点这么多，那还怎么能一起生活？那就分手呗。分就分，谁怕谁。提到分手就涉及分财产。房子好分，两套房子，一人一套。谁去温泉房？没人去。离市区远，上班是个大问题。那就不分温泉房。不分怎么处理？

留着，留给儿子当婚房。韩明说。

别做梦了，面积那么小，能吸引哪个姑娘。现在的女孩子，没百米以上的房子，免谈。

当年我娶你的时候，咱们是租房结的婚。

当年我是瞎了眼睛嫁给你这个穷光蛋。

儿子听不下去父母的吵架，忍不住说：过去没"别墅"，咱家过得挺好。现在有"别墅"，你们却吵个没完，怎么了？

儿子的问话，让韩明和小葛楞住了。

儿子又发话：为一套名不副实的"别墅"拆散一个家，亏你们想得出来！

韩明夫妇恍然大悟，儿子说得对，不值得为一套房子失去一家人的幸福。夫妻俩安静下来，认真想了想，又做了决定，温泉房不卖了。物业费贵就贵点儿，在别的地方紧紧手，这笔钱就出来了。再说了，万一韩明运气好，很快接个大活儿，挣点大钱，家里的经济状况就可以改善了。夫妻俩想通了，决定明天白天打电话给房屋中介把售房信息撤下来。

拿定主意，他们舒舒服服地睡了一觉。小葛做了一个梦，梦见自己睡在郊区那个小小的"别墅"里，安静而舒适……

作者简介

李忆锋,沈阳市剧目创作室编剧,辽宁省戏剧家协会理事,辽宁省作家协会会员,中宣部"五个一工程奖"获得者。

创作话剧、戏曲等多部戏剧作品,由各级剧团上演并获各级奖项;出版长篇小说《凡人老付的幸福生活》、长篇谍战小说《潜战奉天》、长篇儿童小说《林小珂和一条叫"可爱"的狗》、中篇童话《北极狐快跑》。小说、散文等文学作品发表在《鸭绿江》《芒种》《诗潮》等各级报纸杂志,微童话作品被收入各类童话作品集并获各类奖项。

跨 越

孙 静

父亲是位教师，却很少关心我学习上的事儿。母亲是地地道道的农妇，有点空闲，身强力壮的父亲就被母亲抓起做劳工。

每每放学后，我去东街老胖家玩。老胖爸在村委当会计，他妈经营个小卖店，发黄的柜台里摆放油盐酱醋，还有面包糖块什么的。他妈风吹不着雨淋不着长得白白胖胖的，给老胖生了好几个弟弟妹妹。我们常在一起折飞机，弹玻璃球，滚铁环，扇片几。饿了，我可以就地吃块面包，喝汽水。

日头躲在了山后，汗水顺着我的脑门往下淌，我得回家了，翻了翻今天我输了二胖五张片几，赢了大头三个玻璃球，玻璃球在我裤兜里摩擦得哗哗地响。我回头一瞥，见老胖家东山旁有一棵小树，小树下拴着一条大黑狗。我见到它绿莹莹的眼睛，再摸摸我兜里的玻璃球，我咯咯地笑！我攥起拳头向黑狗示威，它瞪大眼睛竖起耳朵，拖着铁链子腾地站起来了。我心想，小样！打着你可别嫌疼。

我运足劲儿，玻璃球从我的掌心飞出去了，正打在黑狗的脑瓜上，奇怪这只狗只是扯着绳子前前后后上上下下乱窜，叫不出声来。原来是条哑狗。

黑狗急得眼睛都发蓝了，我哈哈地笑，感觉自己像个打胜仗的将军。那一天，我是倒着走回家的，晚饭妈做得葱爆鸡蛋，吃得可香了。

第二天，我去老胖家，我们专门赌往坑里弹玻璃球，所以我的手里又多了几颗子弹，我决定再向黑狗进攻。

当我看见黑狗时，故意把脸扭过去，假装不瞅它。待到近处，我冷不丁把玻璃球投过去。只看黑狗疯狂地跳着，我乐得前仰后合。我依然倒着走，突然，妈呀！狗挣脱了绳子，追来了。

我使出浑身吃奶的劲跑呀跑！一只鞋掉了都不知道。终于进了家门，黑狗才摇着尾巴回去了。

大人见我气喘吁吁的样子，责怪我大热天瞎跑！我没敢说，怕他们知道不再让我去老胖家玩。

这一天，太阳又藏到大山的怀抱，我从老胖家出来看见黑狗闭着眼睛搭着耳朵趴在地面上，有了昨天吓破胆的经历，我可不想招惹它。我猜能逃过一劫，蹑手蹑脚走过去。

当我心中窃喜时，感到了身后一阵风扑来，我撒开腿就跑。一百米就到家的距离，我什么也看不到，什么也听不见，耳边只有嗖嗖地风声。进了家门，我从门缝里瞅见黑狗回去了，只不过它一会儿一回头，一会儿一回头。

周三的体育课上，我们班级测试百米赛跑。待老师手里的枪声响彻天际的时候，我像一支离弦的箭，全班四十二名同学，我轻飘飘地跑在最前面。事后，老师拍打着我的肩膀说，我怎么没发现你有这么大的潜力呢！

不久，我被送到省体育学院学习，专门训练百米短跑。

树叶绿了又黄，黄了又绿。几年后，我代表中国参加了在英国举行的世运会，当我夺得第一名的时候，赛场内一片欢呼，摇旗呐喊，还有庄严的中华人民共和国国歌奏响。双手举起五星红旗的刹那，我想起了老胖家的那只黑狗。小时候它是我生命的跨越，长大了它让我代表了一个民族的跨越。

获奖归来，衣锦还乡。我路过了老胖家的小卖店，那棵小树已茂盛参天。下面围坐着一群人正喝着啤酒，看着世运会重播，影屏上放映着我如猎犬一样的身影，门口大黑狗的眼睛正直勾勾地盯着电视机，当我俯身抚摸它时，我读到它眼里是湿漉漉的！

作者简介

孙静，辽宁省作家协会会员，东北小小说沙龙理事，辽宁省散文学会理事，有小文散见报刊。

包子李

白小川

小镇上有家包子铺，人气旺，生意好，一直都火。

火的原因是这家包子做得一绝，色白面柔，如含苞待放的白菊，爽眼舒心，香而不腻，味道浓醇，小镇的人都喜欢吃。

包子铺的主人绰号包子李。话说这包子李是8年前从外地搬过来的，为人随和本分，跟他的包子一样，很快被小镇的人接纳。

生意好了，包子李就招了一名小服务员，叫小张。小张机灵懂事，嘴勤，腿勤，朴实。叔叔，阿姨的经常挂在嘴边。包子李时不时的就观察着他，每看到顾客们夸奖他，便会心一笑。

转眼两年的时间倏忽而过，白驹过隙一样。小张不但长成英俊的大小伙子，他的一言一行也得到了包子李的认可，尤其小张一口一个师傅叫着，沏茶，打洗脚水，对包子李更是无微不至的照料。包子李就寻思着找个机会跟小张好好喝一顿。

谁料，没过几天，警察居然找上门了，说是小张因为故意伤害罪畏罪潜逃。这事来得太突然，包子李就百思不得其解，一头雾水。想想才明白，难怪小张说最近家里头有事，请几天假就走了。难道我看错人了。包子李无助地叹息着。

夜深的时候，包子李捏着手里的小酒盅嗞嗞地闷喝着。回忆着几年来小张在时的情景，小伙子很懂事，很正义的一个孩子啊。怎么会呢？

第二天包子李找到了平日里跟小张关系不错的小马。小马说，最近小张处了个女朋友叫红，两人情投意合，在这之前有个男人对红穷追不舍，但是红没看上他，就在前几天的晚上，那个男人约定要跟红见最后一面就离开这里。小张怕男人起坏心就去暗中保护红。小张不让我去，怕有危险，可咱是哥们啊，我也害怕出事，随后也跟了去。果不其然，男人对红以死相逼，手里拿着把尖刀。红歇斯底里地叫着，这时小张冲了上去，跟男人扭打在一起，在夺刀的过程中，把男人误扎成了重伤……

叔，这事不怨小张啊！

人都跑了，上哪去说理去啊！包子李胡子都歪了，背着手走了。

两天后，包子李安排好了铺子里的事，便独自去了一个偏远的山里。

包子李没有直接去小张的家乡，他认为那样显眼的地方，不会是藏身的地儿。

之所以他去了那个偏远的山里，是因为当初小张跟他提起过那，那是一个风景优美的世外桃源，一个他父亲至交的家。小张的父母早就双亡了，去那里应该是最安全的。

一天一夜的路，包子李翻山越岭，一路打听。

包子李还是依旧的和颜悦色，就像什么事情也没发生过。就像要告诉小张外面来了客人，要了一屉包子。而小张一看到包子李的出现，便愣在了那里。

师傅！小张便哭出了声……

包子李把小张搂在了怀里。孩子，法网恢恢，疏而不漏啊。你应该庆幸我比警察先到了一步。不然即使你有天大的理儿，也成无理了。你的事情师傅都知道了。你赶紧回去自首吧，把事情讲清楚了，政府会宽大处理的。你放心，我和包子铺等着你回来！

小张因为过失伤人罪，但主动自首，经核实后，法院从轻处理，被判处有期徒刑2年。

春去秋来，雪落花开，两年一眨眼过去了。包子铺的生意依旧红火，包子李做包子的功夫更加了得了，这两年包子李每天都把时光捏在褶里，一屉屉放进去，一屉屉打开。

小张出狱那天，包子李亲自去接的。

晚间，包子李准备了一桌子的菜。亲自给小张倒上了酒。说，孩子，咱俩好好喝一顿。小张的泪水便流了出来。

孩子，出来就好，人非圣贤孰能无过啊，你还年轻，以后的路一定要走好！

师傅老了，我想把我的包子诀窍交给你，包子铺也交给你打理。小张紧张起来，刚要说什么，却被打住了。

我跟你说两件事吧，有一次我看见你偷偷地把刚出锅的包子塞给了一要饭的，我就看出你小子性善啊！所以我才决定把我做包子的本事传给你。还有一件事，其实师傅我曾经也坐过牢，后来我痛改前非，拜师学艺，掌握了这份做包子的本事。小镇的人都爱吃我做的包子，我很有成就感，坐过牢的人也一样能受到人尊敬！

第二天，红也出现在了小张的面前，拿出了一把钥匙，说，这是包子李叔叔给咱俩准备的婚房钥匙。

……

看来，这包子铺会越来越红火的。

作者简介

白小川，80后。辽宁省作家协会会员，东北小小说沙龙理事。小说，诗歌，散文等作品散见《辽河》《辽宁职工报》《沈阳晚报》《诗潮》《当代工人》《天下书香》《小小说出版》《悦读》《天池小小说》《北方文学》《海燕》等。有小说入选《微型小说选刊》。曾获小说类、诗歌类征文奖项若干，与人合著诗集一部。

香　蕉

月黑风高

　　天灰蒙蒙的，空气里满是焦煳的气味。虽然是中午，可没有一点儿阳光。她坐着，看着身前的那个香蕉摊，青色的，黄色的，黑色的香蕉，按照它们从青涩到腐败的一生分门别类，待价而沽。

　　一阵风猛地撞过了香蕉摊和她，留下了些沙土，证明它们曾经来过。她的心中随着风沙腾起了些许不舒服。北方的春天与香蕉是这么格格不入，倒是和花生毛嗑大榛子相处甚好。在她心目中，香蕉代表着椰林，沙滩，清澈见底的海水，夏威夷，加勒比，哥斯达黎加。

　　她伏在在哥斯达黎加的某个小岛的茂密丛林深处，窥视着前方的高压电栅栏。栅栏里一只巨大的生物也在小心翼翼地向外窥视。尽管那东西长得很像蜥蜴，但是她确定那是一只恐龙，一定是一只恐龙！她虽然是个古生物学家，但她并没有认真思考过它该是蜥蜴还是恐龙，不过这都不重要，她确信那是恐龙，一只已经灭绝了的霸王龙。霸王龙好像并不满足于窥视，它向她的方向提速，狂奔，大地在震颤。

　　经过一阵震颤，一辆拉着砂石的太拖拉飞驰而过，又带起了一阵沙土。她不得不起身拿一把大号的软毛刷扫了扫香蕉和摊子。谁会对落满沙土而且没有降价处理的香蕉感兴趣呢？

　　一个穿着毛料大衣，带着黑线帽子的男人左手抱着盆绿萝，右手牵着个小女孩从她摊前路过。小女孩望着那香蕉，她的心中腾起一丝希望，可男人使劲拉了拉小女孩的手，说，家有，回家姥爷给找。她只好坐回到椅子上，看着那一大一小的两个背影。

　　她望见对面房间的窗子前，一个穿着黑色毛料大衣的男人正在给一盆植物浇水，男人彪悍的络腮胡子与温情脉脉的搪瓷小水壶搭配在一起实在有些别扭。一个小女孩走过来，递过一把手枪，男人看看，摇了摇头。过了一会儿，女孩又拎过把狙击步枪，男人满意地点了点头，继续浇花。她想，这对杀手怎么看着这么眼熟呢？这时，男人仿佛发现了她，放下水壶，拿起一根香蕉，仿佛是拿起一把手枪，瞄着她，香蕉前段一抬，仿佛是子弹出膛震动了它，男人笑了。

　　香蕉能不能便宜点？一个穿着军装的小伙子拿起一根香蕉问道，他拿香蕉的姿势就像握着一把手枪。她想，作为今天的第一个主顾，小伙子是该享有砍价的权利的。于是指着一堆最好的香蕉说，这堆算你四块一斤。小伙子凑近了嗅了嗅香蕉，笑着说，挺好，就要这堆了，我妈最爱吃这样的香蕉。他嗅香蕉的时候，身后的大背囊里传出了当当的声音。她想，一定是里边的铝饭盒和不锈钢勺子碰撞的声音。

　　硕大的雨点打在铝饭盒上，也会发出当当的声音。她躲在楼门里，听见当当的声音，看着外面不远处趴在泥水里的德国士兵。雨点打在他已经湿透的灰色军装上，钢盔上，铝饭盒上。那士兵看年纪也就十六七岁，可还有点稚嫩的脸上却写满了狰狞。士兵紧紧地握着步枪，他是那么用力，手指关节都泛白了。缝有黑色袖带的袖口湿哒哒地向下淌着水。远处不断传来美国大兵的吆喝：瑞恩！101空降师的瑞恩在吗？她想，瑞恩的妈妈盼着瑞恩能够回家，可这个德国士兵的妈妈，恐怕永远都盼不到自己的儿子了，她儿子的血已经在这个无名的法国小镇流干了。她听见美国人的喊声渐渐远去，便跑到德国士兵的尸体前，搜寻一切有用的东西——小刀、靴子、手表、干粮、钞票。

　　小伙子递过一张钞票，她收了，小心翼翼地给那盘称好的香蕉裹上了包装纸，又装进塑料袋，郑重其事地递给小伙子，说，真是个孝顺孩子。

　　一股香蕉的清香飘来，她看见放学归来的儿子剥开一个香蕉，向她递了过来。她笑了，吃了一小口，然后把香蕉推了回去，儿子才开始大口吃起来。吃完了香蕉，儿子帮她收拾好摊位，母子俩推着车子往回走。儿子说，妈，今天生意怎么样。她说，还不错，今晚咱们可以买只熏鸡吃。只是不如从前卖碟挣得多，可如今谁还买碟看呢？儿子说，你还惦记你那些个碟呢？

作者简介

刘洋，男，1981年生于沈阳市，现居沈阳市。系《饮食科学》杂志社编辑。沈阳市作家协会会员。2005年开始从事小小说创作，作品散见于《成都日报》《萧山日报》《沈阳地铁报》《微型小小说选刊》，创作共计10万余字。小小说《等车》被收录于小小说集《2008年值得小学生珍藏100篇奇幻故事》（华东师范大学出版社），微型小说《等》被收录于微型小说集《两性爱与怨》（湖南人民出版社）。影视作品著有大型话剧《失控》。

老　鹤

战文友

天，真他妈的蓝！老鹤望着蓝汪汪的天，心里骂了一句。天上没有一丝风，瓦蓝瓦蓝的倒映在水里，多像淑芝年轻时的眼睛啊。老鹤坐在河岸上一边回忆那些往事，一边抽着呛人的老旱烟。最近也不知是怎么了，老是想起以前的那些事儿和那些人。当他拧灭最后一根烟屁股时，神情有些恍惚。唉！老鹤长长地叹了一口气，真是老了。已经在河岸上坐了大半天，看了看天色不早，才起身像一只老鸭蹒跚地朝老巢慢慢地走去。

四十年前，大兴安岭的冬天嘎嘎冷。撒泡尿都能冻成冰棍儿，吐口痰梆嘟一声能把雪地砸个坑。冒烟儿的飘风雪把刘家崴子的几十户人家缝在了大山深处。嗖嗖的西北风吹着细细的雪面子在呼玛河的冰层上，蛇一样呲呲地灵活地游走。突然，河对岸传来几声咔咔的冰裂，把卧在雪窝里的一只野鸡惊得扑棱棱飞进旁边的柳毛子不见了踪影。

山窝处，几缕灰白色的烟柱斜斜插在小村的上空。老鹤一边往大油桶凿成的铁炉里塞桦子，一边悠闲地哼着戏文："我家的表叔数不清，没有大事不登门……"松木桦子烧得啪啪爆着火星，木刻楞抹着厚厚的黄泥，办公室里暖呼呼的。老鹤细长的脸上冒出了一层小汗珠。从山东老家来到刘家崴子已经有整整十年了，三十岁那年娶了村里一个半精不傻的桂花当老婆，也算有了安身之所。刚来到林区时老鹤看什么都感到新鲜，东瞅瞅西瞅瞅。老鹤念过几年书，算盘珠子打得噼里啪啦。生产队长说：

"就你了,当会计吧。"其实老鹤原名叫贺喜文,只因为胳膊长腿长脖子长,一米八几的大个往人群里那么一戳还真有点鹤立鸡群的感觉,老鹤的外号由此而来。以至于多年以后几乎没人知道他的真名。

生产队里每年冬天要组织一些精壮劳力上山倒套子(伐木头、拉木头)。那时候在林区倒套子是副业,挣钱也多。大伙都争着抢着去。剩下老弱病残和妇女留守,今年老鹤负责留守人员的吃喝拉撒。要过年了,倒套子的副业队才下山。山村里也最热闹,老鹤也最忙。不停地记账,给大伙儿分红。算盘珠子三下五除二打得哗啦哗啦的:"金山二百三十块零六毛、满仓七十四块。下一个,李大柱。"分到钱的和没分到钱的都兴奋得直门儿吵吵。分红多的嗓门儿最大,靠墙根儿几个肯定分红最少。老娘们儿眼睛贼亮都扎堆儿打听谁今年的分红最多,小孩子也最开心手里攥着冻梨、糖块儿,在人群中窜来窜去大鼻涕秃噜秃噜的。一个下午,人们渐渐地都散了。黄昏时分,沿着雪铺的小街飘过油炸丸子的香味、炖鱼的香味、辣椒面儿的辣香气儿,仿佛整个山窝里都沉浸在喜气洋洋的过年氛围之中。山风早就停了,天空上星星闪着寒光。闹腾了一天的人们也都累了,昏暗的灯一个接一个的熄灭。男人们夜里偷偷摸进女人的热被窝,免不了几番温存。分红少的也免不了挨老婆的冷落,免不了几番央求,竟成了他日邻居们的笑柄。

腊月二十九天刚擦黑,老鹤就踩着咯吱咯吱的积雪向村东头走去。他要去看看淑芝,给她们孤儿寡母送点年货。淑芝的男人也是老鹤的山东老乡,一起来的东北。那年冬天老乡上山倒套子被树砸死了,老鹤逢年过节都会给她们送东西,时不常的去看看。看着村边上孤零零的木刻楞,他心里酸酸的,这个女人带着个四岁的孩子不容易啊!低矮的小木屋里透着昏黄灯光,老鹤站在门口轻轻的喊了一声:"淑芝!"木板门吱扭一声开了,模模糊糊闪出一张女子的脸。"大哥,你来了?""哎。"老鹤一边答应着,一边把装着鱼和肉的面袋子递给了淑芝。老鹤问:"小宝睡了?""进来吧。"女人接过东西把老鹤让进屋里,说:"才睡。"老鹤从兜里掏出一把水果糖放在小炕桌上,看了看孩子粉红的小鼻子。回头坐在炕沿儿上,不知说点儿啥好。"大哥,自从小宝他爹走了以后,多亏你了。不然真不知道这日子怎么过啊!俺估摸着是你,把雪踩得嘎吱咯吱的。"女人看着老鹤幽幽的说。老鹤说:"妹子,你们娘俩儿不容易。俺放心不下啊!"他一边卷着纸烟,一边听着淑芝有一句没一句的聊着家里的琐事。

平日就不善言语的老鹤,就爱听淑芝唠嗑,细眉细语的透着女人温柔。好看的瓜子脸,隔着纸烟的蓝雾在灯光下有一点儿朦胧。看着看着,老鹤的心有一点儿躁动。当年淑芝被男人从山东领进这大山的时候，才十九岁。一条大辫子，蓝粗布的衣裳开满了白色的小碎花，那么清新雅致。嫩白的瓜子脸，水灵灵的一双丹凤眼。一进刘家崴子就让老鹤感慨不已：他妈的，好女子啊！

"大哥，你喝水吧！"淑芝递过一碗热水。"噢，好。"老鹤怔了一下接过碗，收回了飘远的思绪。老鹤说："俺该回了。""再坐会吧，一到过年俺就有点想家，真想回山东啊。"淑芝的声音有点哽咽。老鹤想安慰一下眼前的女人，又不知说什么好。他见不得眼泪，尤其是女人的眼泪，扎撒着手不知如何是好。"俺也想家了，可是亲情不能当饭吃啊。老家来信说地瓜叶子都吃没了，饿死不少人嘞。"老鹤动情地说，"淑芝你放心有俺老鹤在，就有你们娘俩吃的。别看这深山老林的冻死人，可是比山东老家强一百倍啊，慢慢熬吧！"他一把抱住了淑芝，女人的头也扎进了老鹤的怀里。口里喃喃着："大哥俺要和你好。"老鹤的心咚咚地擂着小鼓，双臂紧紧的。女人身上特有的香味，惹得他有些发胀。低下头亲了一下淑芝颤抖的嘴唇，她的身子软软的。

夜色、灯光、星星，渐渐地远了远了。她感觉自己在飞，雪白的梨花、熟悉的鸡鸭、满树的大枣、蓝蓝的天空飘着白云……都化作快乐的呻吟。老鹤的荷尔蒙被点燃了，他粗鲁的抚摸慢慢地、轻轻地游走着。特别敏感的指尖，那种快感似乎只能在算盘上才能找到。老鹤感到体内的溪水漫了岸，漫过了青草，漫过了自己的头发，打着漩涡肆无忌惮地奔淌、奔淌……多年以后老鹤一直没有忘记这种感觉，经常梦到自己在蓝蓝的天上走着，淑芝微微地笑着，可是怎么也抓不住。

桂花给老鹤生了一儿一女，女孩是老大。儿子在六个月大的时候病死了，老鹤呆呆地过了一个秋天。人变得更加沉默，以往的笑脸不见了，整天呆在生产队不愿回家。没过几年桂花也死于意外，可能是突然犯病胡乱地走，老鹤看也看不住，当他找到桂花的时候人已经冻死在冰天雪地里。老鹤拉着只有十一岁的小叶，跟在马爬犁后面欲哭无泪。一堆黄沙上压着几张黄纸，成了桂花永远的归宿。那一年老鹤四十二岁。

时光匆匆，转眼到了上个世纪的1987年。此时的老鹤已经是年近古稀，跟着小叶两口子过日子。女儿也随她妈脑筋转得慢，老鹤招了个上门女婿。一起种地、养猪、种菜，生活也还安逸。去年秋天老鹤得了一场大病，差点送命。多亏淑芝端水熬药细心的照料，秋凉时才慢慢好转。没人时老鹤拉着她的手，说："妹子啊，大哥放不下你啊！"老泪南流北淌纵横在狭长的脸上，淑芝的心也酸酸的。如果不是儿女的反对，他俩早就走到了一块儿。淑芝的儿子小宝是乡里农机监理，也是她的骄傲。一个月回不了一趟家，淑芝的日子很是难熬。

  年关将至，冬天的刘家崴子阳光暖暖的。腊月里也比六几年的时候暖和了许多，大兴安岭的雪也没有以前那样大了。几排醒目的新砖房，与白雪相映成趣。突然一辆警车快速驶过街道，在村东头停了下来。老鹤站在墙根底下，远远地望着。不一会看到淑芝关上了大门，和派出所的老张上了车。警车掀起一阵风雪细尘，扬长而去。不会有什么事吧？老鹤心里嘀咕着。

  等老鹤再见到淑芝的时候，已经是三天后的晌午。一群人围着淑芝家的院子，进进出出神色匆匆的。老鹤问隔壁的二小："淑芝家有事儿啊？"二小说："淑芝大婶死了。""你说啥？"老鹤又问。"淑芝婶喝药死了！"二小大声说完，匆匆走了。老鹤一个人站在大门口，有些不敢相信。淑芝出殡那天，老鹤拄着拐棍儿一直送到村口。嘴里喃喃着：走了，都走了……淑芝你这是为啥呀？老鹤的神情有些恍惚。仿佛看到年轻的淑芝穿着蓝粗布的衣裳，细碎的小白花开的忽闪忽闪的。老鹤是被人抬回家的，从此一病不起。后来听说淑芝的儿子贪污了公款，一百多万都赌输了，也把老娘的命给赌没了。

  淑芝那天是晚上打车回来的，她不敢白天回来。怕啊！别人要问怎么回答啊。她感到浑身冰凉，从头到脚连心都是凉的。进屋后，也没开灯。摸摸索索地坐在拔凉的炕上，泪水涟涟。整整坐了一夜，整整想了一夜。"儿子，儿子……娘要走了，娘这几十年也累了，娘要回山东老家了……老鹤大哥啊，妹子先走了……对不起你了……"淑芝的心里没有一丝热乎气，不知什么时候手里抓着一个几乎见底的农药瓶儿。

  山上的雪渐渐地融化了，四月的阳光照进窗户。老鹤一天比一天好起来，能出屋溜达了。大病了一冬，他心里早就盘算好了三件事儿。老鹤越溜达越远，常常大半天才回家。小叶两口子也就没在意。天渐渐热起来，田里的农事也多了起来。新翻开的黑土有一股好闻的腥味儿。经过一场春雨，小河、水泡子的水面宽阔了很多。岸上的绿草毛茸茸的，山丁子花还没有开，鸟的叫声勤了。老鹤熟悉这场景，闭上眼睛都能感觉到春天的存在。一个月里老鹤办了两件大事：一是给桂花上坟去了，几十年来也没去过两回。荒草没棵的用拐棍儿扒拉了好半天，才认准土堆儿。儿子和桂花睡在一起，也许就不会孤单。二是给淑芝上了坟，半年了坟上的土还很新。老鹤站了好大一会儿，眼里热热的："妹子，老哥看你来了。"风围着老鹤转了一圈，他的头发乱糟糟地搭在前额上。

  五月的天，蔚蓝的底色衬上几朵白云，真蓝啊！没有一丝风，瓦蓝瓦蓝的倒映在水里。多像淑芝年轻时的眼睛啊,老鹤轻轻地嘘了一口气。当第四根老旱烟抽完后,他的神情有些恍惚。老鹤慢慢地走进水里,有点凉。就像淑芝冰凉的嘴唇。老鹤感觉自己走进了天堂,白云在身边飘着、飘着……水一点点漫过老鹤花白的头发,留下最后一圈波纹。此时风里吹过一声沉重叹息,转瞬消失得无影无踪。老鹤想得周到,冬天的墓坑太硬,他不想给乡亲们添太多的麻烦。老鹤完成了最后一件事儿。

作者简介

战文友,生于1972年夏,长在大兴安岭北麓一个叫布拉戈罕的小山村。中学毕业,爱好诗歌小说。当过兵、入了党、务过农、经过商。现居辽宁省抚顺市清原县,清原县作协理事,听月诗社发起人。抚顺市作家协会会员,大兴安岭作家协会会员,东北小小说沙龙理事。2014年进修于辽宁省文学院第七届新锐作家班。

织布的精灵

刘天伊

你知道好看的花布是怎么制作出来的吗？

你也许要说，是工厂里，织布机刷刷地码着麻线织出来的，机器轰隆隆地转个不停，印染上漂亮的花纹。那么你一定不知道，世界上那些最漂亮的布，都是用美梦编织成的。

世界上能做出最美丽的布匹，和一群长着翅膀的小精灵有关。它们就像你的手掌那么大，身上穿着花瓣做成的衣服，你也许要说，花瓣第二天就枯萎了，所以呀，他们每天都换不同的花瓣，每天都有新衣服穿。

在人们熟睡的时候，精灵们扇动着翅膀绕到你的头上，大胆地打量着你正在做的梦。要是一个噩梦，他们会吐一下舌头飞走啦；若是一个极好的美梦，他们就会停下来，拿一个大大的像吸尘器一样的吸梦机，举在你的头顶上，打一个响指，吸梦机就会把你的美梦吸出来了。偷完你的美梦，小精灵就飞走了。当然，偶尔也会有调皮的小精灵，会溜进你的梦里，对你扮个鬼脸。

他们带着美梦，不等回到自己的大营地，就迫不及待地开始编织世界上最美丽的布。吸梦机转呀转，一条又一条的布料飘出来，最初是极窄的，慢慢在空中组合成一大块的布，布上的花纹美丽极了，比最绚丽的晚霞和最精致的霜花还要漂亮。这些美丽的布飘在空中，只逗留一小会儿就飞也似地蹿走了。他们溜到那些世界顶级的服装设计师的桌上子，趁他们熟睡的时候静静地躺下来。

等这些服装设计师一觉醒来，突然发现自己的桌上竟然有一块这么美丽的布，立刻就来了灵感，把这些美丽的布变成了美丽的衣裳。

你还为自己想不起昨天梦到什么而烦恼吗？

不要烦恼，你梦到的一定是世界上最美好的梦。这些梦还能解决服装设计师们的烦恼呢！

作者简介

刘天伊，古灵精怪的90后童话作家，曾以"刘小猫"为笔名发表童话作品并出版童话故事集《米的故事》。她自幼观察力惊人，想象力丰富，擅长撩猫逗狗招惹动物，更擅长用神奇的童话语言与可爱的孩子们交流，她的故事多来自生活中的小奇遇和小幻想，文字清新动人，细腻又温暖人心。

到剧组抓演员
——节选自郭春旭长篇小说《一代名记》

郭春旭

正吃火锅的日报文字记者余音和摄影记者胖子接到某区公安局宣传科长的电话，通知他俩21点跟公安去正在本市拍摄的《还》剧组抓一名本是通缉犯的演员。

新闻界有句名言：狗咬人不是新闻，人咬狗才是新闻。同理，去赌场抓赌徒，读者早就视觉疲劳了；但去剧组抓演员，可是开天辟地头一遭的新鲜事儿。

晚上，负责抓捕行动的李副局长告诉两家报社的记者，要抓的逃犯袭向阳，现在改名叫裘容，十三年前曾在黑龙江与另外两名同案犯抢劫，结果阴差阳错抢劫的对象是穿着便衣赶夜路的刑警，在搏斗中三人重伤了刑警，其他两名同案犯早已伏法，只有他在犯罪当晚就拦车出逃。曾经上过表演大专班的袭向阳，做过一两次整形，为了生存，没有一技之长的他混迹于各个剧组，从一个跑龙套的群众演员渐渐演变为一个戏路极宽的金牌配角演员。

到了海韵大酒店后，余音他们和李副局长一起进了临时充当指挥中心的1115房间。演员们都住在16层和18层，晚上21点，剧组会在1703房间拍一场戏，警方计划在剧组收工后，袭向阳最疲惫也最放松的时候进行抓捕。

余音和胖子甩开晨报两名记者，一前一后偷偷溜到17楼。余音刚才有个很好的想法，他想把袭向阳在被捕前拍的最后一场戏写在报道里，这样报道就肯定比其他报纸的精彩，也更吸引读者的眼球。

1703房间是一个总统套间，装饰之豪华令人瞠目，因为戏份即将开拍，所以房门大开，剧组人员不停地走来进去。剧务发现了这两名不速之客，过来清场："您二位是住宾馆的客人吗，不好意思，剧组拍摄时不准外人观看，请您配合一下。"

余音掏出记者证，晃了晃："我们是江阳日报的娱乐记者，来探班的，保证给你们发个大稿子。"副导演点点头，余音拿了个分镜头剧本，看今天的戏份。

过了一会，化好了妆，穿着汪伪政府官员装的裘容进来了，手里拿个保健养生杯，里面泡满了红枣、桂圆、莲子、枸杞。按资料看，袭向阳今年不过36岁，但常年潜逃生涯的提心吊胆加速了他的老化，使他看起来像是个50岁上下的人。

剧组正式开拍，男主角用十分模式化的表演套路在袭向阳扮演的舒雨天的秘密场所里乱翻，还不时地把自认为很帅的右侧脸给镜头来个定格特写。余音和胖子恶心得直想吐。这场戏结束后，就轮到袭向阳扮演的舒雨天登场，他腆着肚子，嘴里叼着一根雪茄，搂着一个经常在各种电视剧中扮演姨太太、小三的女演员上场。

平心而论，袭向阳的演技可比那个男主角强太多了，他把汪伪政府腐败官员贪钱好色的本质表现得淋漓尽致，他一口一个"宝贝"，把那个"小三专业户"的女演员的旗袍解开了好几个扣子，露出白雪般的肌肤和隐约可见的双峰，然后把她放倒在床上，用山一般臃肿的身躯压了上去。然后还说了一句"你放心吧，无论任何时候我都会保护你。"这时房门打开，舒雨天的老婆带着几个副官进来捉奸，结结实实抢了床上两人几个大耳光。

这场戏拍完，演员稍事休息，胖子跟余音感慨地说："很多大牌女明星，演个正派女子，完全不对路子，演个妓女、情妇就立刻大放光芒。生活积累很重要啊！"

旁边的录音师接话说："本色演出呗。"

余音和胖子溜回临时指挥室，按照计划，将在10分钟后进行抓捕。

一名穿上服务员服装的刑警和另外三名刑警具体负责抓捕工作，考虑到袭向阳已经逃亡十三年，而且刚刚拍完一天的戏份，警惕性一定大大降低，刑警们决定尽量不开枪完成抓捕，以免给宾馆其他客人造成不必要的恐慌。

余音、胖子等四个记者跟在后面，随时准备抢拍袭向阳被抓的瞬间。

一行人蹑手蹑脚地到了袭向阳居住的1813房间，三名刑警和记者们都分列两边，只有化装成服务员的刑警手里捧个果盘，站在房间猫眼镜能看到的范围。

通过事先调查，这个剧组有制片人、导演轮流给大家买水果的习惯，一般都是拍完当天的戏份后，制片人或导演出钱，由剧务在附近的水果店买好应季水果，由各楼层的服务员送给大家。

刑警小胡按 1813 的门铃:"先生,给您送水果。"

没想到袭向阳拍了一天的戏,累的不行,正在洗澡,想都没想就在浴室里面回应:"不吃,给别人吧。"

预定计划受挫,大家连忙撤回临时指挥室,大家七嘴八舌地出主意。

李副局长心生一计:"找个人去砸他的房门,就说怀疑自己的老婆在里面,他不出来,就使劲地敲,直到敲到他出来。

李副局长看了看自己手下这几个干将,怎么看都怎么觉得长的太像警察了,一边说话,一边把锋利的目光瞄向余音、胖子、柳达、王愉月这四个记者。

宣传科长心领神会:"小史同志(胖子姓史),能麻烦你配合一下警队工作不,他们几个太小,不太像媳妇跟别人乱搞的。"

胖子这个气啊,怎么我胖爷就像是戴绿帽子的啊,但胖子没法说自己刚才在剧组已经见过袭向阳了,自己去肯定会暴露。

余音看出来胖子不想去,而且这事确实有风险,就灵机一动:"刚才我和胖子下去吃饭,坐电梯上来时正好看到几个演员,还听见他们管一个胖子叫裘哥,我估计就是袭向阳。"

现在轮到柳达和王愉月在心里骂了:"江阳日报的记者就是滑,连实习记者都这么能撒谎。"

没办法,谁叫他俩刚才一直在屋里没出去呢,他俩又不能说自己和袭向阳是网友,经常一起视频斗地主,特别脸熟……

俩人猜拳,柳达不幸中选。

10分钟后,喝了小半瓶白酒壮胆的柳达,开始疯狂地砸 1813 的房门:"你个贱货,给我滚出来,老子哪里满足不了你,居然跟个破戏子鬼混!"

也不知是酒劲发作,还是天赋异禀,余音和胖子都觉得柳达比刚才那部戏的男主角演的好。

刚吃完半粒安眠药,伴着《晚间新闻》声音进入浅睡眠状态的袭向阳被门外疯狂的砸门声弄醒了。

不对啊,戏演完了啊?没有这出戏啊?

袭向阳一股火上来了,他体内那股压抑了十几年的狠劲正在升腾喷薄,他看了看猫眼,认定外面是个醉酒的疯子,操起椅子上刚才脱掉的钢头皮带,决定出去教训一下这个醉鬼。

袭向阳咣当一声打开门,皮带头就向柳达砸去。柳达还算反应快,往后一躲。

门两侧的警察大喊一声:"袭向阳!"

袭向阳一下子呆住了,手里的皮带也掉了,这个名字已经太久没有听过了,仿佛只属于他的前世,这个名字代表着永恒的罪恶和污点,而他已经在裘容的躯壳里活得太久了,不愿分,也分不开了。

趁着袭向阳愣神,或者说是袭向阳根本不想反抗的功夫,刑警们干净利落地给他扣上了手铐,还把衣服罩在他的头上,押着他上了警车。

直到第二天的新闻见报之前,剧组的人还始终闹不明白这个平时总是沉默不语、对谁都是礼貌有加的裘容怎么就被警察抓走了,就算是上了警察的媳妇,也不至于出一个警队抓啊?

第二天,日报和晨报的专题报道算是打了个平手,日报的题目是《片场最后一场戏,被老婆捉奸;人生最后一场戏,被警察抓捕》,晨报的题目是《本报记者勇扮醉汉怒砸门,十三年逃犯受激出门就被抓》。余音的报道胜在描写了袭向阳在演员生涯中的最后一场戏和被抓时的表情特征,用两个"被抓"巧妙地支撑起标题。晨报的柳达则是大言不惭地说自己如何英勇地主动请缨,冒着巨大的生命危险甘当诱饵,用比演员还专业的表演欺骗了一个演员。

袭向阳进去就全招了,他最开始在东南沿海一带流窜,在工地、饭店、宾馆都干过,干的都是不抛头露面、强度大、收入少的工作。有时干了很多天,就是因为工地里来了生人,或是感觉别人的眼光有些异样,他连工钱都不敢要,连夜卷起行李逃走。后来一次抬重物,左大臂粉碎性骨折,后来再也干不了力气活。只剩下表演这一技之长的袭向阳走投无路,去一个剧组当群众演员,后来竟然越演越好,成为很多剧组青睐的配角。不过他一直有个自定的原则:戏份多的不接,在大城市拍的不接,给钱慢的不接。这些原因都是因为他不想被更多人关注,而且他需要钱来维持生活。

审讯时,袭向阳饱经沧桑的脸上流淌着两行悔恨的热泪,他用戴着手铐的手背拭了下眼泪,充满悔意地说:"如果不是当初这个案子,我真的能成为一个好演员,当个明星都有可能,我好后悔啊。我已经在裘容这个面具下活得太久了,脸和面具粘在一起,摘不下了。我多少次对着镜子告诉自己,我就是裘容,我是个演员。我一次次地自我催眠,除了在梦里,我几乎忘了那件事。那天你们在走廊里喊我袭向阳,我的心一下子绷了起来,感觉全身的血都往头上涌,心里一个声音对我自己说,袭向阳,你完了。"

等到袭向阳被警方移送回黑龙江时,那个已经高度伤残的警察也去看袭向阳,他想看看这个断送了他一生幸福的恶魔现在成了什么样子。当时正好余音要做这个系列报道的最后一篇,也跟着警方去了黑龙江。

走路完全依靠拐杖的中年警察,一瘸一拐地走进了监狱的接见室。不一会,戴着手铐脚铐、剃了光头的袭向阳在两个狱警的押解下,从监区走到接见室。

余音有一阵子没见到袭向阳了,只见他眼窝深陷、脸色蜡黄,头发也几乎是一夜之间银白如雪。几周前那个在片场意气风发、演技精湛的袭容再也不见了,只有深深地为自己曾经的罪恶折磨不已、懊恼不休的袭向阳在监狱独有的威严和庄重中微微发抖。

袭向阳完全没有精神,就是用最后一丝真气来支撑臃肿的身躯前行,一路上一直是低着头,仿佛走向屠宰场的牛羊。

虽然十三年没有看见当年被自己致残的刑警,在那个充满罪恶、改变了5个人一生的夜晚,两人也只是面对面不到3分钟,但抬头瞥见接见室外挂着拐杖、一脸正气、充满愤怒的残疾警察,袭向阳扑通一声就跪下了,长跪不起,肆意而出的污浊泪水冲刷着自己曾经的罪恶。

那个残疾警察看了一会,说了一声"罢了,罢了,都是命里注定的,怎么逃都逃不掉的。"然后转过身,踉踉跄跄地走了,他的背影拖得很长,最终消融在西落的夕阳里,让人无限感伤。

袭向阳跪了好久,直到警察走了好久,他还不肯起来,最后被狱警们搀回去了。走的时候,袭向阳还不停地摇着头,喃喃自语地说着:"罪过啊,罪过啊。"

晚上回宾馆写这个稿子时,余音的心感觉很沉重,袭向阳和残疾警察明显老于同龄人的脸庞、脸上如斧剁刀割般的沟壑皱纹和对于生活消极绝望的态度像沉重的铜锁,挂在每一个观者的心上,沉重无比。

作者简介

郭春旭,沈阳市作家协会成员,曾出版图书《环球奢侈品珠宝》(吉林人民出版社出版);《健康一身轻于康篇》(春风文艺出版社出版)。小说《一代名记》曾获搜狐文学与春风文艺出版社主办的"搜狐·春风文艺"中国原创文学大赛二等奖;第二届盛京网络文学奖小说提名奖。

躲　钉

房永新

一

听到急促的敲门声时，罗华刚刚饿醒，正捂着肚子辗转反侧呢。罗华定了定身，没有点灯，用一只胳膊肘挂着炕席，勉强欠了欠身，细听窗外的动静。不能有小偷啊，本来自己在单位住宿舍，一个干巴老头子，要啥没啥，不能有人惦记的。敲门改为了敲窗。罗华睁开惺忪的睡眼，披了一件外衣，下炕，扶着墙走到外屋。问：谁啊？

就着月光，他看到三五个人，影影绰绰的。其中一个说，我是警察，配合计生部门打听一个人，麻烦你告知一下。

罗华一听警察，心中一惊，外衣滑脱到地上。他没有开门，在门缝里问，你们说吧，到底啥事。

计生部门一位女士说，全县正对计划外怀孕妇女超生集中整治，其中有一位孕妇我们用车给接到县里来了，正在和另外的七对妇女在医院做检查，准备明后天做引产手术。可是，一转眼，这位孕妇就溜了。这还了得！我们通过公安局调取她家亲友的信息，其中就知道她的二姑夫郑诚就在你们单位，就在医院附近，而且有个宿舍，所以，就先上这里查看一下。

罗华打开门，月光像一盆冷水一样从门框外泼了进来。几个人也随着月光挤了进来。

　　罗华说你们查吧，就一间房的破地方，一撮耗子毛都没地方藏，你们看能藏啥？

　　计生部门的女士说，如果没有藏在这里，那么请你确定一下，她的二姑夫家的地址是不是在那个胡同。

　　罗华一听，原来是找郑诚啊。你不来问，我还主动要报告呢。于是，就把郑诚家所在的胡同告诉了他们。

　　这帮人说了声打扰了，谢谢了，踩着月光，急匆匆地跃墙走了。罗华听到大街上汽车发动的声音，看来是走了。他接着转身回屋睡觉，睡意全无，感觉更饿了，外屋中有晚饭时剩下的几根葱叶，卷巴卷巴，吃了两根，糊弄糊弄一下心口。心头掠过一丝诡异的凉气——这帮人到了郑诚家，还能有好样？等着瞧吧。

　　不到十来分钟的时间，一阵急促的敲门声响起——这次，不是响在罗华所在单位的宿舍，而是罗华报告的郑诚家。

　　郑诚家的灯就在几分钟前刚刚熄灭。此时，她的内侄女和女婿确实躲藏在这里。郑诚的老伴一听，哭着说完了，肯定是管计生的人到底找上门来了，安抚侄女不要紧张，真要强制要做人流，就服从吧。就是太可惜了，太不人道，胎儿都七个半月了，啥都长齐了，生下来都能活了。说不让生，就不让生。

　　郑诚开了门后，见到这帮人，也只好一五一十把实情相告。那帮人只说是少生一个，是为国家做出贡献了。想多生一个，你掏多少钱也不让生。不管你怀孕多少月龄了，都必须做手术。不然，我们也有责任。我们的工作也不好干。不用跑，跑到哪，我们都给你抓回来。看谁跑过谁了。

　　计生部门的女士也毫不讳言地讲，没想到跑到这来，这三更半夜人的，挺个大肚子，可怎么走来的呢？真难为你们了。我们是刚到你二姑夫单位宿舍查看，没有发现，是宿舍一个老头告诉我们的，你这个亲友住在这的。找到你就就对了，不然，明天发现，到医院更没有好样了。郑诚的老伴含着泪给侄女多披了件衣服，嘱咐她多加小心，慢点走，明天早上到医院去看你。

　　这帮人走了，一切又恢复了平静。夜空中本来有几点星星，现在也如同将燃尽的灰烬，不见了踪影。郑诚劝慰老伴不要伤心，但是他自己也是一片透心凉。他不怨恨警察和计生部门的同志，不管这种政策和执行手段有多么的残酷，但人家是毕竟是秉公办事。当然，他也知道，多生一个孩子是不对，也不该主动收留怀孕的亲友，孩子意外怀孕了，生下来了就是超生。不生下来，这样东躲西藏的也不是事。但半夜来了，怎么也得让休息一下，也是人之常情吧。只是，你罗华太不地道，什么货色啊！你罗华可以说不知道，你却在人最危急的时候，下绊子啊！我对你不薄啊。三十年了，你的心还是这么晦暗，三十年了啊……

二

遥想三十年前，你罗华在乡兽医站饲养种马。挣得是不多，可是那年月，正是低标准时期，你饿了还可以偷摸从种马的饲槽里抓几粒玉米。你又因为偷吃种马的鸡蛋，让人发现了，是我从中说情，你才没被开除，勉强留了下来，一家老小才有碗饭吃，才活下来。由于你没有其他过硬的技术，说话又臭，没有人性，所以，一直形单影只，干苦力的活，比如卸饲料什么的，都找你。你完不成任务，就苦恼，是我在暗中帮你。后来，有个机会工作才得以转正。但你一直用一种不近人情的目光看着我。

工作上，你的水平在那摆着呢，得不了先进，戴不上红花，不能给人讲课，不能外出培训深造，其实这也没什么，各挣各的工资，各过各日子吧。但不至于，我迟到一分种，你就向领导那出坏，打小报告。而你到农户指导畜牧业技术时，本来有七天的工作任务，你却只工作三天，就要拉子了，跑家去了。造成了不好的影响，我向领导给你汇报过吗？都是我替你兜着啊。

工作方面不提，我的三个孩子个个比你强，你也嫉妒。我大儿子，二儿子，三女儿全考上大学，有了好的工作。而你大女儿，大儿子，二儿子，没有一个考上大学，全在家务农了。所以，你心中不平。务农也没什么不好，孩子自己努力了，没有考上，做什么都是一辈子，都能吃碗饭，都能闯出一番天地。但你不至于说话酸滴溜的。我又没在你面前显摆。你至于这样吗，你。

就是头些天，远在外地的我哥哥去世了，发来电报，电报傍晚送达咱单位，你却当没事一样，第二天我上班时，你才将电报给我。你是没有当邮递员的义务，可是，我家离这不远，骑车也就十来分钟，你少呆一会，我就能得这个信了。何必我第二天才得到信，结果当天的早上出发的唯一一列火车的车票就没有买到，我第三天才得以动身。至于吗，你。

——罗华在郑诚心目中就是这样。

其实，罗华选择在单位住，原因一是自己家在农村，来城里上班太远，买房也买不起。二是住在单位，可以免费吃水，免费用电，单位还有个小院，可以种点时令小菜，这样生活中也节省下不小的开支。罗华快退休了，只有二儿子没答对完了，但也处到对象了，可是自己一双皮鞋没舍得买过，一辈子够屈的。这样省吃俭用，不为别的。他要跟郑诚较劲。

有一生和一个人较劲吗？有里外反正不分的吗？你较劲，你得到什么了？没有得到。但罗华可不这样认为，没有得到也较劲。我不如你郑诚。我哪也不如你。我在人群中抬不起头来，所以，我就努力攒钱。我要把二儿子答对得风光的，圆满的，打妖提气，日子要过得比你老郑家强。当然，这也只是初步设想。没人知道我罗华心中的小九九。你不就是叫郑诚吗？我职称没你高，工资没你高，但我要让你难受。

郑诚你不是爱抽烟吗？我家里的蛤蟆愣，烟味冲，我给你拿。我支持你抽。狠狠地抽。

郑诚你不是爱喝酒吗？屯里一家小作坊的酒度数高，点把火都能着。我向你介绍。我支持你喝。狠狠地喝。

郑诚你不是工作表现积极，业务突出吗？你去干吧。我没那你水平也不揽那瓷器活。干点活，不是脑袋疼就是屁股疼。我可干不了，都你去，好差事都给你留着，不是说能者多劳吗？我支持你干，狠狠地干，玩命地干。但我不动声色。我要表面上支持你，大力地支持你。我要让你看到谁最终更厉害，谁到底把谁玩喽。

而罗华这些所思所为，郑诚完全蒙在鼓里，那一颗颗投来的"钉子"，锐利的，冷酷的，带着罗华心中最阴暗恶毒那滴血的，还没有真正戳到郑诚最痛的部分。

三

我先小打小闹。我还不能让你郑诚知道我的厉害。罗华这样想。

单位宿舍的电随便用，罗华本来是窃喜的。但是，这几天，罗华却习惯了黑暗。他不想在晚上点灯。他怕任何发光物体。哪怕黑夜里墙角闪现出老鼠的目光，他也害怕。只有在黑暗中，完全的黑暗中，他才感觉到安全感。尤其由于郑诚并没有把他忌恨在心，他更是感觉自己的为人未见得高尚，反而有些内疚。以前为了让郑诚出丑，他在饲养种马时，偷工减料，降低了种马的配种能力，这样，来配种的农户，就会怀疑郑诚的水平。

现在，单位不饲养种马了，他也将这唯一的技术搁置了，荒废了。他失去了自己发光的地方。而郑诚无时不刻不在他的眼前发着光。

那束光，让他不安。

他还要寻找。

他要找到合适的机会，让郑诚的光消失在我罗华的黑暗中。

罗华也知道，郑诚打篮球的水平在全县是一流的。他们所在的单位每年都在县内的职工篮球比赛中获得前三名的好成绩。作为队友的他，非但没有感觉到荣耀，反而感觉郑诚太出风头。你郑诚是主力队员，你郑诚投篮准，你郑诚体质好，你郑诚上台代表领奖。

全县职工篮球决赛开始了。罗华与郑诚所在队在场面上占据着优势。但是，在最后比赛快要结束时，两队比分开始胶着上升。此时，如果郑诚的队投中一个三分球，他们的队就胜了。当罗华持球要传给郑诚时，罗华看到郑诚正跑过来，准备接应，本来是个好很的机会，势在必得的球。可是，罗华看到了郑诚周身放射出的光芒。他下意识地将球传低了，郑诚在救球时，脚一滑，摔着了，脚踝扭伤了。球没有投中，对方胜利了。当对手庆贺时，郑诚一瘸一拐地由队友们搀扶出场外。

由于郑诚躬着腰，从这个视角，他看到了罗华虽然在用毛巾擦汗，可是，在毛巾的后面，他看到了罗华在窃笑。那是一张令人吃惊的面容。他赢了。一个没有任何防守，完全可以正常投过来的好球，让罗华故意投出这个结果。这也正是罗华所期待的结果。

但是，郑诚很快镇静下来。他自责，无论队友传出什么样的球，都是应该尽力去补救的，自己未能在关键时刻，力挽狂澜，还是自己水平不够。罗华呢，当人们问到这个球时，他说灯光正好晃着他的眼了，没有传准。太遗憾了。这不是罗华的心里话，他是想说，你郑诚，伤着了吧，伤着了。好。伤着就好。我比不上你，但是，我要让你知道，你不能忽视我的存在，不能小觑我罗华。

我不是混不讲理的人，但钉子在我手里，我随时会抛出去。

我手中握着一把钉子。

我都是给你准备的，都是给你精心打磨好的。

我在黑暗中，你能看见我吗？你看得见我吗？你？

四

罗华的职称没有郑诚高，因而工资每月必然要少拿一些。这个，罗华心知是永远也追赶不上的。罗华在黑暗中对着墙壁说：我饲养种马，你搞猪和牛的人工授精。我比你低气。我不跟你比这个。但我开心，看到你喝的那些劣质的庆功假酒而醉倒时,我开心,我都要乐岔气儿了。但是,我也心知肚明,我这辈子难以超过你了。我罗华无能啊!狗屁不如,不值钱啊!

但是,随后在单位开不下资,需要下海经商时,我罗华却可以施展一番拳脚。

而郑诚呢,你呀,太实在了,不会弯弯绕,不适宜做小买卖。可我罗华行。于是,我得到领导的认可。你知道我罗华这几年在下海时,从中捞到多少吗?你只看到我还是穿的那双家做的布鞋吧。那不过是一个假象。我还在布鞋上打了补丁呢。但是我心里有数。我不会把自己挣的钱贴在脸上。因为我也知道这钱不是很干净,很光明。我要利用单位下海这次机会多他妈的捞点钱。人不知鬼不觉,这些称头的把戏不是你们这些正人君子所为的。但老天疼爱我,幸运眷顾我,别看我不吃不穿,但我就是有钱,你不用问这钱是哪来的。而你呢,只能是为单位卖大苦力吧,就知道拼命干活吧。这屯那屯的,去给人家的牛进行人工输精,一手掏牛屁股,一手还得将输精枪插进牛的子宫。弄不好,挨牛踢,挨牛弹。风里来雨里去的,费劲挣个五十块钱,一张一张都得如数上交给单位吧。单位给你啥了?一个荣誉证书吧。不过是一个小本子而已,我罗华看不上这样,不稀罕这个。就当这个挺荣耀,不过如此吧。还有吗?没了吧,杆屁朝凉了吧,天天老婆孩儿还得跟你喝粥吃闲白菜吧。

到底你在一次外出给养殖户家的牛进行人工输精回来后,得了重感冒,一直没好,后来,渐渐勾起其他的病。结果你还一命呜呼了。

罗华闻听噩耗,眼泪"刷"地就下来了。浑浊的泪。这个真不是假的。他还是挺伤心的。在一起工作大半辈子,说句良心话,作为同事,罗华感觉跟郑诚在一起,甚至比跟自己媳妇在被窝的时间还要长。不过,他在梳理了一下悲伤的情绪之后,马上攥起拳头凿击了一下墙,手感觉有些痛。他发出一声悲叹,失声说,不是因为你郑诚岁数可惜,不是因为在一起工作多年的老同事,而是我手中的钉子还没用完呢。当他发觉手指被墙撞疼了时,才怯怯地点着了灯,发现已是深夜了。

五

郑诚的葬礼那天,罗华前去吊唁。

罗华看到了郑诚棺材前的遗像,眼泪就缕缕地下来了,膝盖也有些软了。不,是他自己的内心有些软了。

罗华心中感叹道:

老郑啊,老郑,这些年,让你受委屈了。可是,你知道我有多么委屈吗?我一直生活在黑暗中。这片黑暗不是你给我的,是我自己心中生出的黑暗。但是,我不会忏悔的。因为,我并没有得到什么,我所得到的,只是你眼前这张遗照。棺材发着松木气味与油漆气味的棺材,下面那只被束缚了双腿的红领魂鸡瑟缩成一团,颈上的羽毛微微地颤抖着。它可能知晓了自己的命运,纵然为亡人领魂是神圣的,但是最终也将在荒野被放逐,被追捕,被宰杀。它的眼神同样让我心生恐惧。它的眼神仿佛是你的眼神,发出一道道逼人的光来。

老郑啊,老郑,你的骨灰就要入殓了。我看到了你的儿女们脸上的泪痕与悲伤。我看到了曾经的你,篮球场上矫健如飞,现在却化成了一捧骨灰。那把骨灰将来可能也是我。但将来我的葬礼,却不可能见到你了。这也许是咱们今生最后一面了。你的光明照射不进我黑暗的内心。我自有得意处,自有光明在。如果非要让我忏悔,那我只能为你下跪,请求你的原谅。

——但那又不是我了。

我听到了你的乡亲们,你的朋友们,你的其他同事们,你的亲人们,对你的一生好评如潮。我听了很受伤。那等于我获得的是差评。差评啊,我罗华是个差评啊。谁他妈的不是人?我他妈的不是人!

你的孩子们跪在棺材前,开始盖棺了。

这个环节,向棺材钉钉的人站在棺材边上的长凳上,手持长钉钉进棺材。每钉一颗钉了前,跪在棺材前长子,需要让父亲躲钉。如果钉钉的人钉的是东面的棺材盖子,儿子就需要喊,爸啊往西躲,爸啊往西躲,爸啊往西躲。希望爸爸能躲开钉子。同样的,如果钉钉的人钉的是西面的棺材盖子,儿子就需要喊,爸啊往东躲,爸啊往东躲,爸啊往东躲。听起来是很令人心酸的。

在东面的钉完之后,在钉西面最后一颗钉子时,突然这颗钉子断了。可能是钉子太脆了,也可能是这段木料太坚硬了。钉钉子的人又换一颗新的长钉。

罗华见状,说等等,我来钉。

大家都将目光锁定在罗华身上,毕竟罗华与郑诚是老同事了,也是上岁数的人了,人家主动请求来钉这最后一颗,也不为过。

当罗华站在长凳上,准备开始钉钉的时候。凄楚的鼓乐声响起,他突然泪如雨下,哭了起来。老郑啊,老郑啊。众人去扶他。他不肯下来。主持人见罗华挥起了榔头,对郑诚的儿子说,让你爸躲钉。鼓乐声起,领魂鸡颤抖了一下。

爸啊,往东躲。第一下,钉子进了三分之一。

爸啊,往东躲。第二下,钉子又进了三分之一。

第三下,也就是最后一下。

当郑诚的儿子喊爸啊,往东躲时,罗华再一次泪流满面。他的眼泪滴在钉子上。罗华似乎看到了棺材里一辈子老同事的面容,依然那么慈祥可亲。令罗华感到欣慰的是,他终于站在了比郑诚更高的位置。他活着,而他用一生假想的"对手"死了。一个站在棺材外面的长凳上,一个化成了一把骨灰"躺"在棺材里面。但是,罗华马上便清醒地意识到,一切都将结束了,不过是一场梦。

老郑你宽恕我了吗?宽恕我吧。我是老罗啊。罗华内心在挣扎,他仿佛看到了一束光,不过,他不再对这束光感到恐惧。

鼓乐声起,领魂鸡又颤抖了一下,和着郑诚的儿子的哭叫声,罗华嘶哑而悲怆地喊道:老郑啊,往东躲啊,往东躲啊,东,东,老郑,往东。

作者简介

房永新,锦州市作协会员,义县作协副主席,著有长篇小说《桧树沟》和《金龙湾》。中短篇小说《蜂花》《保卫蝌蚪》《半影》《晌里弯》《我脑子没病》《了断》等发表于《短篇小说》《中国文学》《真小说》等。小说曾获冯梦龙杯"新三言"全国短篇小说大赛优秀奖、"文华杯"全国短篇小说大赛三等奖、盛京网络文学中篇小说奖,以及"红太阳杯"首届天风短篇小说大赛入围奖等。

花开的声音

牵挂,那么远

汪恩赐

"汪汪汪,懒虫起床!汪汪汪,懒虫起床!"熟悉的狗叫闹钟声响起,我一咕噜起身下床,直奔厨房。

三年初中,三年高中,每天清晨五点半的"狗叫",已经成为我六年来每一天新生活的起点。尽管女儿高考过后,我已经有两个月时间没听见它的呼喊,可它一旦响起,依然有如冲锋的号角,带领着惯性中的我,热血沸腾地扑向那阳光般灿烂的未知希望。

今天,女儿即将远行,那是她自己选择的一所远在"天边"的名校。

女儿知道它的遥远,遥远到飞机带着北国的秋色一路飞越三个半小时才能到达,降落时,那里是热带海风吹拂着芭蕉树在摇曳;遥远到所有周末、小长假都只能眼巴巴看着其他同学被父母连搂带抱地带走,自己却孤零零躺在寝室里枕着乖乖熊思家。那里遥远呐!遥远得感冒发烧都不能让家人知道;遥远得每次通话都得克制悲伤故作欢笑。但女儿仍然选择了那里,只为了它的名气和专业,也是为了自己所追求的梦想。

"爸爸,做什么给我吃?"女儿走出房间,一脸的倦意。显然她昨晚同样睡得不踏实。

"煮面。再给你煎个荷包蛋吧!都是你爱吃的。"

"好!好!"女儿边盘起长发,边去洗漱了。

"闺女啊!走的时候可别忘了把护肤霜装进皮箱,那边热。"妻子也起床了,继续着她的絮叨。"还有防晒霜、花露水、清凉油……"

"好的，好的，一个都忘不了。"女儿一嘴泡沫地挥舞着牙刷回复。

"真是的，干嘛非要报那么远的学校？你也不说拦着她。"妻子头不梳脸没洗地坐在我旁边的椅子上，开始了那第无数次的埋怨。"有个天灾病业感冒发烧的，都不能立刻到身边。东北也不是没有好大学，干嘛要去那么远？"

"行啦吧！都这个时候了还嘟囔这些干嘛？跟你说一千遍了，那是孩子梦想中的大学，专业也是她的最爱。"

"梦想个屁！都是你惯着她。学什么专业不都是活一辈子？她年轻，你也年轻？咱们就这么一个孩子，那么远的地方，还非得一个人走，连送送都不让。下了飞机，那机场离学校有多远？怎么坐车？人生地不熟的又是个没出过门的女孩子，一旦有个闪失好歹的……"

"住嘴！住嘴！你住嘴！"我用手指着妻子，"孩子要出远门，你把你这张乌鸦嘴闭好喽！"

妻子也感到失言，真的两手捂住了嘴。

"好啦！好啦！你们俩总吵什么呀！我走了也不让我省心。"女儿走出洗漱间。"妈，你去洗漱吧！"

女儿坐到餐桌前。

我把煎蛋摆好，又给她盛了一碗面。

"闺女多吃点。都说出门饺子，落脚面，你不爱吃饺子，那就出行回家都给你煮面吃吧！"我说。

"行，行。"女儿一边吃一边应着。"爸做的面最好吃。"

我心里美滋滋的。

"爸，最近怎么总听你跟妈吵架？"女儿小声问。

"以前也吵，只是你早出晚归的没听见。"我厚着脸皮解释。"两口子都这样，冤家嘛！嘿嘿！"

"别总吵架。吴晓月说她妈她爸就是先吵架，然后离婚的。"女儿很严肃地小声说着。

我摸了摸女儿的头，讪讪地笑了。

飞机场里人头攒动，因为是临近开学的日子，因此客流剧增。

大部分远行的孩子都有父母陪伴，甚至还有一家七八口人连爷爷奶奶都去学校送行的。我女儿坚决不许我们送她，理由很简单："自己长大了，应该学会独立生存。"

女儿的这一观念，也是受高中同学吴晓月的影响。这次，她们俩考进了同一所学校，因此，结伴而行提前独立。

吴晓月，以前叫郑多美，在她很小的时候父母就已离异并且又都各自组建了新的家庭。晓月无论身处哪一个家，都觉得自己是多余的角色，因此，从小学到中学，她都尽量选择住宿学校。哪一个孩子不期盼假期，而只有晓月不是这样，因为漫长的假期让她不知所以——那两个家，都不属于她。

在她初中的时候，因为学费和生活费的争端，母亲一怒之下，把她的户口本连名带姓的都给改了，从此，郑多美也就随着继父的姓氏改叫了吴晓月。

如果说，女儿报考那所学校是为了圆自己的一个梦想，而吴晓月，则仅仅是为了寻找一处能够远离自己从前的地方。

机场内，为晓月送行的是晓月妈和一个满脸"无所谓"的中年男子。我们相互握手，然后又是反复叮嘱孩子们在外地读书的注意事项。两个女孩儿礼节性地不断点头应允。

"多美。"随着这声喊，一个消瘦的男人满头大汗地跑了过来，晓月的眼里瞬间朦胧了一下。那男子气喘吁吁地站到晓月面前，一边笑着用手背擦汗，一边把一个银行信封递给了她。

"多美啊！出远门，注意身体。这些钱，我偷着攒的，给你。不多！"男人愧疚的语气令人心酸。

晓月伸手去接信封，细嫩的手却扶在了那双粗剌剌干力气活的手上。两双截然不同却又血肉相连的手本想亲热地多握一会儿，但继父那双不咸不淡的眼神儿，催促着她接过信封后，手便收了回去。

"女儿读大学，就你这点钱也好意思拿得出手？今后，晓月的事儿不用你管，还是回家照顾好你那小老婆胖儿子去吧！"晓月妈嘴不留情地申斥着。

男子像没听见一样，依然望着女儿。"多美呀！那边热，多喝水多吃水果……"

"别多美多美的，我不爱听。女儿现在叫吴晓月，跟你没有什么关系。关心女儿，你早些年干嘛去了？干嘛去了？"晓月妈语速如刀片儿般锋利。她民唱的嗓门泼妇的举止，立刻吸引很多人扭头往这边看，连巡逻的警察都驻足观望。

晓月的额头瞬间冒出了汗珠，她看看四周，原本甜美文静的脸，瞬间变得彻骨冰冷。

"我要进去了，你们都回去吧！"晓月说罢，提起箱子包裹转身走向安检口，连头都没再回一下。

她消瘦的背影跟刚才的面部一样毫无表情。

我跟妻子急忙招呼女儿，让她也跟晓月一起进去。

四五个安检口，被白色磨砂玻璃遮挡着，隐隐约约看到被吞进去的人们路过仪器时举手投足的姿态。队伍行进得很快，排到吴晓月，她递上身份证和机票，检验合格后，她连头都没回一下就消失在了那玻璃门内。

后边的就是女儿了。

就在女儿检验过身份将要往里面走的时候，她突然回过头，冲着我们的方向大声喊："你们俩都好好的！一定好好的！等着我回来。"

很多人扭回头看向我们。

我跟妻子的眼泪一下子就涌了出来。尽管我们早就商量好，送别时一定要坚持不哭，一定要让女儿始终只看到笑脸。但随着那一声喊，我们瞬间崩溃得一泻千里。

"不许打架，不许拌嘴。"女儿又喊。

妻子一把拉过我的手，带着哭腔回应着："我们答应你，都听你的！"

女儿笑了，眼里有闪烁的光。她满意地一边挥手，一边消失在了人影婆娑的安检口里。

我看见晓月的妈妈和生父也同时哭了，他们捂着脸，蹲在地上失声嚎啕。那声音，有着尖刀刺入的锋利，那声音，如同被"哧哧"油锅烹炸时那般疼痛。

空旷巨大的跑道上，一架飞机开始启动，先是缓缓而行，突然剧烈加速，发出刺耳的滑音，然后猛的腾空而起，身后带着一根长长的线消失在了高处的云中，飞向那遥远的方向。那根颤颤的长线，一端系在女儿的脚腕，另一端拴在我们的心头，无论飞机的落点在何处，牵挂依然，依然……

那天，我和妻子拉在一起的手，始终没有分开。久已麻木的左手拉着右手，竟然感觉出了年轻时的柔软、湿润，如同我们初识那年的一个雨天，就是这样手牵着手，湿漉漉的，没有雨伞地走……

作者简介

汪恩赐，出生于1969年，辽宁省作家协会会员。作品散见《吉林文学》《风荷》《绿野》《文苑春秋》等杂志。创作的影视剧本被改编为网络大电影《艳粉街》。

枷　锁

郭建英

挂掉了妈妈的电话，小宇长长地叹了口气，然后从口袋里掏出烟，狠狠地吸了一口，吐出来，烟雾慢慢地在他眼前散开，视线开始变得模糊起来。

他看到：一个小男孩坐在书桌前静静地写着作业，时不时趁着妈妈不注意，向窗外望去，看着楼下玩耍的小朋友，徒有羡鱼情。那时候的他，每天的生活都被母亲安排好了。什么时候吃饭，什么时候睡觉，什么时候去上什么课，他都没有决定的权力。她剥夺了他整个童年。

烟雾渐渐散了，小宇又点起了一根烟。

这一次他看到了一个正在为高考备战的男生，深夜坐在书桌前，笔在他指尖舞动，他转笔的技术并不是很好，笔总会掉在桌子上，发出啪啪的声音，在这寂静的夜中显得格外的真切。但他无心理会，只是机械地捡起笔再转起来。他的脑海里一遍又一遍地闪现着那个给他写情书的女孩看着他的眼神，那是他从未见过的一种眼神，几分怨恨，几分委屈，几分失望，好像还有那么几分爱恋，总之那个眼神像个魔咒，让他无法摆脱。听说那个女孩正在办转学，那是个很活泼开朗的女孩，她的笑像是冬日里光，暖暖的。唉，如果妈妈没有整理书包，就不会发现这封情书了吧，她也不会……

那个晚上，他这么多年第一次不知道要干什么了。从前听妈妈的话，一心好好学习，尽管他并不是很喜欢学习，但妈妈对他那么好，那么爱他。现在这双鞋，当时他只是在商场多看了几眼，几个月后，妈妈便给他买下来作为生日礼物。他的家境并不是很好，爸爸在他上中学的时候就因癌症去世，这么多年，一直都是妈妈一个人把他带大，她受了很多苦。小宇也深知其不易，对母亲也十分孝顺，从小到大也都由着妈妈安排。青春期叛逆最凶的时候，他也不是没想过摆脱这个枷锁，但每每听着妈妈说着她的爱，说着她的辛苦，那颗想要反叛的心，也就渐渐地安静下来，他把自己的欲求降到最低，把所有的想法默默藏在心底。他放下手中的笔，打开电脑，发了一段歌颂母爱的文字，他总会用这样的方式，来让自己冷静。

小宇望着指尖的烟蒂，早已忘了自己是什么时候开始学会的抽烟，要是让曾经的同学们知道他们无比崇拜的宇神，到了大学开始抽烟了，不知道会是怎样的反应呢。想到这，他轻笑了一下，从小到大在别人眼中，他都十分优秀，优秀的近乎于完美。他从未掉过前三的成绩，他在各种活动下出色的表现，他善良随和的性格，让他有个极好的人缘，几乎没有人会讨厌他。但他是孤独的，真的很孤独。他想去做些自己想做的事情，想去摆脱母亲的束缚，他想把这些心事找个人倾诉，可是又不知道该找谁，身边的同学虽然崇拜他，但却没有一个人是他真正的朋友，有一次他盯着同桌看了好久，好想把心中的烦闷苦恼都吐出来，就在他要张口的时候，同桌发现了他的注视，笑着说："宇神，你这是怎么了，这么忧郁了，这可不像你啊。"是啊，他是他们心中的神，他好想扔下这母亲给他的神的面具，想要不顾一切地去做自己想做的事情，想要自由。

以前他总想，到了大学，离母亲远，接触一波新的朋友，就可以开始新的生活了，就可以拥有自由了。可现实却碾碎了他的希冀。母亲每天都要打来电话，像是查岗一般，问着他一天的生活。母亲的电话像是一道无形的牢笼，又将他困在了从前的生活中，无法挣脱开来。是不是还离得不够远呢，他这样想着，再远些，到没有母亲的地方，到母亲不会天天打电话的地方，他开始为出国做着努力。

小宇又拿起一根烟，猛吸了一口，他抽烟一向如此地凶，好像只有这样才能让他发泄出来。刚刚和妈妈通话，小宇把想出国的想法告诉了妈妈，妈妈很兴奋，连连夸着儿子有出息，后来竟提出了要把工作辞了，出国陪读的想法。小宇听到这里慌了，试图说服妈妈放弃这个打算，可妈妈的态度很坚决，再多的话都是徒劳。他只好找了个借口挂掉电话。

希望再一次破灭，他像一个无助的孩子，蜷缩在墙角。

过了一会儿，小宇的手机屏幕亮了起来，是妈妈打来的电话。接听后，听筒里传来妈妈因为兴奋而嘹亮的声音，她说："儿子啊，出国花销大，妈想了想，咱把咱的房子卖了吧，实在不行，妈就豁出这张老脸了，去找人借借，妈没本事，但是妈决不能耽误你学习，……"

听着听着，眼泪悄悄从小宇的眼角滑落，是啊，从小到大，妈妈为了他的学习总是不惜一切，所以他才能考到国内最好的学府，才能让他接触到这么优秀的老师和同学。古人说过"木受绳则直，金就砺则利"，虽然枷锁限制了自由，但这枷锁不也成就了现在的自己吗？

作者简介

郭建英，90后，盛京文学网微信编辑，沈阳师范大学文学院学生、喜欢看小说，听故事，看电影、喜欢将内心的感受写成小说，写成散文。文章通常略带伤感又充满积极的色彩。最喜欢的作家是冰心，十分欣赏她的"爱的文学"。

奇迹巧克力

蒋春旭

我大概算是"奇迹巧克力"这一地方土产的忠实拥趸。

第一次获得零花钱是在六岁左右,那时我买下的奇迹巧克力是心形的,因为对它十分珍爱的关系,那块不大的巧克力我足足吃了一个星期。

现在,距离第一次使用零花钱的时间已经有十年了,但是对我来说,奇迹巧克力依然是那么香醇美味。无论吃了多少块都不会厌倦,而且也没有因此变胖或是损伤牙齿。无论到哪里去,只要身边带着奇迹巧克力,就会莫名地萌生既温暖又感动的心情。

虽然吃了许多年的奇迹巧克力,我也只知道它是由名为"梦幻糖果屋"的神秘工作室制作的这么一点情报而已——现在看来品牌与工作室的名字还真是陈旧且幼稚呢——而梦幻糖果屋的地址则是持续了十年之久的谜。奇迹巧克力是以散装形式在食品店与小卖部出售的,包装纸上并没有印上厂址与电话。向商家询问也只能得到奇迹巧克力是由神秘人士主动供货、商家无法主动联络梦幻糖果屋这一答案。就算使用电子地图或是查号台都没办法找出这家工作室的下落。最离谱或者说有趣的说法是,竟然有人宣称梦幻糖果屋是由魔女与魔术师基于个人兴趣组建的炼金密室,奇迹巧克力只不过是炼金时的副产品云云。

似乎是因为梦幻糖果屋与奇迹巧克力的存在太过于神秘的关系,它们已俨然变异为都市传说等级的事物了……不,比起都市传说,感觉上还是更接近童话吧?实际上，我还暗自希望那个传说是真的呢，先天性的耽于幻想应该属于不治之症，到了这个年纪，我依然固执地相信龙、妖精与吸血鬼存在于这个世界。

不过，就算爱幻想的习惯可以放着不管，我也一样到了该考虑个人前途的年纪了。目前所面临的选择是该进入本地的普通学院就读，还是去外地甚至外国的名校上学，成绩倒不算是问题，只不过……我不知为何就是莫名地排斥去真正的远方生活。离开家乡就会吃不到奇迹巧克力大约占四成原因，这理由连我自己都觉得缺乏说服力，但其他的理由却更加鸡毛蒜皮到难以启齿。

能够简单地吃到奇迹巧克力的日子大概越来越少了，因此我比六岁时更加珍惜吃到奇迹巧克力的机会。但事到如今，我依然没有打破一周只吃一块巧克力这一规则。为了身材、牙齿、健康，以及稀缺性与仪式感，我绝对不会在这种时候放纵自己的。

这个星期我决定在今天吃巧克力，所以在放学回家的路上买了一块由金色糖纸包装的奇迹巧克力。

总能感受到制作者洋溢出的恶作剧趣味，从这方面看奇迹巧克力确实很有魔女出品的风格。

糖纸无论什么颜色，上面都印着"梦幻糖果屋出品""QIJI CHOCOLATE"以及勉强能证明制作者尚存良心的生产日期。至于为什么是"QIJI"而非"MIRACLE""WONDER"或是"MARVEL"就只有梦幻糖果屋的人知道了。甚至连奇迹的汉字都没有印上过，我甚至怀疑"QIJI"所指的该不会并非奇迹，而是指"契机""骐骥"甚至"七姬"等奇奇怪怪的意思吧？

糖纸松松地包着巧克力，外面再用丝线缠上许多圈并系起来，打开后才能知道巧克力的实际形状。奇迹巧克力有许多种形状，方形、圆形、三角形、心形、月牙形是最常见的，不过偶尔也有蛋形、钟形、海星形、苹果形等稀有的形状，我见过更加罕有和可爱的奇迹巧克力是猫脸和兔子脸形状的，据说有些人吃到过熊脸和鲸鱼形的奇迹巧克力。

味道也是无法从外包装辨识出来的，除非购买者的嗅觉非常灵敏。奇迹巧克力的口味差不多和名牌巧克力生产商所能制造出来的口味一样多，但它不会在外包装上印上黑巧克力、牛奶巧克力、榛仁巧克力这样的说明，只有打开甚至吃到嘴里才知道这次买到了哪一种。怎么说呢，总有种仿佛在抽奖的错觉。

但是，这次我真的抽到奖了。

我在糖纸与巧克力之间发现了一个又小又扁的塑料袋，里面是一张叠得极小的薄纸，再打开则看到上面用卡通风的字体书写的第一句话是"恭喜你中大奖！"下面是很长的说明，大意是说梦幻糖果屋真的是由魔女与魔术师组建的工作室，他们每个重要节日都会送出一份神秘大奖作为礼物，内容是一次体验奇迹的契机，如果中奖者抱有善良且合理的愿望的话，只要把那块巧克力含在嘴里的同时在心中许愿即可。

我立刻就相信了，但是我不知道该许什么愿望才好。因为很喜欢现在的自己，我对于变得富有、漂亮、受欢迎这类的事情没什么兴趣。一度打算把巧克力包起来慢慢想，但一种突发的冲动使我把巧克力放进了嘴里。

希望能和梦幻糖果屋的人们成为朋友。我怀着一种极为奇妙的心情默祷道。

总觉得自己紧张、激动到快要哭出来了。

几乎是在默祷的同时，我的脑中响起一道"声音"，它说："请编辑短信发送到1062★★★★。本条信息免费，不含通信费。"

我的眼泪也夺眶而出，但总觉得和喜极而泣有些不一样……偏要在这种时候以这种方式破坏浪漫的童话气氛，大概还是魔女们的一贯作风吧。

而且，发送完"请问是梦幻糖果屋吗？"的短信之后，刚刚试图打开对方所回复的彩信，还没看清楚上面写了些什么，手机就故障到了无法使用的程度。

不过那个服务平台的号码我是绝对不会忘记的。

如果能和梦幻糖果屋的人们成为朋友的话，我也终于找到了不去远方的好理由呢。

不过，那也得先修好手机吧……我垂下肩膀。

作者简介

蒋春旭，毕业于辽宁省文学院第七届新锐作家班、第二届网络作家班。抚顺市作家协会会员。偏好小说、童话等文体。作品散见于《华商晨报》《抚顺晚报》《抚顺作家》《高尔山》等报刊。

淘鱼趣事

誓言无忧

出了屋门,外面是晴朗朗的天,将那吵吵嚷嚷的声音抛在了脑后,杜芸的心情也跟着好了不少。

"姐,咱们干啥去?"杜茵小小的手儿拉着杜芸,声音也细细的。她抬头看着杜芸,一双跟杜芸一样的漂亮的杏核眼直直地看着自己崇拜的姐姐,四周的空气都仿佛带着甜味儿。

"咱们出门透透气。"杜芸看着可爱的妹妹,简直是萌物一枚,她伸出手来捏了捏她的小脸蛋,唔,手感没有想象中那么棒,这小东西实在是太瘦了,得好好补补才行。

"好!"杜茵笑眯眯地点了点头,一副姐姐说什么都是对的的样子,顺从地跟在杜芸身旁。

杜芸站在院子里头,初升的太阳白花花的,却并不火热,在阳光下自家前院栽种的梨树、桃树,还有满院子的菜蔬,都仿佛被笼罩上了一层淡淡的光纱一般。

因为杜家没有钱也没有粮,只种了菜并没有养牲畜,所以空气中飘浮着清爽的青草味儿,那清新的感觉让杜芸忍不住深深地吸了口气,觉得心情都好了不少。

杜芸拉着杜茵的小手,缓缓地走着,不知不觉间,杜芸拉着妹妹已经走出了院子大门,直直地撞入眼帘的,便是一大片的农田,高高的高粱秆子矗立着,碧绿得青纱帐将这一片儿遮挡得严严实实的。

穿过这厚厚的青纱帐就来到了河边,杜芸所在的村子叫莲花河,便是以眼前这条曲曲弯弯的河命名的。

"姐，姐，鱼！"杜芸正眺望远方想着如何发家致富的时候，杜茵突然惊喜地喊道，一双黑黝黝的大眼睛闪亮亮地看着河边的一处凹坑。

"鱼？哪里？"杜芸这么多天就只吃了没滋没味儿的苞米糊糊，嘴里头早就淡得不行。心中可以预见到未来的几个月，都得吃没有荤腥的饭菜，因此哪怕是不太嘴馋的杜芸，听到有鱼的时候精神也瞬间为之一振。

只见波光潋滟的河边，有一处小水洼，许是因为天气炎热水分蒸发的缘故，那水洼与旁边的河水被隔断开来了，不过一口大锅那么大的水洼里头，隐隐约约的能够看到有鱼的影子。

"太好了，还真有鱼。"杜芸顿时来了精神，二话不说拉着杜茵就往那水洼子的方向跑，跑到了地方三下五除二地把鞋子脱了，又把裤腿儿挽得高高的，赤着脚就往水洼里头走。

作为河边长大孩子们，遇到鱼被搁浅在水洼子里头，简直就跟中了彩票一样的，杜芸身子的动作几乎成了本能，等反应过来的时候，人已经站在水洼子里头了。

及膝深的水里头，隐隐约约的能看到几个黑影儿，大的有尺把长，小的也有巴掌大，这样的情况让杜芸眼睛一亮，虽然都不是什么大鱼，却也足够让自家吃一顿好的了。

杜芸深吸了口气，欢快地用双手捧着旁边的河泥开始筑泥坝。

这泥坝是要把水洼和河水彻底隔绝开来，省得待会儿自己淘鱼的时候，有的鱼趁着水位波动逃出去。这年头家家的日子都不好过，要是逃了几条小鱼，可是就少了一顿荤腥呢。

杜芸的动作很快，三两下就把泥坝给筑了起来，她的心里头清楚得很，要是自己不赶紧淘鱼，被别人看到了一起下来淘，那可就是谁抓着算谁的了。

杜芸这边已经开始动手了，个子小小的杜茵在岸上站着急得抓耳挠腮的也想下来，却被杜芸给阻止了。这水洼子里头的水对自己来说虽然不深，但却足够没到杜茵的腰了，对这么大的小女孩儿来说太危险。

"妹子你别下来，赶紧回家拿盆子去，顺便把小弟他们叫过来，让他们一起帮忙。"杜芸给杜茵指派了任务，看她蹬蹬蹬地跑远了，又低头专心地淘起鱼来。

太阳越来越高，气温也猛地升高了起来，阳光白花花地照在身上，晒得人眼睛发花，知了在岸上没命地叫着，吵得人心里头发慌，不过杜芸双腿站在沁凉的河水里头，一捧一捧地往外舀水，倒是不觉得酷暑难耐。

清凉凉的河水因为淘鱼被搅得有些浑浊了，杜芸额头上的汗一滴滴地滴落下来，手也已经微微发酸，却一点儿都没有停止的意思。

她努力地将河水一点点的从水洼里头淘出去，希望用自己的微薄力量，改善家里头的条件，哪怕是只有几条小鱼炖出来的一个小菜而已。

水洼里头的水缓缓地下降着，原来看的不甚分明的鱼儿，如今也看得清楚起来了，一条长的是鲤鱼，几条巴掌大的是鲫鱼和草鱼，杜芸看到这样的变化，干劲儿更足了。

"姐、姐……我们来啦！"远处传来孩子们的欢笑声，只见自家的二弟杜柏拉着杜茵，还有二叔家的闺女杜芹，三叔家的闺女杜芳，甚至是三叔家的小子杜桐都一起来了。

孩子们手里头抄着大铜盆小水瓢什么的，更绝的是，还有抄着簸箕的，杜芸看了忍不住想吐槽，簸箕漏水呀亲。

几乎是瞬间这几个孩子就冲到了水洼这里，孩子们撸胳膊挽袖子兴奋得不得了。

不一会儿的工夫，几条鱼儿就浮出了水面，收获颇丰的兄弟姐妹几个忙不迭地把鱼儿抓进盆里头，用簸箕紧紧地压住，又细细地检查了一遍水坑，确认没有遗漏了之后，才一脸兴奋地带着胜利的果实一路小跑着回家了。

端着装了鱼的盆子回到家里头，得意的孩子们自然是要吵嚷着自己的功绩的，一个个兴奋得不得了。

"呦，这么多鱼呀，这感情好！"奶奶看着孩子们弄回来鱼了，高兴地说道，笑得眼睛都眯起来了。

"这条鱼大，收拾出来抹点盐晾着，正好中秋的时候不用加菜了！"杜芸奶奶看着鱼里头有条大的，当下眼睛就亮起来了，眼疾手快地一下子把那条长鲤鱼给拎了起来，美滋滋地说道。

"啥？！"奶奶这话一出，孩子们的小脸儿顿时就垮下来了，如今才是公历八月份，要是等到中秋还得有快俩月呢，眼瞅着这么一条大鱼不能吃，委屈的小吃货杜桐和杜茵眼泪儿都要下来了。

"奶……咱们家人口这么多呢，要不就都炖了吧，咱们也改善改善。"杜芸看着弟弟妹妹们可怜兮兮的样子，忙不迭地跟奶奶求情说道。

"不行，不年不节的改善什么改善，又不是嫁给万元户了。这鱼我做主了，腌起来过节吃！"

"奶……"杜芸一听奶奶的语气，就知道她是为了自己的亲事生气呢，心知道这鲤鱼是炖不成了,只能苦笑着叫了一声。

"叫也没用!"奶奶只是跟杜芸赌气,却也是真的心疼自家的儿孙们,要不是家里头条件这么差,自己也不至于抠抠搜搜的不给孩子们吃东西。

看着盆子里头还剩下四条巴掌大的鲫鱼,还有几条小杂鱼,杜芸奶奶咂巴咂巴嘴,就这么点儿东西还真不够全家十几口人吃的。

"奶,咱们家还有黄豆不?要不咱们拿斤黄豆去换两块大豆腐回来炖着吃?"杜芸不忍心看着弟弟妹妹们失望,厚着脸皮跟奶奶讨价还价。家里头的金贵东西,都是由奶奶保管的,什么鸡蛋呀,白糖红糖啊,黄豆花生之类的,没有奶奶点头同意,可是绝对没有办法拿出来的。

"拿啥一斤黄豆!给你拿半碗换三块豆腐回来就偷着乐吧!"杜芸奶奶瞪了杜芸一眼,还是不忍心让孩子们太失望,念念叨叨地从怀里头掏出了钥匙来,开了东屋的板柜,舀了多半碗黄豆出来。

"奶你真好!"杜芸看到奶奶妥协了,笑眯眯地蹭到她身边去,拍着马屁。底下的小孩子们一听到有豆腐吃,虽然知道比不上鲤鱼好吃,却也是难得的加菜了,一个个乐得嘴角都咧到了耳根。

"好什么好,就这么个破家,还有一群小馋嘴儿!"孩子们的欢呼和笑容让杜芸奶奶心里头也很高兴,不过这风气可不能助长,杜芸奶奶强绷着脸说道。

家里头的饥荒虽然还得差不多了,可还有几个大小子的婚事呢,还有这房子也太小了,处处都是花钱的地方,不省着点可不行。

"奶,你放心,以后我挣了钱,好好孝顺你!"杜芸看着奶奶强装的样子也不点破,笑着靠在奶奶身边,感受着她身上传来的温暖,有家人疼爱可真好。

在孩子们的盼望中,晌午总算是一点点地爬来了。杜芸用大半碗黄豆换了三块大豆腐回来,再加上淘回来的四条巴掌长的鲫鱼,这顿饭就成了全家上下十分期待的丰盛饭菜了。

杜芸娘动作利索地把鲫鱼收拾了出来,正要按着老方法炖,就被杜芸拦了下来,"娘,今天让我炖鱼吧。"

"哎!"杜芸娘是个没主意的,又觉得闺女有文化厉害着呢,闺女想要炖鱼,她连问也没问一声就把灶台让了出来。

杜芸动作利落地将葱切段、姜切片,三块大豆腐切成了一寸见方的大块儿,用姜片把微热的大锅底下抹了一遍,再稍稍地倒了点儿底油进锅里头,就把洗好晾干的鲫鱼放进了锅里头慢慢煎。

鱼肉遇到油产生的鲜香气息，顺着热气渐渐地弥漫在厨房里头，一早就等着这顿饭的孩子们，一个个巴着门框往厨房张望着，贪婪地吸取着这煎鱼的香气。

"真香呀！"杜芸一边儿细细地煎着鱼，一边儿感叹着这野生鲫鱼的鲜美，不知道是不是身子里头油水儿太少的缘故，做着饭的杜芸只觉得自己饿极了，饿到让她自己把这四条鱼统统吃掉都没问题。

细细地把四条鱼煎到两面金黄，杜芸把鱼盛出来，用葱姜炸了个锅，趁热往锅里头放了鱼添了水，大火烧开了水以后，把切好的豆腐放进了汤汁里。

因为鱼和豆腐都是有数的，家里头人口又多，为了能让大家多吃上点儿东西，杜芸在锅里头添了不少的水，就算鱼汤是稀的，也很香能下饭不是？

千滚豆腐万滚鱼，鱼和豆腐都是不怕炖的菜，越炖越入味儿越炖越好吃，杜芸平生最大的爱好就是吃，做饭的手艺自然是没的说。

金黄色的鲫鱼，雪白的豆腐还有奶白色的浓汤，这一道鲫鱼炖豆腐，被她做的是皮酥骨烂、香气扑鼻，丝毫不比五星级大酒店里头的厨师做出来的逊色半分。

"来，尝尝味道。"眼看着火候差不多了，杜芸抵挡不住孩子们眼巴巴期盼的小眼神儿，用汤勺从锅里头舀了一勺鱼汤出来，又舀了一块豆腐，用筷子细细地夹成几份儿，招呼着门口巴着的孩子们来尝尝鲜。

这尝味儿自然是不能敞开了吃的，不过一人分几口汤，一小块豆腐罢了，就算是这样一点儿小东西，却也把几个孩子们香的直咂嘴，纷纷说从来没有吃过这么好吃的东西，很是期待地想要再吃点儿。

"喝，真香啊！"因为家里头晌午饭有好菜，下地的大人们回来的也比平日里头早些，一进了院子就闻到炖鱼的香味儿，别说是孩子们了，就连他们都忍不住想要扒在锅边儿上开饭了。

杜芸爷爷大手一挥，开饭了，众人纷纷就位，闷头开吃，一时之间整个院子里头，就只能听到吸吸呼呼吃东西的声音，竟是没有一个人舍得说一句话的。

等到盆子里头、锅里头的所有鱼和豆腐被吃完了，众人还意犹未尽地把剩下的鱼汤都舀了喝了，直到盆碗全光的时候，一家子人才长呼了一口气，这鱼可真香啊。

节选自长篇小说《吃货救世主》

作者简介

誓言无忧,本名刘士妍,辽宁沈阳人。沈阳市作协会员,辽宁省作协会员,起点签约作家,著有《翠色田园》《农女吉祥》《吃货救世主》等长篇小说。

诗歌卷

现代诗歌

大地葵花（组诗）

林 雪

我歌唱尘埃里深积的人民

赫图阿拉，那是鹧鸪留在崖头阴影里的
一个午后。它的叫声，有一点金属的颤音
一次心悸，一次梦中坠落后的惊醒

一只鹧鸪的叫声，使景物空闲起来
快把阳光装满！风在数码中排练
快让这个女人转身！赫图阿拉
我那种与生俱来的忧伤
使苜蓿草低下头。狗在梦里怀念
睁开第三只眼。它虹膜里的色谱
分析着山谷和青春
那个女人一转身，搅动起空气中
弥漫的淀粉。赫图阿拉！在这个
忧郁的午后，我触动了对你的爱

赫图阿拉，让我今天这没来历的忧郁
再回到我身体里，让天空倒流回
这些诗句。那些水泥屋顶细小的颗粒

一些水泥的微波，已经安慰了我
一些瓷的幻影，一些丝的冤魂

在白色的上面生长着白色
在白色的上面接近无限
那种白色的，空虚的暴行
只有黑夜中的大恨才能平息

这么美妙的鹧鸪的叫声，无以复加的
幸福。一直叫到生活深处
叫到你我内心和本质

放牛老人

一条土路沾染了河的湿腥气
他的脚带起浮灰。母鸡在咳嗽
在河水蒸发的气流中，出现了一幅幻象

他走着走着，走成了一副骸骨
老了，一些长年包裹着血肉的东西
像一次勉强的酒席，只有少数人
有持久的耐心。更多的人，还不是
发一声喊。"天下没有不散的筵席"
唉！说一声散，也就散了

"啪！"一声鞭响，将7000公里之外的

一只蝉震醒。阳光中的红外线
测出了他骨髓的温度

他身体里有一团流动的暖意
场院里的农事，院子里走进的生人
他走着走着，就打了个盹

他走着走着，就说了出来：人这一辈子
就是做了一场梦

当湛蓝的村庄在夜空中升起
老人在心里数着那星光之蓝，宝石蓝
海水蓝，家织布的蓝，和从院子里
快步走出的女人胸脯上筋脉之蓝
一切虚妄的死，在瞬间都有了救
一切终生被惩罚的人，在瞬间得到了赦免

我的马车带走了哪些词？

我的马车披着雨水。这是什么词汇？

那个孩子做出一个奇怪手势，要我停下
那个邻居的孩子站在地上，露出嘴里
零星的牙。他在速度中急速后退

成为一处中心。在那晶体的四肢上开满虚拟的花。

我要一直把马车驾到石头里去。这
是什么词义？词的什么成分？

我要在石头里坐好，成为石膏洞里

一簇气泡。我要学习着，进入种子和基因
我的马车奔驰，省略了大赦后的细节和历史

在词的语法中，落日熔炉里，一片叶子变成了煤。她的燃点在我身体里
一只飞向火的蛾。雨水落下来，坏事情开始了

而煤再回复到枝叶，水回到铁器和铜器

这是词的什么属性？当
忙碌的世界一片安谧。

一瓶香水用过了，挥发完了
舌头的砧子，迸溅出语言的火星
我的马车从不真的带走什么

词，诅咒和闪电，一种常态下的三条线，"在你的大善，和
他们的小恶之间，染红了诗歌"

这低低的石头，这缠绕者的土地
在风暴的中心点，那求知的鸟
安慰了我们。一直到神迹出现

能使黑暗减轻的真理，和
飞翔着的，诗歌的语言

一个农民在田里直起身

一个农民在田里直起身，如此
等等。这是诗人们要写的
乡村风情之一。当一个弯腰
在田里插秧的农民直起身

坐回到清晨光线里，仿佛我看到了
他精神上的起伏，和大地诗句

当那只胆怯的青蛙，沿着稻田边
水芹的阴影悄悄爬着，风
已使我留在已经消失
或悄悄滋长的爱中。忧郁的姑娘啊！
要用一只青蛙停下来的节奏，才能
进入这首诗的空间，说出爱

要有一只青蛙停下来的节奏，她
才能写出那些滚动在
骨髓中的句子，那些诗中的水银

她的心含着稻草之衰，看见了
井台边别人丢下的绳子。水。含苯量
超标的水，孩子们在无知地喝饮
故乡的槐花曾开满我的青春。如今
要有一只青蛙停下来的节奏
我才能分辨出天空和云朵上面
哪些是椴树花粉
哪些是水泥和白灰，哪些是
来自星星的磁粒

我的诗又一次写下了这些
感伤。我们的故事，总是在
时间的另一个维度展开
被叙述的元生活，浮出了
我的嘴唇。直到我看见
那个在田里直起身的农民，直到那人
看到稻田边一只青蛙留下

生活就是活着

哎！生活？生活就是活着
赫图阿拉近旁那无名黑蛾
飞到浑河北岸，打鱼人脚边的豚草
变成紫蓝色。王者从遗址上
飘荡过来，在河水波纹中升高
2003年7月13日。星期天。我来了

那些火铳的仪式，马和角弓的仪式
文字和羊群的仪式，早已溶解在
平民日子的细节里。山冈的雪线处
闪着王室绝望的光辉，像我逝去的青春

河两岸的生活气息，多么粗俗，强大
它把精细和高贵彻底消解
并排斥着我。生活就是活着，在一只
赫图阿拉黑蛾翅膀上透出磁性

现在，那些河岸上跌落的岩石
化学课上被遗忘的分子式，被
思想里的冰及诗句中的爱情吸引

生活就是要先生出，再活下去
那只黑蛾飞走了，豚草等待着人为的
掠杀。无论她变白还是变蓝

我的诗句没有意义。我要做的就是
在我想起的时候写出她们。一只
来自赫图阿拉的黑蛾平衡了
我与语言之间的虚空。我克服着

我的忧郁。那个出生时，曾在内心分裂成
无数自我的女人，那个随时都在内心中
死去的女人，通过诗歌完成了
她自己的诗意或爱情

作者简介

　　林雪，又名林小丁、徐尔（祖母徐氏姓），辽宁抚顺市人，现居沈阳。大学时代开始发表诗作，作品曾入选《朦胧诗选》《20世纪中国女性文学精粹》等数十种，并连年入选最佳年度诗选、最佳年度诗歌及《诗选刊》。1988年参加诗刊社第8届青春诗会。2004年入围首届华文青年诗歌奖。2005年获世界华人诗书画大展诗歌金奖。2006年获诗刊新世纪全国十佳青年女诗人奖。诗集《大地葵花》获第四届鲁迅文学奖。出版诗集《淡蓝色的星》《蓝色钟情》《在诗歌那边》《大地葵花》《林雪的诗》等数种。除诗集外有随笔集《深水下的火焰》、诗歌鉴赏集《我还是喜欢爱情》等。诗作曾获国内数种奖项。

萌情的季节（组诗）

向春林

小草的目光

早晨 阳光的暖房
敞开了一扇窗
尽管空气还有些凉
但梦已不再属于床

拱破泥土的小草
打量舞步踩响的广场
难以想象生物钟的磁场
就在这初恋的地方

萌情心跳的律动
快速融入二月河的潮涨
生命轮回的一抹绿色
延续一片无声的守望

给昨天一个苦涩理由
目光里有诗和远方
走进小草铺展的目光
漂泊的云不再流浪

早春的情人

一帘幽梦的早春
你暗香的呓语
撒落在太阳的掌心

曲径通幽的小路
叩响多少寻梦的足音
你执意坚守一份纯真

掀开雪花遮颜的盖头
对视西府海棠清高的眼神
你的脸颊涨满了红晕

从不奢求绿叶的陪衬
红舞鞋炫舞的腰身
在春风的羽翼里更显清纯

一个兰花指甩袖的转身
你就以梅姿独有的风韵
成为引领群芳凝翠的魂

垂丝的海棠

独在一隅含情脉脉

凝神垂丝那么久
面对雨水谣的镜头
脸庞却显得娇羞

纤指捻着春风的羽毛
心事聚拢在眉头
那边风流的红粉梅花
馋得你直咂舌头

我知道你痴情是在等
一场濛濛细雨的浸透
还有那由远而近的柳笛
让粉黛的梦境美不胜收

相思鸟来了
衔来春光多彩的问候
还来不及把绿发卡戴上
你的笑声就染红了枝头

雨中的茶花

滴答　滴答
一串春天腰鼓的脉搏
从你柔软秀发的辫梢
滑落

最抢眼的俏丽
在这深呼吸的情节
一条细雨淋湿的纱巾
衬托着女儿红的姿色

花开的声音

真想送把天堂伞
你却把我拒绝
美如其名的那一缕茶香
是离不开水的润泽

滴答 滴答
雨弹心音是你的境界
滴答 滴答
笑容煮水是你的传说

早春二月羞涩的嘴唇
刚被萌情的太阳吻过
于是一片明媚的春光
兴奋成了绯红的颜色

烟雨江南茶楼的窗前
飞来一只漂亮的蝴蝶
在这闻香起舞的时刻
我知道你是爱的使者

我把茶香熏浓的诗句
写满希冀加密的花叶
再添加个幸福的表情
来增厚玫瑰红的颜色

这束代表真挚的花朵
美在了一腔纯洁
谁说还缺个情人节的邮戳
亲 蝴蝶已经飞走了

作者简介

向春林,笔名林雨、辛诚、乐天小虫,1955年生人,中国传记文学会学会会员、辽宁作家协会会员、辽宁新诗学会理事、沈阳作家协会理事会理事、辽宁传记文学学会副会长、沈北新区作家协会主席、《沈北风》文学杂志主编。

现已出版诗集《我的太阳》《真情的暖流》《追梦的双翼》,长篇传记文学《趟过大凌河的人》《赢在谋划》,报告文学集《创业诗篇》《阳光诗人》和文集《岁月的味道》专著八部,主编文学专著有《故乡是条河》。作品在国家、省、市大赛中多次获奖。

诗佛（外两首）

晏略殊

鸟啄断枝条，将其从地上衔起
飞去筑巢。蚂蚁围着地上的青玉米啃食
马群从牧道归来
牧马人的缰绳上长出翅膀
我们说出的事物，已经不是事物本身
不可说，不可说
野鹌鹑不需要一粒脱壳的稻谷
就像僧人不需要走进泥泞的村庄

清明辞

你工作过的苗圃，针叶林又长高了一截
线虫在腐质层蠕动，交嘴雀
也唱起了京腔。松鸦机械地啄着树皮
小时候，欺负我的姐姐也懂事了
噢，她坐在散乱的蒿草中流泪。仿佛一封家书
祖母，你是我的菩萨

现在，地铁、高速、飞机、高铁更普及了
我心痛，没能陪你去远方
我心痛，你离开我们的时候
我正与父亲赌气，离家出走
如今，我只能曲下膝来
贴在漆黑的大地上，听一听
你在天堂上的跫音

与风有关

榕树走了一夜，小红
和蟋蟀将细碎的银子
撒在江南的石巷
黎明，风越刮越真实
先是杨树的叶子晃动
然后是女人的长发飘过去
灰尘进入了加速器
逆风的事物慢了
飞舞的蝴蝶
大海上的救生艇
还有刮来的鸟鸣
你拽了拽线
风筝更高了
是啊，与风有关
柳宗元是线，欧阳修是线
韩愈也是线

作者简介

晏略殊,原名郝栎铭,70后重要网络诗人。曾为军人,2006年底以上尉军衔转业。2007年10月以沈阳市沈河区第一名的成绩考入公务员。2006年开始写诗,为立体主义诗歌及其理论、多维诗歌及其理论创始人,楹联体诗派创立者。有作品散见于《绿风》《诗刊》《诗林》《星星》《中国诗人》《诗潮》《诗歌周刊》《绿色伊春》《大别山诗刊》等诗歌刊物及《伊春日报》等多家报刊。入选2015年《全国公检法干警诗歌大展》。有散文发表于《中学生语文报》等报刊,多次在诗歌大赛中获奖。出版诗集《暗河记》。

《与屈原书》（外一首）

刘棣聚

你站在江边终于沉默。

你放下了孤独、绝望、香草和美人。
可你又担心你的身体和灵魂太轻，
担心滔滔的江水太轻，
所以你还要怀抱一块石头，
把一条江死死压住。

我不能说此刻一条江能迸出多少风浪，
我只能说一条江在平地上，
像一个人缓缓举起湿淋淋的鞭子，
指向两千多年来的日月
和一棵棵草木的脊梁。

《与梅书》

小孤山，起初还被我攥在手里
过不多时又被我捂在心口
这期间的人世雪落了一层又一层
鹤也飞来飞去了几遭
闲敲棋子的人仍未白头
但有旧疾暗涌，与怀揣江山的人如出一辙

马蹄轻叩，自季节深处呼啸隐约
美人的一方丝帕光滑如新，女工精进
三千里风吹拂不动
寺院里的木鱼儿一声声敲
何处是怒目金刚，哪里是我佛慈悲
天地广大，偏安一隅者奈何
绕不过命运，除了旋转就是燃烧
一直美到绝望

作者简介

　　刘棣聚，笔名尚城，七十年代生于高密。习诗多年，现从事摄影工作。有零星作品发表于《诗探索》《中国电影报》《伊犁晚报》《辽河》《诗民刊》《北方诗刊》《大北方》《核桃源》《月亮诗刊》《风筝都》《潍坊文化》《半岛诗刊》《奎文文艺》《青州文苑》《水城文艺》等报纸刊物。大部分作品见于网络。有诗歌作品入选《齐鲁文学作品年展》2013卷、2014卷，《中国大漠青歌诗文精选》《鲁东作家》2014卷等。偶尔有作品获奖。

与水为邻（外一首）

韩东林

说到水，就会接近一种柔软
或者想到石桥、小船、涉水的少女
还有摇曳的水草 娇媚的莲
水 滑过词语的肌肤 或者内心
文静得 没有留下些许痕迹

水 总是不露声色地营养我们
像我们视为亲人的邻里
我们相邻而居 和日子一起行走
没有什么意外 可以将我们分开

夜晚 浑河偶尔的喧闹
那是故乡的水 力争和我们做一些交谈
或者 为一朵落花朗诵抒情的诗句
有时 看似淡泊的流水
往往比我们 更懂得亲情

与水为邻 久久之后
我们就衍化成一尾尾快乐的鱼
在夏季悠长的梦里 游来游去
直到完全遗忘了自己 和那些
布满伤口和烦恼的 流失的记忆……

夏季，在那片夕阳的深处

远处，我只记得
浑河岸边一群快乐的身影
在夏季 逐渐接近
一片夕阳的深处——

流年的水声 洗尽旧日的芳华
谁深陷在 往事的词语里
被柔情的刀子 割裂成故乡的伤痕
许多的麦子已成为季节的宠物
远处 花朵儿的色彩模糊成烂漫的文字

而飞鸟 是彼岸 寻找时间的过客
临风的人 是否已经忘却了故乡
还有那些 唤醒黎明的水声
唯有瘦弱的炊烟 将思念的目光遮掩

思念的路径 就这样在心中延伸
唯有夜晚的淡月 映出长白之岛
美丽而清晰的——梦幻家园

作者简介

韩东林,笔名丁香墨客,沈阳市作家协会会员;机械工程师。上世纪八十年代末开始从事业余文学创作。迄今已在《诗潮》《散文诗》等数十家报刊发表作品近六百篇(首)。作品入选《2009年中国散文诗精选》《中国实力诗人作品选读》等多部文集。曾荣获杨大群三农文学奖、华峰杯诗歌奖、白天鹅诗歌奖等奖励。2012年荣获中国现代诗人第一届【实力诗人】称号。《中国现代诗人》杂志执行主编。《现代诗人协会》秘书长。出版有诗集《记忆之城》。现为沈水社总编。

花开的声音

神奇的中国胃（外一首）

武海涛

经过 70 年岁月的打磨
我还记得你
东北抗联第一军军长杨靖宇英雄
更记得你用 70 年前的草根树皮和棉絮
留给我们汲取无尽营养的胃
一个神奇的中国胃

你的胃添满了长白山麓的野果
你的胃容纳了黄河的咆哮
在白山黑水之间在长城内外
你的胃挺起了长城的脊梁
你的胃环绕着大刀长矛的光环
像森林中一株株挺拔的树一样举起
把一颗颗愤怒压满的子弹射进敌人心脏

这到底是怎样的一个胃呢
残忍的日寇端着鲜血淋漓的刺刀

想要割裂中国的版图一样
剖开你的胃
甚至鬼子用高倍显微镜
都没在你的胃中找到一粒粮食
所有的羞愧在刽子手滴血的手中
向我们的英雄杨靖宇低头敬礼

狗皮帽子羊皮袄
还有一双短枪
让疯狂的日寇闻风丧胆
你把最后一颗子弹留给了自己
生死之间也许短到只有一次呼吸的距离
而你最后的一声呐喊
就是在你饥饿的胃中发出的
那是全中国都能听到的抗日呐喊
这就是神奇的中国胃
脱离身体机能的胃
与一个国家一个民族相关的胃

以时间的宽度和厚度佐证

每次走向抚顺
走向平顶山殉难同胞纪念馆
昔日不复的惨案仍然萦绕心痛
每上一级石阶
我的心都被重重的踩疼一下

万人坑上的血祭
将那些疼痛的岁月
倒影在墙壁上
影印出惨烈的皑皑白骨

记载时光的烙印

1932 年 9 月 16 日
不用找到什么借口
一切都是残忍的事实
一双日寇的铁蹄
肆意践踏了你的美丽
一挺歪把子机枪
扣响了平顶山村的宁静
3000 无辜的村民就这样啊
昂首倒在你的子弹下
你们倒下的是一片片尸骨
站起来的就是民族的尊严
是中国人不屈的尊严

每一块皑皑白骨
都是一部铁证的血泪史
刻在中国的历史上
也刻在每一位中国人的心上
并以时间的宽度和厚度佐证

你看那双断臂的手
正极力护着你的骨肉你的希望
那个瘦弱的身躯挡住了
一把把带血的刺刀刺向你的同胞
手无寸铁的你啊涨红了双眼
面对日寇疯狂的机枪
你们——
没有退缩
没有流泪
没有胆怯

这就是我的兄弟姐妹
这就是中国的脊梁

身后若是死亡的垒
我愿在茅屋前
植满流血的青草
再次孕育所有的火种
然后伸直另一只手臂
割裂秋日冰冻的夜
以及夜里最疼痛的太阳
如果能把每一个汉字攥出血
我愿用这血滴红所有的文字
只为记载那永恒铭记的时刻

真的不会再有这样的事了
即使现在的一些岛屿问题
我想那也只是野心家的一厢情愿
因为中国人就没向谁低过头
中国永远是不倒的参天大树

作者简介

　　武海涛，笔名东方毕加索，抽象派画家、作家。1970年生人。辽宁省作家协会、中国诗赋学会、辽宁省散文学会、辽宁省通俗文艺研究会、抚顺市作家协会等会员。《你我她》杂志签约作家、盛京文学网东方文艺社团社长。目前已有1300余件各类文学作品和美术作品发表于百余家国家级及省市报刊、电台上，在全国各类文学赛事上70余次获奖，一些文字被30余种权威文学选集收藏，部分画作被国内外人士收购。出版诗集《爱的丝雨》、散文集《静听心海》《音乐在水上流动》。主编大型文学作品集《当代网络文笔精华》《优秀文学作品选》《优秀作家作品精选》《优秀作家文选》等16部。

角落里的小石人(外一首)

李 忱

前面的大殿
香烟缭绕 宝象庄严

后面角落里的它们
愈发的形只影单

粗糙的雕刻
略显笨拙的艺术表现
甚至彼此之间都距离很远

一个用手捂住了嘴
一个堵住了耳朵
一个蒙住了双眼

乞力马扎罗的雪

她是学姐
主修斯瓦希里语
这个专业
当年全国就只招了两个
她说
毕业后会去
乞力马扎罗山
看雪
并由
一只豹子陪同着

那个夏天
我学会了奔跑

作者简介

　　李忱，男，1969年生人，现居沈阳。辽宁省散文学会会员，辽宁省新诗学会会员，沈阳市铁西区作协理事，沈阳作协盛京文学网沈水之光文学社社长，诗文作品散见各报刊及文学网站。

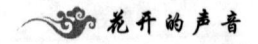

种（外一首）

程云海

她弯腰的姿势让我想起母亲
想起一汪水田里
季节的田畴折弯的身影

我试着低下腰疼
低下谦卑
触摸生活的疤痕
就像那些裸根
一半在享受阳光
一半思考沉重

我不能像母亲一样
把日子缩成一种姿态
定格成乡下
那些对土地的膜拜

洗净脚上的泥

坐在田埂上
我开始画
一笔笔勾勒
就像此刻
在小区里
那个女人低下头种花

父　亲

目光缀在你身后
就像一只狗跟着童年
你的背影，驼成土墙
我是那条牵牛花
七扭八歪爬上肩头

发芽的一场雨
滋养了根
我仰起了头

用篱笆挡住风霜
一锹锹阳光
堆起我的壮硕

这个春天，又一次发芽
你在风雨中却有些松动

作者简介

程云海，笔名湛波，中国诗歌学会会员，中国散文学会会员，辽宁省传记文学学会副秘书长,辽宁省散文学会理事,省儿童文学学会会员,省新诗学会会员,沈阳市作家协会理事,沈阳市于洪区作协常务副主席。沈阳作家电视创作公司编辑,沈阳作协特聘讲师。荣获辽宁人民广播电台颁发儿童文学贡献奖杯。文化部鲁迅杯文学艺术作品大赛一等奖。获辽沈纪念抗战七十周年朗诵诗大赛三等奖。现任沈水社名誉社长。

为你挽留一池月光（外一首）

王洪霞

无声的夜
月的清辉
洒落一池的旖旎
我清澈的眼波
融入 灵魂深处
缓缓开出一朵浪漫的花

月光拉长了我的身影
拉近了对你的思念
夏日的风携着花香
流动着金色的梦
我激情奔放的爱恋
在梦中苏醒
一抹心事
藏在月色中
藏在池水里
吟诗亭

荷花池
娴静如画
我心中的诗歌
注定为你温柔
柔若轻纱

月柔
情暖
诗浓
在我的指尖缠绕
为你挽留一池月光
书写欲语还休的羞涩
留下你我爱的芬芳

你是我最美丽的遇见

在春暖花开的季节
轻轻地走近你——
首开国风海岸
昔日的荒滩
如今筑起了一座新楼群
不敢相信
这是你吗
你如一颗璀璨的明珠
镶嵌在葫芦岛的海岸线上
久久地
我徘徊在你的身边
悄悄地
我与你私语
今生我想要拥有你

我用妙曼佳句

书写与你

絮语在指尖流动

我用清浅婉约

书写与你

牵一段美丽的情愫

我用数码

摄下你的身影

取来入诗

那诗就韵味无穷

拿来作画

那画就清新脱俗

红尘万丈

我执着的情怀

因你而热情似火

凝视你

首开国风海岸

我的心里也春意盎然

左手拿着我的痴迷

右手紧握你的风采

透过春天的花香

领略此时你的娇羞

蓝天白云下

与你幸福的对望

我大声地对世人说

你是我最美丽的遇见

作者简介

  王洪霞,笔名洪霞,网名蓝魂,辽宁省葫芦岛市人。辽宁省葫芦岛市连山区作家协会副秘书长、葫芦岛市作家协会会员、葫芦岛市楹联协会理事、辽宁省散文学会会员、盛京文学网蓝魂文学社社长、八仙诗社会员。诗心斋现代诗社会员、诗心斋微诗诗社会员。擅长写散文、诗歌、报告文学等。作品发表在盛京文学网、《辽宁职工报》《辽海散文》以及葫芦岛市级报纸杂志上。

夜晚（外一首）

麦贤睿

铁与铁之间的碰撞
总能刺破严寒下的夜晚
让我看见一些村庄、枯枝和灯火
被雪堆包围，得了病
一动腿就疼

那么长的时间
相隔很远，那时
你容光焕发，精神抖擞
也时常翠绿拥簇，对季节更替
很不屑一顾

隔着厚厚的车窗
我并不能做出任何举动，以此
来表明我的存在，月光白白
火车穿行其中，想起父亲
两鬓发如雪

凌　晨

凌晨时，火车躺上站台
疲惫的身躯，步履蹒跚
那个送我一程的家伙呵，不见了踪影
寒风找准时机，贴近人群
凌乱和哆嗦，也都找准各自的相识
很快一哄而散

那些暗地里谋生的人呵
遇见我时，真像朋友
寒暄、搓手，然后拉起行李就走
安静的城市，来了又走
走了还来，这个地方
每时，都容易让人得病

路口，离心最近的地方
还有一段不远的距离
街道、树木、房屋都沉睡了
唯独楼上那盏昏黄的灯光
总是能扯开凌晨的口子
让我很快就发现，并钻了进去

作者简介

　　麦贤睿，笔名麦子，80后，盛京文学网丁香文学社社长，网站编辑，现居吉林，2009年初开始发表作品，至今已有上百篇作品发表于国内纸质刊物及文学网站，作品散见于《新民文化》《南海潮》《海拔》等期刊杂志以及盛京文学网、江山文学网、中国散文网等各大文学网站。

信马由缰，祝福一段晨光（外一首）

孙明波

早早地，就把阳光放了进来，你的微笑藏着花蕊和蜜
鸟鸣有一瞬间的安静，潮水在暗处
你没有看见

浪花一味地向内翻卷，无数情怀泡沫新鲜，一层
叠上另一层，不会失重，暮春泼出的爱
不可收拾地暖了又暖

多少悲观的夜晚就散了，你在路上，我也在，那么多
宽泛的后退都转变成行走，我确信
我们相对而行

天比预想中的蓝，草比排演中的绿，你比期待中
年轻二十年，青青涩涩的滋味换回一声
惊呼，和皱起的整张脸

你要开心，已经很好——

花开的声音

在薄情的世界，我们深情地活着

春天过后，炙热和冰霜接踵而来，丛林越来越密
偶尔有风挤进来，单薄得像是蝉翼
轻了，又停

淡漠的阳光任性而散漫，从不会关心它在何处
它的一声鸣叫鼓动胸腹，也不会
震动斑点的枝叶

亲爱的，这一切就发生在我们的指尖，你看看我
什么也没说，只是把我抱得更紧，今生
我们成了树和藤

木秀于林，天一下子大了，湖水一样蓝，一样，深
那么多的人来过，又去了，来不及
道别，说出内心的悲悯

来不及分辨那些水面的影子，哪一个又是我们自己
只好把根向那里延伸，那些痛囚于夜晚
唤醒满坡的露珠

月光无数次从指缝间滑落，无数次被我们珍藏
我们不再说，身归何处

作者简介

孙明波，自1988年开始诗歌创作，创作共计6万余字。1992年创建"一帆"文学社，首任社长，诗作两千余篇，散见《飞天》《诗中国》《长江诗歌》等报

纸杂志以及各诗歌网站、文字平台。活跃于各诗歌群及论坛，作品多次获得群赛、论坛赛前三甲，曾获高校诗歌第一名，"2016恋曲"情诗三等奖，还曾各种诗歌赛事评委、网上诗社讲师。辽宁新诗学会会员，现任盛京文学网沈水社副社长兼现代诗总编。

恋人（组诗）

郑佳仪

水

你不是一条鱼，仍旧，游弋在深海
缓缓下沉八千米，在水下谈心，歌唱

我不是一滴水，高山流水，粉碎骨折
我怀抱透明的梦，八千个逆流迂回的理由

日

你照在一堆白骨上
一种叫灵魂的物种，渐次消失
之后，你的影子跌倒，再也没有站起来

那发热的光芒是一个神话，庇护我漫长的一生
所有的胸膛始终装满着火炭，我们用温暖，相互迷惑对方

月

你洗刷过的黑，落进一排汉字中
这动荡的夜，在苍白的纸张上，倏忽又消失

就这样，我被月光淘汰
你问我过得好不好，我低头不作答
跟着一首题头诗，走在雪白的路上

风

你即便很生气，也吹不散
这风和日丽的世俗，它们挤挤挨挨地抱团在一起

你推我向前走，太怯场了
我原本一直很冲动
但有人告诉我，生活经不得半点冲动

年　龄

没关系，你跨过去这一小步
生也一口气，死也一口气
人人都是局中人
你在高处，切割餐桌上的肉

至此，我美了多少年
就被美误导了多少年
像靶位中心的漩涡，身负内伤
而今不敢再向命运，提半点非分之想

恋　人

他把我一夜染红

六个春天，转身离开

一万朵桃花远不够明媚

一万颗果实还不够才华

他染红我，如同染红满天云彩

染红一座秋天的果园

那天，我窥见他体内的十亩玫瑰

延绵不绝地开，我一流血

六个春天的花朵簌簌慌乱起来

野蛮地碰碎一地

作者简介

郑佳仪，原名郑仪，上海80后女诗人，有诗歌见于各报纸杂志。

初恋，致我们逝去的芳菲（外一首）

钟兴国

异乡，我铺开一张白纸
拿着一支软笔，悬在空中
静止那一段时光
落下，落下
缩小在心旁的人
放大到白纸上

让你绯红的脸有一双清泉般的眼睛
让你的红唇象三月的杏子充满诱惑
起伏的呼吸律动着青春的心
动人的微笑象落满花瓣的涟漪……

这样的夜晚，我往往把
离体的孤独从房间里收回
直到月光，掠去玻璃上的灰尘
一条细小的痕仍旧清晰存在

可我已经穿过了一片森林
一条泪河，一园紫丁花
抵达你的窗户，大门与心脏

我要种下全家的幸福

我一个人去吧
要种下全家的幸福
发芽在一场雨里
春风催生了绿油油的一片
扭动着身子
一会向这儿，一会向那儿

哦，阳光
请你落得柔些
再温暖些

嘘，青蛙
嗯，我的父母亲
让我们一起闭上眼

想象着黄金
一粒粒靠近身体
终止于心

随接而来的香
一阵阵漫过来

如果忍不住的话
就多咽下几口
形成一条小小的溪

诗歌卷

在肠里流动

嗯，这需要一个过程
我们也需要一个过程

把手放开
再放开

作者简介

钟兴国，网名幻尘，广西钦州人，现担任盛京文学网蓝魂文学社诗歌总编，曾在纪念"一二·九"征文比赛中荣获一、三等奖，箐蓉镇"大众创新，万众创业"征文优秀奖，有作品发表于《当代工人》《当代诗歌》《赣西文学》《巧家文学》《文学与艺术》《美塑》《白银晚报》《白银周刊》《若水》《辽北文集》《绿洲年卷》等报纸杂志。

静听春天花开的声音

杨金祥

柳絮飘飞的时节
早已过去好远好远
却好像仍在昨天
可我依旧喜欢
安然端坐于岁月的一隅
守一卷经年之后的领悟
倾听生命悠远的歌唱

在清澈且深邃的眸光中
任思绪飞花
静听韶华低回婉转
轻语流年
让思想纯白如初
让心事次第盛开

依旧喜欢一纸笔墨
一阕飞花

左手记忆右手年华
在文字的国度里
展一笺温婉
拈一缕心香

许多时候渐渐懂得
不管是山的传说
还是水的故事
看着看着就淡了
许多梦想
做着做着就断了

总有些情愫
渐行渐远
变成岁月的逝水沉香
总有些心语
淡静悠远
变成灵魂深处的俏语嫣然

生命若水
穿尘而过
一路沧桑
想来有多少相遇
温柔了岁月
也惊艳了时光

许多时候
人需要把头抬起
把心放低
也有许多时候
需要炽诚而来

淡然归去

常常幻想再年轻几岁
在情窦初开的年纪
遇到一个衣袂飘飘的女孩
牵着她的手
用一束阳光的微笑
传递一份真情

是谁说过
若有来生
我依然会选择坚强
让心如镜
铭记岁月里
一切花开的时光

心如莲花开放
谁摇一船易逝的光影与我靠近
但愿你不是来去匆匆的过客
能以同样的心情品读我的情怀
采撷花开的清香

其实打开心结的钥匙
破译心灵的密码
不过是直面人生
那一束微笑的阳光
日落几许闲愁
月暗几缕忧伤

你若盛开
就是悄然绽放在春日枝头上的一种情怀

盛开其实是花朵潜伏已久的梦境
不经意间青春已逝
才蓦然惊觉
懵懵懂懂是一本太仓促的书

种在屋顶上的阳光
穿过树的间隙
被二月的春风
剪成岁月的伤
没有一朵花开得不美丽
也没有一片树叶是多余的
我只是
以我的方式诠释人生

也许时间会改变一切
一支笔在握
书写自己的生活
无论未来的风雨如何
我还是我
一如既往的坚持我的追求

花开的声音是春天
一首直抵心灵的诗
所以我喜欢
那淡淡的墨香带来的快乐
即使没有人为自己鼓掌
自己也要为自己喝彩

作者简介

杨金祥（笔名老兵、欧阳），男，汉族，中国共产党党员，1952年12月出生。曾任《沈煤集团报》摄影记者、副刊编辑等职。1983年起开始发表文学、新闻作品，先后有2000余篇作品发表在几十家报纸杂志上，有多篇作品在各种征文活动中获奖。现为辽宁省当代文学研究会会员、沈阳市作家协会会员、沈北新区作家协会理事、盛京文学网沈北风文学社副社长。

神宁心安的草原

郭圣超

穿越城市的雾霾
让浓郁的蒿草点亮眼睛
唤醒肺的活力
把视野交给白色的云 蓝色的天
用心灵触摸青青的草原

走进科尔沁 就远离了三聚氰胺
蒙古包飘过的奶香和炊烟
还有山坳里如歌的吆喝
有时轻 有时重 有时缓 有时急
像牧马的汉子伸向远方的皮鞭
像给琪琪格的私语印在敖包的经幡

年轻的双手
把香浓的野花编织七彩花环
一串串车轱辘把式
大头向下 四脚朝天

有节奏的脚步 一声声呐喊
花甲老太和着蚂蚱跳跃的节拍
辽阔的草原
幸福来自更多的方向
我们用热情把篝火点燃
仰望 马头琴轻弹星空灿烂
辽阔的草原啊
神宁心安

作者简介

郭圣超，新民市人，沈阳市作家协会会员，硕士研究生。作品散见《辽宁职工报》《芒种》等刊物。现任盛京文学网沈水之光文学社社长助理。

永字八法（组诗）

严开钧

一、点为侧

偶然发现我肩上的胎记。你惊慌失措
凌晨两点亮起台灯，企图验证真相
你一遍遍轻吻我的脖颈，用舌尖揭破谜底
呼吸是悬于午夜制造事故的风声
亲爱。你如瀑的长发掀起了涨潮的逆流
再靠近一点。骚动会引来波澜
没有纤夫的梦境，我会苏醒
关于侧身相拥的窃喜和秘密
在我们脉搏一致时，你便得知

二、横为勒

需要几根缰绳，才能勒紧松散的年岁？
天气在浮世中变脸。阴晴不定

多像这趟颠簸的旅途
没有寒暄。只有漫无目的地暴走
直到精疲力尽，想起菩提树下走远的祖先
该在树下温一壶酒，在年轮里写诗
在藤蔓缠绕的枯枝上，别上一个秋千
给未来乘凉的老人

三、竖为弩

电影里那个十七岁的少年，多像我
天蝎座。O型血。游泳队，吉他社
多少个黄昏，他都在一辆蓝色自行车上默念
让我疼痛的对白——
"我有什么不好？那你为什么要我吻你？"
对，是吻！偌大的蓝色大门是青春唯一的背景
守候到剧终，终于知晓：
青春里想要努力的爱情，
封存在一枚名曰忧郁的内核里！

四、钩为趯

你适合穿青衫，修柳眉，涂花黄
在龙舟里采割满舱的荷叶和藕莲
我是前世葬你入土的公子
在岸边舞剑。只等你回眸的一刹那
删减离别的片段。或许来不及收集一克拉的眼泪
我们就要燃烧。看，火焰在跳动，海水在沸腾
我们的影子在湖里凝成一张合照
多么地窃喜，今生垂钓的第一条鲤
竟是你！

五、提为策

人心难测。这是你一直提及的部分
拥挤的人海。良莠不齐的脚步在跳踢踏舞
一浪高过一浪。或许该适时地屏蔽一些
黑色丝袜,长筒高跟,白色吊带的画面
回想一下梵音。木鱼声中的大悲咒
反复过滤道听途说的谶语。钟声又响了一遍
虔诚的僧侣,倒转佛珠,温习经文:
"说谎的都是短舌头,唯一的救赎,就是吃斋念佛,完成超度"

六、撇为掠

比起手心发烫的杯子,那个荒凉的胸膛更让她
怀旧。她已忘了这是第几次失眠
即使睡着也会梦见那个面相刻薄的男孩
她穿着他的蓝衬衫。黑皮鞋。在落地窗前
和自己的影子对白。终究还是没有回应
她摔碎手中的杯子制造一场动乱
在碎片上走过。直到渗出血感觉到疼
她才想起每个剩女的宣言:
"八字都没一撇,谈何相亲相爱"

七、短撇为啄

夜半歌声,就是空气都显得窒息沉闷
捂不暖的手凉。适合放在胸口呵气温存
长久的失眠患上落枕的毛病
还好我性格乖巧,不随便动怒或者发脾气
宝贝,这些年其实什么都没变
只是胡子整改了我的仪容,长成了八字须

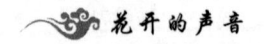

你得相信我，心跳还是 70 下每分钟
只要呼吸着，就和你一样祷告着
细水长流的爱情

八、捺为磔

忽然想到笔落字成，还未提到父亲
这个给我姓氏、身世、生命的男子，如今已两鬓斑白
岁月是上了发条的刻章，在他脸上雕琢岩画
多想是沙雕，浪流过便会平坦
而如今，那些坍塌的纹路再也无法修正
唯有深陷。我需要誊写一万遍他的名字
每写一行，还要在心底默念——
永远健康长寿，永远心想事成……
凡事和祷语扯上关系的祝福，我都要留给他
如今，我要邮寄一封家书，署名便是

——永远的儿子

附：永字八法其实就是「永」这个字的八个笔画，代表中国书法中笔画的大体，分别是「侧、勒、努、趯、策、掠、啄、磔」八划，以诸宗元所著《中国书学浅说》一书中解说较为明了。

作者简介

严开钧，笔名轩程，现居海口，黄昏收集者，崇尚自由和禅思，在这尘世里用文字掌灯，渴求结交志同道合的有缘人。作品散见各大报纸杂志，主编《读者精选文摘》，创作了长篇作品《听说深爱是场谋杀》《枕边》。

青 衣

蔡伯春

水袖，青衣，挂在江南
你蜕下的鳞片在人间逗留太久了
变细，变软
变成风的发梢
你的柳叶眉轻摇，一桨，一桨
敲响月亮的锣
失散的亲人要一声声召回

春风咬过你
没有留下齿痕
我沿阶而下，四十岁三十岁二十岁
一级黄昏，一级黎明
石化的水铿亮，有着金属性

该在何时相遇才好，为你取铜镜
贴花黄，桃开到半醉
无人的巷弄 是谁放下的一支笛管

"娘子，娘子……"
回声返落人间

手　指

泥巴填不平老茧
刺眼的黑、瘦
痛风或青筋讲诉着：四季轮回
稻花，香
蛙声扯着蝉嘶，细数着
荷花绽开，野菊谢落

藏在指缝的春天，用多少溪水
才能洗掉。春，那么媚，为什么要洗掉呢？
手指，在暗示
抚摸过蔬菜瓜果，像
自己的孩子，不论风雨，温情得管够

夏之后，就是秋
撑开手指，丈量
饱满的玉米与麦浪的金黄
一滴汗水入侵大地，能从苍茫之中
占领祖先们，小小的贴身的
悲苦

还是喜欢冬天，雪落无声
十指连心，像一家人围拢柴火
煮茶，或，热酒
轻轻拨开草木灰，孩子们就看到了
红薯

作者简介

蔡伯春,笔名米粒,安徽省合肥人,1975年出生,常年居住上海,喜欢听音乐,闲暇时间捏几个文字,再忙总是喜欢在文字中畅游,洗涤心海,快乐生活。盛京文学网站会员,曾在《你我她》杂志刊登作品,先后在文学网站建立个人作品集。创作理念:我对文字不求唯美,只愿朴实的用心用情铺陈我的思想。

诗人（外一首）

徐向南

诗人一辈子总要为"诗"写一首诗
仰天长啸，或啐一口唾沫
今日没有意象，阳光耀眼
你站在树下，看不见
就没有是非

镜

一弯圆月，一汪湖水，一片青草葱葱
一个山坡，明早注定会长满蘑菇
一簇篝火旁，一场少年心事，比月色更亮
今日十六，一场冷雨夜
一阵凉风潜入，紧了紧身上睡袍
墙上的风景，一丝未动

作者简介

徐向南，毕业于辽宁大学中文系，大学期间曾创办辽宁大学青年文学联合会（原辽大诗社）。中国当代文学研究会校园文学委员会会员、辽宁文化产业协会秘书长（兼）、沈阳市作家协会会员、沈阳市铁西区作家协会副秘书长、沈阳市文艺志愿者服务团首批成员、中国诗歌网辽宁频道编审、中华船山网理事。曾结业于辽宁文学院第二届网络文学作家班及第七届新锐作家班暨辽宁省首届文学编辑班。文学作品曾发表于《中国诗人》《诗潮》《文学校园》《长江诗歌》《南方都市报》《当代诗人》《人才周刊》等报纸杂志。作品曾入选《部落格·青春牧场》（诗歌卷）、《2012诗探索年度诗选》。

安顿一场花瓣雨（外一首）

程枥颉

我企图
在香雪纷飞的梨园透悟禅机

若是没有风
还能不能形成这场花瓣雨
或若是时间静止
我们的存在是否还有意义

感觉很累的时候
总想回乡下圈起半亩荒地
用竹条或桃木扎下诗意的蕃篱
粗茶淡饭清欢独许

我的双肩扛满颤动地花瓣
却不解
是一场花事湮没了岁月
还是岁月无情让落花成泥

这哪里是一柄小锄可以掩埋的过往
却无意泄露了红尘轮回的秘密

一颗心
原能够无限无限的宽容
既可以安顿下花开花谢的流年
又可以安定下来那个浮躁慌张的自己

游桃花园

是春风撩动了花心
还是
花香蛊惑了游人

那些花瓣
都是似曾相识的
包括
那些似曾相识的人群

这扰攘世界
可是旧时的沈园
陆游和唐婉
曾在这里唱和出了
凄绝哀婉的钗头凤
或是
词人忧伤的武陵春里
一声叹息
风住尘香花已尽

人面桃花

终敌不过日久年深
一场春风穿过了岁月
又吹开了一扇半掩着的——
剥落掉漆的朱红院门

这个世界
能传承或是流传下去的
也许
并不是那些故事本身

作者简介

  程枥颉，笔名素弦琴，女，1973年生，辽宁省沈阳市人。沈阳市作家协会会员、杂文协会会员，喜欢以诗歌形式记录生活点滴与感悟，崇尚清新自然的文风与生活方式。

想你不哭

关海旺

阳光刺痛了思想
风把伤口抚平
岁月又老了，老了的时候
我彻底成了一个智障孩子

炮响了，我想用耳塞堵住耳朵
却拿一个手捂住了另一个手
砰砰砰，又在手背炸了
我想起了一团棉花
血流着，想把棉花揉进
碎了的骨骼里
一声不吭的痛，在母亲手心
哗哗哗的叫着

我看到岁月老了
走着走着，草儿发出抗议的声音
岁月老了，我也真的老了

花开的声音

像是半只脚踏入坟墓的老人
痴呆，怀旧都走入了我的身体
或许，是儿时那断裂的小指
或许，是晕倒时看到的母亲的笑
又或者是，手术室外你的心惊胆战

作者简介

关海旺，笔名落来天，1995年生，河南青少年作家协会会员。作品曾获得第三届诗人节提名奖，第四届中国当代实力派诗人奖，宋韵杯全国高校征文二等奖，寻找民生青年作家奖，盛京文学网美丽之声文学社老家征文三等奖，我的文学梦全国网络征文优秀奖。现为盛京文学网美丽文学社编辑，《燕京诗刊》签约诗人。诗歌理念：用诗歌表现灵魂，诗歌也是一种生活。作品散见于报纸杂志，以及古榕树下、诗词在线、中华文艺网、盛京文学网等文学网站。

许下这样的时光(组诗)

梁美玉

听 雨

那天的雨说下就下
我与你躲在公交车的站台上
听雨水敲打
你我呼吸里的心思
滴答——滴答——

旅 行

清晨,阳光唤醒我
心里徐徐生长蝴蝶的翅膀
薄薄的思念
起伏在白丁香的蕊房
瓣上翕合的笑脸
飞越碧水青山

午后,自由的花裙子
在春风里留白
和红卫衣上的白字母一起奔跑
沿着不甘落后的细节
碰撞拔节的声响

夜色圈画双眼
身后的走廊风儿跑过眼角
去摇晃满树的粉月亮
花里的秘密
一瓣一瓣落到潮湿的鞋尖上
落到黎明摇起的车窗上

乡 居

美丽的村庄,一头黄牛 三分麦田
你的微笑播种垄间,坡上
盛开缤纷卷影,结满累累瓜甜
高高身影在村头,目光暖我和鹅群

迎风鹅黄的柳,婀娜堤坝矜持之美
追攥着绿色的草长,收集野花羞答答的清香
牛鞭清脆耳畔划去天际,犁铧叫醒昆虫的惊喜
蠕听天和地"淅淅沥沥"温情私语

如果等麦子熟了,你六月的胸膛
会抹上泥巴,靠在老树正直的背上
那时,我会是田埂上最美的一朵小花
篮子挎来炊烟,纱巾飘舞黄黄绿绿的梦幻

灶膛里火烤红了脸，烟囱染红了晚秋的云
院子里的叶子也会醉，颗颗果子眨望清爽的夜晚
我要像叶子一样躺在你手心里
看你指头上的故事，数数有几场鹅毛大雪

草　原

时光
我从未想太多
只摘几片枫叶
折成一个纸飞机
去了一趟郭尔罗斯，看看你

我前世的你 一碧千里
伫立蓝天下，你头上那几朵小云
像棉花糖 在我嘴边飘来又飘去
我没来得及回味

栖息你绿色的宽广
阳光照耀如云的毡房
我跌入童年
是画上的一只羊
亲吻苍天绿色的脚趾

梦枕着纯净的查干湖水
拨动一帘银色月光
荡漾
我是一朵白色查干花，开放
开在你的马头琴上，你的靴子上
盛开在你清澈的眼角旁

望 海

潮起潮落的海水
将我冷落成一枚小小的石子
只有时间
不分昼夜地打磨着我身上的棱角

不是说了吗
我一直在你身后
替你记录岸边无数花开花谢
只为你能漫过我的河床

是晚风作祟
怂恿着风撩起我发上咸咸的忧伤
是你眼底的渔火
将我耳畔的蓝调延伸到远方

只待潮汐最壮观的那次
你或许可以看到我石头里的心
我愿脱离尘世
只在你的怀里，做枚小小的贝壳

作者简介

梁美玉，笔名玲贝贝，现居沈阳，从事服装设计，业余写诗。从小喜欢文学，在人生的打拼中一直没有搁浅对文字的喜爱。2013年进入一些网站正式开始文学创作，喜欢诗歌散文，作品见于各报刊及网站。坚信文字是一扇打开阳光的窗口，窗外是清新的空气，明媚的春光，是翩翩起舞的双飞彩蝶，若把文字剪成春天花园里的一朵花，那么心情就会如花绽放。

明月(组诗)

房艳辉

父亲的锹头
偏爱这闪光的与你性格
谐音的家什。自从下岗后
你更懂得它的重要性

父亲的额头飘起雪花
盯着这呆呆的木桩
扬起布满酒气的锹头
一声断喝——嗨
疏通了你寡语的喉咙
禁锢于心的穷罐罐顿时瓦解

父亲抹了抹被汗水
冲成笑纹的脸
又举起沉重的生活
刨,一个温暖的冬季

明月

我对王摩诘敬慕之情
由来已久。千年明月早已
把庸常男子的梦境镀亮

你困顿终南,危坐松间
清泉石上,佛号涓涓
早生的白发系情长安

现代语境中找不到
南国的深情。钢筋水泥丛林里
遍地皆是红豆

如何应对这浓墨晕染的画面
渭城朝雨,客舍青青
一杯浊酒,盼君重逢

荒凉古道,青衫芒鞋的影子
在夕阳下越拉越长

作者简介

　　房艳辉,男,1970年生于辽宁法库。沈阳市非物质文化遗产房氏瓷画传承人,沈阳市法库艺术陶瓷研究所所长,中国工艺美术协会会员,中国陶瓷工艺技师,民革党员。爱好诗歌绘画,擅长用国画写意的语言作诗,使诗歌更空灵神似,达到意到笔不到、笔断意连、以线概面。作品发表于《成功》《建安文学》《当代诗歌散文精选》《新歌诗》。诗观:写诗带给我的轻,可以抵消生活施加给我的重!

古典诗词

沁园春·福陵怀古

王 诚

今岁隆冬，碧尽遥天，劲舞琼英。望前临沈水，苍松茂密，后依天柱，清冢独伶。石象昂排，碑楼耸立，默默孤忠数百庚。隆恩殿，正台基坐落，太祖幽灵。

十三甲胄兴兵，令塞外群雄俯首听。昔剑扬天下，炮殇宁远，马驰女真，魂陷冥城。斗转星移，霜飞鬓染，放目凭栏论纵横。且相问：有几多皇帝，日月同明？

诗教十年随感

王　诚

对镜惊呼白发新，难寻脸上那年春。
浮名一笑换低唱，书海十年辞浊尘。
宁恋诗文甘淡泊，不悲荣辱守清贫。
酬身后浪拍前浪，端是骚坛得意人。

作者简介

　　王诚，1949年出生，辽宁省楹联家协会副主席，沈阳诗词学会副会长兼秘书长。

　　著有：《中华传统诗词教程》《中华传统诗词鉴赏》《沧浪吟》《词义浅释》《学格律诗简明手册》《静心杂咏》。诗教及"艺术惠民"授课单位：辽宁省实验学校、沈阳市图书馆等六所学校及康平县等十县区。作品曾发表于《中华诗词》《辽宁日报》《沈阳晚报》《辽沈晚报》《诗潮》《中华诗词当代百家精选》《当代中华诗词库》等国内百余家报刊。荣获奖项：辽宁省"杰出楹联艺术家"称号、2011年全国联教"先进个人"、2013年沈阳市"百万市民艺术共享工程"突出贡献奖、2013年度沈阳市艺术惠民"双百万"工程优秀工作者等。

鹧鸪天·咏梨花

曲日光

皓态幽姿著意妍,春光静倚胜云闲。
客临树下三杯雪,风醉花前一径烟。

诗语吐,暗香传,倾情化蝶落吟肩。
从来不负东君约,老圃新园不计年。

长相思·相聚梨花园

曲日光

词一笺,酒一坛,花落杯中叩佩环,诗心一晤言。
忘尘烦,消尘烦,浅醉微吟共倚栏,人间四月天。

作者简介

　　曲日光,女,盛京大讲堂讲师,原沈阳市第六十中学教师,现供职于辽宁文学院。喜欢格律诗创作,偶有散文发表。辽宁作家协会会员,辽宁散文学会会员。盛京文学网沈水之光文学社名誉会长、蓝魂文学社顾问。

五绝·初恋印象（五首）并序

王永胜

序：
初恋犹如一条弯弯的小河，一路流淌，融入大河，奔向大海，最终成为大海里一滴永恒的苦涩之水。

春 识

风柔万物苏，草绿一园铺。
蝶闹桃花绽，虫鸣细柳愉。

夏 恋

千丛花艳艳，万簇蕾悠悠。
雨落狂风起，依然伞下柔。

秋 离

秋霜洒叶凋，弱柳伴风摇。
独步黄昏里，不知岁月消。

冬 冷

凛凛风寒骨，纷纷雪冷眸。
逢君难识面，只见乱花稠。

怀 恋

一醉才清醒，千愁又满杯。
经年流逝后，总是梦中偎。

作者简介

  王永胜（1967- ），男，汉族。1990年7月毕业于沈阳师范学院（现为沈阳师范大学）外语系英语教育专业，后任教于渤海大学（原锦州师范学院）至今。现为渤海大学外国语学院英语系副教授，主要从事英汉互译理论与实践（包括短篇小说与诗歌翻译与研究）等方面研究。此外，偶尔做一个写诗的人，笔名"东北野狼"。目前，参与辽宁省社会科学项目2个，主持国家教育部项目1个，出版学术著作10余部，发表论文和译文共计40余篇。

新民赋

薛景春

千秋郡县，六水流经。西湖飞鹭，辽塔鸣钟。东南傍沈辽，得天尊以独厚；西北依锦阜，获地利而元亨。开千年乐善之区，人文毓秀；本万类丰繁之域，造化钟灵。水接营口，山望关城。滔滔乎激流以向海；浩浩兮大道而通京。

溯源追远，觅古寻踪。高台山遗址，远古先人，令商周称后；偏堡子积层，多重文物，向辽宋寻踪。幽州古邑，唐宋刀兵。盛京皇都之重镇；八旗征战之连营。大御路，康乾祭祖；浮桥湾，圣迹随形。古塔立辽滨，千百年风铃悦耳；大堤横柳岸，两世纪屏水临风。巨流河，驻皇家而巡检；新民府，辖两县以绥宁。高鹏振义勇捐躯，扬民族之伟烈；耿济洲克城拔寨，惩日寇之残凶。勇支前，乌云而早散；求解放，旭日以先红。

积雪化时，千畴竞秀；春风起处，百业争荣。建家园，苦心而挥汗；搞开放，博力以扬名。示范区，引领特色；先进县，独具殊荣。农机之市，温泉之城。燃气石油，供能源而增动力；西瓜棚菜，建基地以促振兴。三农园，容历史激新潮，流连胜迹；方巾牛，建新村兴大业，示范典型。公路连网，车流昼夜；虹桥飞架，高铁纵横。医药集群，东大营招十强以竞技；包装航母，栖鹤湖引百鸟而争鸣。北虫草，黑花生；寒富士，节能灯。前当堡鲜鱼，集散批发之地；公主屯鸡蛋，竞争贸易之声。

晨歌漾漾，夕舞盈盈。休闲广场，曼若瑶池，欢歌以热舞；带状公园，宛如彩练，翠柳而凉亭。小吃街，品地方风味；大剧院，演原创歌声。荷塘月色，杏韵祥风。桃花争艳，红果纷呈。依林印象，世茂新区，改民居为广厦；蓝湾一品，西城国际，建欧典而高层。站前路街，地下商场，书香门第，华夏新城。家和和，安居楼宇；人乐乐，喜上窗棂。

至若人文荟萃，灿似群星。喜晓峰，辽滨才子；陈衍庶，书画兼功。张学良，办学堂，浓荫乡里；李如柏，建书院，享誉关东。清知府之金梁，故宫留墨；省文联之马加，左翼联盟。杨大群，军旅作家，留千秋名著；祝爱光，文坛学者，领一代文风。谭振山讲故事，非遗赫赫；杨久清办话馆，大鼓铮铮。右蛮轩，考甲骨而言国学，文才巨擘；鹤鸣庐，讲红楼而作诗赋，师范菁英。半壁书斋，引潮流而著述；砚耕草堂，舞龙蛇于毫锋。知青岁月，蒲水芙蓉。悍匪再版，将上荧屏。十四家协会，戏曲诗书，推文涛巨浪；七十万人民，社区乡镇，感时代回声。

春风夏雨，绿浓红溢；冬雪秋霜，素裹晶莹。大格局，展宏图于一卷；新市镇，闪耀眼之群星。招八方之商贾，聚四海之宾朋。以德育人，使民心之淳朴；依法治市，促百业以兴隆。时运吉祥，民俗敦厚；惠风和畅，世道清明。叫声好，古镇人文，逐春潮浪涌；点个赞，前程锦绣，看蒲水龙腾。中国梦，应时俱进；新民市，与国同荣。

颂 曰

浓情古邑，魅力新城。人才荟萃，物阜钟灵。

农工跃进，商贸兴隆。安居乐业，文化繁荣。

乡呈锦绣，城现恢弘。民生福祉，政策亨通。

事事祥和，国梦复兴。家家喜乐，岁岁昌明！

薛景春作　岁在乙未　桃月初三

作者简介

薛景春，男，1953年生。为中华诗词学会会员，中国楹联学会会员，中国诗赋学会常务理事，新民市诗词楹联学会副会长。

天桥笔架山赋

周庆玺

　　盘古开混沌，脚踏两重山，乾坤初肇始，兀然渤海湾①。徒河之南②，千堆雪卷，笔架高耸，天桥隐现③，形胜天下，声蜚宇寰，山不在高，盛名有仙。仙女造天桥，鸿蒙起沧澜，故不羡五岳之巍峨，不输三山之奇焉。

　　奇哉，天桥笔架山。传神话之玄妙，扬名家之咏叹。笔锋插海④，金光璀璨，雾涌云蒸，神笔驿站。三清阁，廊壁门梯，花岗石岩，灵山妙地，亘古大观。儒道佛同驻一阁，真善美福祉人间。淡水井，高山流水，清流成泉，旷性怡情，洗心净面。立天桥，人鸥嬉戏，定时隐现，世界称绝，海上奇观。潮去五曲通天路，潮来海阔竞千帆。

　　美哉，天桥笔架山。即存遗珠点点，亦添新景斑斑。拾阶而上，亭台楼阁，移步换景，赤橙黄蓝。登高而望，鸥鹭飞旋，极目舒心，游人比肩。笔锋门，金钥匙开启笔架神游；吕祖亭，吕洞宾小憩醉卧八仙。五母宫，万佛堂，龙王庙，太阳殿；马

---

① 传说盘古在此脚踏大小笔架山开天辟地。盘古在此开天之后，左眼变太阳，右眼变月亮；头发和胡须变夜空的星星；身体变东、西、南、北四极。
② 锦州最早称徒河，据传虞舜时就已筑城。
③ 传说古时候，两位九天仙女，驾祥云飞临笔架山游玩，见舟楫不足，岛陆之间往返不便，顿起修桥造福之念，于是动手在一夜之间，运用神功，就地取材，铺设了这座蛟龙般的天桥。
④ 清翰林院陆善林曾有诗赞曰：笔尖端端耸碧天，峰头雨后起云烟，插来倒影汪洋里，海浪翻波纳川。藏头诗"笔锋插海"。

鞍桥，一线天，百福來，众神还。神龟出海，梦回兰湾。渤海胜景，仙踪若现，苍苍碧波，渺渺渔帆。天降祥瑞，紫雲腾銮。

壮哉，天桥笔架山。环山栈道，两千罗汉，文庙煌煌其崇，天下祈福名山。一桥仙驾通南北，三峰神笔书千年。看银河，牛郎织女鹊桥会；走天桥，俊男靓女并蒂莲。登三峰，莘莘学子中状元；拜佛国，芸芸众生结善缘。美景惹得游人醉，恍若身居桃花源。

天下之山，名出于仙，天桥笔架，荟萃文澜。集海阔天空于一景，汇千家仙品聚情缘。大哉人间祈福地，愿蒙四海共蹁跹。

作者简介

周庆玺，1976入伍，先后在坦克四师司令部、沈阳军区装甲兵部、军区司令部任参谋。1988年转业地方，在沈阳市委办公厅、宣传部、沈阳电视台任职，现在辽宁北方广电供职，兼任《北方广电杂志》主编。沈阳作协会员，资深大型文化活动策划人。先后组织编写出版了《清文化丛书》《沈阳历史文化丛书》《共和国知青》，发表辞赋、评论、散文百余篇。

冬雪赋

张 颖

北国萧萧兮草木枯，劲风凛冽兮鸟隐去，江河失滔兮寒冰伏。峰峦默默兮韵待抒，天方暗暗兮层云布，大地寂静兮浊气浮。龙啸争威，鳞零碎玉；狂飙飒飘，花飞六出。窗临急曲，几点冷霰斜杵？江托白絮，万团鹅绒零铺；山舞银蛇，千尊蜡象漫涂。

臆吁！飘飘兮悄然回卷，扬扬兮漫天飞珠；切切兮缠绵低语，轻轻兮沾脸润肤；纷纷兮真情奉献，点点兮入掌柔酥。极尽端倪，形状各异，转瞬化水，婉如仙主。且若，立楼头之上兮，造水晶之屋；创泰岳之奇兮，峰裹衣素；助湖海凝碧兮，白浪盈目。栖柳吻堤，且肥松厚土；妍城攀树，共梅花香吐。

神也乎！皑皑之雪，展圣洁风骨。异也乎！茫茫之野，彰显琼姿碧玉。奇也乎！寂寂之巷，并与月光辉途。是此时也，邀三两之朋友，聚于厅堂，围炉秉烛；把酒当歌，吟诗谋路；诵"诗王"之绝笔，抒赤子之胸怀，放尘世之轮影，纵倦人之征旅。坑穴洼溜，枯枝断梗，残刍败屑，皆聚于鹤氅之下，乾坤万里清透，芜秽一夜全无！嗟乎！生存之二分灵水，若独占一分；骚客之三千银墨，今集于一壶。如此，实乃乐不思蜀矣！

晨曦雪霁，新阳临照，风带云舒。夫复逸兴，驱帝喾之辇巡今访古。慕创业君之满怀豪情，览德贤者之万卷圣书。眄混沌若许江山一统，眺浩浩然之水晶穹府；惊银甲列阵秣马厉兵，听朔风呼啸逸曲揭图；游光反射之玻璃世界，赏造物者之神工鬼斧；看嬉戏造冷人之稚童，嗟苦恼少砍柴之樵夫；借腊梅香处，倚梦开席，待春潮偏时，互敬屠苏。

奇哉妙哉！吾既乐于此，众可乐于此乎？

快哉乐哉！仰华夏之纯净，瞰长城之坚固；喜丰年之祥兆，欢栖案之鸿儒。愿呈一色，从今天下无愁苦；更添一笔，自此人间多福禄！诗曰：

风寒北国玉尘铺，眺望神州落笔酥。
山舞银蛇通画卷，江含白絮作冰图。
针松带雪琼姿摆，丝柳斟情好梦呼。
但借梅香开宴席，承欢共友饮屠苏。

作者简介

张颖，笔名雨荷。中华诗文书画名家联盟总会副总裁（兼辽宁省分会会长）；中华诗文书画研究会副会长；中国诗词研究会副秘书长；中国诗赋学会会员；运城市诗词学会理事；沈阳市作家协会盛京文学网站诗歌主编、《盛京作家》微信平台主编；沈阳市蕙风文学社副主编；《河东诗词》特约编辑。创作诗词赋千余首，另创作现代诗近三百余首，散文、杂文等多篇。作品散见于报纸杂志，并在国家、省、市级大赛中多次获奖。

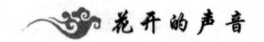

清平乐·书案那朵莲

吴芙蓉

孤灯一盏,暮暮清辉浅。素白纤纤馨香瓣,萦绕轻幽溢远。
淡蕊罗绿娉婷,梦寄翰墨践行。纵使紫毫殆尽,瘦枯也刻初铭。

浪淘沙·沈阳航空博物馆观感

吴芙蓉

举目问苍穹:谁向天宫?破云万里气如虹!河汉迢迢光一束,歼击雄风。大梦沈飞攻,力扫晴空,百年基业正恢隆。铁翼长城迎旭日,恰似弯弓。

作者简介

吴芙蓉,女,1968年出生,沈阳人。现任盛京文学网社团主编兼副社长,沈阳诗词学会会员、中国诗赋学会会员、辽宁省博雅诗词学会副会长。作品于2012年至2014年在由省楹联家协会、沈阳市诗词学会、《诗潮》杂志社、中国诗赋学会等单位联合举办的诗词大赛中获原创作品三、二、一等奖;第二届盛京网络文学诗歌奖。作品散见于《诗潮》《辽宁日报》《中国诗赋》《盛京诗词》《辽宁职工报》《新民文化》《蕙风诗苑》《桃李集》等报纸杂志。

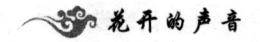

西江月·品茶

张铁仁

才饮正山嫩叶,又投龙井初芽。杯中玉露落茶花,笑看浮生上下。四壁图书相伴,满屏韵律皆佳。梦中深院有红纱,独对星空夜话。

七绝·征雁

张铁仁

炮进兵冲骁勇车,远征将士忆家书。
夜深寒雪随风至,银甲披身望故途。

作者简介

张铁仁,男,1967年出生,辽宁省沈阳市人,本科学历,中国共产党党员。1987年入伍,1991年毕业于中国人民解放军后勤工程学院。历任班长、助理员、财务股长、后勤处长等职务。2012年转业到地方工作,任调研员职务。现为辽宁省楹联家协会会员,蕙风诗社社长。作品曾发表在《桃李集》《盛京诗词》《中国诗赋》等刊物,2014年在《诗潮》杂志社、省楹联家协会、沈阳诗词学会等单位联合举办的诗词朗诵大赛获原创作品优秀奖。

临江仙·秋夜

田世杰

霜重难怜菊瘦,夜浓不掩风凉。孤轮还照小轩窗。榻前灯已暗,笔底梦尤长。写尽相思无计,来求一醉疏狂。朦胧深巷影成双。依依携素手,袅袅绕余香。

水龙吟·盛京文学网两周年抒怀

田世杰

荡开万里江天,盛京处处秋之舞。雁翔鸥落,龙腾鱼跃,文舟摇橹。两载临屏,三更敲语,疏狂津渡。聚一方圣域,五湖雅友,扬辞采,留诗赋。

我辈激流共赴,与时进,举旌击鼓。后波助力,前波推浪,同心高翥。墨意长讴,笔情尽展,无休无驻。望骚坛,步步层楼筑起,续英雄谱。

作者简介

田世杰,女,网名水含珠。生于七十年代初,现居沈阳,从事记者及文学编辑工作。现为中国诗赋学会常务理事,《中国诗赋》杂志古韵版编辑,辽宁省诗词学会理事,沈阳诗词学会会员。平时进行古体诗词、散文、短篇小说的创作,在多家报刊及文学网站上发表过作品。

七律·冰雪画展

王文举

一壶魂胆驻冰天,万片同云压碧川。
寸管翩翩来剪水,暗香缕缕醉飞烟。
瑶池百色玄珠染,银汉千丝岸柳绵。
龙舞学鹏惊地起,关东雏凤已成仙。

(注:学鹏为马学鹏)

蝶恋花·荷

王文举

不解东风秋饮露。醉剪朝霞,叶动珍珠吐。眉黛轻分香碧树,楚腰忍负萧郎伫?

只恋横塘垂柳路。洁斗婵娟,抱柱情钟故。烛影摇红书尺素,回波含笑西楼暮!

作者简介

王文举,男,1943年生。中国民主同盟成员。1966年—1983年任中学教师。1983年—2003年分别在沈阳市教育学院数学专业毕业,沈阳市招考办《招生考试通讯》任编辑、沈阳教育咨询总公司总经理,曾任校长、民盟辽宁省教育委员会委员等职。

现任辽宁省博雅诗词学会副会长,沈阳市诗词学会、辽宁省诗词学会、中国诗赋学会、中华诗词学会会员。

诗作分别在《桃李集》《中国诗赋》等刊物上发表。

一剪梅·蝴蝶

徐淑英

　　五彩相谐多寄情,紧束玉腰,微转青睛,翩翩娇媚性温馨,散粉偷香,争絮欢声。
　　草浅叶黄心易惊,日暮鸦泣,露白蛩鸣,残魂一缕赋秋霜,妙舞英台,晓梦庄生。

七律·咏笛

徐淑英

高低急缓月波清,剪雨裁烟得意鸣。
洞启朱唇歌子夜,筠扬玉指舞皇城。
龙吟水曲千帆影,雁叫云舒万里情。
香茗一杯添逸兴,静听三弄绕梁声。

作者简介

徐淑英,网名菩提智英。1962年至1972年读书。1974年至2013年参加工作,分别任保管员,工会干事,出纳员,记账员,会计。2011年至2016年2月任辽宁省诗词学会副秘书长。2016年任辽宁省博雅诗词学会副会长。2016年任博雅文学社副社长,副主编。辽宁老干部局老伴网超级版主。

散文卷

向日葵的影子

鲍尔吉·原野

小时候，我家院子里种的向日葵夭折了七八株，秋天只剩下一株高大的老向日葵。它长到两米多高，好像一根绿色的电线杆子。为了帮助牧区的亲戚找到我家，我妈用蒙古文写信告诉他们"院子里长了一株特别高的葵花"。

我常常趴在窗台看这株向日葵，它的躯干如同拧满了筋，筋外的绿皮生一层白绒毛。向日葵扁平的后脑勺也长满了筋包，原来像小舌头一样的黄花瓣枯干之后仍不凋落，萎在脸盘子的外圈。它的叶子如一片片手绢，仿佛想送人却没送出去，尴尬地举在手上。

向日葵的伴侣是它的影子。我家的小园子在秋天已一无所有。地上只剩下灰白色的泥土。土被连续的秋雨冲刷出一层起伏的花纹，似干涸的河床。立于院子中间的向日葵的影子如长长的黑色表针，从早晨开始缓缓地转动，仿佛探测园子里的土壤下面的秘密。我们这个家属院的地里有许多秘密。春天，各家种园子翻地翻出过日本刺刀，还有人的骨头。按说，翻地只翻一铁锹深，翻出来一些东西就不应再翻出来新东西了。但我们家属院年年春天都会翻出来新东西，这些东西仿佛年年往上长，最多的是人的肱骨和胫骨。有的人家把翻出的骨头棒子顺条堆在松木栅栏边上，仿佛炫耀他家的财富，我们还会跑到各家看这些骨头。有的小孩腰扎一根草绳子，把骨头别在腰上，到街里闲逛。

我总觉得向日葵的影子底下会有什么秘密。骨头不算秘密，虽然有人说骨头每天会从地底上往上长一点，春天长到地面，它们要长出来。如果不翻动，骨头也许长出白枝白叶，也许红枝红叶，不一定。有人说这些骨头的宿主仍有冤魂。我沿着向日葵的影子往下挖一条细细的深沟，把土掏出来。这样，向日葵影子的细长身躯与大脸盘子就镶嵌在沟里。我见此很欣慰，如果蹲下看，地面已看不到向日葵的影子了。这是多好的事，我藏起了向日葵的影子。

万物和它们的影子应该是两回事吧，东西是东西，影子是影子。向日葵影子的生活是在模仿向日葵，为它剪裁一件透明的黑衣，追随它，须臾不得离开，直至黑夜来临。向日葵的影子没想到它竟掉进了沟里。我在向日葵的东面和西面挖了两条沟，都很细。西面的沟更长。太阳落山时，向日葵的影子掉进这条沟基本上爬不上来了。我一看到此景就想笑，这是它万万没想到的事情。黄昏的光线从辽河工程局家属院包括更西面的体育场和卫校方向的天空奔涌过来，几乎一点阻挡都没有。向日葵拖着一根影子的尾巴朝夕阳跑，过一会儿，慢慢地，影子中计了，它掉进了沟里，我在沟上面盖上早已准备好的草。看到没有，向日葵的影子消失了，它是世界上唯一没有影子的向日葵。虽然它老得豁掉了牙齿——它脸盘上的瓜子被喜鹊偷啄了很多，像豁牙子的老人，但它摆脱了影子该有多么轻松。房子和杨树都倚靠在自己沉重的影子里，房屋的影子由于沉重而倾斜。杨树的影子甚至在模仿杨树的断枝，像取笑它一样。

向日葵在自己的影子里站立，它在影子里站高、变矮、影子是它对往事的回忆。蚂蚁在向日葵的影子里爬，如同检查它的身体，或者说正把它的影子拆掉，搬到各个地方。每次我从窗台看到向日葵，它如同拄着拐杖的老将军，它离不开那根拐杖，拐杖就是它的影子。

向日葵的奇特之处在于把那么多种子结在自己脸上，它的大而圆的脸仿佛在笑，长时间凝视太阳却不会造成日盲症。然而它的脸上堆满了子女，多到数不过来。它看不到眼前的情景，它的子女在它脸上铺设了一座团体操的广场。蜜蜂般的花蕊脱落，向日葵的脸上布满黑色带白纹的瓜子。它们被称为瓜子，然而跟瓜没关系。瓜子们等待阅兵的口令。它们的横列已经齐得不能再齐，纵列更整齐，每一个肩膀都靠在一起。"正步走"的口令在哪里？瓜子们等待大喇叭传出这个口令。但没有，然后向日葵的头颅就低了下来，像所有罪人。向日葵的头颅越来越低，它终于看到了地上的影子。影子里面有什么？为什么会有一个影子，向日葵仔细查看，脸盘子越来越低。

作者简介

鲍尔吉·原野，姓"鲍尔吉"，即蒙古族诸部落中黄金家族的名号，祖籍内蒙古自治区哲里木盟科左后旗。1958年7月生于内蒙古自治区呼和浩特市，在赤峰市长大，毕业于赤峰师范学校，现为辽宁省公安厅专业作家，辽宁省作协副主席。1981年开始发表作品，已出版散文集《草木山河》等数十部作品。其创作的小说、散文、诗歌、文学报告等均多次获奖。鲍尔吉·原野与歌手腾格尔、画家朝戈被称为中国文艺界的"草原三剑客"。

我的文学启蒙老师

薛 涛

一

我的文学启蒙大概不算晚的。

我出生在辽北乡下，那个地方隶属昌图县，我出生的时候那里还叫横沟公社。我是在一个叫太阳的村子生的，我还不记事就搬家到先锋大队。我对幼年的记忆在先锋大队的一座土坯房子里。它的前面，一片生满杂树的河滩，一块时大时小的池塘，一条渐行渐瘦的小溪穿过池塘，捎带上一点水，向东流去。

其实我出生的前一年，她就在一个叫五棵树的地方做了代课老师，那年她二十岁。许多年前我去过那个地方，一心想找到那五棵树，可是举头望去，却见那里挺立着无数的树木，一直长到山上。平原在那里也到了边界，宽阔的视野结束了，幽深的山谷开始了。

第二年我出生，她就转到先锋小学了。我八岁那年，爸爸用两根木头搭在小溪上面，我踏过着小木桥上学去，她已经从五棵树小学调到先锋小学八年了。

几岁的时候，她就做我的"语文"老师，教我识字读书了。她还告诉我别用左手拿笔，那样书写很不方便，最好和大家一样。我听她的话，硬是改用右手握笔。除了握笔，拿其他东西我仍然是个十足的左撇子。她允许的。她还从学校拿《红小兵》

杂志给我看，这帮助我提前认识了更多的字，知道更多故事。

除了跟伙伴们玩，我更喜欢一个人躺在草甸子里看书。

我家的土坯房西边一间是仓房，有一次我去里边找玩的东西，在一个柜子里翻出两本书，一本是《西湖民间故事》，一本是《鲁迅全集》（第二卷）。《西湖民间故事》里面印着彩色插图，而《鲁迅全集》前面印着好几张一个梳平头的人的照片。我觉得新鲜，拿着这两本书去问她这是怎么回事。她告诉我，它们都是好书，应该读读它们。

我先读《西湖民间故事》。不认识的字我去问她，再加上我的猜测，居然读了下去。从这本书里，我知道天底下有一个湖，叫西湖，比门前的池塘大多了美多了。那里有很多传说：白娘子和许仙、济公、岳飞和秦桧……他们的故事非常吸引人。我有了炫耀的资本，就跟伙伴们说，很远的地方有个湖叫西湖……同学们都说我在骗他们。他们不信，我信。

《鲁迅全集》我读不懂，只是喜欢看书前面的照片。我问她，这个梳平头的人是谁，为什么要印在这本书上。她告诉我，他叫鲁迅，是写这本书的人，所以照片印在这本书的上面。我便试探着问，将来我要是写书，我的照片也能印在书上了？她说是的，但是写书可不是容易的，你要努力。于是有很多天我都在想：将来也写一本书吧，写一本书吧……《鲁迅全集》我没读懂，但它让我在七八岁的时候就认识了鲁迅，一个头发直立、看上去脾气不太好的写书人。

读二年级的时候，我们又搬回到了太阳，我转入太阳小学读书。不久，她也调来这里任教。有一次，她给我带回一本《少年文艺》，还给我订阅了几年的《小学生》杂志。我开始喜欢读杂书。

初中一年级的时候，她是我的班主任，也是我的语文老师。那年我写成一个作文《梦游天上的街市》，写完之后，我自己觉得棒极了，她看了也觉得好，就在班级里当范文读。遗憾的是，她读的时候有意隐去了我的名字，这让我失去了一个出风头的机会。不过，我终于相信，将来我大概是可以写出书来的。我再一次把这个想法说给她听，她说我行的。她还要我像鲁迅那样把作品写到语文书里，到时候，她讲着这篇课文，可以很自豪地说，这是我儿子写的。这样的目标太遥远了，可是我还是点点头，答应了她。

她是我的母亲，她给我生命，而后又一直在身边陪伴着我长大，好像离开一步她都不放心。想想真是这样的，我升入横沟中学的前一年，她已经调去任教了。在一年级和二年级，她一直是我的班主任和语文老师。

我的文学启蒙老师，是我的母亲，她的名字叫贺荣。

几年前开始，我的几篇小说陆续选入几种版本的初中语文课本和大学语文课本。我兴奋地把这些消息告诉她，她满意地笑笑，眼神中却闪过些许的遗憾：她不能在课堂上讲授她儿子的作品了。她一直都是一位民办教师，为了我们兄弟三个的前途，她把工作之余的时间都用在经营家业上，几次失去了转正的机会。她最大的理想就是"转正"，但是这个愿望肯定要落空了：几年前她以民办教师的身份退休了。

她是一位深受学生和家长喜爱的语文老师，曾被县里授予"先进教师"称号。

二

在横沟中学读书的时候，我也受惠于母亲的两个同事、我的两位老师，一位是语文老师孟庆远，另一位是地理老师强永飞。

我经常去母亲的办公室吃午饭，自然认识了母亲的同事们。其中一位语文老师因为头发短、直立着，让我想起书上的鲁迅。在办公室里，我常常问他一些课本以外的问题，可是我没能考住他。于是我跟母亲说，要是他能做我的语文老师多好啊！没想到，一个新学期，他果然做了我的语文老师。这样一来，他就得经常回答我那些额外的问题了。有一回，他跟母亲开玩笑说，你家薛涛总是考我，迟早有一天我得被他烤煳。

那时我写作文语言有点特别，有一回语文老师们批阅期末考试的卷子，卷子是封闭姓名的。他批到一篇好作文，觉得语言像我的，就给母亲看，母亲粗略看看也觉得是我写的，但是没有说出来，问这篇作文怎么。孟老师告诉母亲，这篇《一件小事的启示》无论立意还是文笔都很老辣，可以给满分的。然后又给其他几位老师看，他们都同意给满分。母亲暗自为我高兴，下班回家就问我考试的作文都写了什么。我以为这次又写跑题了，忐忑地陈述我写的东西。母亲一听，断定那篇东西是我写的了，然后按耐住激动，平静地告诉我，它得了满分。那时候满分作文是很少的，我连呼万岁。第二天卷子全部批完了，满分作文的作者也就揭晓了。他对母亲说，这个孩子将来可能在这方面有些出息。母亲把他的评价告诉我，我的心里顿时升起一轮太阳。这个太阳，在我以后的写作生涯里从未降落过，特别是我面对文字黯然伤神的时候，它总是照亮我的前程，让我自信地写下去。

强永飞老师那时刚刚参加工作，只大我七八岁，是我的地理老师。可是他却是一位古典文学专家，并且记忆力惊人，他差不多可以诵出所有唐宋代表性词人的作品。我常常去他家里聊诗词，听他讲那些词人们的故事和作品。我彻底迷上了古典文学。跟他交谈，我总是恨自己知道的太少，就算了解一点，也往往因为读书不求甚解只能谈点皮毛。为了能跟他谈出点见解，我就向他借了几本宋词方面的书，一顿恶补。那段时间，我完成课业，大半夜的偷偷拿出笔记本，把书上的宋词连同注解抄录下来。赶上夏天，我热得脱了背心，光着身子在灯下"笔耕"。那些蚊子本来是为着满屯子那一点稀有的灯光来的，远远飞来却见一个血性少年在灯下，于是就围住我猛叮。我也不管它们，用另一只手驱赶它们，这只手照常抄写，怎么也要完成当天的抄写计划才肯睡觉。再见面时强老师总是夸我进步了。这还不算，我向他借来一个词谱，还试探着填些词给他看。他读着，说我领会宋词意境的能力很强，还真像那么回事。

强老师有些魏晋文人的性情。那年寒假刚刚下了一场大雪，就约我骑自行车去下二台镇。下二台镇是山下的一个镇子，我姥姥家就住那里。我们是和他的一个同学一起去登山的。

刚刚下过大雪，满山没有一个脚印。我们大喊着向山顶爬去，一路上他高声朗诵着跟雪有关的诗词。我不甘示弱，刚刚背出"千山鸟飞绝"来应对，便有几只山鸡从松林里飞出来，不安地鸣叫着。本来寂静的雪山，被我们惊醒了。他那同学便哈哈大笑起来。见到这样的情景，他又诵出"蝉噪林愈静，鸟鸣山更幽"之类的句子。闹到冷日落山我们才下山，我们在镇子里随便买些熟肉和酒，去他同学家里吃晚饭。那天，我们谈到几个喜欢喝酒的词人，说着说着，我一再哀求着要喝酒，像那些词人一样。他先问我多大了，我告诉他十四了。他递给我半盅酒，同意我尝一点。

那回，是我第一次喝酒，很辣，但是我不讨厌。

他把我领进古典文学的大门。我的文学行程，从我们的文学先人那里起步了。这保证了我后来写出的汉字较少沾染"洋味"。

几年前我回家乡安葬奶奶，发现因为乡镇合并，母校已经搬进另外一所中学，它的旧址一天天落寞，半个操场成了荒草的天下。我在围墙外面站了一会，终于忍受不了操场上面的荒草，悄悄走开了。一路走去，发现我上学经过的车站也落寞着，火车对它视而不见，从它眼前飞驰而去连速度都不减，对此它竟然毫无办法。幸好那个票房还在，门口的两棵杏树还在，它们应该认识我的。

强老师已经是那所合并后的中学的校长，他依然年轻，头发依然是卷的。他激动地跑下楼接我，然后陪我去看望几位老师。最先看望孟老师，他刚刚退休在家，头发乱乱的，见我已经是个大人了，满脸油光光地笑着。他一边打听着我母亲的情况，一边从抽屉里拿出一本杂志，从它的封面翻到封二、封三、封底，那上面印着我从小到大的照片。他告诉我，他是从一个学生那里看到的，然后跟那学生说，这上面的人是他的学生，然后要来留下了。他说他高兴。我低下头，觉得很惭愧，恨不能已经写出了杰作，也好有些底气。

那天我们在一个酒馆喝酒，把桌子上的酒全喝光了，说了很多动感情的话。

我说，我永远也不会忘记你们，尽管我不是一个好学生，但是你们都是好老师。

作者简介

薛涛，男，1971年3月生于辽宁昌图。做过教师、报社编辑，现供职于辽宁省作家协会创研部，副主任、一级作家。中国作家协会儿童文学委员会委员、全国青联委员。

主要作品有中短篇小说集《随蒲公英一起飞的女孩》《正午的植物园》《我家的月光电影院》，长篇小说《精灵闪现》《废墟居民》《泡泡儿去旅行》《满山打鬼子》《九月的冰河》《白银河》《大富翁》等几十种，并出版有《薛涛作品坊》《薛涛金牌幻想小说》《薛涛心灵成长小说珍藏本》等书系。作品先后获陈伯吹儿童文学奖、冰心儿童文学新作奖、宋庆龄儿童文学奖、中国作协全国优秀儿童文学奖、文化部蒲公英奖等奖项。另有作品被选入大学、中学语文教科书。

山野的梦

闫缜尔

随着岁月年轮的日益加深，坐在那曲径幽深的流年里，我时常回到我的童年，又变身一个青葱少年。梦醒时分，念起故乡的一山一石，一草一木，像过电影一样，筛选儿时一个又一个故事，那情节是断断续续、时隐时现、模模糊糊的，但总是有一些映象活泼着，跳动着，明亮着，常常令我神往。

小河和鱼

我家的门口有一条常年不干涸的小河，冬天结冰的时候，起早贪晚地跟大孩子们一起滑冰车，最大的愿望就是拥有一副锋利无比，特别好用的冰车和冰刀，可是常年在外上班偶尔才回家的父亲无暇顾及我，比我大5岁以上的哥哥姐姐们，又不肯在这个事儿上帮助我。我羡慕别人，我不开心。尤使我印象深刻的便是冷，那个时候的冬天出奇的冷，嘎嘎冷，手冻破了，脚冻烂了，我都默默的忍着。为了玩，我宁可自己遭罪，也不让大人爱怜我，否则就会失去玩的自由。

我玩得最开心的还是夏天。夏天光着屁股在户外疯跑，可以一头扎进小河里游泳。河水并不深，刚好把自己的小身体掩盖住，游够了，玩累了，也不想回家，躺在河边上看蜻蜓点水，迷迷糊糊地躺在河滩上做梦，有时还想心事，爸爸下次回家还会不会骂我呢，会不会带好吃的东西啊，这些只不过是一闪而过的念头。有一种长久的思念埋在心底，就是特别想念去外地大姨家上学的三姐，只有寒暑假才能见到她。除了妈妈之外，长我5岁的三姐是我最亲近的人。我总在妈妈身边，没有想妈的感觉。在我幼小的心灵里，头一次发自肺腑地想念一个人，就是想念在外地上小学的三姐。记得有一年暑假，我高烧不退，满嘴说胡话，差一点把小命交代了。三姐吃力地把我背到窗外倭瓜架下，陪我一起纳凉，给我讲故事听。

夏天最有趣的事莫过于拦河筑坝捉鱼了。辽西大地由于环境破坏严重，十年九旱，奇怪的是无论如何干旱，我家门前的小河也不断流。虽不断流，水量却是极小的。我和小伙伴们为了积存水量，就玩起拦河筑坝的小把戏。我们又有了在河里扑腾着玩耍的乐趣了。水越积越多，自然就会漫过小小的堤坝。水流走了，有一天我发现了个秘密，在堤坝的石缝和沙隙之间，居然躲藏着一条条两指长一指宽的白鳔鱼，于是大家就把兴趣转移到拆坝抓鱼上头来。在别的小伙伴热衷于抓鱼的时候，我又有了心事。听三姐说我们人类居住的这个地球是圆的，就在地底下的另一头也住着人。我有一天猜想，我要是挖个坑，是不是就能听见地那一头的声音呢？于是我就满头大汗地在河边上挖起坑来。我把耳朵贴在坑口处，不知是哪个伙伴喊了一嗓子，我居然好像听到了坑里的回音。从此以后，我就落下了常常一个人发呆的毛病。

大山和狐

春天来了，辽西丘陵的春色想必是很美的。但无论如何，都好像与一个贪玩的学龄童无关似的。在这个满山见绿、满地泛青的季节里，河套已不是个好去处，我开始到处游荡，爬树掏鸟窝，用弹弓射杀飞鸟，跟在最后一批上山下乡的知识青年屁股后面，漫山遍野不知疲倦地奔跑。有一次，听说村里要来打预防针的大夫，我们一帮没见过世面的山村娃娃，最怕打针了，早晨我们十几个相约往后山上跑，担心后面有大人在追，能跑多远就跑多远，拼命地奔跑，渴了、饿了，就吃山韭菜和一些不知道名字的花啊草啊充饥，直到傍晚时分才一个接一个无精打采地回到家里。

在春天的怀抱里奔跑虽没有目的，却也有快乐相伴，有同龄的孩子们在一起能分享的趣事。有两件自己不愿意又不得不做的事，第一件事是挖野菜，是为远道下班回家的父亲准备的，所以不得不放下书包挎起小筐到庄稼苗刚刚露头的田野里挖野菜，是那种叫曲麻菜的野菜，不是那种路边到处都是的苦麻菜。父亲喜好这口，我当然不屑一顾。没想到，若干年以后，当我大快朵颐一团团野菜，我的儿子用异样的眼光看着我的时候，我说，老爸吃的不是野菜，吃的是乡愁。另一件事是上山搂松树叶子，是为母亲摊煎饼用，而吃腻歪粗粮、正在长身体的我最爱吃的是煎饼。搂松树叶子是一件苦差事，放了学甩开书包就背起和我一般高的大筐往前山稀疏的松林里赶，用耙子把去年冬天落下的已发黄变干的松树叶搂在一起，一点一点装进筐里，再用脚踩实，装满筐后吃力地背回家。

出人意料的是，有一次搂松树叶子时恰巧与一只狐狸相遇。尽管平生第一次遇见狐狸，我还是一眼就断定它是一只狐狸。我走，它也走，我停，它也停，就蹲在那里好奇地打量我。我一点儿也不害怕，我们就这样彼此打量着，互不伤害。后来我读《聊斋志异》，读到每篇狐狸出现的时候，总会产生很亲切的感觉，因为我知道，狐狸是通人性的。

后来，狐狸小姐多次在我的梦中出没，时不时地给我创作的灵感。我觉得人与动物的和谐相处，一定不是传说。如今辽西山区的环境保护虽然有了起色，但我想在那片当年略显苍凉的丛林里，一定是一只狐狸也难求了。

火车和马

我的父母亲养育了我们六个姊妹，他们付出了与天下所有父母一样的辛苦，可是他们却过早地离世了。我现在只能是常常在梦里与他们相见了。他们的往事我回想再多，也没有穷尽的时候，他们给予我的生命基因，每时每刻都在我周身的血液里涌动着。

我小的时候身体并不健壮，头发发黄，睡觉盗汗，经常感冒发烧。就连粗心的父亲也看出了我发育不良，大概是在我七八岁的时候，父亲骑单车驮着我，到县城的医院做检查。医生检查一番觉得并无大碍，说这个孩子缺钙，给开了点钙片就把我们给打发了。父亲自然高兴，显得轻松而亲切，领着我下馆子很是营养了一回。吃的是什么早无印记，之后父亲特意领着我去火车站看绿皮火车的记忆却特别深刻，我还记得当时父亲指着火车跟我讲："看见没？将来你要坐火车到很远很远的地方去！"这句话对我来说和后来他说的那句"不好好读书上学，就回老家放牛去！"一样深刻，它深深地触动了我，在我幼小的心灵里埋下了一粒种子。后来我总跟人讲，父母的教育有时就是一句话那样简单。

当生命中出现转折，当生活中掀起波澜，当生存中面临转圜，我都第一时间回到我的出处，找寻我一路走来的源泉，重拾起筚路蓝缕、玉汝于成的信念。我的人生是在大河之上泛舟，无论走到多远，哪怕走到天的尽头，我的心也不会离开原点，我的情也不曾游离于外。

在我家的年画中有一张我特别喜欢,画面上有一列火车向草原深处奔驰,有一个英俊的少年骑着高头大马在奋力追赶。我常常看着这幅年画发呆,有时候心中是无限的遐想,有时候大脑里是一片的空白。如今这幅画早已找不到了,但我还是始终念着它,它是我山野之梦中最美的一道风景。

作者简介

王英辉,笔名闫缜尔,男,1969年出生,现任沈阳市文联党组成员、副主席,辽宁省作家协会理事,辽宁省文艺理论家协会理事。文章散见于《办公室业务》《中国党政干部论坛》《文艺报》《鸭绿江》《沈阳日报》《辽沈晚报》等报刊。《沈阳日报》言论专栏撰稿人,中国文明网评论员、沈阳文明网特约评论员。出版《多元视角下的文化现象》《走进读书空间》《唠叨与碎片化》等文化随笔集。

老墙猜想

花溪水

五月，从沈北的花枝出发，驾着花香，掠过道路两旁的花影，抵达辽西，在大榆树堡上大峪村漫山遍野的花海里徒步。

12名古村落采风成员在山脚散开，分开花树，穿行。山顶的老墙是攀爬的终极。所谓老墙，实为一座天然石峰，神工笔直，鬼斧凌厉，城墙一样规则，横亘在山顶。

五月太美，东北的五月才是真正的春天。

大口大口呼吸花香，在花海里接近老墙。刚刚谢了杏花桃花粉红如面，又开了李花苹果花绿朵沁玉，后来一波梨花胜雪。春风一到山下，它们就联盟成花山，山峦起伏，山花烂漫，攀登穿行，皆不出花海。树干沧桑，可以依靠停歇。群山叠花间有甜丝丝的花香和馥郁郁的青草香扑鼻；花海波涛里有缥缈的音乐和远古的神秘漂浮。

睁大考证的眼爬上山顶。仰头，正面的老墙岩石陡峭，刀切斧劈，巍峨横亘，是上天投下的城墙，挡住所有的来犯。老墙之上，远古号角盘桓；老墙后面，曾有高句丽一个分支在此生息，又从东北大地消逝。

高句丽，北方消逝的民族，生活在北方山上，狩猎为生。

转过石墙，有舂米的大坑收纳岁月的落叶，晃动的光影里舂好的米一盆盆端出；一方巨大石磨躺在树丛里，安静成一轮明月，石磨中间一方形小孔冒出几颗野草招摇生命顽强。

山墙下面是一脉开阔的平整山地，杂花生树，与周围高大的树木有明显的疆界，树木细小无限哀婉的姿态，站立斜倚出当年生活场所的生动。一山泉坑被树木遮蔽，山泉水常年不枯。我的到来惊动了什么，一片微光掠过，水波里荡漾出远古的繁华。

千年光阴倏忽穿越。

老墙后面开阔地是高句丽营地。一干人在首领的带领下，正对着巨大石峰老墙祭拜。仪式完成，众人散开，身着短衣宽裤的男人和短衣长裙的女人穿梭往来，开始操办一场喜事。太阳西斜，一抹金色从树梢越过。首领坐在大石凳上，表情凝重，一口大锅里翻滚着山泉水，另一口大锅里煮着狗肉，那是一个年轻后生从山下一个大户家里诱猎的。他马上就要成为首领的小女婿。营地正中央一溜烟的火盆热气蒸腾，火盆里除了山鸡野兔肉，鸟蛋野鸡蛋，还有绿莹莹的山野菜。几个女人拿着大铁盆把刚刚舂好的高粱米装了，用泉水洗过三遍后，倒进大锅的泉水里，锅底下树枝劈啪作响，火苗正旺。

这日，姜姓首领的三个宝贝女儿同时出嫁，族人皆大欢喜，唯有首领面沉如水，族人以为首领心疼爱女，却弄不懂为何三个女儿同时出嫁？那最小的女儿还未到出嫁年龄？反正是喜事，可以大碗喝酒大口吃肉。饭饱酒酣后，众人在空地上跳舞，男男女女围成圆圈，在月亮底下彻夜狂欢。

三个新郎官被首领叫到近前，首领小声吩咐一阵，新婿频频点头，悄然退下，寻找各自的新娘去了。

三位新婿也是姜氏族人，大玉儿，小玉儿花样年华，心中早已偷偷意属骁勇善战的同族后生，今日嫁得如意郎君自是心花怒放。唯有小女儿俏玉儿怯生生看着新郎，眉间眼稍萌萌，一袭白色及地长裙罩住娇小的身躯，惹人生怜，其实她还是个孩子，只13岁，她不像两位姐姐心有喜欢的男子。父命难违，今日与两位姐姐一同出嫁，心中说不清的滋味，水灵灵的一双杏眼幽幽望向母亲，母亲也眼含泪水强颜一笑。俏玉儿跑过去扑入母亲怀中，母亲搂抱着拍打着怀中的小女儿，"去吧！去吧！听从你父亲安排，终是为你好。"俏玉儿再次转向新郎时，粉嫩嫩的小脸早已梨花带雨。

众人不懂首领深谋远虑。几天前有消息传来，大唐高宗派李勣再次东征高句丽，白袍大将薛礼已经率军杀来，只因这老墙姜氏高句丽势力尚微，暂时不肖一战，直扑聚集万人的山城山征伐，山城山已被唐军攻陷。所以姜大首领才决定匆忙嫁女。次日天微亮，首领吩咐三对新人早早起身下山，尔后宣布放弃老墙营地，带领族人向东撤离。此时，三对新人已经混入山下百姓，逃生去了。后来，官府将俘获的高句丽百姓迁移内地，三个女儿所在的村落因人口稀少，后来融入满族汉族群里。他们住的地方也因三个女儿命名：上大玉村、下大玉村、小大玉村。时间长了，代代口传，村落便被称为上大峪村、下大峪村、小大峪村，而村里至今仍多为姜姓。

神思回归。远眺，群山起伏，繁花似海，掩映山谷里一字排开的房舍、村民、以及猪鸡鸭狗的繁衍生息。城市文明需要颠簸崎岖穿过黄沙阵才可到达。一条土路穿起的村庄，石墙、石屋，在时间的波纹里佐证高句丽崇尚石头的民风；俯视，花枝连理，春林初盛，蜜蜂嗡嗡，从一朵花蕊旋进另一朵花蕊，酿蜜。像山坡下我刚刚问路的村民，勤劳耕作。那些石头的房屋就是这蜂巢了，会不会被一阵突来的暴风雨打碎？人类不能像蝴蝶一样一次次蜕变，却可以像蜜蜂一样酿造香甜。一只鸟扑啦啦惊起，从头顶飞过。飞走的后代还能不能找到回家的路径？还能不能掬起一捧微微潮湿的乡土？还能不能找到故乡童谣的曲调？

山风鼓荡旧日传说，山泉渗透月夜故事。同来的古村落采风成员放飞拯救的希冀，航拍，老墙机理清晰；研读，老墙故事模糊。山泉坑的烟波里摇曳高句丽舞姿婆娑酣畅，我在平坦的旧日营地旁寻一棵树干发黑的虬扎老树，悄悄系上一条白色纱巾，算做我打扰的祭礼。深深呼吸一口山野花香，贴近巨石山峰，抚摸老墙的温度。

裹挟满身花香，下山。山脚下是上大峪村，那里的姜姓村民说老墙上面有高句丽人生活过，只是传说，没有只言片语记载。

我要去上大峪村打捞大玉儿的一阕歌谣，去下大峪村捡拾小玉儿的舞蹈，我要到小大峪村收拢俏玉儿的一滴香泪。我要将一念神秘猜想留给老墙之上湛蓝的天空，与白云一起飘荡。

作者简介

花溪水，本名马艳凤。辽宁省作家协会会员，鞍山市网络作家协会主席，国家二级作家。2004年正式出版《边缘情感》一书。后又先后出版诗集《春的耳语》，散文诗集《非常东北》。散文作品发表在《散文选刊》《散文百家》《散文世界》《海燕》《辽海散文》等刊物及各级纸媒、网媒上。

花开的声音

妈妈的体温

张淑华

我的妈妈今年88岁了，前不久，一次意外摔伤，造成胸骨骨折并诱发哮喘，老人被抬上急救车，闪着灯的120疾驰在路上，我，心如急焚。

接下来，急救室安排各种检查，本来老人呼吸就很困难，一折腾，呼吸更困难了，仿佛雾霾状态下的空气钻进了急救室，让陪同的家人都感到窒息。

老妈住院了。我的哥哥姐姐加我轮流守护，由于伤情较重，住上一两个月医院是在所难免了。有生以来，这是老妈第一次住院，我们做儿女的都把照顾老人看作是妈妈检验我们是不是孝顺的一次"大考"。

开始的时候还好，病房里有一张空床，到了晚上，可以借宿。后来又有患者来了，我们就没有先前的"待遇"了。经常是板凳坐着、走廊走走，熬过一宿又一宿。一天凌晨3点多，我发了条微信到朋友圈："夜半三更哦，盼天明"，就是当时困意难熬的真实写照。白天，我还要上班。

妈妈是心疼孩子的，本来翻身都困难的她，偏让我和她挤一张床。医院的床可不是用来享受的，又窄又硬，床两边还安了那种活动护栏，放下护栏躺在床边，腰是很遭罪的。

这是我结婚后30多年，第一次躺在妈妈的身边，那么近，近的连妈妈的体温都感觉到那么温暖。妈妈老是怕我掉下床，一会醒来看我一眼，一会用手摸我一下。其实，我哪里睡的着呢？想想自从出嫁，特别是有了孩子以后，几乎没有在家过过夜，还是儿子满月"挪尿窝"时回娘家小住几日。如今,孩子都快 30 岁了。我陪妈妈的日子太少了,妈妈的年龄这么大了,我为妈妈又做了什么呢?想到这些,不免眼睛湿润,心存愧疚。

所以,在陪护妈妈的日子里,我极力地争取晚上"值班",甚至赶上双休日,我白天晚上都在医院,一是让年龄大点的哥哥姐姐休息一下,想得更多是,离妈妈的身体近点、再近点……

妈妈已经是耄耋老人,我也是"弃五奔六"的人了。可是,在妈妈眼里,我永远还是长不大的孩子。我下碗面条给她,她说:"你还会做面条?"我煮个汤圆,她用奇怪的眼神问:"你能煮好汤圆?"我的妈呀,啥时候能把我看大,我啥时候能在您眼里长大呢?

妈妈用一生的精力抚育着我们,不管我们在哪里,她都有一份牵挂:雨天,她电话告诉你——带伞;雪天,她嘱咐你慢点开车——路滑;出差在外,她提醒你,注意安全,钱包揣好;给她买点东西,她"批评"你,别老花钱,我有劳保,你们要勤俭持家。

妈妈哦,妈妈,不用您再牵挂,我懂得:树高千尺不能忘了根;我承诺:孝敬父母是我们做儿女的天职,我们都已长大。

和我同龄的,甚至比我还小的,有的人已经失去了妈妈,我知道,看到这篇文章可能会拨动伤痛的心弦,甚至连我写到此的时候,眼里也含着泪(因为有的是我非常熟悉的人)。请原谅我的"施暴"。我就是想回味一下在医院里陪床的感觉,就是想把那段时光记录一下。

妈妈的身体是热的,妈妈的体温,永远温暖我的心……

作者简介

张淑华,沈阳师范学校毕业。业余文学爱好者。九十年代初,有散文、随笔、论文、诗歌等作品散见于《辽沈晚报》《辽宁青年报》《沈阳日报》《沈阳晚报》《沈阳青年报》《诗潮》《当代企业》《新民文化》《当代工人》《沈阳商业经济》等报纸杂志及各文学网站上。现就职于沈阳市文联,任专职副秘书长。

父亲母亲的一天

张艳华

云浅天淡,当眼前漫过一层薄薄的烟雾,能够收拢在视线之内的事物有些灰蒙,正如我此刻的心情,有如落木萧萧撞击胸怀。

风停树静,我的心从没静止过,为一次次踩痛别离的脚印,为心情的落叶覆盖往昔。

此一别不知何年何月,这老屋,是终将逝去吗?没有什么可以不朽,只有点滴的心情映照星月之下,才是最真实的。

从老家回来的这几天,每天早晨醒来,心都会有一小会难受和失落,瞬间即过,说不清理不出头绪。更不知泪珠是何时流下来的,只是弄得枕巾湿湿的,潮潮的。才会知道梦里我哭过,其实不是梦。

"雁字回时,月满西楼。"我不知道我再回来时,月是否依然高高挂在天上,那月的清辉是否依然洒向老屋和屋内我的父亲母亲温馨的笑容。

窗前,一杯薄酒,一剪月色,一个充满离愁别绪的我,如何也形不成对影三人。

收起思绪,不再秀色迷离的景致。关上窗让夜暗下来,暗下来,就可以抱紧双膝,垂下头颅,深陷……

父亲即将成为一片落叶的必然,始于去年患的咽癌,手术之后,失去了语言功能和正常饮食功能,只能通过鼻饲来供应身体的营养。同时,我们没有盼来他光鲜的生命与真正的不朽,伴随我们的日子都是在提心吊胆中苟延残喘,父亲的生命彻底没有了质量。

母亲在父亲生病的日子里，成为父亲生活的全部，从天空黑暗再到天空黑暗，母亲便完成了照顾父亲一天的使命。母亲躺上床便匆匆睡去，留下父亲一个人辗转反侧。这便是父亲母亲的一天的生活。

真正体会到父亲母亲的这种心情，是在今年春节回老家过年的第二天。

一夜无梦，因为连续的行程，许是疲惫，父亲半夜多次起来咳嗽、吸痰，去卫生间，都没有惊醒我。北方的火炕热而温暖，并且保温效果非常好，被子非常舒适，这些被子都是小时候我们自己盖过的，有一种说不出的馨香。以前我们每次回家来小住后，母亲总是把被子拆洗再晾晒，放到柜子里。所以，我们每次回来盖的被子都非常整洁、干爽、舒适。

母亲怕影响我们睡眠，只拧亮父亲身边的一盏灯。一阵窸窸窣窣的声音，让我从迷糊中睁开睡眼，看到母亲正弯腰穿衣服，双手微微颤抖地抓着炕沿后再移到膝盖，用手的力量支撑着站起，这样非常弯的弧度类似抛物线，母亲不是瞬间完成的，那种笨拙与勉强，便是憔悴的母亲从即刻开始忙碌一天的身影。瞬间，我清醒了，也不再有朦胧的睡意。

我一翻身穿衣起来，母亲小声示意我再睡会，离天亮还有一段时间，我一看手机显示的时间是凌晨5点多。我不再犹豫，与母亲的速度相比，我是迅速的。

母亲在给父亲穿衣服，自打父亲有一次穿衣服时不小心碰到伤口，出了不少血之后，父亲的上衣就由母亲来穿。衬衣，毛衣，保暖内衣，马甲，再给父亲戴上帽子，这样按顺序穿好，母亲是小心翼翼和缓慢的。

我和母亲分开行动，母亲用炉铲掏炉灰，生暖气炉。我给父亲捣药，胃药捣碎之后放在针管里，糖尿病的药放在瓶子里。这两种药都要在给父亲吃饭之前通过鼻饲推注进去。

父亲提升为单位领导之前是会计科班出身，凡事喜欢讲究零误差。所以，他做事讲规矩，一丝不苟。因为我的粗心大意，捣药的时候，弄丢了一片，把药倒在针管的时候，又倒在了外面一些。这样招来了父亲的眉头紧锁。自打父亲有病，眉头紧锁，便是父亲表达不高兴的最多的面部表情。我害怕父亲生气，没有敢吱声，悄悄的退到外间帮母亲给父亲做饭。

就在我和母亲在外屋做饭的同时，父亲自己把套在篓口（气管）处的银色套管拿下来清洗、消毒、擦拭。人的气管是敏感的，在安装的时候，必须要先打麻药，防止气管痒导致咳嗽，把套管喷出。套在篓口处共有两层套管，挨着皮肤那一层的，只有妹妹才敢拿下来进行处理，垫上药布再安装。

父亲的早餐是牛奶，麦片，猪骨汤加鸡蛋，熟之后非常稠，然后再放到粉碎机里粉碎，用筛子过滤，最后放到凉水里快速降温。这个时候，父亲已经将他自己吃饭用的注射器、两个水杯、吐痰盂、吸痰器、捣好的药瓶、纸抽、围裙——拿到桌前。

趁着母亲给父亲喂饭的时候，我打开房门出去扔垃圾。

"一唱雄鸡天下白。"鸡叫三遍，北方的天也不觉亮，远山的底蕴是黛青色，与其相接的是一抹酱红加灰白的涂抹，厚薄均匀的旖旎，不知有多么恰到好处，这就是家乡零下24度的早晨，干燥、寒气袭人、刺骨。

离开小镇多年，这样偶尔听到邻居家的雄鸡鸣叫，一只鸣叫而群起呼应，此起彼落，小镇有了声音，有了炊烟……我的心微微腾起了细浪般的异样感觉。

倒完垃圾，伸手去开门。因为出门前手是湿的，忘记了擦干，结果四个手指全沾到门的把手上。我心一惊，就想，这下可完了，这手要是生拉硬扯下来，还不得掉皮呀！怎么办？母亲正在给父亲喂饭脱不开身，其他人全在睡梦之中，看来只有自己解决了。我用嘴不停的呼出哈气，一个手指一个手指地哈着热气，一呼一哈，就这样，直到鼻子和嘴唇都快冻僵了，手指才全部从门把手上吹下来……打开房门，我一个箭步就窜进屋里，双手直接伸进被子底下，把整个脸全埋进去。母亲惊觉地回过头问我怎么了，我说用湿手开门手沾到门上，才吹下来。母亲笑了说，家这块比你们那里冷吧！我说，何止是冷啊，简直要冻死个人。

暖好手后，便开始做我们的饭。早晨的饭很简单，熬粥，拼些各色小菜，又捡了北方用卤水做的豆腐，不仅热乎还特别鲜嫩。再把馒头和豆包（北方人将到年关的时候，家家用黄米或是糯米蒸好多的类似馒头的一种食品名字叫豆包，红小豆做馅，非常好吃，黏而不腻）放在锅里蒸热，一锅就出来了。由于母亲照顾父亲，没有时间做，今年这些豆包都是邻居和亲戚送过来的。无论怎么吃，都不如父亲母亲亲手做的好吃，有口感。

早饭在加热过程中，我喊了无数遍让大家起床，可是没有一个能够翻身动一下。我用凉手挨个往被窝里伸，然后痒痒他们。小弟小侄还有儿子老公，被我一哄而起纷纷下地，顿时，偌大的房间也略显拥挤。

大家都在忙自己的，叠被的叠被，洗脸的洗脸，父亲在桌旁一声不响地也在忙自己的事情，每天早晚两次雾化，是父亲一天当中必不可少的课程。

父亲的一天四餐，就这样周而复始，一上午的时光在忙碌中匆匆而过。我像小蜜蜂一样一会飞到这里打扫卫生，一会又飞到那里擦下玻璃，凡是有落灰的地方，都被我擦洗得非常干净。

我和老公收拾完之后，就去街上买菜。上午十点和下午两点的饭，是母亲一个人做给父亲的。母亲将一块玉米加黄豆面和白面混合一起经过发酵而蒸出来的饼子切碎，放油爆锅，加牛肉汤、青菜末和海木耳。晚饭则要加上西红柿和胡萝卜。

父亲的咳嗽一天比一天重，手术的刀口也长出疤痕。晚饭过后，我坐在父亲身边，轻轻抚摸那些疤痕，顺势想给父亲揉揉肩，父亲肩一耸，示意不用。然后用笔写在提示板上，告诉我肩的两边和后背非常疼，头还经常出虚汗。母亲一边给父亲吸痰一边在父亲耳边大声告诉他，晚上让三丫头给你用热毛巾敷一下，然后再让三姑爷给你搓个澡就舒服了。父亲抬头看看母亲，微笑着点点头。其实，早几天姐姐和弟弟一直想给父亲洗澡，父亲一再坚持要等我们过年回来给他洗。

晚上六点，父亲示意母亲该给他做晚饭了，然后好让母亲早点休息。我帮着母亲做些力所能及的事情，因为我刚刚回来，对父亲的一些事还不熟悉，怕帮倒忙。

给父亲打理完一切之后，时间已经将近晚上七点，我们让母亲先睡下，然后把暖气炉烧得特别暖和，我和弟弟以及老公准备给父亲洗澡并用热毛巾敷后背。

脱去衣服的父亲，已经基本上骨瘦如柴了，和手术之前相比，早已判若两人。

时间是静的，父亲坐在太师椅上是也静的，那种静正在一声不响地吞噬着一切和生命乃至万物有关的东西，包括父亲的生命。如果把鼻饲管拔掉，谁又能看出他是一位已将生命走向倒计时的人呢！

是啊！天有不测风云，忽然天空就飘起雪来，大而洁白，多像人的一生，漫天飞舞后，即落即融！或许这就是最后的失落！

今天是西方的情人节，在这个特殊的日子里，我给父亲发送了信息：父亲，今天是情人节，您和母亲携手走过风雨人生45年的坎坷之路，是慢长而短暂的，祝您和母亲情人节快乐！

作者简介

张艳华，网名月下的清辉，原籍沈阳，现居大连。沈阳市作家协会会员，盛京文学网散文主编、从事多年网络编辑管理工作，诗歌散文小说等作品多次在各文学网站及县市级征文大赛中获奖。作品散见于《厚土》《新民文化》《北国风》《新世纪边缘诗人作品选》《读者文摘精华》《蓼城诗刊》《2016当代作家文学精品》《你我他》《华页》等刊物；《盛京作家》《文学大连》《动诗刊》《浮生老猴》《一笑文学》《微型文艺》《静薇居》《烟雨旧事文学》《齐鲁文学》《中国民间好诗2016》等刊物。

约 定

欣　语

> 依稀记得一个吉普赛人曾说过，生命是用来流浪的，爱是用来偿还的，那么，因为爱而流浪，生命才得以偿还吗？
>
> ——写给永远离开我的妈妈

时间如流水，您离开我们已经十四年了。对于您的突然离世，我倍感愧疚并毅然辞去了引以为自豪的工作……因我不想再让"树欲静而风不止，子欲养而亲不待"在绵绵思念中化作永久的痛。

您离开的日子是周末，此后所有与您有关的祭奠都是周末，正如您生前处处为他人着想的品格。

还记得当我匆匆从火车站赶到您的病床前，姐姐们连忙对已陷入已昏迷的您说：看，你的老闺女回来了，您竟睁开了眼睛，靠着姐姐的怀里坐了起来，并吃了两个我买来的草莓，一双眼睛始终直直地望着我，然而仅过片刻，就缓缓地挥起手示意我回家休息，不让我挂念……妈妈啊，正是您的一挥手，让我高兴过了头，也正是您的一挥手让我与您从此阴阳两隔，本来我都已经向单位告了假，想要对您来一场无微不至般地照顾，就像您给予我的生命，给予我成长的呵护。

爱如一根长长的线，那些躺在妈妈怀里的往事，一幕幕温暖而潮湿。

那是腊月周末的一天下午，从不给儿女添麻烦的您竟打电话到单位找我，说要与爸爸在星期日来我家看看。接到电话的我高兴万分，下了班马上去菜市场展开了大采购，心想这次总算有机会可以让父母享受一次女儿奉上的"心意"了。哪知周日的早上，我们一家才刚刚吃过早饭，您和爸爸就匆匆赶来，床还没有坐热乎就急急地让爸爸"拿出来"，只见爸爸把手伸向了紧贴身体的衣服里摸索了半天，终于掏出了一个厚厚的信封递给了我……原来是你们偶然从姐姐一句无心的话中得知老女婿得了"重病"，看到那沉甸甸的信封，我竟哽咽得说不出话来。

  有一段时间，我为了完成单位新上的一个项目，压力很大，需要经常加班到很晚。您心疼我家远，来回奔波太艰辛，便让我暂回离单位较近的娘家，但您对我工作上的事从不多说也不多问。每当我伴着余晖往家赶时，总能看到路灯下您的身影不断地拉长、缩短、再拉长。缩短，第二早上，当我吃着可口的早餐时，您已经下楼把我的自行车从车库里推出来，停在单元楼的门口等着我。您说，您喜欢目送我向着太阳的方向努力前行的背影。

  总以为时间可以疗伤，可就在昨天与姐姐的聊天中说起您时，我仍无法控制自己对您的思念，任凭泪水四溢……妈妈，您知道吗？在我随身的包里和办公室的抽屉里一直都珍藏着您的照片，每当我在工作或生活中遇有挫折或怠懈时，总能感受到您那双直直望着我的眼睛。此时，我凝望着电脑中您的照片，屏中的蓝天白云好似要从指间飘落，我分明看到了如莲的云朵里您慈祥的面容！

  此时的我，伤的是心，痛的是思念，可阴阳相隔的您，可曾回眸？

  泪水还在不断的涌出，顺着脸颊涩涩地流进嘴角，我明白：您再也寻不到回家的路了……妈妈，我知道你最见不得别人的眼泪，不管是幸福还是悲伤的，那就让我们来个约定，今年清明，我要带着微笑看您！

作者简介

  于雅欣，网名欣语。沈阳市作家协会会员，纯正理工女。喜欢爬山、打羽毛球、游泳，也喜欢读书、喝茶、习字画……兴趣蛮广，无一专长。2015年加入盛京文学网，获2015年度优秀编辑，现任盛京文学网网站助理编辑、盛京网蓝魂文学社团副社长、散文总编。

村　庄

丁　梅

在一望无际的华北大平原上,我的,古老的小乡村,像一个四季变幻的小岛,美到极致,漂浮在季节的中心。

远望小村,树木参天,房屋掩映,周围平坦的原野一望无际,犹如一幅优美的生宣写意画,让人欣赏不尽。

常以为,小村是从土里长出来的,繁衍一村的儿女,一如麦穗和玉米,生生不息。

小时候,常问妈妈襁褓里的弟弟是从哪儿来的?"从南地扒来的。"妈妈说。于是,我就天真地以为土地里能长出娃娃。我和我的那帮伙伴,都是从土地里扒出来的。一天到晚疯在村庄和土地里的我们,常常幻想着外面的世界。

不知何时,我开始不黏在小村身边。

淡出它的视线,开始独步江湖,却多了一份浓浓的牵念。于是,小村像一部温情的老影片,常常无可救药地在脑海里回放:古色古香的墙,青苔斑驳的胡同,父母的唠叨,奶奶的小脚,爷爷的老棉袄,干咳着,走出胡同,走进我的思念。

小村素来简洁,温雅。四条胡同,两个池塘,将小村剪裁得自然得体。进村的四条小径,像城池样把小村围在中央,安全、温暖。一切都美得恰到好处。

美哉,进村的小径。

你要相信,存在人的地方存在着不同的路。平原地区的小径,犹如盛夏雨后的大树，枝繁叶茂，从这块田地连接着那块田地，由这个村庄延伸到那个村庄。村庄大同小异，小路似曾相识。四通八达的小径，让小村人像夏日阴凉处的游蛇，随意出入。

其中，由国道进村的这条道路最宽，也最古老，老人们讲是古时官道。村人出入多走这条道路。在我三四岁稀里糊涂记事时，姑姑就是沿着这条尘土飞扬的古道，坐在马车上，嫁到了别村。在遗落了一层又一层脚印，收敛了一代又一代故事，覆盖了一层又一层新意，数劫轮回后，而今的古道，出落如处子，新铺的水泥路，骨肉匀称，肌肤细腻，透出新时代的气象。可我的思绪，仍然爱迁回到童年，流连在古树掩映，土墙灰瓦的旧时乡村。

小时候的村庄，像涂了麝香的地盘，村里小伙伴们都有这种味道，村庄的概念只是个村庄。长大后，小村像一个惊叹号，强硬地留在心中最温暖的角落。一枝一叶都能触景生情，切换到最初的镜头，只一闪，便温习回味了半生。

拐过路口进村，率先看到的就是胡同。

小村不大，四条胡同，好似小村的四条血脉，贯通南北，古朴安详。胡同和小村人民一样，质朴、单纯、憨厚、可爱。胡同里，沉淀小村人陈芝麻烂谷子的往事。常常被在冬日暖阳墙根下，抄着手的老头、老太太们在缺了牙的舌头尖上翻来炒去，津津有味不觉得烦，缠绵如隔年的红薯糖。新一代的孩子们，可理解不了，翻着白眼嗔道："什么年代了？""这会儿啥没啥味，肉没肉味，蛋没蛋味，都喂饲料。"瘪着没牙的嘴故意打岔："自家鸡下蛋，你以前舍得吃过？""咯咯"问来一串齿间漏风的笑声。笑声飘进胡同，沉淀成往事。

往事里，掺杂在笑闹日子里的，还有沿着胡同的叫卖声。凄清的早晨，"换——豆腐——"，一声长喝，痛快淋漓，地道醇厚犹如陈酿百年。吆喝声落下，就有女人，端半木瓢黄豆，边走边挑，悠闲的神态胜过换豆腐。"豆腐咋换的？""斤半"（一斤豆子斤半豆腐）。于是，豆子在讨价还价声中被倒进大布袋，三四块软嫩的豆腐就进了瓢，中午就能吃到清香的小葱拌豆腐。

也有半晌时候，路口，太阳下拐进一条长长的影子。"磨剪子——磨菜刀——"或者"钯笆斗——钯簸箕——"声音犹如隔了千年的铜磬，地道洪亮。担子，胡同，吆喝好像一个古老的传说，在村子里溜一圈，走了。这些恍若隔世的记忆，就清清楚楚发生在昨天。这些被岁月淘汰的声音，终被珍藏在胡同的某个角落，成为人们心底永远的怀念。

最忆胡同深处那株老槐。槐树特大，开花的时节，香飘半个村庄。大槐树在二奶奶家门口，奶奶家对面。门对门的大槐树底下，我跟着凑热闹，懵懂地听姑姑叔叔们聊，村里村外的新闻，都是些方圆几里，上下几千年的故事。鸡在屁股后面，绕着碗沿转。吮着槐花的香味，听蜜蜂"嗡嗡"，想象吃奶奶做的槐豆酱的香味。听得出了神，槐花落了一头一碗，也不知道。一不小心，手里的馍被鸡叼去了，哭声传来，逗出一片爽朗开怀的笑声。奶奶赶骂鸡。猪在圈里"呕呕"叫。羊儿也伸头叼两根柱子上的干草，凑热闹。哭笑声里，槐花的清香，至今记忆犹新。

留在记忆深处的，还有童年里的那个池塘。说池塘，其实叫土坑更贴切些。两个土坑并排斜躺在小村中间，将小村划成不规则的东西两边。我们称"东头"和"西头"。东头人开朗活泼，西头人爽朗实在。即使在一个小村中间，也有文化的不同。"小兔崽子，上哪儿疯去了？""东头"。"那新媳妇是谁？""西头石碌叔家的"。这浅显的暗语，也就土生土长，听着亲切。

土坑是小村的命脉，温情热闹过，也干枯清寂过，但回忆起来，同样让人感动。

"俄而金柳黄金缕""人面桃花相映红"，春刚到，随即是"流水落花春去也"。春天的倩影，只在小坑里照了张相，夏日便尾随其后，紧追不舍。伴之而来的，就是时隔不远的一场狂风暴雨。暴雨夏日的常客。"哗啦，哗啦"的雨水，将小村冲刷了个干净。地上的雨水，携着落花断枝，携着猪牛羊粪，携着刷落的人们心头的尘埃和不快，一同狼烟滚滚，灌进土坑。我最喜雨后的小村，鲜亮、干净。

大雨过后，小坑里就有鱼儿翻身，一跃跳出水面，"扑通"，纤影一闪，留给岸上一个清脆的回声。最喜某个大太阳的午后，天气骤变，闷热难耐。鱼儿们翻着白肚皮，露着头，在岸边吸氧。村里可就热闹了。会水（会游泳）的孩子、男人下到坑里，拿个网子捕鱼。不会水的女人，在岸上，焦急得不行，拿个竹篮、粪筐，蹲在水边一起捞起来。土坑里，捞鱼和拾鱼的呼喊声，此起彼伏，那个热闹，难以形容。晚饭时间，家家就飘出了鱼香。鱼土生土长，特香。我至今还记得那清香的味道。

只是如今的土坑，没了水，也没了鱼虾，更没了有闲暇时间捞鱼的人。村庄青壮年男人和女人，都加入到了北漂和南漂的大军，只剩下空巢的老人和孩子，还有村外一幢幢，体面而空虚的二层小楼。只是我，仍爱依着坑边走，看土坑，看村中的老房子，试图找回遗落的时光和童年。

夏日的坑边，可是孩子们的乐园。偷偷下坑，偷偷钓鱼，钓青蛙。妈妈的缝衣针，不知何时弯成了鱼钩。鱼饵是新挖出的"香"蚯蚓，细长微红。又臭又青的"香"蚯蚓，长得难看，鱼也不爱吃。青蛙的诱饵是荷叶，荷叶鲜亮碧绿，用线绳捆成一团，在青蛙的大眼睛前来回跳荡。禁不住诱惑的青蛙，就会一口吃住，被悲惨地钓到岸上。"老师说，青蛙是益虫，快把它放了！"小伙伴们冷不防，被背后发出的声音吓了一跳。受不容置否的声音逼迫，只得不情愿地放掉。一钓一放，对于青蛙，经历的是一念之间的生死考验。鸭鹅们可悠闲，在长满翠绿浮萍的水面上，划出一条长长的线。浮萍被村里女人捞去喂猪和鸡。鸭鹅们也在水里吃，吃累了，就又悠闲地划到岸边，把头藏在翅膀下，一只腿蹲在岸边，小憩，别有一番情致。

冬日的土坑，平静、安详。坑底，露出肥沃的黑土。老头，大清早，干咳着，用粪筐，一筐筐，背上岸。松软的黑土，撒在猪牛圈里，干爽舒服，又积攒了农家肥，老人们喜欢。被老人们铲平的土坑里，搭过戏台，也放过电影。乱糟糟的人群，从坑底一直坐到岸上，那场面宛如天然的一个露天礼堂。

土坑留给村庄的，有快乐也有悲伤。早年，银环她妈，在刚生下她的第二天，到坑边洗尿布，一头扎进冰窟窿，再也没出来。人们说土坑造孽。土坑它不会说话，没有申辩，只安详慈爱地注视着村里儿女，进进出出，死死生生。

死生之间，无非是温度的改变。

老屋的温度是永恒的。摄氏三十七度，正是奶奶怀抱的温度。三十七度千古未完的故事，从爷爷的爷爷哈着热气的口中一代代延续……

时光掩映下的老屋，耗尽爷爷奶奶辛劳的一生，也贮藏了满满一屋的爱，满满一屋的故事。姑姑们在茅草屋顶上拨拉地衣，用簸箕接着，这最初的镜头，在以后的记忆中再也没有找到过。记忆清晰伴着整个童年的是土墙灰瓦的老屋。雨水腐蚀斑驳的土墙，沟沟壑壑；精致的木作窗格，窗台边两片瓦片合作的鸡窝，带着远古走来的脚印，放在那儿，不忧不喜。

扫得干干净净的院落，冬季洒一院子阳光，夏日覆盖一院子的清凉。鸡下蛋了，鸡就在鸡窝口"咕咕哒"叫着炫耀。阳光可安详，像亲人们疼爱的目光。晚上，我在院子中间的软床上，趴在奶奶怀里听故事。数着，天上的繁星，闻姑姑栽种的夜来花香。奶奶说八星围成的井，被王母娘娘踩掉了一颗，有个缺口。我就在心里埋怨她老人家太不小心，制造了天上人间的缺憾。奶奶说："勺子星，把子星，一口气说七遍，到老不腰疼。"我怎么也不能一口气说七遍。

夏雨过后，蜗牛沿着墙根往上爬，在沟壑纵横的土墙上，留下长长的乳白色脚印。孩子们就围着缓缓爬行的蜗牛，拍着小手唱："蜗牛，蜗牛，爬墙头，先伸脚，后伸头。"拍着的小手，跳动的脚步，不知何时愈走愈远。等到回首，年已沧桑。小桥，流水，人家，成为心中永远看不够的写意画。

小河依着村庄流淌，平静、安详。小村的幸福和不幸，快乐和哀伤随原野伸展向远方，像四季变幻的海洋，像伸向远方的地毯，像一幅永远写不完的画卷，像一个贮藏太多故事，太多爱的温暖的巢，村庄儿女飞得再远，都记着回来。

树高千丈，落叶归根！

作者简介

丁梅，80后，小学教师，喜欢文字。曾多次在《邙砀》《山东散文集》《绿野》《学生报》等报纸杂志发文。散文《村庄》曾在江山文学网丁香文学社举行的社团征文中获二等奖。散文《紫色丁香花》获盛京蓝魂征文二等奖。2010年左右涉足网络文学，先后在新浪博客，红袖添香，榕树下等网站贴文，后在江山文学网任编辑，社团总编，常务社长。2015年进入盛京文学网，任编辑，安检助理。

花开的声音

远去的母亲

木　白

早上起来,妻子就问,你近日是怎么了?看你睡觉总是像在梦里,叨叨咕咕的。我说总是梦见我的母亲,不知是我想母亲,还是去世多年的母亲在想我了。总之,我在梦里真切地看见了我的母亲。母亲比在世时又苍老了许多,她依然蹲在灶旁一把一把往灶坑里添着柴火。通红的灶火照在了母亲那爬满皱纹的脸庞上。待锅台上冒起那腾腾热气时,饭菜的香味又飘满了小院,我再一次听到了母亲呼唤我乳名,让我回家吃饭的声音。虽然是梦,但这梦做得瓷实。

在我的记忆中,母亲没有年轻过。头发始终是网了疙瘩鬏,用二寸长的粗糙大发卡子一别,衣服是自己做的旁开襟的,鞋是自己做的布鞋。母亲也从来没有舒舒服服歇上过一天,总是忙忙碌碌。洗衣做饭,缝缝补补的,看似母亲重复简单的每一天,但她却承载着一个家庭沉甸甸的日子,是一份没完没了母亲的责任。

有母亲在,灶火就不会熄灭,饭总是热的。有母亲的怀抱,孩子就不会冷,总是暖暖的幸福。孩儿时代我最爱听到的一种声音,是吃饭时母亲在院里对我的呼唤。倚在母亲怀里,最爱听的故事是母亲讲述那过去的事儿。睡觉时,耳边听到母亲轻轻唱起那古老的歌谣就能甜蜜的进入梦乡。母亲那亲切的声音就像小溪里的泉水流淌不息,滋润着生活,伴随着孩儿的成长。

长大后,我依然在等待母亲的呼唤。一天听不到母亲的声音就感觉心里缺少着什么,在母亲的呵护下,我们渐渐地长大成家立业,而母亲头发却白了,手背爬满了老筋，额头也写满了岁月的痕迹。一切都来得这么快，唯独不变的是母亲每天还在呼唤着我们。我生怕母亲老了，会有一天真的离我而去。一天，母亲做完早饭就摔倒了，接到父亲急促的电话我脑子里一片空白。母亲的脑血栓病使她瘫在床上，从此再也不能站立起来了。

　　母亲自从得病之后，就失去了往日那慈祥的笑容。一天也说不上几句清楚的话，脸总是阴沉沉的。不管我们当子女的怎么哄，母亲就是不开晴。我理解母亲，吃苦耐劳一辈子好强的她，怎能呆在炕上连洗脸都得用别人呢？得病头一天母亲还在自己做饭，一夜之间胳膊腿就变成像面条似的，母亲又怎能接受得了呢？看到母亲心身的痛苦，我的心都碎了。于是，我一天除了上班其余时间就是偎在母亲身旁，洗衣、做饭，生怕有一天会失去母亲。我依然盼着母亲还能继续呼叫我的小名，因为世上有一种美丽的声音，那便是母亲的对子女的呼唤。遗憾的是我再也没听到母亲喊我的声音。母亲想做什么，只能用简单的动作来代替说话。渐渐的我从母亲的表情和一些动作中读懂了母亲心里的夙愿，那是她相信自己有一天终究会下地走的。一个八十多岁的老人有如此的顽强毅力，如此的生命态度，难道是怕生命的终结吗？不是。作为母亲那是对子女的爱还没有爱够，直到生命终止那一刻也要用瞬间即逝的余光望子女最后一眼。这就是母爱无疆。由于父母岁数大，不愿意上楼和我们一起过。为了给母亲在精神上一个安慰，我每天都早早从家里出来抱扶着母亲练习走路，每次练习母亲都很卖力气，因为在她的心里充满了希望，相信自己有一天终究会好起来。我每天来的时候都看见母亲早已做好了练习走路的准备，坐在炕沿边用颤抖的手拿着鞋等待我的到来。每当我看见这种情景，就觉得母亲既可爱，又可怜。她哪里知道八十多岁老人得了这种病，腿脚软的像面条似的，每次我扶母亲走，哪是扶啊，明明都是从后面抱着走。母亲怎么能会走呢？父亲说，别听她的把你再累坏喽。我说不行，这是母亲唯一的精神寄托，我当儿子的怎能让它破灭呢。于是我由每天一次变成了两次。

　　一日，母亲照样准备好鞋子等待我的到来。这次我没有扶母亲练习走路，是来向母亲请假的。我说，妈，今天不练习了，儿子今天得早点去上班，今天是儿子入党的日子，党员的八条对照检查我还没写完呢，我怎么向党汇报啊？父亲说，你妈懂啥，快走吧，别把正事当误了。我也只是认为向母亲请个假而已，因为母亲都已一年没说话了，说话也说不清楚。就当我转身离开时，突然看见妈妈笑了，并不断地向我点头。啊？天哪！母亲终于笑了，她听懂了，这是为儿子入党高兴啊。我激动地上前抱住妈妈在她布满皱纹的额头上，"叭叭"连续吻了好几口。我的好妈妈，你一点也不糊涂，你终于笑了，笑得和以前一样。不，笑得比以前还开心。汇报材料没写完就没写完，我要抱妈妈练习走路。于是我要给妈妈穿鞋子，只见母亲突然收起了笑容并且把鞋子用力挪到了背后，脸又变成阴沉沉的。我明白了这是让我快走啊，多么好的妈妈啊，我说，等我，完事我就回来。

　　这一路我是带着乐呵呵的表情去单位的，大家还以为我是入党美呢。老书记还特意找我谈了话，说你小子千万可别骄傲，你现在只是预备党员，还得考验一年呢。我心里说你哪里知道啊，你以为我是骄傲啊，骄傲的是我妈。

　　我入党确实是母亲的骄傲，是她的笑容告诉我的。高尔基说过，"世界上的一切光荣和骄傲都来自母亲。"母亲没有什么文化，是中国典型的劳动妇女。虽说没有文化，没有知识，也讲不出什么大理论，但她知道什么是理，什么是非。和天下母亲一样把母爱看成比自己生命还重。母亲是我生长的根，我是母亲理想的果。天下父母都盼望子女有出息，能成才。小时候，母亲虽然没有给我讲过安徒生的童话，也没有教过我唐诗宋词。但她教我了怎样做人，那就是做老实人，做诚实的人。记得上中学的时侯，正是那特殊的年代，一个县城的正规学校竟然拴起了两辆大马车，每年秋天学生都要往学校交五十斤干草。这天是周日，周一上学时得上缴晒半干的草五十斤，也是我初中生活最后一次为学校的大马大骡子割草。立秋后的节气，虽然有"秋老虎"之说，大野地里还是深深的绿，但我还会在深深绿中触摸到一些秋的成熟。尤其是那些藏在草棵里，挂在树枝上吱吱呀呀叫唤不停的虫鸣，你看不见，抓不着。只有那傻了吧唧的细长脖子螳螂不用你特意抓它，不时就会落到你身上，唾手可得。我边欣赏着立秋后的风景，边一把一把地割草。有一种草立秋后草茎就逐渐变红，我喜欢割草时，把发红的草茎衔在嘴里，甜滋滋的还有一股清香。有甜滋滋的清香伴随割草时就不累，不大工夫一大捆草就背在了回家的路上。进了院就把草打开晒在了过道上，特意嘱咐母亲千万不要管它，别给草翻个。母亲疑问，"晒草不翻个咋能把草给晒干呢？那面呢？""让你别管就别管，千万别动。"说完进屋咕嘟咕嘟喝了一大瓢凉水，把母亲给我留的两个玉米面大饼子造进了肚子里，然后就睡着了。待一觉醒来，傍晚时分了，那太阳早已移到了西边去了。我来到院子里来收拾我晒的草，见我铺开的草这儿一片，那儿一片的。母亲笑呵呵对我说，"儿子，看妈给你晒的草，随阳光晒，阳光跑哪我就把草给你挪到哪。"我用手把草两面一摸就傻了眼，完了，完了，全完喽。第二天上学，在校大门口把一捆草往大秤上一放过分量30斤，值班学生记上哪班哪级，姓甚名谁，又标上差20斤，补交。背手站在校大门口的那位工宣队代表，用眼睛使劲在剜楞着我，我感觉脸上一阵发烧，不知道是羞的还是气的。放学回到家里书包一撇就对着母亲好一阵闹："告诉你别给我动晒的草，你不听话，非给翻个晒，人家同学都是一面晒的，把晒不着草捆在里面，都够分量，就我不够。"我发脾气的样子简直和我父亲一模一样。和母亲闹完，我一头倒在炕上还哇哇委屈哭了。面对我的责备，母亲什么也没说。过了一会儿，母亲进屋看我把脸埋在炕上，就说了一句话，"别迷糊着了，生气睡觉不好，会作病的。"在生气和委屈中，我真的迷糊着了，这时即将傍晚，外面的太阳还在亮亮的。

　　前后院飘来了一阵油和葱花香喷喷的味道，这味道是各家晚饭用菜籽油炸锅做菜散发出来的。香喷喷的味道把我从迷糊中唤醒，我一骨碌从炕上坐起，屋里就剩下了一米阳光，空荡荡的，也没见到母亲在做饭。我马上跑到院子里寻找母亲，母亲连同挂在房角那把镰刀和背柴火的那条绳子都不见了。我明白了，是母亲下地替我割草去了。这时的太阳没有了阳光，又很快变得暗淡起来。在没有母亲影子的小院里，我感觉到一丝孤独，鼻子一酸泪就掉了下来。我跑到了平日里通往大野地割草的路上去迎母亲，太阳彻底落了下去，只留下一点点暗红色的晚霞。借着那点点晚霞，远处出现了熟悉的身影，一定是妈妈，背上背着一大捆草朝着这边走来。我疯狂向母亲跑去，用手抹去母亲脸上的汗水。母亲说，"这一大捆草看它明天还够不够分量。"我心里一阵酸痛，接过母亲背上那一大捆草，牵着母亲的手走在了回家的路上。

　　母亲说，这一大捆草晒得再干也够分量。母亲的质朴，直接影响了我的一生。上学、工作、结婚生子，我是在母亲提醒中成长的。刚出校门我就参加了工作，上学时睡午觉的习惯没有改变，每当中午睡午觉时都是母亲给我看时间，到点就喊，生怕我上班迟到了。一次，母亲又一遍一遍的喊我，我没吱声，母亲就继续喊，还不起来，不赶趟了。我不耐烦了，对母亲就喊了起来，你知道啥？今天午后领导不在家，去晚没事。我得意地又睡了起来。母亲一听就急了，大声跟我喊道，什么？没听说过领导不在家就可以晚去的道理！母亲很少和我们发脾气，即使小时候打碎了家里什么东西，母亲也没有大声斥责过。在我的记忆里只有这次是母亲发的最大的火。我看情况不妙，一骨碌爬起来蹬着车子上班去了。我忘不了母亲絮叨的提醒，是母亲的絮叨提醒才使我走正直路，做正直人，干正直事。母亲的伟大不是用漂亮的词句塑造出来的，而是母亲的本能释放出来的一种巨大的火焰。母性的力量胜过自然界法则，母爱是永恒的，她是一颗不落的星。慈母爱子，非为报也。爱的是那么淋漓尽致。

　　在母亲病危的日夜里，我知道母亲此时留恋的是什么，我把每天最多的时间都用在守候在母亲的身旁，这样母亲不呼唤我，我也会听得到的。一天半夜里，睡在母亲身旁的我感觉身上盖的棉被轻轻在动，睁眼一看，是母亲用她不利落的手吃力地在给我掖被，那是我母亲怕我睡觉冷着啊。有句老话，八十岁还是有个妈好。我不敢正脸看母亲，转个头把被蒙在头上，竟然在被窝抽泣起来。

母亲远去了，去了很远，很远的地方。

作者简介

  徐树柏，笔名木白，网名辽河真人。年少时立志当一名军人，羡慕四个兜的草绿色军装，戴过假军帽。1980年从事群文工作，从一本《芒种》杂志，见同人得一笔稿酬，发现想象写出来的文字如此之美，如此有价值，从此就喜欢上了文学，偶尔也在大小刊物发几篇文字。他说，我的工作是与业余作者打交道，与他们称兄道弟，喜欢他们的作品，因为他们质朴，文字就像早春二月里的芳香泥土。2015年退休，但依然坚守阵地，就怕这帮兄弟的作品受到委屈。

夏之晨

马金海

回故乡已经两天了,每日都在浓烈的乡情中宿醉。故乡的土、故乡的气息、故乡的鸡啼在我深沉的梦中醒来,我又回到孩提时代。

这一日醒得特别早,晨光熹微,了无睡意。起床,信步而出。一弯月挂在青色天空,淡淡的雾笼罩四野,万物悄然。顺着小径走,路边的草叶不断牵着我的脚,吻得湿湿的。在经过一池小塘时,忽见几朵白莲依水而睡,未绽的莲头堪堪垂至水面,慵懒娇憨,睡姿绝美。第一次见植物睡成这个样子,好想投颗石子,惊醒它们的酣梦,可终究不忍。

这个小池塘三面笼在青纱中,小路在其一边穿过。水面没有一丝波纹,一切都在酣梦中。薄薄的雾似一袭白纱直笼到岸边的青草,青草也睡着,口水滴成一粒珍珠。我俯下身来,醉心于白莲犹若空山灵雨般清丽脱俗的娇容。已经稍稍绽开的那朵,好像要醒来了,不过纯白的苞依旧包裹得紧紧的,不愿醒呢!有三四个叶片散开,叶尖描着浅浅的绿,水裙一般,不染纤尘!六七片碧绿的莲叶伞盖般撑开半个塘面,滚满落珠,一只绿皮小蛙伏在莲叶上晨梦正浓,一粒水珠噙于嘴角尤不觉。岸边,一个宽宽的草叶上安稳地停放一只蓝色的蜻蜓,雾将它的翅膀润成奶白色,如天使的翼,它也晨梦正浓。与岸草相连的是未及人高、兀立如林的青纱帐,童子兵般整齐排列直接远方黛色的天,静谧无垠。一丝风没有,一丝声音也没有,世界仿佛襁褓中酣睡的婴儿。水雾长了脚一般,慢慢地、慢慢地顺着我的裤脚爬上我的膝,爬上我的手,爬上我的眉,顽皮地抚摸着我的脸颊,钻入我鼻孔,润满我的肺。一刹那,我迷离进儿时的幻梦中:熹微的晨光,夏日清凉的微风裹着黄瓜花的清香穿过窗纱拂过我的身体;屋檐下那巢雏燕子在轻轻呢语;窗前瓜架上初醒的蝈蝈振翅的脆响;远处懒懒的鸡啼;妈妈清醒时的微咳,我迷醉了。

　　我沉醉在宁谧、安详世界里,时间也被这水雾浸湿了,慢得不忍前行。突然,"咚!"的一声,绿皮小蛙跃入水中,惊起的涟漪一圈圈地荡向四周,荡到小莲,小莲点点头,醒了;荡到水边,水雾"哗"的一下退去;一缕阳光透过青纱射到水面,然后又一缕,再一缕,金箭一般射破晨雾,射到蜻蜓的纱翼上,蜻蜓转几转灯笼似的大眼睛,大千世界醒了!

　　夏之晨画:一口小塘,一只绿皮小蛙,一只蓝蜻蜓,三四朵白莲,七八片莲叶,千百滴叶珠,外加一个我,雾是淡彩,天空是留白,由夏的仙子妙手丹青。

作者简介

　　马金海,新民市地震局工作,酷爱读书,自幼喜欢古典诗词。辽宁省诗词协会会员,中国诗赋协会会员,新民市诗词学会副会长,《新民诗词》执行编辑。

秋日放歌

杜　桥

如果有人问我，一年四季你最喜欢哪个季节？我会毫不犹豫地告诉他，我喜欢秋天！

春华秋实，硕果累累！秋天是坦诚的、裸裎的、实实在在的！它所呈现给人的是一种奉献一切的大美！秋风用它那双布满老茧的大手，抚摸、梳理着金色的田野！

面对丰收的大地，农夫那沟壑纵横的脸上，绽开了秋菊般淳朴而灿烂的笑容，洋溢着收获的满足和喜悦，以及对自然母亲慷慨馈赠的虔诚的感激之情！

秋天是丰美而宁静的，没有春的躁动与喧哗。如果说春天是一位婀娜多姿的少女，那么，秋天就是一位体态丰盈的少妇，向世人展示着成熟的风韵和美的诱惑！

天高云淡，大雁南飞。秋水沉静，波澜不惊。

秋叶翩翩，随风飘逝，投入大地的怀抱。"零落成泥碾作尘""化作春泥更护花"。那一枚枚金色的、红色的……色彩斑斓的落叶，是儿女回报给大地母亲的一个个深情的热吻！

由此，我联想到了人生的秋天！

在我心灵的底片上，一直闪回着这样一幅让我激动不已、难以释怀的画面！

那是一位朋友的摄影作品——夕阳西下，一片橘红色的光晕泼洒在大地上，一条笔直的大道上，金灿灿铺满了令人心醉的落叶，一对白发苍苍的老夫妻，相拥相携,步履蹒跚地走向嫣红的夕阳,走向人生的终点,身后的大地上,留下了他们长长的浓重的剪影……

这是一幅让我心仪太久的画面!

这就是人生的秋天!感谢摄影家为他们也为我们定格了这样一个美妙的瞬间!

我久久地凝视着那壮美的画面,渐渐地,它与大自然的秋天重合叠印在一起……

秋天是美丽的!自然的秋天、人生的秋天,在天地间所展示的都是一种成熟的、丰硕的、苍凉的大美!

因此,我要在秋日里放歌,歌咏赞叹秋天的壮丽之美!

作者简介

杜桥,笔名雾里看桥,中国民革党员。主持人、编导、教授。曾获中国广播文艺专家奖,辽宁十佳"金话筒"奖,首届沈阳广播电视十佳主持人。中国诗歌学会会员,沈阳朗诵艺术协会常务副主席兼秘书长,沈阳市职工戏剧曲艺家协会副主席,沈阳市青少年宫顾问,辽宁省作家协会会员、辽宁省延安文艺学会常务理事、辽宁省新诗学会、散文学会理事,沈阳市音协、作协理事,荣获国家、省市各类奖项50余次,曾出版专著《抚摸往事》《杜桥短诗选》。

红月亮

毕雪飞

那一夜，情绪在闷热中走向焦躁。厌倦了屏幕上的喧嚣，甚至于所有的光亮。索性熄了灯躺在大床上。暗夜的静默里，忽然看见了窗外那轮月亮，氤氲着红色的光，在薄云中忽明忽暗地自在着，像新嫁娘娇羞的脸庞。一种久违的感觉，就那么悄无声息地步入了心房。月光与目光胶着着，牵引出那些久远的记忆，有快乐，也有感伤。

该是这轮红月亮照着的时候吧。二十几年前的夏夜，家乡的小村还那样宁静，除了偶尔的犬吠，闲人的低语，时光中充满了安闲。月下的胭脂豆散发着幽香，豆角在爬蔓，玉米在拔节，绿韭伸展着细叶，黄瓜架下的彩蛛悄悄结着网。还有那各色的凤仙花，总在欢快地开放。多少次采撷了花叶，捣出汁水，简单的包裹后，小巧的指甲闪出鲜橙般的亮。也曾在月下偷偷地梳妆，把新摘的海棠一朵又一朵髻在鬓上，用蚂蚁菜的细茎做成耳坠，幻想轻移莲步也能有环佩般的声响。蒙上红红的纱巾，忽然觉得，自己就是小村里最美的姑娘。有月为证，童心向往的美丽，有矜持，也有奔放。

也是被这月亮照着时，是啊，她的一点光亮就能让我分辨出各种野菜的形状：艾蒿、苦荬、打碗花、酸娘娘，太多久违的名字，好像都是家畜的好口粮。满载归去时，总不忘给自己一点奖赏，那熟透的"天天"果，深紫或嫩黄，放在嘴里酸甜的滋味能让每颗味蕾快活得打滚。

夜晚本是孩子最恐惧的时候，黑暗里总隐藏着那么多的不可预测。怯懦的我甚至不敢独自到户外去上厕所。可是，只要有月亮，只要她把清晖慷慨地一洒，我的心就能和田野一样豁亮。那些恐惧、怯懦，总在玩闹里被遗忘。木头人，官兵抓贼，捉迷藏，斗草……，最热闹的游戏是用艾蒿熏蚊子。拾些柴草点燃，压上艾草后，浓烟直直地升上去，蚊虫纷纷地落下来，孩子们欢呼着手舞足蹈。其实，有多少蚊子被击毙好像并不重要，倒是一群孩子的笑闹永远生动在了记忆里。

月亮曾让我很感伤，这话说来竟有些荒唐。那时并不知道夜露是何时滴下来的，却总会鬼使神差地觉得，那是月亮偷流的眼泪，露多时就是她的伤在成倍地长。其实，月亮也早早知道了我的感伤。从旧裙子、碎花袄，得不到的糖果，到早熟的心灵里每一点失落、每一份青涩、每一次盼望。月亮照着我，早读的征途，夜学的归路。她让我对影成双，她看着我一点点长高，影儿一点点拉长，她看到了我的每一颦、每一笑、每一喜、每一伤、每一寸的成长。

可是我，我竟记不清什么时候开始忽略了月亮。可能是走近城市，走进城市，身形溶入了霓幻的灯光，我忘了看月亮，也遗忘了月下那星豆样温馨的灯光。那些农人轻语的闲适，那些应季虫儿快乐的鸣叫，那些透着深邃静谧的时光。我忙碌着想多抓些东西在手边，一柜的花裙子，成套的化妆品，各色的指甲油；每餐算计着别超出减肥的热量。我扔掉了快乐的表情，却对着镜子想用细心地妆扮遮去眼神里的忧伤，我忘了快乐和美丽一直就藏在月下，藏在锤捣凤仙花汁的声响里。

如今，三十年前的红月亮还挂在天上，照着不同于三十年前的脸庞。忽然感觉一阵阵的失落，好像这三十年的忙碌里，我什么也没有抓到，我所有的仍只是这轮红月亮。再抬头时，清晖好像拂去了心上所有的燥热，或许，我还能像月儿一样兀自地清高，拽些云朵给自己一点清凉。今夜，我不需要灯火，我，只要这轮红月亮。

作者简介

毕雪飞，笔名云想、云想衣裳，70年代末生人，现供职于共青团新民市委。自幼酷爱文字，写过诗，写过散文，做过报社通讯员。1997年开始小说创作，一直处于半懵懂状态，成就不大，却乐此不疲。2006年出版短篇小说集《蓝泪爱情》。代表作小说《蛇有一对翅膀》《幸福的钥匙》《倔强的槐花》等，作品散见于《芒种》《海燕》《鸭绿江》等杂志。另有诗歌及散文作品见于《诗潮》等文学期刊。现为辽宁省作家协会会员。

爱，是一份懂得

刘 静

因为爱，所以懂得；因为懂得，所以慈悲。

——题记

这个冬天，无雪。暖暖的阳光，透过玻璃窗，照于脸上、飘落身上。

喜欢就这样眯起眼，依窗而坐，什么也不想，又什么都在想。流年无痕，心语有声，拾一朵明媚，听记忆如歌，任万千思绪充盈了灵魂的回声，在五脏六腑中千回百转。

有人说，埋得最深的，总是最真的情感。譬如生活，譬如爱情。

相爱的两个人，因为山高路遥，只能用思念来诠释一份期盼，这份期盼苦涩但甜蜜，看似脱离了人间烟火，却真实地存在于两颗恪守与真诚的心。当有一天，念到累了，等到痛了，那种爱便会在不知不觉中，转化为灵魂的刻骨铭心，那是一朵刺青呀，如雪里梅花，孤傲而倔强地绽放一地幽香。

年轻的时候，喜欢读琼瑶的文章，日光里读，星夜里读，有一次竟然痴迷到因在课堂上偷读而被老师罚站。与其说喜欢那种缠绵悱恻，唯美浪漫，不如说喜欢那种深情，那是一种爱到荼靡，痛到无语亦默然相惜的懂得。

第一次读那首《你见或不见》便被震撼到瞠目。"你见，或不见我／我就在那里，不悲不喜／你念，或不念我／情就在那里，不来不去／你爱，或不爱我／爱就在那里，不增不减／你跟，或者不跟我／我的手就在你手里，不舍不弃／来我怀里，或者让我住进你的心里／默然相伴，寂静欢喜。"心，就在那一刻唏嘘到疼痛，这是怎样的一种感情，怎样的一份懂得，如此唯美到让人欲罢不能，沧桑到让人肝肠寸断。

　　想起张爱玲与胡兰成，创造了人间怎样的一段千古奇缘，虽然后来劳燕分飞，但他们那段感情不能不说是缘于一份懂得。因为懂得他们走到一起，同样是因为懂得，他们各奔东西，留下了让世人扼腕的叹息。《张爱玲的爱情故事》里这样写道：胡兰成是懂爱玲的，懂她贵族家庭背景下的高贵优雅，也懂她因为童年的不幸而生成的及时行乐的思想。仅仅这一个"懂得"，也许就是张爱玲爱上胡兰成的最大原因。而张爱玲在给胡兰成的信中写道：因为懂得，所以慈悲。是的，因为这份懂得，她毅然摒弃了世俗的目光，甘心情愿为他低到尘埃里，而且还要开出花来。

　　细细想来，人这一生，于爱情，或许会有许多次际遇，你来了，他走了；你走了，他却在原地痴痴地等。感情是个奇怪的东西，生命中，总会有一个人，老是跟你过不去，而你，却很想一直跟他过下去，很多时候，爱情很短，短到只剩下一个擦肩；而痴情却很长，长到我们往往要付出灵魂中的地老天荒。因为懂得，所以慈悲；因为懂得，这世上才会有那么多的无怨无悔、心甘情愿。

　　民国时期的金岳霖，因倾慕林徽因的文才与人品，一直静静跟随，默默相伴，林徽因对他亦十分钦佩敬爱，他们之间的心灵沟通可谓非同一般。因为懂得，金岳霖在处理他、梁思成与林徽因的感情纠葛上，自始至终都以最高的理智驾驭自己；因为懂得，他爱了林徽因一生，默默跟随了一生，也静静珍藏了一生。

　　人间有种爱，没有奢求，没有谁对谁错，亦不怪情深缘浅，对望，相知相惜；转身，无怨无悔。默默里，珍藏聚散离合，只消得：一季花香，暖到落泪。

　　喜欢一个人，可以是热烈的，如一树花开，妖娆芬芳；喜欢一个人，亦可以是寂寂的，若眉间的一颗朱砂，浮世流年，心上清欢。

　　有人说，鱼的记忆只有7秒，其实，每个人都渴望做一尾自由游弋的鱼，只为那7秒的瞬间，会成为永恒。爱，是掌中的一条纹，握紧了，是真；松开了，是淡，无论握紧或松开，感情的世界里，只需要一份懂得，有懂得的日子，便会有花、有蝶、有阳光。

作者简介

刘静，作家、诗人。中国散文诗作家协会主席团委员、副秘书长；《中国散文诗年选》副主编、中国诗赋学会、辽宁省作家协会、中国散文家协会、辽宁散文学会会员。在《中国文学》《中外文艺》《中国诗赋》《中国散文家》等全国几十家报刊发表作品近千篇，获国内各种文学赛事奖项50余次，文章被国内几十种权威文学选本收藏，业绩载入《中国当代创业英才丛书》。著有个人散文集《花开，只为倾城》《静听心海》，诗集《那梦，那时光》。主编10余部大型文集。

开一扇窗

张连卿

窗总是和眼睛有某种联系,眼睛是自我感受观察外部世界的介质,传递情感沟通无限。

我的房间原本没有窗。初来乍到,不能有太多的要求,每天工作之余蜗居于此,除了看书上网也只能望着四壁想象着外面世界些许的变化。久而久之,便有了困兽之感,心情不能穿透壁垒却折回自我狭隘的胸腔难以排遣,坐卧都不得安宁。一番辗转反侧之后,突发奇想,没有窗,为何不能为自己开一扇窗呢?于是,午夜而起站立壁前选位丈量,一幅与外部世界沟通的蓝图了然于胸。有了此想法,心中豁然开朗竟安然进入睡梦,梦中有蝴蝶翩翩而来,带着花草泥土的芬芳……

次日周末,邀几个工友相助,叮叮咚咚一顿开凿,约半日功夫一扇窗安装完毕。当然少不了一些表示酬谢,寒暄声中送别几位辛苦的工友,我随即转身回室收拾妥当。点燃一支烟,悠闲地坐在沙发上望着窗外的世界,有四米宽的绿化带苍翠浓郁,一棵瘦弱的榆树在微风中摇摆,透过树叶的间隙有阳光的碎片摇曳着温暖,马路上人流稀薄,偶有车辆轻轻地驶过,一切都如此恬静安闲。那探头而来的枝条是自然的使者,我端详它手臂上的叶脉,有山川河流的伸展挺拔,彰显生命的绿透过我的皮肤融入流淌的血液。听,生长的脉搏涌动作响,苍翠掩映下花草迅猛生长。看,窗外那棵弯弯曲曲的小树,不正承受着大自然的风风雨雨吗。

一次外出,在花卉市场买回一盆仙人球和一盆剑兰,放在窗口绿化我平庸的日子。每天精心的侍弄，浇水以及简单的清理，让我的生活也平添了几分意趣。记得看过这样的诗句——"日日冲冠为谁雄，剑戟林立最无情。闲心忽逢桃花渡，捧出玉簪摇春风"。仙人球不与百花争艳，不与群芳争宠，身处恶劣的环境依然努力地生长，不畏风沙不惧严寒，在苦难的岁月里绽放自己生命的花朵。这种品行何尝不应该是人生的一种追求呢！每天看着剑兰向上生长的态势，总会有诗意抒发的冲动。在一个寂静的夜晚，我写下这样的诗句——当群芳黯然悄退＼你以绿意张扬着冷秋＼叶脉剑指蓝天＼任冷风冬雪漫舞＼根深入大地＼高昂在荒芜的原野＼独立于人间烟火之外＼远离喧嚣，拒绝诱惑＼不屑于百花的簇拥＼当冰雪覆盖了原野＼你娇羞的颜容＼盛开在这银白的世界＼你的幽香＼熏染了整个冬季。在我们平凡的生活中保持一份高洁的意蕴，不向世俗的劣习低头，不向败坏的权力弯腰，堂堂正正做人，踏踏实实做事，保持对世界的冷静认知，不盲从也不随波追流，让生命焕发别样的风采。我想，这是剑兰给我最好的启示吧！

在我们生活里，到处都有窗口。城市里高楼林立，钢筋混凝土的森林里到处都是诱惑，那些阔大的窗户并没有给我们看清外部世界提供思考的便利，反而让人有了陌生和恐惧之感。也许我们为了说不清楚的原因都在封闭自己包裹自己，渐渐地失去了自己的天空，失去了自己的乐园。钱锺书先生曾说过："春天是该镶在窗子里看的，好比画配好了框子。有了窗，我们可以不必出去。窗子打通了大自然和人的隔阂，把风和太阳逗引进来，使屋子也关着一部分春天，让我们安坐享受，无需到外面去找。"这里钱锺书先生把窗子看作是屋子的眼睛。而我们的眼睛是心灵的窗口，既然是窗口，我们就该善于利用它的功能，比如风雨寒冷的天气就该关上它，风和日丽的时候就打开它，纵情地呼吸，遥望远方的山色秀美，让自己身心得到愉悦舒展。在四季的变化轮替中，用一种智慧的心态捧一杯香茗临窗而立，笑看世间百态，观云卷云舒，听细雨滴答，与白雪起舞。有春天的呢喃自远而近，有翠竹摇曳的夏风拂面，有秋荷漫染的馨香扑鼻，有冬梅点缀的原野苍茫……

有窗的日子，时间似乎来去轻快，清晨的鸟鸣会唤醒我的梦，睁开眼睛有窗口的光亮昭示着气象，我不再被世界所拒绝，我也是一棵小草或者一棵树苗。春天，有雨打窗棂的声响；夏季有蝉鸣虫吟的低唱；晚秋，看落叶飞舞的飘零；隆冬，观白雪覆盖大地的景象。这一切，只需要一扇窗。

为自己开一扇窗，不需要多大的地方，我们无法拥抱整个世界，有一扇窗，你会是世界的一部分。

作者简介

张连庆,九十年代到"河北新闻与文学函授学院"学习,任内刊通讯员后开始诗歌写作。有作品入选《中国爱情诗鉴赏》,曾获"首届微篇文学大奖赛"优秀奖。后忙于生计停笔十七年,近年在网络重拾旧笔,在江山文学网、盛京文学网发表诗歌散文作品二百多篇(首),获盛京文学网周年庆征文优秀奖以及2015年年度散文最佳奖。现任盛京文学网烟雨社团执行社长,大连市作家协会会员。个人诗观:现代诗歌写作应秉承传统诗歌的审美精髓,借鉴西方诗歌的表现手法,古为今用,洋为中用,善于在生活中捕捉诗意的闪光,还诗歌于民众。

我想收到一封信

周　丽

　　爱好写作,有投稿经历的朋友,都会收到过杂志社寄来的刊物,那种喜悦的心情,该是文字外的朋友体会不到的。

　　于我,写字一直是爱好,没有上升到发表的渴望,工作之余看看书、写写字,充实大脑慰藉心灵挺好。自己的拙文变为铅字的处女地是蒲公英文学论坛。一年前我无意中去了那里,发在散文版块一篇写给妈妈的文字,没有想到一个月后在蒲公英的刊物上发表,高兴之余迅速把家里的地址给编辑老师留下。才点击发送完毕便又后悔了,因为,即便有门牌号码,也有按门牌号码编排整齐的属于这个单元的邮箱,但是漂亮的墨绿色邮箱充其量算个摆设,因为其锁里面,没有单元门密码任何人也休想踏入半步,更别提与邮箱亲密接触。更让我百思不得其解的是,住进小区几年了,除了看到快递员忙得不亦乐乎外,从来没有见过邮递员进出的身影,落满灰尘的邮箱几年来从未发挥过任何作用,给编辑留下这么一个邮箱,作用何在?

　　漂亮的样刊明晃晃地在屏幕里诱惑着我,有种立刻想拥有的感觉,没有有效的接收地址急得我转圈搓手,咋办呢?辞职在家的我,没有工作地址,家庭住址是我唯一能提供给编辑的了。总不能就这样算了吧,这可是我的处女作,稀罕还稀罕不够的呢,怎么可能放弃?

　　第二天,我给物业经理打电话倾诉了苦恼,并咨询信件邮寄方面小区是怎么安排的,结果,经理给我的答复就是,邮箱就在那,能用就用,不能用也没有办法,他们没有再安排人员做这份工作，物业办公室也不负责接收信件，我试探着问，邮寄到门卫那里可以吗？经理干巴巴地笑了一声说："那你就去问问吧，按规定门卫没有这项业务。"偌大的一个小区，居然没有接收平台。我就这样被晒在电话的嘟嘟声中。

看来，想亲自接收自己的信件可能性不大了，迫于无奈我留下了先生的工作地址，并特意嘱咐编辑老师，邮寄时以第二次给的先生的地址为准。之后就开始盼星星盼月亮地等着信件送到的日子。按照邮寄的日子推算，一周后，我开始每天追问先生信件是否到达。看到他摇头否定，我便会侥幸地认为寄到家来了吧？迅速飞奔到一楼，伸手探进402邮箱摸来摸去，结果摸到的除了入住时我塞进去的一张废纸，还有满手灰尘，其他一无所有。

对邮箱又爱又恨的惦记一周后，先生由单位拿回了蒲公英邮给我的刊物，捧在手里看着"周丽收"那几个字，无论如何也舍不得拆开信封，这种来之不易的感觉自认为可以与唐僧取经媲美。报刊寄来五份，有妈妈的份，也有女儿的份，更有自己珍藏的份，马不停蹄便分发完毕，于妈妈，该是一份惊喜，于女儿，该是一份榜样的力量，于自己，该是不断前进的动力吧。

很荣幸的是，一个月后又有一篇写给爸爸的文字上刊，不过，却没有第一次那么幸运，半个月过去了，我没有收到刊物，看到别人给编辑回帖确认刊物已收到，更加让我心急如焚。于是论坛短消息询问编辑邮寄事宜，编辑肯定地回复，他们那边的邮寄不会出现任何问题，希望我咨询当地邮局是否派送。我又转身去问先生是不是门卫给弄丢了，先生肯定地说只要寄来的信件，门卫都会妥善保管，绝不会丢失。我的信件就这样被悬在了半空中。

是不是编辑记错了，按照第一个地址邮寄才没收到呢？我开始胡乱猜测，并不停地短消息给编辑告知我急切的心情，编辑安慰我不要着急，即便真的邮错地址也没有关系，他会再安排重新寄过来一份，不过，还是希望我向当地邮局追查信件的下落，因为还有下一次呢，再收不到怎么办？不过，我存在侥幸心理没有去追问。

是的，两个月后我又上刊了一篇文字，这次就真的被编辑应言了，我没有收到那份刊物，当然，我自是不好意思再与编辑催要。

文字被发表是最开心不过的事情，而收不到样刊却又是如此苦恼。

思来想去后，我去了邮局。当我迈进投递室询问我这种情况怎么接收信件时，正在整理报刊的两位女同志异口同声地说，你让对方寄挂号，平信我们不能保证，丢失的可能性很大，不是在我们手里丢失，而是在上面的环节中就会出现问题，有的平信根本到不了我们手。我忙解释，我主要是投稿收报社的刊物，报社一般不给寄挂号信，除了挂号还有没有其他让我收到的办法。两个女同志脑袋摇得像拨浪鼓，再次提示我，平信的丢失率很高，除了挂号信他们没有办法。我心里就纳闷了，为啥挂号信就可以保证我收到，平信就会丢失呢？如果，平信邮寄的结果只能丢失，国家为何不取消这项业务，能够存在必然有其道理，邮资付了，地址没变接收人没变，变的只是一个投递方式，便会出现天壤之别，真搞不清楚是邮局的问题还是我的问题。不甘心的我有种不达目的不罢休的姿态，一直坐在一边没有说话的女同志开口道，这样吧，我给你一个电话，是负责你们那片业务的邮递员，你与她沟通怎么处理这个事情吧。我就这样被打发了出来。

回到小区我先去了距离家较近的南门门卫处，邮局没有办法还是要自己想办法，推开值班室的门，里面没有人，正当我要转身离开时，看到了看门的保安，大爷热心地问我有什么事情，我像见到亲人般急切地问，可否代收一下信件。大爷努努嘴示意我看看门上贴的纸，抬眼看去：不代收任何快递信件。一颗热切的心就这样瞬间拔凉拔凉的。"人手太少，忙不过来，你去中门看看吧，那里值班的保安多，也许可以代收。"浇灭的希望重又燃烧，我飞奔到了中门，还没有来得及询问，便看到门上贴着同样的一张纸：禁止代收任何快递及信件。此时，希望彻底成为泡沫。

我还是不甘心啊，没有地址我怎么投稿，快快地回到家后，我拨通了邮局给我的那个投递员的电话。很好，两声就接听了，快速讲述完我的窘状后，对方回复了一句，我在开会呢，散会再与你联系。可是，直到我的这篇文字完稿，我依然没有等到对方电话，我也忙于记录心情，没有再拨出那个电话。不过，直觉告诉我，平信接收对于我来说，依然是路漫漫无休止也。

作者简介

周丽，河北三河人，廊坊市作家协会会员，盛京文学网美丽之声文学社社长。创作以散文为主，其中《一条鱼的期待》发表于《河流》2015年第2期，《那眉眼里的爱》发表于《关东文苑》2015年5期增刊，《钟爱文字悦精神》发表于2015年11期《辽海散文》，《回娘家》发表于2016年第2期《千高原》，《育女心经：女儿的感动》发表于《执手文学》春季刊。《我为父母圆了旅游梦》荣获由河北省委宣传部党员教育处、石家庄市委宣传部主办，河北新闻网承办的"我的中国梦"主题征文大赛三等奖，《我是盛京人》荣获盛京文学网周年庆散文奖。

父亲留给我的财富

李 铭

"认认真真做事,清清白白为人。"这是父亲在我上大学时题记给我的一句箴言,是他践行了一生的家训,也是他留给我的最大的财富。

孩提时,我特别羡慕别的小朋友都拥有属于自己家的大房子。爸妈结婚十年,一直寄居在姥姥家,直到我四岁那年,才租了一间平房居住。虽然仍是家徒四壁,但我还是很开心。后来爸爸和战友用油毡纸和石棉瓦搭起一个仓房堆放杂物,又用木条围起来,就构成了一个完整温馨的小家。弟弟看到别人家都有沙发,也吵着要,爸妈就用旧衣服和海绵自己做了一个,于是家里就有了像样的家具。

爸爸从炮团转业做了副检察长,分管经济案件。了解到家里的简陋,有人主动提出愿意出资帮我们建一座像样的院落。在我期待的眼神中,爸爸却把这些人的好意婉言谢绝了。送走客人,我不解地问爸爸这是为什么呢,爸爸对我说:"孩子,爸妈省吃俭用,将来一定给你盖一座像样的院落。但你记住:爸爸的权力是人民给的,绝不能为自己谋私利。认认真真做事,清清白白为人,才对得起这个'官'字。"我木然地望着爸爸笑了。

后来县里筹建监察局,爸爸做了监察局长。选干部的时候,很多人晚上到家里来给爸爸送礼、送钱,又都被他当面拒绝了,最后选定的人都是他认为能力足以胜任却没什么背景的干部。随着廉政工作的顺利推进,因为工作关系,想找爸爸办事的单位领导越来越多。有个单位盖楼,主要领导是爸爸多年的战友,当他把两室一厅的房屋钥匙送到家里时,爸爸很生气,下了逐客令。后来他又找到妈妈,对妈妈说:"嫂子，我真的没别的意思，就是看到大哥为党工作了这么多年，现在全县所有科级干部都上楼了，你们还住着这么寒酸的平房，心里怪难过的。"看着他手里的钥匙，妈妈说："谢谢你的好意。你们是多年的战友，他的脾气你最清楚，不该拿的钱他不会收，违背原则的事他不会做，这也是我们家的家风。"

多年后，爸爸回到检察院，做了检察长。在政府支持下，检察院盖了家属楼，我们终于搬进了宽敞的楼房。那一年我刚好考上了师范大学，可谓双喜临门。一家人坐在属于自己的大房子里吃饭，在祝酒词里爸爸满怀感慨地说："女儿，对百姓来说，我是称职的父母官；可对你们来说，我不是好丈夫、好父亲，我没能像有的人那样，处处为你们考虑，早点让你们住进宽敞的楼房，从这点来说，我愧对你们。"妈妈说："老李，跟着你，虽然过得清贫，但我和孩子们活得踏实，活得问心无愧，这份尊严感、安全感比什么都珍贵！"这一下子，我懂了：认认真真做事，清清白白为人，才能最安心。

2003年父亲因病去世，上千个自发来参加他葬礼的人让简朴的仪式显得格外隆重。感动之余，我不禁困惑：是父亲荣膺的全国公检法战线模范，还是他的扶弱济贫的善举，让这么多不相识的群众来吊唁呢？我想起爸爸常说的一句话：我死后不会有太多遗产留给你们，只有正直和清白能伴你们一生。无论是身为监察百官的监察局长还是反贪打黑的检察长，认认真真做事、清清白白为人都是父亲的写照。而这正契合了行医世家的爷爷常说的家训：身正才能济世。

今天，我感到荣幸的是父亲留给了我一笔宝贵的财富，这财富就是家风。

作者简介

李铭，笔名茗儿，汉族，一级教师。现为辽宁省传记文学学会会员、辽宁省通俗文艺研究会会员、辽宁省散文学会会员、沈北新区作家协会副秘书长。擅长文体中短篇小说、散文诗。曾两次在沈阳市文联、沈阳市图书馆举办的征文大赛中获小小说二等奖；所写童谣获沈阳市文明办征文二等奖；所写散文获老年报征文大赛三等奖；所写抗日征文被沈阳市委统战部评为优秀作品；所写小说获盛京文学网优秀编辑奖。所写散文诗多次被刊载在《辽沈散文》《辽宁通俗文艺》《品读沈北》《沈北风》等杂志上。

透过千年风尘的联想

吴秋蓉

小时候，常听曾祖父讲《三国》，我总爱刨根问底："为什么蜀国没赢？"长大后，自己能看《三国演义》，也总希望蜀国能赢，那实在不是为了刘备，而是为了诸葛亮。这样一位伟大的思想家，这样一位天才的军事家，这样一位品德高尚的人应该百战百胜，而历史制造了悲剧，让我将无尽的思索和遗憾深埋心中。

听说要到成都开会，一种期盼和渴望鼓舞着我。落脚成都，寻觅和拜谒武侯祠更加急迫。终于散会了，我带着神秘的向往，走进这座具有传奇色彩的建筑。

武侯祠坐落在成都市的南郊，它并不像我想象得那么气势恢宏。两棵古榕，一对石狮，一座朱红飞檐的庙门面南而开。进门是一个庭院，满院古木参天，花卉掩映。顺着甬路直入二门，路两侧有唐代和明代石碑，庄严肃穆，圣地在即。跨过二门来到一座四合庭院，那是刘备殿。刘备雄踞正中，左右两廊分别供着28位文臣武将。过刘备殿再穿过一个庭院，在一个很大的四合院的正北方是诸葛亮殿。不知不觉，越了三重门，瞻仰三座殿。一种远离尘世，走向历史的幽远之感油然而生。

公元234年，诸葛亮在进行他的一生最后一次对魏作战时病死军中，国倾梁柱，民失父相，黎民百姓莫不悲痛。每年清明时节，百姓对天设祭。30年后，朝廷在诸葛亮殉职的定军山修建了第一座祠。此例一开，全国武侯祠林立。成都建祠最早，大约是在南北朝时代，先是武侯祠与刘备庙毗邻，诸葛祠前香火旺，刘备庙前车马稀。功高盖主使历代皇帝心中不悦，明初祠庙合并，清康熙十一年（1672年）重建，形成君臣合祀格局。1956年武侯祠被国务院定为全国重点文物保护单位。"文革"中，多少文物古迹遭到疯狂破坏，但武侯祠却片瓦未损。这是诸葛孔明英灵昭示，这是后人抒情感怀之所在。

中国历史上有无数位名人，但没有谁能像诸葛亮这样引起人们经久不衰的怀念和景仰；中国大地上有无数座祠堂，没有哪一座能像武侯祠这样，吸引历朝、历代人们深深的向往。我站在诸葛亮殿前，诸葛亮端坐在正中龛台上，头戴纶巾，手持羽扇，浩然正气，凝神沉思。殿的左右两壁书着他的两篇名文，左为《隆中对》经分纬析，预知数十年后天下事；右为《出师表》，慷慨陈词，痛表一颗忧国忧民心。透过千年风尘，我遥想这位思想家的过去。在国破家乱之时，他布衣淡饭，耕读山中；刘备三顾茅庐，他才出山，受命于危难之中；羽扇轻轻一摇，八十万曹军灰飞烟灭；他挥泪斩马谡，有难言的恻隐之心……往事越千年，历史的风尘不能遮挡他那聪慧的目光，世事沧桑不能掩没他一心报国的功绩。

一千多年前，诸葛亮输给了曹操，但他却赢得了后人的心。我看到一个一个的后来者，他们在这里仰天长叹，沉思默想。他们中有诗人、有文官、有武将，不管什么人，负有什么使命，只要站在诸葛亮殿前，就受到一种庄严的召唤。杜甫是到这里做诗最多的，他的名句"出师未捷身先死，长使英雄泪满襟"，就是这一历史悲剧的主题歌。元人的一首诗叹道"正统不惭传万古，莫将成败论三分"，显示了公允。明人的一首诗写道"托孤未付先君望，恨入岷江昼夜流"，恨历史不能重写。岳飞曾来草书《出师表》，我看到倒海翻江，走笔龙蛇，默读"临表涕泣，不知所言"，"汉贼不两立，王业不偏安"。这是两位历史忠臣，穿过时间隧道，发出的巨大的共鸣。

历史早已过去，我在这里追溯往事，未必对"曹贼"仇恨到如何地步，但对诸葛亮却实觉亲切。诸葛亮不单是为克曹灭魏，他不过是要实现自己的治国理想，实践自己做人的规范，他将自己的聪明才智发挥至极，实现了一个历史伟人的价值。诸葛亮已经成为正义智慧的化身，受世人景仰。历史无情也有情，那些明君明主，忠臣良将总能被历史记住，受后人供奉。我伫立在孔明像前，仰望他清澈的目光，随着他那手中的羽扇，轻轻一摇，我的思绪从一千多年以前又回到了现在。

作者简介

吴秋蓉，辽宁省辽阳市人。曾就读于沈阳市第三女子中学、抚顺师范学校、抚顺师专、沈阳师范大学中文系。曾于1968年下乡，当过知识青年，任过中学教师。1983年起任辽宁省教育厅语言文字办公室主任、机关党委副书记、副厅长。曾任辽宁省语言学会副会长、辽宁省语言文字工作者协会副会长、辽宁省硬笔书法研究会副主席。现任辽宁博雅诗词学会会长、博雅文学社社长。早年多有诗歌、散文发表，出版散文集《小窗秋语》，编著出版语言文字专业书籍十余部。

一块剩馍和五个鸡蛋

崔沈霞

那是一个物资贫瘠的年代,馍是给老人和刚断奶的婴儿吃的;鸡蛋是给产妇和病人吃的。那时,我家住在烟青公路的路边。

我的母亲是一个没读过书的农村妇女,嫁给了识文断字、后来到外地工作的父亲。母亲孱弱的双肩负担了很多男人的工作,由于没有男劳力,吃水成了家里最大的难题。而我家的水,常常还需要赞助那些过路司机的油箱注水、赶脚的路人解渴。更有甚者,常常有人问我家讨吃的!

除了打发要饭的,还有一些赶路的,饿得走不动,光给他们补水是不行的。我的记忆里总是储藏了很多关于母亲往要饭的碗中递蒸好的地瓜干,并小心地在碗边再放上一块腌咸菜的场景。虽然那些个苦难的日子,懵懂的我和弟弟,并不能体会几块地瓜干对于一个家庭的意义,但是这些镜头日复一日地重复,已经在我们的脑海中无法抹去了。

记忆最深的一次是为了一块剩馍。那天,我们家临街的门照样被扣开了,进来一个黑瘦黑瘦的小伙子,说是从招远骑自行车到青岛。我不知道这两个地儿在哪儿,总之在我的小脑袋里,这两个地方都是离我家很远的"外国"!

那个叔叔的后车座还坐一个五六岁的小孩,真见了鬼了,那么老远折腾什么呢?还带着个孩子!唉,那个年代的人们就是这样,很多事情我们现在想起来费解得很,当时的人们却见怪不怪。

黑瘦叔叔说:"婶,赶路渴了,讨口水喝。"母亲拎起家里的大葫芦瓢,舀了半瓢水递给他,叔叔咕咚咕咚就喝光了。他坐在我家门槛上说:"婶,我歇一下就走。"

母亲望着那小伙子,望着车后座的孩子问:"这娃是谁啊?"叔叔说:"是我叔家的弟弟,我给叔家送回去。"母亲给那小孩冲了一小碗油茶面,又递给小伙子一块剩馍,小伙子迟疑着,母亲说:"别嫌。那坑坑洼洼不是咬的,是我手掰了嚼给娃吃的。"那时候弟弟还小,比叔叔筐里驮那个孩子小多了。

叔叔哽咽了,说:"婶,不是,我不是嫌脏。这馍,估计你家小妹都捞不到吃呢。"

母亲看了看正砸吧嘴的我说:"你不吃了它,骑不到青岛的。"

就这样,我咽着口水看着那个陌生人吃掉了弟弟一个星期的口粮。

两年后的一天,我家的街门栓像每个平常的午后被陌生人扣开一样,咔嗒一声又开了。

进来一个壮硕的小伙子,手里捧着五个鸡蛋。弟弟已经满地跑了,惊喜地喊母亲:"妈,妈,蛋,鸡蛋蛋。"

母亲愣住了,小伙子说:"婶,你不认得我了?我上你家喝好几回水。有一年,我驮小弟回青岛,吃了你家半个馍。婶,你家的水瓢涩巴巴地干净,里面黄笼笼的,水可甜了,你家馍真香。"

这就是发生在我小时候的一个真实的故事。这个叔叔,不,按照他喊母亲的称呼,我应该喊他哥哥,在吃了我家馍后,再也没有到我家喝过水。时隔两年,他手里有了五个鸡蛋,再次路过的时候,诚心诚意地捧回来送给这个善良的人家。

那是个困难而充满盼望的岁月,母亲总说,扶人一把不会累死,帮人一把不会穷死。那个穷得掉渣的年代,母亲把淳朴的真情兑进乳汁里,让她流淌在生活的角角落落,滋养着我们长大。

作者简介

崔沈霞,女,1973年出生,中国化工作家协会会员,辽宁省散文学会会员,沈阳市职工文联作协副秘书长,盛京文学网匠工文坊社团社长。1991年就读于北华大学电子工程系自动化仪表专业,现供职于沈阳石蜡化工有限公司,1999

年开始发表作品,在国内各报刊发表散文作品百余篇。文章以歌颂人间温情为主要基调,温暖、从容、哲思。代表作《悬空的竹篓》《"冰棍儿"岁月》《有爱的地方就是家》《与婆婆在一起的日子》等。

莲叶田田舒翠袖，细雨微微润新苗
——我眼中的田宇老师

莫春华

初认识田宇老师，是在 2015 年的学校教学成果汇报演出上。听大家说，这是一位非常出色的老师，别看个子不高，舞蹈跳得很棒。

我非常欣赏舞蹈，也羡慕那些会用"肢体"说话的人。但就是因为胳膊腿不协调，不敢尝试跳舞。记得上学时，在体育课上，齐步走路的时候，经常被老师点名批评：莫春华，你又走顺拐了！因为我的动作不协调，齐步走的时候，不是手甩到后面人身上，就是踩掉前面人的鞋子。面对老师的善意指正，同学们的真心抱怨，其实我心里也不是滋味。我还曾经怀疑过：是不是因为我四岁才断奶，妈妈给我的"钙"补多了？

新学期开学了，我胆怯地走进田老师的课堂。因为了解自己的"前科"，更因为自己是一名插班生，是一张崭新的白纸，心里面更害怕老师批评我。所以，我总是"猫"在人群的后面，认为这是最安全的地方。日子一天天地过去了，尽管我"躲"在后面，每一个细微的动作，也难逃田老师的"法眼"。她逐个地纠正同学们的动作，不厌其烦地一遍遍讲解。在田老师耐心的指导下，我这只"笨小鸭"，跟在姐姐们的后面，也开始一点点学会了"飞翔"。尽管动作依然笨拙，但对于我来说是一个重大的突破！原来我也可以"跳舞"啊！

身教胜于言教。最让我感动的是田老师的负责、认真精神。记得有一次，别人都热得出汗，他却披了一件长袍厚毛衣，脸色也极其难看！后来我们才知道，她正在发高烧！我们都劝她休息吧，她说："坚持一下就能挺过去，不能让你们落课！"还有一次，田老师的腿部做了手术，带着流血的伤口，为了我们，她仍忍痛为我们一遍遍地做着示范动作！课间休息，她偷偷跑到洗手间去换渗透了鲜血的纱布……

往日的一幕幕，大家有目共睹，有心可感。田老师课堂上风趣幽默的风格，教学严谨的态度，殚心竭虑的操劳，换来了大家骄人的成绩。就是在昨天，也就是2016年6月30日，学校教学成果汇报演出上，我班的《盛世鸿姿》赢得了满堂喝彩。田老师的血水、汗水、泪水没有白流！同学们的汗水没有白流！人生能有几回搏啊！这种拼搏的精神远远超出演出的意义！

尽心、尽力、尽性，用这几个词描述田老师，有过之而无不及！他人格中闪光的一面，在昨天的舞台上，再一次展现。《梦中的额吉》是田老师的倾情之作。当主持人报完幕往后撤退的时候，因为当时正切换灯光，她没看到"潜伏"在后面的舞蹈演员的脚无意中踢到了她的额头。随着一声响，自己也"倾倒"在演员中间。在舞台昏暗的灯光中，我看见伏在地上的田老师，紧张地探出头，伸出双手，去抚摸她的额头，站在台角的我，虽然听不到他当时说什么，但通过他们的肢体语言，我知道一定有这样的对话："踢到哪了？怎么样？严重不严重？""没事儿，没事儿，继续演出！"这是一次小意外，田老师毫无做作的动作，是最好的心灵舞蹈！田老师是坚强的，被踢到的学生，也是坚强的，她没有下场，忍痛坚持演出，这是一种传承的力量，一种风范！

田老师和他的学生们，在台上，以无声的肢体语言，在一首由一个失去了父母的八岁蒙古族小男孩——乌达木，深情演唱的《梦中的额吉》的背景乐曲衬托下，淋漓尽致地向我们诠释了人间的真情。引用我们班学员尹玉新大姐的一段话："这个舞蹈出乎所有人的意料。思想主题上，传播的是我们民族的正能量；艺术上，技巧上，高度地感染着每一个人；更可贵的是在戏里田老师完美的表演。而我们则是情不自禁地流着眼泪看完的，这是不多见，尤其舞蹈，我很震撼，由衷地钦佩，更庆幸的是我们遇到了您！"确实如此，尽管我们听不懂歌词，您和您的爱徒们，用无声的肢体语言，向全场传递着真情、无限的思念，台上台下为之动容……

莲叶田田舒翠袖，微微细雨润新苗。人间大爱情切切，额吉声声泪梦飘。田宇老师：大家心中的"小巨人"！我们爱您！

作者简介

莫春华,笔名心泉。1973年10月出生。辽宁省作家协会会员,辽宁省儿童文学会会员,辽宁省楹联协会会员,冰心儿童文学奖获得者。代表作《土豆姑娘》(荣获冰心儿童文学奖),《喜鹊也会忧伤》(选入《名家名篇进校园》一书),童谣《牵牛花》(获沈阳市优秀童谣征集活动成人组一等奖)。出版书籍《成语故事接龙》《校园书法作品》等,发表文学作品千余篇。

故乡的香椿树

牧 歌

迎着明媚春光，披着丽江买的雅致披肩，恬静地在市场踱步。游目菜摊，眉头微皱，竟为不知买何菜发着淡愁。

倏然，一把把绿叶闯进眼帘，一股股清香飘进鼻息，忽来的欣喜撞击着心扉。哦，故乡的味道再次降临，勾引得思乡之情，在心海泛滥。

故乡的老宅位于蓬莱，一半陆地，一面临海。白墙灰瓦的庭院，除了两棵石榴树，靠石头墙角，还有三棵香椿树，是我八岁那年栽下的。后来，等我初中回去时，它已有院墙高了。只是故乡人喜欢吃春芽，夏日没人碰它。害得我骑着院墙，才能够到枝头几片嫩叶。姨娘仰望着我絮叨："丫头，叶老了不好吃了。以后给你寄春芽。"我才不理不顾呢，寻遍所有嫩叶，才跳下石墙，再去鸡窝掏来两只鲜蛋，一起递给姨娘。然后，乖乖地坐在石板小院里，等待那盘香喷喷的饭菜。

再后来，每年春天都会收到姨娘寄来的香椿芽。于是，香椿芽成了我对故乡的思念。

窗外，又是春雨纷飞，狂风裹挟雨点，砸得玻璃叮咚作响。我伫立窗前，久久发呆……近年姨娘老了，老到不能再寄香椿芽了。可故乡的香椿树该攀至屋檐高了吧？碧绿的小山村也许正接受细雨洗涤，已是桃粉梨白了吧？

猛然发现，岁月如梭，韶华已过，再过些年，青丝成暮雪的我，还会记得孩童的我，提着小铁锹栽下香椿树的情景吗？那时痴痴地问姨娘："它何时长高？"不觉中，香椿树窜到屋檐高了，姨娘老了，可故乡一直萦绕在梦里，香椿树常青在故乡泥土中……

作者简介

王晓丽，女，笔名牧歌。中国散文家协会会员，辽宁省散文协会会员，沈阳市作家协会会员。曾荣获辽宁省《中国梦》征文大赛散文奖，沈阳盛京文学首届征文大赛书评奖。曾在省市级报纸杂志上发表若干篇散文、游记，近期尝试写诗歌。

心在旅途

刘 勇

因为工作需要，我又一次踏上了旅程。沈阳到北京的航班一如既往地满员，这让狭小的机舱显得越发嘈杂。我依旧选择了靠窗的位置，习惯性地随手翻开了已经快被翻烂的航空杂志。一个多小时的旅程应该很容易便捱过去的，我这样想。

邻座是一位独自带着孩子的年轻妈妈，孩子很小，大概两三岁的样子。其实小孩子算是同龄孩子中比较听话的。但是对于飞机的升降，小孩子往往会特别敏感。每当孩子哭闹，孩子母亲都会表情很无奈地对我表示歉意。我也只有报以微笑，心里却想孩子这么小为何还要带出来。不大会儿工夫，或许是哭闹累了，小孩子在母亲怀里安静地睡着了。

母亲如释重负般长出了一口气，"带孩子出门就是麻烦。"孩子母亲用简单的开场白便很自然地与我攀谈了起来。女人年纪并不大，1985年生人，穿着时尚，是一个地道的北京妞。她有着那种北京人特有的自来熟与健谈，一口京片子如连珠弹般，基本上我只有搭话的份儿。

当我得知她的目的地是拉萨的时候着实是有些吃惊。随后她又说下了飞机还要坐八九个小时的汽车才能到，我就更想不通了。她是拉萨当地人？肯定不是。虔诚的佛教徒？横看竖看也是不像。难道是背包客？反正长这么大我是没见过背着两三岁孩子出行的背包客。虽说我默不作声，她还是很轻易地便看出了我的疑惑，向我道出了原委。原来她是位军嫂，丈夫随部队驻扎在中国和尼泊尔边境的一座小县城。怀孕后因为怕肚子里的孩子受不了高原反应，所以选择在内地生产。她还半玩笑似的告诉我了另外一个原因，说怕在那边环境长大的孩子个子不会高。从此照料孩子的重担基本压在了她一人肩上，距上次丈夫探亲回家转眼又将近一年没有见到丈夫了。这次出行她犹豫了很久，最终她决定让孩子亲眼去看看丈夫驻守的地方。

听完她说的这些我真是感到有些意外，因为她与我思维定式里的军嫂形象相差太大了。我印象中的军嫂嘛，农村妇女，种地喂猪，赶鸡上架，吃苦耐劳，任劳任怨。怎么会是眼前的这种俏生生的大都市女孩儿呢？对于突然冒出的内心想法我着实是有些羞愧的。可见现代人已经完全被束缚在了思维定式里。

我问她这么远的路带着孩子不觉得辛苦吗？年轻母亲摇了摇头轻轻地说："不辛苦。"然后她又使劲地点了点头，仿佛是要再次肯定她的话，"我真的不觉得辛苦。"她接着说："孩子最近总跟我哭闹，我知道他是想他的爸爸了。他爸爸也特别想他，虽然他不说但是我能感觉得到。"我想她也一定很想念孩子的爸爸，虽然她没说但我真也可以感觉得到。一瞬间我的心里暖暖的，之所以这个世界不那么冰冷就是因为人们心中有让彼此思念和牵绊的那个人的存在。距离再远也拉扯不断心与心的相连。年轻母亲告诉我孩子小名叫笑笑，听她说完我俩都发自内心地笑了。

接下来她的嘴里基本上都是那里的天有多么蓝，草有多么绿，花有多么香。我随着她的描述仿佛也进入了那个美丽恬静的境地。简单却布置得干净、整洁的哨所，随风飘扬的五星红旗和守护着这面旗帜的军人以及他们的家人。不一样的人生看不一样的风景，在她的言语间丝毫感觉不出抱怨与艰辛。

我突然觉得这才是真正的修行，不是说我们到了拉萨磕几个头，烧几炷香，请几尊佛才叫修行。修行不是刻意地追求，仪式般地膜拜。修行是生活中点点滴滴的积淀，是看淡一切的豁达。人的经历不尽相同，我们追求的那份初心近在咫尺却又咫尺天涯。真的只有历尽平常事，才能修得清净心。

原本枯燥的旅途因为彼此的交流变得不再那么单调乏味。时间轻快地流逝，我竟有要抓住它的冲动。

因为要转机，我主动帮着母子二人将行李办理了托运。她的行李不少，我想里面装的一定是这个女人对丈夫满满的爱。她向我道谢，其实真正该道谢的应该是我。因为她，我的心灵得到了荡涤。我相信沿途一定会有许许多多的热心人愿意帮助这个乐观开朗的女人和她怀中抱着的名叫笑笑的孩子。

互道珍重后便彼此踏上了旅程，我由衷地希望她和她的孩子、家人一路平安。

作者简介

刘勇,男,1981年7月30日出生于辽宁省沈阳市。沈阳市市作家协会会员。爱好读书,旅游。酷爱写作,擅长小说、游记,随笔,时事评论,在多个论坛发表过题材不同的作品。为人风趣幽默,喜爱交流。

雪是落入凡尘的天使

刘洪静

雪，是落入凡尘的天使。

或许生在北方，对雪始终有一份特殊的情愫。我喜欢雪，洁白，轻盈，安静，银装素裹的世界，内心一片祥和宁静。更喜爱下雪的时候，动态的，柔和的美，一片，一片，旋转，舞蹈，娇媚的身子勾起无限的欲望，想伸手抚摸，却害怕冒失的触摸惊吓了纯净无尘的心。只能静静地，用充盈着疼爱与欢喜的双眸，痴痴地，凝望，追随它的脚步，节奏，心也跟着喜悦，与它紧紧融为一体。

偏爱便有了期待。刚迈进冬季的门槛，焦急地盼望降临一场像样的雪，踏雪寻梅，雪中赏松，你约哪一"味"？

雪，却故意与你逗趣。天空灰蒙蒙的，气温降到零下十九度，凛冽的北风鼓足了劲狠命地吹着，似乎该下雪了。雪偏偏羞涩得要命，怦怦乱跳的心，低眉偷瞄，扭捏着。让你等的心儿急，脸儿热，躁动不安之于，不免生出些许失望。

雪读懂了你的心思，它不再矜持，轻舞纱裙，旋转着，旋转着，勇敢地降落在你的世界，你的心里。纯洁的雪，虔诚的心，幻成真实的美丽。念念不忘，必有回响。

不同高度，角度，赏的雪是不同的。平地赏雪，最美的是无风，雪落无声，带着些神秘，悄悄地停靠在发梢，额头，眉毛，鼻尖，嘴唇，伸出舌尖偷偷品尝它的味道，冰的，甜的，香的，甜蜜蜜的。风儿裹着雪，多了份急切，直直地扑面而来，野蛮地打在脸上有丝丝疼痛，它还瞅准时机猛地钻入裸露的白皙的脖颈，一阵寒战，让你瞬间领教它的搞怪与无厘头。加快脚步，跑回家。伫立窗前，静静赏雪，心里多了份惬意。想象的魔力无穷，雪花如火花，不断跳跃，升腾，啪啪作响，活力四射，希望的跃动，一次次拥抱温暖，主宰一切。那一刻，置身雪的火花中，且歌且舞，随心而动，做个感性女子，寻找那份久违的快乐。

每次赏雪都有不同的内涵。夜晚的路灯下，漫天飞舞的雪花是夜宴的特邀嘉宾，圣洁的天使，处处讨人欢喜。橘黄色的灯光，妩媚温柔地照着，远远望去，雪花如一只只小小的萤火虫，晶莹剔透，明亮无比。娇小的身子，旋转出最优雅最有难度的舞步，让人叹为观止。欢快地旋转，投入地舞蹈，让它们忘乎所以，是灵魂之舞。站在厚厚的，雪白的世界里，仰头凝视，犹如到了雪花源，神奇的世界，纯洁的精灵，醉了心，迷了眼，义无反顾地爱上它。

真心喜欢下雪的日子。雪中走走，与雪花相约，雪落在肌肤之上，回味无穷。季节轮回，不变的心，我爱这落入凡尘的天使。

作者简介

刘洪静，70后素颜女子，沈阳作家协会会员，辽宁省散文协会会员。作品曾入选《作家领读系列之年少情怀总如诗》《蹲下身子看世界》《倾听孩子的声音》等书籍，在《天池小小说》《健康与素食》《扬子晚报》《羊城晚报》等多家报纸杂志发表文学作品。

乘着想象的翅膀

陈晓琳

我认识姬刚是十几年前的事了。我是从广播里开始了解姬刚的。十几年前沈阳经济电台有个读书栏目："长夜书香"。从这儿我了解到姬刚是一个一天学也没上过的脑瘫患者，但心灵却生了一副翅膀，带着他翱翔。

2002年一位朋友带我去看姬刚。他躺在床上，手每动一下都不停地抖动，腿脚不能动，说话很费力。他见来了人很高兴。

每天，他妈妈把他抱到椅子上待一会。他从小到大都这么孤独地存在着，很少有人来看他。

他从小伴着收音机长大，收音机开阔了他的视野，使他学到了许多东西，为他的创作打下了基础。

那时，他每天面对着窗前的一棵树。这棵树就像他的一个老朋友。他和它默默相视了好几年。突然有一天，这棵树被人砍倒了！他的心里有一种与他息息相关的生命被人连根拔起的痛楚，那是一种目击一个生命在眼前死亡般的痛楚，那是一种失去好朋友的空虚和失落。在感慨中他写下了第一篇文章。不久后，1996年的年底，他结识了文学青年阿涛。阿涛看了他写的文章，觉得他有一定的天赋，鼓励他一定要写东西，他郑重地答应了。这是一个生命对另一个生命郑重的承诺。

他留意广播中、电视里文化色彩浓郁的节目。在文化的熏陶下，他的心灵渐渐生长出奇异的花朵。从现今到远古，从他生存的房间到太空，思索的脚步渐行渐远。

"我思，故我在。"在人们每天忙忙碌碌的时候，这个被疾病锁住身体的人，在用心灵走路。是妈妈把他的一篇篇文章记录下来。

他给自己的文章起名为"姬刚飞话"，他说：希望有一天我写的东西能"飞"出去。

姬刚也曾不屈地反抗命运的不公。慢慢地，他知道反抗的无用，他把头深深地低下了，埋在了土里，他忍耐了命运。他又慢慢地昂起了头，接受了命运。身体的残疾让他自卑，他又努力让灵魂冲破自卑。

他对自然的热爱和对生命生长的渴望也在文章中表现出来。一次看牙的途中，他在路上看到房子中间生长的树，他多么希望这树冲破房子对阳光的阻碍，一直长成参天大树啊。连路上看到的驴也引起了他的思考。

那次，我和两位朋友去北陵公园游玩，恰好遇到了电视台的编导把他从他的小屋里"放"出来，让他领略自然的风采。他很兴奋地见到了树木、草地和湖水。他说这时的他最大的愿望是打水玩。我想，这是他要触摸自然的本能反应。一个等于被迫在屋里囚禁了30年的人是多么想与自然拥抱啊！

一次，几个中学生用饮料瓶子装几条小鱼送给他时，他说：快把盖子打开。他写下了："快给所有的生命打开盖子"的句子。"盖子"是什么？就是一种对生命的束缚和桎梏，他被疾病桎梏在床上，思想却如苍鹰般自由翱翔：

我想喊
声音在屋子里显得很大
在屋子外变得真小

我想跳
跳得比白云还高
落下来的时候
谁会把我接到
是大海
还是母亲的怀抱

我想跑
跑得比光还快

回到过去的日子
　　把昨天的自己瞧上一瞧

　　然后我的手会高擎起什么样的火炬
　　跑向今天跑向明天跑向明天的明天
　　我的身后
　　会留下一行弯弯的脚印
　　它会被外星球的海浪冲掉、冲掉、都冲掉
　　只剩下叫喊跳跃和奔跑

　　从文中我们可以看到他生命勃发的张力。他思考的很多很杂，他的文章中有许多精彩的句子，也有苦恼者的自我安慰和孤独的感觉。他不愿做生活的旁观者，躲在一个角落里无声无息，他要做一个思想者，一个呐喊者，一个举着火把的人，即使这火把只发出微弱的光，只照到世界一个角落。看看他写的文字："我手中的火炬还在举着吗？如果生命可以燃烧，那我还要这铁架子干什么？扔掉它，举起手臂，让空中的闪电击出的火焰点燃我的手指，用我生命的力量去做他的燃料。"这是怎样的激情啊！

　　他的渴望，他的梦想，都那样强烈。从他的文章中可以看出他是一个能和自然对话的人。这样的人世上并不多。他的诗文大多充满了对人生的感悟和哲思，以及对生命的终极追问，也充满了诗意。

　　他在写作中成长起来，也在写作中找到了生命的支点。但他颇有遗憾地说：生活中空白的时候多。他希望能找到已失去联系的阿涛，他要告诉阿涛，当年他播种了一粒种子，如今已经发芽了。

　　就在这时，他突然患上了白血病。这真是雪上加霜！

　　姬刚得知了自己的病，他皈依了基督教。

　　我又一次去看他时，他还那么乐观。我以为他还不知情，可是，从他父母那，我知道了他什么都知道了。从他的态度看出：他对生死已经淡定自若了。从他以往的文章可以看出他对命运的反抗和愤怒，而到了生死关头，他却淡然超脱了。这样的人是大英雄。他遗憾自己走了却没有留下一本书。他多么想把自己的思想变成一本书啊！

　　2006 年 7 月 14 日，经过半年多与疾病的斗争，姬刚最终回到了上帝的怀抱。32

年的苦难和抗争结束了。我想，也许是上帝看他活得太苦了，才召他回去了。他走得很安详，在和命运抗争的过程中，他得到了大智慧。

在他生前，我们都遗憾没有看到他的书印成铅字。

2014年8月8日，我终于看到了他的《飞话》获得了沈阳市残联征文的特别奖。而且《飞话》作为这次征文的特别奖单独印成一册，作为残联的资料留存。这15万字的作品是那样沉甸甸。他的事迹感动了市残联领导，感动了评委，也感动了身有残疾的兄弟姐妹们。

洒泪祭雄杰。是大家的共同努力，使姬刚在告别人世八年后，从心灵飞出的思想奇葩，终于绽放。这奇葩不仅永远留在我的心中，也留在了许多人的心中！

作者简介

陈晓林，女，1963年出生。笔名陈思。沈阳市作协会员。原在物资系统工作。1997年下岗，2004年开始从事社区工作。2013年退休。发表各类文章几十篇，其中中篇小说《未来世纪》发于《芒种》2004年第4期。

花开的声音

公主怡情

杨百良

公主抚今追昔仿佛游走于千年前的圣山，心情极好似飘然散落的秋枫红叶，铺垫了通今博古的沧桑心路。公主的好心情是秋风吹来的，是红枫渲染的，红枫把原本就魅力四射的巴尔虎山雄伟了，美轮美奂的圣迹山壮观了，灵水滋润的科尔沁草原肥美了，层林尽染的森林公园璀璨了。公主用远焦镜头聚焦秋阳艳照的圣山之巅，峰峦叠嶂，逶迤起伏，如天台仙阁，绮丽险峻，扑朔迷离。骄阳爽了圣山、艳了红枫、迷离了繁茂的苍松翠柏，陶醉了游人的沧海心田。公主带着这种美妙而奇特的神怡妙趣，和游人一道穿梭于圣山之巅、灵水之美。公主指点江山激扬文字，广袤的科尔沁大草原，天然植被森林公园、秀色可餐的巴尔虎山，它并非是法库的骄傲，也不仅限于沈阳第一高峰。它是民族的，是历史的，是世界的，是皇家圣迹精神雕塑文化瑰宝。公主就这么专注的沉浸于巴尔虎山的深邃遐想，仿佛从远古走来汉八旗子弟，胯下金盔银甲的铁骑将军，挥戈征战厮杀疆场的骄勇画卷；南山天麓亭台仙阁把大小99座山峰逶迤得浪涛汹涌神圣绮丽。公主小心翼翼地挑开古风屏障，眼前展现出美轮美奂的天然森林公园，位于法库城西北17.5公里，林木茂密，植被葱绿，如圣山之巅的八骏图，似灵水湖畔的荷花绽，水清草绿肥美的科尔沁大草原上，心旷神怡的牛羊们肆无忌惮地吸吮着母亲的甘甜乳汁。满汉混居的游客们兴致勃勃地打起了腰鼓，舞起了长袖，跳起了满蒙风情的神曲歌瑶。公主豆蔻年华，容颜俊俏，又格外的聪明伶俐，琴棋书画，数学物理，样样精通。她芳心荡漾，雅性溢出心田，默默地哼起了"古枫林的传说"。

其实公主并不看好此地。因为公主自幼生长在京城,其生父贵为亲王,又是嫡母所出,使公主从小养成了刁蛮的性格,习惯了安逸享乐的皇宫生活。让她远离京城,她当然不肯了。

然而,雍正皇帝为了怀柔蒙古,指婚把公主许配给科尔沁郡王博尔济吉特·齐默特多尔济。公主大惊失色,惶恐万状,怎么也不情愿离开皇宫,为此她哭了三天三夜,哭得死去活来,说啥也不答应这门指婚。

皇帝龙颜大怒,立刻把她囚禁起来,告诉她要为朝廷着想,不然就以抗旨论处,赐死。

公主面对不容置疑的家规国法,万不得已只好违心地答应了,但提出了一个条件,那就是得多带家奴,多占地盘。皇帝满足了她的要求。

公主出嫁时带了许多的金银财宝和家奴,见此地山高险峻、地貌雄奇多变,重峦叠嶂、群峰兀立,山区森林茂密、植物资源丰富,不禁心生惬意,跑马占荒占据了这个地方。

公主是慧眼明心,能够洞察秋毫,能明察千里,能识别人间冷暖。山脉如此奇特,大小99座山峰,浩瀚的原始森林,广袤的科尔沁草原,圣山御顶、灵水叮咚。尤其主峰庙台山,海拔之高,构成辽河入海口正北方向的第一座高峰。公主精兵书懂道法、经商理财治国安邦,整合开发了天然自然资源和民族历史资源,让圣山灵水肥美壮观了巴尔虎山。

公主沿着古长城放眼于秀色可餐的塞外风光,溪流不断、泉水充盈,环境清幽、禅寺相遥,山上古城、山间古刹、山下陵寝组成了满蒙文化特色的人文景观。王公陵寝、圣旨御碑、稚鹿同春、三清宫、八卦井、必应祠、甘露石、玉皇阁、王母殿、凌霄阁、卧虎峰、古城访古、独木关、圣水石龟、森林浴场等都已成为国家级旅游名胜景点。

公主望着沈阳法库群山之巅大发感慨:这不仅是法库的圣山,且孕育着深邃的满蒙民俗文化,它演绎着民族历史文化的璀璨与精华,它的神圣、它的伟岸、它的深邃、它的博大精深,是民族历史文化瑰宝、精神支撑和信仰。

公主不由自主地涌入络绎不绝的游客之中,或以长焦镜头拍摄下巴尔虎山的峰峦险峻;或以律动的音符奏响圣迹山古枫林的神曲,或以多彩的画笔描绘出圣山灵水的绮丽景观;或以飘香的翰墨抒今怀古绘就民族历史文化的博大精深;或以生花的妙笔勾勒出无愧于时代的传世佳作,一部穿越历史、跨越时空的精神雕塑——公主陵。

一个定格的身影潜在圣山脚下千年之久,那个埋藏了千年之久的身影,至今仍然是个深不可测、奥妙无穷的迷。

作者简介

杨百良,辽宁省作家协会会员,1994年毕业于辽宁文学院。现已在《芒种》《音乐生活》《雪莲诗刊》《北方诗刊》《文笔精华》《燕山》《关东文苑》、辽宁作家网、中国作家网、中国诗歌网、东北作家网、中国当代作家网等发表作品100余篇(首),其中文学评论《尘封旷远的风俗画卷》荣获盛京网络文学大赛提名奖。纪实文学《播撒者的足迹》荣获辽宁省文化厅"文化志愿、服务基层"主题征文三等奖。

慢生活　茶时光

黄　蕾

越是缤纷璀璨的世界里，素色反而更亮人眼；越是匆匆奔忙的生活里，悠闲反而更惹人垂涎。在片刻不得喘息、生怕一切来不及的都市快节奏中，越来越多的人开始渴望忙里偷闲，开始向往休闲度假，开始提倡"慢生活"，让匆匆的脚步等一等滞后的心。

静心偷闲自然需要氛围、需要场所，于是，遍地茶社便应运而生。

焚一炉檀香缭绕，撷几片绿植清心，悬两三丹青翰墨点缀，掘一池流水添趣。琴一张、壶一把、杯几盏，约三五挚友，在一袭素袍的茶艺师有板有眼的演绎与讲解中，觅得清欢，偷浮生半日闲暇……这样曼妙的生活被越来越多的人所青睐，渐而成风。

前几日，旧友远道而来，相约在午后的时光里品茶，自然一拍即合。我们在闹市觅得一处清幽的茶舍，一入茶室，檀香缕缕入鼻沁心，顿觉五脏六腑都沉静了下来。相视落座，且看茶艺师洗盏烹茶，那精妙细致的程序和各种讲究，着实让我们这些自诩为品茶之人的"门外客"惊叹，自然连大气儿也不敢喘了，连话也不敢说了，生怕脱口失言招人笑话。心里早想啜上一口的茶也在轻柔的指尖和烦琐的环节中迟迟不肯入我们的喉，大有千呼万唤犹抱琵琶的娇羞。这考究而烦琐的茶艺环节着实为茶增添了些许神秘与雅趣，却也失了茶的本真。

烧一壶开水，放一个碗盏，拈几片叶子，这便是泡茶，如此简单，如此而已。

一切的讲究皆是人为附加，偏要将简单复杂化，好像太简单的东西没有品位、少了文气，于是巧立环节，极尽所能地表演，以其精湛的技艺和故作高深的弄玄来博得看客们的欢心，这样的讨巧与演员们的炫技又有何异？

真正懂茶的人，应该知道，"茶"即是人在草木中。茶在天地宇宙之间，茶与人、人与自然，本是最为朴素的融合，不着雕饰，自然生长。茶与人都在天地宇宙的大道中生、长、运行、消亡，一切都是自然而然的，"大道至简""返璞归真"是茶的生命本真，亦是人的生命状态。品茶本是为了偷闲、放松、沉静，却弄出一大堆繁文缛节徒增樊笼羁绊，岂不可笑？茶，本喜欢简单素雅，不喜烦琐热闹。

真正懂茶的人，应该知道，茶，不择器皿。一把壶、一泡水，给它一次沸腾，它便彻彻底底地释放出生命的全部馨香。紫砂也好，玻璃也罢，抑或青瓷白瓷，只要有一个安身之处，茶便可以安静下来，经营属于自己的生活，认真地走完属于自己的生命。这个至真至纯的生命，锦袍玉带不会使其浮华，芒鞋布衣不会使其落入俗俚；住金屋不会居高自傲，栖茅舍不会自感卑微；在深山云水间心清静，辗转于车马喧嚣的闹市心依旧是清静的。于茶而言，馨香是自己的，紫砂、金玉、瓷釉皆是身外物，身外之物又怎能改变得了生命本身？杯盏材质的高低贵贱亦皆由俗世人心来衡量评定，与茶何干？茶，本喜欢随性，不喜羁绊。

真正懂茶的人，应该知道，茶，不择人群。片叶之身一入大千世界，便是相融。"琴棋书画诗酒茶"，茶与文人雅士相融，为文人雅士的生活添趣。那杯盏间的清新灵秀与文人雅士的诗文书画相映成趣、相得益彰。但，茶又不只是文人雅士的专宠。"柴米油盐酱醋茶"，茶，从不自视清高，也不作曲高和寡之态，茶一入寻常百姓家，便立刻与"柴米油盐"调和，成为百姓生活的一部分，为渔樵田舍翁们原本单调的生活增色。终日劳作的辛苦全凭一盏茶解乏，漫长寡味的时光也全靠茶来调剂。乡村田园的质朴生活有了茶的点缀，更有生机，更具情趣，也更像是从泥土里长出来的光阴。被纤纤文弱之手捧着，茶不会飘飘然，不会故作媚态讨好；在长满老茧的掌中，茶也不会嫌弃那指缝间沾着的泥巴。茶，和而不同，一颗平常心入世，度世间一切可度之人。

若，生命的形态可以选择，我愿做浮生里的一叶茶，不需千人瞩目万人追捧，只待一个懂茶的人悄悄携之去，一壶清水便肯为他舒眉展目，散发生命的至纯馨香。在尘世的沸水中，生命可以不紧不慢地翻腾，由初绽，到满怀，再到淡褪，最后散尽。浮生里的一叶茶以自己的姿态走过浮生，化为一片腐叶，去滋养一季繁花，抑或融进泥土，随天地轮回幻化，在看似虚无中长长久久。无论哪一种归宿，都无关紧要，从虚无到虚无，茶，已经走过了一个饱满的生命。

捧一盏清茶，嗅一缕馨香的时光，物我可以对视，物我可以交心，物我可以相融。结庐在人境里的茶，在热热闹闹地翻腾中不失本真，在陶土金玉的辗转中不失清澈，在各色人群的穿行中不失初心，何必采菊东篱下，红尘心远地自偏。慢时光里，我度茶，茶亦度我。

作者简介

黄蕾，女，生于 1984 年，辽宁省沈阳市辽中县人。沈阳市作家协会会员、辽中县诗词楹联协会副主席、《辽中文苑》副主编、盛京文学网网站编辑。自幼喜爱诗词，初中时开始写诗，笔耕不辍，创作诗歌千余首，大学期间组织创办沈阳大学岚风文学社，任社长。作品曾发表于《国防时报》《晋宁园区报》《沽源文艺》《若水诗刊》等。古体诗《落红痕上》曾获"第二届盛京网络文学大赛"优秀诗歌奖。

花开静默，瓣落心河

张宏娟

花开静默，瓣落心河，随水逐流，弃尽落魄！

——题记

浅秋时光，绾住一份温婉，端庄地行走在季节的时空；携一抹矜持与典雅，彰显内心的平静，如清湖不澜；淡淡地静观花开花落，云卷云舒，微笑如花瓣，自然在微风里轻扬，站立成一道靓丽迷人的风景，一笑，便盛开成一朵五彩斑斓的心花！

岁月洗涤不尽心涧的一溪清欢，心河潺语的清脆，便哗哗的漫过畅流心河，泪，已经潜然的淹没过往的纠结，阳光柔和，蒸发成一份无奈和冷静！

心河，偶尔有落花的残瓣飘浮而过；偶尔，有暮秋的愁红眷恋深秋的情愫。静听秋韵在缠绵，飘浮过心河的落叶，便像已逝的岁月流水自如！

虽然，无法回到初见，但追寻清欢的思绪，却永远如心河流淌不息。

当蒲公英一朵朵小伞从眸前飘浮而过，轻扬它的不仅仅是清风的无意，抑或，还有它身不由己的无奈，抑或，还有一份内心情结在缱绻吧！

蓝天白云，不见踪影的小伞若念想，便蔓藤般的缠绕着灵魂，此刻，内心却有隐隐的伤痛漫浮而起！

红尘滚滚，掠过穹顶的云朵万千风姿，绚烂花的惊艳。时常梦里追随，几度欢喜，几度忧愁，饮怆之后的痛忆，沉淀却早已镌刻在心底，风干不了思念。于深秋季节，寂静，喜欢！

喜欢一个人漫步于幽静的香砌，任由清风拂面，任由刘海飞扬，任由思绪翩跹穿越时空，任由灵魂沿着流逝的心河踏歌而逆行，无关风月，无关花草，一处感动浮现，星辉般缓缓地注入心河，打开被折叠久远厚重的封尘记忆。青葱岁月，花季年华，朴实清纯，芳香扑鼻，才知道其实，这么多年以来，一个影子一直就住在记忆的城池中！

雾雨氤氲，独登危楼，望断天涯，拨开迷雾，若隐若现。你的背影悄离时的落寞，演绎成万支利箭穿心，伤痛油然而生，心河泛起的一抹猩红，那是泪干之后，从心河里漫起的一抹苦涩和青丝！

年华几度，山花的绚烂和色彩，总是绽放在记忆的初春，料峭的春寒也禁锢不住它努力想去绽放的愿望！

记得那一年，你抹去太阳雨淋洒在额头上的汗珠，当终于采撷到一朵深紫色的夏花时，怀揣惊喜，双手轻捧，你像掬起一汪紫色的烂漫，小心而轻快地寻遍我的足迹可以掠过的每一条山径、小河、土坡……

当紫花被骄阳蒸发掉花露，蔫成片片皱瓣时，你怀拥失落的想象，像似已经写满我的花容，无声的泪珠滴在眼前的河畔，你把紫的念想倾尽，片片花瓣随着你心河的流淌，撒落潺溪逐水自流，只为，不想看到我容颜上一抹失望和伤感！你说，你想让我拥有世界上最美丽的花朵，想要我嗅遍四季花开时，最浓郁的花香，宁肯晚一点，也要最好的花卉能铺满我的足下！

从此，心河花梦涟漪，从此，更加喜欢花草，便也习惯近嗅花香！

花的烂漫，花的容姿，花的馨香，暗香盈袖，便蝶般的痴迷花香。于百花浓郁萦怀的醉梦里，时常在想，红尘阡陌，浮生牵绊，花的种子可否于春的气息里永驻心田，即使，无意凋零，花的瓣瓣容姿可否也能飘过我的心河，将烦恼逐水远流？

花开逢时，粉红色的桃花，富贵的牡丹，燃烧的芍药，美丽的玫瑰花，清香的荷花，香飘万里的桂花，淡雅的稚菊，傲霜枝头的蜡梅，连同大片大片的绿色，一簇簇的胭红，一团团的洁白，在靓煞双眸之时，似乎，被鲜花装扮着的人生才能更加诠释生命的意义吧！

欲望无穷，黯隐忧伤！有朝一日，当万花齐放，我怕，那瞬间的靓丽会灼伤双眸。或许，事情的变迁顺其自然便是最好！

四季依旧，繁华依然。花开倾城，花落黯然。流水带花穿巷陌，心河承载花寄希！

时常，有一种来自灵魂深处的呐喊，无论细雨霏霏，冰雪消融，总是慰藉渴望之花不凋零，让憧憬中的生命绽放朵朵心花，历经几度雪雨风霜的岁月洗礼之后而不凋零。

心在复苏的瞬间，心河也便涟漪成梦，所有的不爽会在心河流逝么？

凄风吹尽，心花温润，初夏之风轻拂迎面，一丝惬意油然而生。仲秋的憧憬已使心花烂漫，一种久违了的感觉，涌入心田的同时，便已泛滥心河！

花开静默，瓣落心河，随水逐流，弃尽落魄！

作者简介

张宏娟，笔名紫蝶。部分作品发表在《铜川日报》《华源风》《印台文苑》等刊物。小说《小感》入选《当代网络文笔精华》；散文《沐雨》选入《新视野：诗文精品选读》；散文《给你一个背影》荣获第二届玉龙艺术奖全国文学作品大赛散文类二等奖，被收编入获奖作品集并首发在铜川市作协主办的《华源风》刊物。18阕古韵被收编入《2015当代作家文学精品》，3篇散文和4篇诗歌被收编入《2016当代作家文学精品》。

寻一方清幽，泊一份静然

尹存娣

雨，淅淅沥沥，在这个温暖的季节浸透丝丝寒意。天，阴沉着脸，斜倚窗栏，一只麻雀，扑棱着身子，抖擞淋湿的羽衣。

院子里的花园不再是姹紫嫣红，妖娆绚烂，不是吗？已是浅夏，季节也走过了繁花似锦的春天。花儿香魂如故，可娇容已化作一培红土碾作尘，将生命的残香回馈对根的滋养……

院子里的花园，碧绿苜蓿，张着绿莹莹的笑脸，紫色花蕊盈笑在叶间，生机盎然，满园都渗透着一种清爽、朴素的美！

这样的天气，或蜷缩在沙发里，放一曲清新的音乐，聆听高山流水，让梦伴着歌声飞翔；或手持一卷唐诗宋词，典雅的古风熏染尘心点点；或闭目闲暇，静思岁月，感恩命运的馈赠，每一缕夏风的舒爽，每一餐亲人烹饪的甜香，都是唇间的一抹嫣然，是满心的温暖；或煮一壶香茗，看叶儿旋舞，沉淀，铺展素笺，浓情淡墨抒写着心的繁华……

把喧嚣关在窗外，陶醉在自己文字的世界。这份静美，如出水的荷，淡淡的芳香，却透着傲骨的魂！

曾读过张爱玲的一段话："在这个光怪陆离的人间，没有谁可以将日子过得行云流水。岁月是记录每一个人生故事的无字书，每一个人都是这本无字书的主人公，其命运由你个人安排写就，悲惨也好，完美也罢，都会成为'古今多少事，都付笑谈中'。"但我始终相信，那些走过凡尘的喧嚣，用书香熏染过的凡心，至少是善良而温润的。虽不能把人生写得更加生动而干净，但起码，会在行走的路上，梳理内心的荒芜繁杂，清扫浮尘，切行且珍惜！在余生的岁月，淡然如菊，优雅绽放，温暖往昔的点滴，感念生命里的给予！

一直以为，人生最重要的就是追求，拼搏，梦想。用追求定位人生，用拼搏实现价值，用梦想丰盈使命！

把自己运转成高速旋转的机器，用物质堆砌出别人眼里艳羡的眸光，不停地捡拾一些虚荣的华丽，把自己包装得面目全非，而丢掉了初心，淹没在浮躁的浑浊里，甚至丢失了自己，其实、这一切虚浮都是人生华丽的嫁衣，当剥触灵魂，这是想要的吗？

淡泊以明志，宁静以致远！渐渐地在书香里寻求灵魂的皈依，回归心灵的彼岸。摒弃浮躁，远离喧嚣，心香一瓣便可绘制出心中的水墨丹青。其实人生就是一场修行，不为修来生，只为修得心中的一份静然。淡看花落，静观云舒，不以物喜，不为己忧，在心田寻一方清幽，安放灵魂，用墨香洗去浮尘，心便绽放幸福的花蕾！

都说爱文字的人，情感世界一定很丰富，有太多的多愁善感。其实也就是人生的故事打磨着心绪，文字的魂撼动了心，是那颗文魂丰盈着岁月，寄托着梦的旖旎！

红尘岁月，谁也留不住永远，无论是财富还是情感。得到啦，失去啦，相遇啦，离开啦！就这样阡陌交错，纷纷扰扰，其实这都是心性的修炼。修得了淡然，痛苦的魔鬼就不敢近前。

通往心灵最清幽的小径、莫过于在书海里徜徉。捧一本书在手上，慢慢看、静静读，品读思想的深邃，领悟先哲的智慧。悲切着他人的悲切，感动着他人的感动。书香盈袖，时光曼舞，从容行走在岁月深处，优雅自赏，在淡淡的日子里、美丽韵致便会悄然绽放。

我们的先祖孔子创立的儒家思想，成就了华夏文明的源远流长，一部《论语》，"修身，齐家，治国，平天下"，道尽人生天机，修身便是首位。时代飞速，钱权至上，物欲横流，浮尘蒙心，浮躁丢掉了人性的善良，面对街头生命垂危，出现了多少麻木灵魂？其实，生命里的贫穷，莫过于心的荒芜；世界的悲哀，莫过于冷漠、自私、狭隘。强大的儒家思想会潜移默化地温暖着僵硬变冷的心，影响着周围的木然。在闲暇的时光与书本相伴，读别人的故事看自己人生的风景，坚守心的一隅，让慢下来的时光，书写成心底最满意的章节。即便世事沧桑，前路坎坷，依然会坦然地走过每一个风雨飘摇的日子。书香沁润着心田，根扎在生命的原乡，方可枝叶繁茂，蓬勃生长！

静坐时光一隅，穿过岁月水湄，心涛拍岸，静静聆听心海的细浪轻吟，宛如吹响了一曲绵柔悠扬的风笛，声声诉，低低吟，婉转清丽，意蕴悠长。一纸淡墨和着淡淡浅夏的芬芳，将一阕沁香的心绪，絮语笔端，任流年坎坷，万千心愁都融化在那片蔚蓝宁静的心海，飘洒出一抹素淡的馨香……

在书海里、寻一方清幽，泊一份静然，珍惜生命里的每一份爱，每一缕风，每一餐饭，每一个灿烂的日子。

用感恩的心，善待每一天！

作者简介

潇湘烟雨，原名尹存娣，陕西省汉中人。中国散文诗作家协会会员，盛京文学网一笑文学社散文版编辑。在散文网、青藤文学网、文字缘文学网等多家网站拥有个人文集，多篇作品入选《2016当代作家文学精品》。

花开的声音

潜香文字，静雅人生

刘海成

这辈子都没什么出息了，就抱着电脑过一辈子吧！妻泛泛地说。

她知道，我离不开网络；她也知道，我在网络里是为了文字。用她的话说：你什么也别干，就抱着电脑吧！其实她的心很软，每一年，网费到期，她嘴说着不给交网费了，可最后还是如期的缴上，没耽误我上网的每一天。今年，喜迁新居。一高兴，给上了三年的大礼包。"上吧上吧，没人和我抢电视了！"妻半带幽怨半带心疼地说。

爱上网络已经三年了。我上网，不会歪七杂八的，只是一味地抱定文字，玩起了空间。一开始看到别人的文字，心里别提有多羡慕，可静下心来一想，别人的文字再好，终归是花开别处，芳香他家。自己又不是不会写作，年轻时的梦想仿佛雄鸡鸣叫般被唤醒。用我的文字写我的心情，用我的心情绚烂我的人生。一开始也就是这么想的，可谁想后来便与文字结上了不解之缘……

总会有春风得意、阳光灿烂、心情舒畅的时候，二两小酒下肚的晚餐，再品一杯香茗，然后任思绪在我的笔端游走，听键盘敲打的乐章，唱响秋虫鸣叫的夜晚。那时还不知道天高地厚，山外有山；还不知道文字的比喻、比拟、排比等修辞手法；还不知道绚丽的颜色染不出声色，浓淡总相宜的道理。就像一匹初出茅庐的小老虎，在辽阔的大草原上，肆意奔波、驰骋。那时就好像活在文字里，吃饭时候想，走路时候也想，就连睡梦中还在呓语着平平仄仄、仄仄平平。那种痴迷劲，就好像中了大烟瘾了，随时随刻都在构思着诗词短句、情感抒怀。

浩瀚的网络，有许多诱惑触摸你敏感的神经；茫茫人海，又有多少红颜知己撩拨着你脆弱的心情。这个世界太神秘！这个世界很出彩！这个世界让人琢磨不透！走过的，路过的，成为你眼中的风景，而你又成为别人的风景。你的风景美丽了别人的心情，你的心情左右别人的情感。

不想我的文字能够脍炙人口，也不想因为文字飞黄腾达。记录一段情感的波动，描绘几支心绪的涟漪。我能让我的窗前鲜花怒放，紫婉婉温馨于夜色阑珊中亮丽。我只想让三月的春雨淅淅沥沥，像有情人思念的泪花点滴心情。只要是心的向往，便一路欢歌，淌成波光粼粼的小溪，唱圆十五的月亮……

站在岁月的隘口，曾经为一朵花的芳香而运笔泼墨，也曾为一叶落叶而失魂落寞。不是我的文字太痴情，只因这个世界有太多的感动，有太多让我难以放怀的牵挂，还有今生今世说不尽的悄悄话，诉不尽的不了情。回眸往昔，不是金光四射，却也一步一个坚实的脚印通向梦想的明天。爱你！便一网深情。爱你！一路相随。爱你！就无怨无悔。潜香文字，静雅人生！

作者简介

刘海成，笔名R大山，一笑文学社诗歌版主编，河北承德兴隆县人。自2014年开始写诗，两年来写下二百多首现代诗。发表在北京诗人论坛、大别山诗刊论坛、红尘有你文学网、辉坛文学网、兰西诗苑等文学网站。新诗多次获得网站推荐和精品荣誉。部分作品发表在纸媒《北极光》文学月刊和《北京诗人》诗刊，入选《2016当代作家文学精品》等文集。

脆弱的烟花

王　青

"胜日寻芳泗水滨，无边光景一时新。等闲识得东风面，万紫千红总是春。"春暖花开的季节，该是人们踏青愉悦心情的大好时光。可对我来说，这样的季节既明媚又忧伤，我的心总感觉像是笼罩着一层阴云，一直晴朗不起来……过几天就到清明节了，又该要到姐姐坟上去了。每逢这个时候，我心里一直布满阴霾，同时也很纠结，很想去远在几十公里外的姐姐的坟上去看望她，给她烧点纸钱，了却我作为弟弟的一片虔诚和心愿；但我又不想去，生怕到了那里，我又会一如往常那样，控制不住自己的情绪……

落叶纷飞的秋季，一片片秋叶无情地飘落，它代表着痛彻心扉的悲伤和无法挽留的爱。

姐姐是在八年前的秋天，患晚期肺癌带着深深的遗憾和万分不舍走的，那年她才45岁。姐姐走时，留下了一对儿女，大的是儿子，那年正值大学毕业；小的是女儿，当时还在读高中。"人生最大的痛苦就是看着身边的人濒临死去，而你却没有丝毫的办法来救赎他。"儿女们正当需要她的时候，命运之神却惨无人道地把姐姐从亲人身边拉走了，这对于一个普通的农村家庭来说，无疑是个沉重的打击。

姐姐原本身体很健壮，平时偶尔有什么小病小痛，她压根不在乎，没事从不往医院走一步。直至有一天，姐姐在自我感觉疑似患了重感冒，连续咳嗽多日，且痰中带有大量的血丝，实在不能硬撑了的情况下，才被家人再三催促去了当地村卫生室诊治。姐姐在诊所治疗了数日，丝毫不见好转，反而病情日益加重的情况下，才让我带她去当地市人民医院检查治疗。

当姐姐第一次被医院诊断患上了肺癌而且已是晚期时，我顿时被吓呆了，整个人瘫在椅子上，全身的血液从头顶倾泻到脚底……我甚至怀疑医院的医术不是十分高明，始终幻想着是不是医生诊断方面哪里出了差错。于是，我又一次不服气地把姐姐带到苏中地区相当有名气的南通市附属医院进一步确诊，这才信服了当地医院诊断的正确性。当时我怎么也接受不了这样的事实，整个人几乎都崩溃了……尤其是我的父母亲，根本受不了如此沉重的打击，面临白发人送黑发人，更是捶胸顿足，呼天抢地。姐姐的家人同样是哭得死去活来，悲痛欲绝。我简直不敢相信，老天怎么可以跟我苦命的姐姐开这么大的玩笑？

可现实就是这样的无情和残酷。那些日子，我感觉天都要塌下来了。姐姐的好日子就像薄薄的第一场冬雪，还没等把美景看个究竟就消失得无踪迹了。姐姐一直都是她们家里的顶梁柱，她走了，往后她们这个家由谁来支撑？以后的日子又该怎么过？我失去了唯一的姐姐又该怎么活下去……连续多少个日日夜夜，全家人泣不成声，泪眼朦胧，一度沉浸在悲痛之中……

姐姐已经逝去八年了，时间这个万能的医生，也有治愈不了的伤口。对于姐姐的离去，我曾不止一次地哭成了泪人，有时甚至终日以泪洗面。八年了，一切历历在目，清晰可见的伤，不经意一碰，依然会鲜血奔涌。

我们姐弟感情向来很深，几十年如一日，从未红过一次脸。姐姐对我无微不至的关怀，一定程度上胜过了生我养我的父母。小的时候家里特别困难，有什么好吃的好穿的，姐姐都是优先让给我这个弟弟。那个时候，妈妈身体不是太好，父亲为了全家的生计，没日没夜地在外面奔波。姐姐为了能让我安心上学，主动放弃了继续读高中的机会，一个人主动承担起了照顾家庭的重任。

曾记得，高中毕业高考落榜那年，姐弟俩接替挑担子，往远在 500 米外的麦田运送肥料，我刚刚走到半途中，我的腰就酥软得不能动弹了。姐姐诙谐地冲我一笑说，"真没用！看来你天生不是个种田的料子，一个男子汉居然还比不上一个女子能干！"姐姐的一席话，说得我当时无地之容，感到十分羞愧。也正是姐姐的这一句话，恰恰成了激发我后来发奋学习，直至考上大学的强大动力。

姐姐年轻的时候长得很漂亮，上门来提亲的也曾络绎不绝，可姐姐偏偏一个都没答应，无奈命运的安排最后嫁给了我现在的姐夫。姐夫是个老实巴交的农民，家徒四壁，但人很本分，自从姐姐嫁进来后，他们这个家便有了笑声。尽管小日子过得十分清苦，但姐姐很开心，她把这个家操持得有条不紊，顺顺当当。两个老人逢人便夸媳妇好，常常笑得合不拢嘴。全家老小幸福满堂，有滋有味地在一起过日子，其乐融融，村里人无不投以羡慕的目光。

姐姐自从出嫁后，我也便成了她们家的常客。姐姐的勤俭持家和尊老爱幼，是她们那个地方十里八乡无人不夸的。在她们那个家，姐姐一向吃苦耐劳，她除了要伺候好两个年迈的老人，打理好两个孩子上学，培管好几亩地的庄稼，还要没日没夜地奔赴方圆十几里的门户，代充煤气赚点小钱以维持生计。

姐姐聪明能干，除了一些重要事情要和我商量着办外，家中里里外外凡事都是她一个人在打理。我还在上大学时，姐姐写信告诉我，她生了个大胖小子，我一听说这个好消息，当时心里乐开了花。在那个年代，特别在农村，还是十分看重生男生女的，农村人做梦都想着要个男孩。于是，我暗地里为姐姐感到高兴，心想，姐姐家终于有个传香火的男孩了，姐姐在她们家的地位也无疑提高了一大步。

后来姐姐又有了女儿，名叫志霞，也是我这个做舅舅的给她取的名，希望她从小要有志向，愿她的人生就像早晨冉冉升起的太阳，蒸蒸日上，前途一片光明。在我勤奋好学的耳濡目染下，她通过自己的努力，同样考取了理想中的大学，也算是没辜负姐姐对她的希望。

一直以来，在姐姐的心目中，我这个做弟弟的就是她们家的大救星。姐姐的女儿从小患有先天性心脏病，高考前一路磕磕绊绊，好不容易进了大学的门，结果她的病情被学校体检时发现，学校责令其退学。姐姐一时不知所措，她在电话里哭得好伤心，我能感觉得到，她当时急得简直就像热锅上的蚂蚁一直在团团转……最终还是我陪同姐姐去了学校，跟校方协商，并写下了"孩子在学校期间，如有生命危险与校方一概无关"的承诺，方才得以让外甥女继续上学，姐姐这才长舒了一口气。

在姐姐病重的那些日子，我几乎每隔几天都要抽时间去看望她。在我的心目中，姐姐一直是我的骄傲，同时，我这个做弟弟的，又是姐姐的骄傲。姐姐逢人都说我的好，但我总觉得对她怀有愧疚。我每次看到她忙碌的身影，自己却一点忙都帮不上，心里真的好难过。姐姐仅仅读到初中毕业，她的功课一直都很好，她如果不是为了让我上学，也不至于一直会待在农村受苦受累，操劳过度，乃至身患重病直至丢失了生命。每当夜深声人静时想起她，我都会暗自流泪，我也常常在梦中见到她的音容笑貌，仿佛她从未离开过我……

我一直在想，人的生命就像那盛放的烟花，是那样的短暂，那样的脆弱。"烟花易冷无处谢，人事易分有迹寻。"那绚丽多彩的烟花，还未来得及让人回味，就已被深沉的黑夜给吞没了，从此消失殆尽。华丽多彩的人生，就像那划破长空的烟火，焕发了一刹那的灿烂，转瞬便消逝得无影无踪。生活有时就是如此的苍白，苍白得有些无力；生命又如此脆弱，脆弱得如此不堪一击，让人无所适从。

幸福宁静之下总是隐藏着苦涩的暗涌，就像花容月貌终将抵不过春恨秋悲的凋零。生命是一场纷纷扬扬的花事，怒放总是最美，却是如此短暂。这世上还有什么比生命更可贵的呢？生命对于我们每个活着的人，一生只有一次。我们没有任何理由不珍惜自己的生命，为他人，为自己，为身边每一个活着的人……

怒放的烟花升腾，照亮了夜空。恍然间，我仿佛看到，姐姐静静地看着我，脸上依旧挂着那抹淡淡的笑颜……

作者简介

王青，笔名碧波荡漾，江苏南通人，大学本科文化，中国散文诗作家协会会员。江山文学、盛京文学社团散文主编。作品曾获"第二届玉龙艺术奖"全国文学作品大赛二等奖，安康首届图书评论全国征文大赛优秀奖。作品散见于《新视野：诗文精品选读》（1、2卷）、《中国散文诗》《2015当代作家作品精选》《中国现代作家作品选》、中国第一部地震灾害小说集《透明的废墟》中"秦岭地震小说大家谈"、《中国文艺报》等书刊。喜欢以文会友，淡写诗意人生。

花开的声音

吆 喝

孙 燕

　　坐在午后的阳光里，忽然很怀念小时候那些走街串巷的买卖人的吆喝声，那些各行各业、形形色色的叫卖声，就像一杯白开水里溶进了糖，为我们枯燥的生活平添了许多乐趣。那些有叫卖声相伴的日子，使得生活有一种踏实的温暖。

　　最让人难以忘怀的是一个绱鞋人的吆喝。其实，他的吆喝平淡无奇，先是敲一声破锣，然后再报上自己的名字和职业。"王文——绱鞋来……"那个"来"字的尾音拖得舒缓悠长。无数个午后，我常常在他的吆喝中慢慢睡去或是朦胧醒来。之所以牢牢地记住他的名字，是因为这里面还有一个故事。

　　小时候，弟弟特别能哭，几乎每晚都要哭上大半夜。那时候生活条件和医疗水平都不行，根本不知道那是缺钙的症状。有经验的老人说弟弟是"夜哭郎"，还传授给妈妈一个治疗的好方法。妈妈如获至宝，请人写了很多"天皇皇，地皇皇，我家有个夜哭郎"的帖子（后面还应该有两句，可惜年代久远，我不记得了），贴得我家附近几条街到处都是，说是这样就可以让弟弟不再哭闹。可是这种据说很灵验的方法对弟弟却一点也不管用，他照旧夜夜长哭，不管妈妈如何哄骗利诱都不见效。有一天，妈妈情急之下说了一句："不敢哭了啊，你听，王文在南山上招兵买马了。"

　　爷爷小时候上过几年私塾，读了一肚子《隋唐演义》之类的小说，经常当作故事讲给我们听。日久天长，弟弟自然知道了"招兵买马"是个什么意思。听妈妈这一说，弟弟立刻恐惧地闭上了嘴，紧紧地蜷在妈妈怀里沉沉睡去了。

此后，这个办法屡试不爽，只要一说"王文在南山上招兵买马"，弟弟就会乖乖地停止哭闹。我不知道妈妈心里会不会对王文心存感激，至少我每次想起他，心里就会无端地生出几许亲近。

最温暖的吆喝是一个卖油条的老人。他长得慈眉善目，像年画里的老寿星，总是笑眯眯的。他的自行车后面驮着一个大大的竹筐，揭开那个雪白的包袱，只见竹筐里盛满了金灿灿、黄澄澄的油条。也许是年纪大了，他的吆喝并不像别人那么底气十足，而是一种略带沙哑的嗓音："卖——油条——"他的吆喝虽然也有尾音，但是远不像王文那样拖得悠长，而是一种循序渐进地递减，减到最后，就变成了似有若无的颤音，颤颤的如咬钩的小鱼，咬得我们的心痒痒的。

尽管那些油条在竹筐里朝着我们一个劲地招手，我和妹妹还是有本事做到视而不见。因为那时候家里穷，根本没有能力让我们三个孩子都享受这种"贵族食品"。有特权享受这种待遇的人，只有弟弟一个。隔上一段日子，妈妈就会买上两毛钱的油条，让弟弟一饱口福。也许穷人家的孩子懂事格外早，妈妈从来没有对我们说过什么，我和妹妹却始终不眼馋、不嫉妒，任由弟弟把那些带着长寿老人温暖吆喝的油条吞进肚子里。

有一个收破烂的老人，更是把吆喝编成了歌。他推着一辆独轮车，在大街小巷中一边走，一边唱。他的思维活跃，人也乐观，歌词常常翻新。有时候，我们刚要顺着他的歌往下唱，却猛然发现，人家又改歌词了。老人这种推陈出新的吆喝让他在我们那里很有人缘，别人收得再贵我们也不愿意卖，就等着他开嗓一唱，把那些用不上的破烂统统地划拉到他的小车上。他的歌词编得很长，内容囊括他能收的所有废品。以至于我只能记住开头和结尾。开头是一句声情并茂的"收破烂来——"结尾是一声酣畅淋漓的"都拿出来卖来——"按照通俗唱法，最后一个字都拖着一条彗星般长长的尾巴。

凡事都是物极必反，老人洋洋得意于自己的创作，有一天把大姑娘也编进了自己的歌词。那时候人们的思想还比较保守，加上这个老人的形象也比较猥琐，一张枣核般的老脸，两颗门牙向外鼓突着，把嘴唇都顶了起来，不笑还好，笑起来活脱脱一只老鼠。听他在大街上肆无忌惮地唱着大姑娘，女人们都觉得受了侮辱，不肯再把破烂卖给他。其实，现在想想，他的那两句歌词根本无关风月。"老妈妈梳下的头发篡，大姑娘铰下的悠搭辫。"也许，老人创作之初怎么也不会想到这句词会成为他人生的败笔，以至成为自己最后失业的罪魁祸首。其实，说到底，是他没有把握好人们的心理。不管什么时候，知己知彼都是百战不殆的先决条件。

小时候，农村还没有商店，商品流通全靠小商小贩们的一双脚。他们或挑或推，或说或唱地推销着自己的产品。东边的海货，南边的针头线脑，西边的山货，北边的青菜瓜果，都随着他们的吆喝声走进了千家万户。午后，阳光晴好，时光安然，一声吆喝不急不缓地传入耳鼓，让人心里生出一种踏实温暖的感觉。不在云端、不在雾海，就在清风丽日的人间，就在长年累月烟熏火燎过的温暖家园。

作者简介

孙燕，即墨市作家协会会员、青岛市作家协会会员、城阳诗词学会副秘书长，《城阳诗词》执行主编，盛京文学网东方文艺社团古诗词主编。作品发表于《时代文学》《齐鲁文学》《燕山》《青岛文学》《中华诗词》《北方诗刊》《柳芽文艺》《诗文驿站》《新视听》《行参菩提》《人人平凉》《天柱山文学》《城阳文艺》《执手文学》《城阳诗词》《潜山通讯》等。散文《难忘旧日时光》曾获2010年全国"我的暑假"征文二等奖。

祭　祖

分飞燕

　　清明过后父亲就召集姑姑们商量给爷爷和奶奶修坟立碑的事。
　　这是父亲搁在心头已有 10 年的心愿。爷爷的坟在南山脚下，河坝旁边，依山傍水。站在自家的院落前，远远眺望，隔着整片麦田，可以想象到具体位置。夏天，草长莺飞，大山守望；冬天，白雪茫茫，天山披上棉衣，依旧守护在爷爷奶奶的坟前。父亲和母亲望着纷飞的大雪，念念叨叨，"南山的路要封了，雪也深了，恐怕年三十又只能烧野纸了，爹娘又要怪罪了！"
　　我习惯于父母这种执着的孝心，这是一种对已故亲人的深深思念。至于疼痛我还远远体会不到。
　　母亲的去世对父亲打击很大，对我更是致命的。父亲考虑到南山脚下，爷爷的坟前，冬天封路，雨天水淹，上坟送纸钱会有困难，决定把母亲安置在异地，也算是父母的第二故乡——哈密（哥哥们住在哈密），进行火化。墓地是父亲精心挑选的，墓碑是哥哥们看好的，就这样把母亲葬在了漂亮的公墓里。哥哥对着母亲的墓碑说"妈，您喜欢热闹，喜欢邻居，喜欢帮助别人，这里有来自天南地北的叔叔婶婶，您不会寂寞的，想我们了就出去走走，聊聊天啊。"我凝望着母亲的脸庞，微笑着一直在看着我，我知道母亲想念我，不想让我担心，所以她总是微笑的模样，我知道母亲怕生人，没人陪着她是不敢出门的……
　　回到家里，我不由得望着爷爷奶奶"住"的地方，那里有山有水有牛羊，更重要的是有家乡的气息。悲痛之心油然而起。

"那就说好了，明天来修坟立碑，我亲自上去看着"。父亲应着姑姑的电话。

七月十七日，暂住家乡巴里坤的父亲，在前一夜接到姑姑电话后，整宿没怎么合眼，凌晨1点半，父亲高兴地叫醒我：

"丫头，帮我给你大哥打个电话！"

"好"我迷迷糊糊地帮父亲接通电话，就睡着了

"丫头，帮我给你二哥打个电话……"

"丫头……"

"爸，您快睡觉吧，有事明天再议，我三哥这会正在上夜班，累着呢，您一打电话，他会吓着的，会以为您生病了！"父亲不情愿地躺下了，脸上还存有一丝欣慰的笑容。

翌日，父亲一大早就催促我丈夫，找辆车直奔南山脚下爷爷的坟地。经过一整天的重建，爷爷的坟比以前大很多，气派了很多。父亲风光了一辈子，喜欢美观大气的东西，激动得不得了，连声向修墓的工人道谢。那些人也很惊讶，说"到哪去修墓，听到的都是挑剔的话，没想到这位老爷子，这么好说话，这么体谅人。"他们是外地人，不知道我的父母是大善人，也就不奇怪了。我也跟着呵呵傻笑。

两米高，八十厘米宽的墓碑，上面赫然写着父亲母亲，叔叔婶婶，以及姑姑姑父，哥哥妹妹，除了孙媳孙女婿的姓名没有，共刻了二十五位亲人的名字。一棵树开枝散叶，繁荣茂盛，子嗣成双，这就是香火旺盛的寓意。我代替来不了的孙子辈叩头，念叨"爷爷奶奶，修新房子了，你们开心吗？我和我爸爸来给你们垫纸钱了，爷爷奶奶安息。"父亲颤颤巍巍地指挥我上香、摆放贡品、坟头垫纸、磕头，最后父亲坐在爷爷的"门前"向爷爷奶奶解释，等到农历七月十五，子孙们会全部到齐，给老人庆祝节日。

环顾左右，崇山峻岭，水声叮咚，爷爷奶奶"安居"在此，还有"邻居"作陪，"家家"独门独院，宽敞舒适，想来也就安心了。

父亲乘兴而归，路遇同村的大叔，父亲眉飞色舞地讲述着立碑事宜，大叔问及父亲百年后的打算，父亲神色暗淡下来，说自己百年后要去哈密公墓陪母亲，说母亲只是提前去了天堂，在那里种菜，养鸡，收拾房间，等一切都安排停当后，他就回去继续保护母亲，继续和母亲在节假日里等待孩子们回家。

我泪流满面，不敢让父亲看到，深深感受到父亲争分夺秒的晚年生活，他在抓紧时间，完成心愿，在安排各种事宜，为了减少子女的麻烦，先将爷爷奶奶安葬好，

再就近选好自己的归宿，尽管父亲和母亲并不喜欢嘈杂的城市，但是为了孩子祭祀方便，父亲还是决定百年后"定居"在公墓里。

思绪回到了正在午休的父亲的脸上。父亲的苍老比我想象的快很多。我偷偷在心里计算着父亲在我们身边的岁月，我计划着父亲的菜谱，游玩的地点，揣测着父亲的喜好，有一点很明显，去哪都没有去儿子家开心，吃什么都没有吃儿媳妇的手擀面香。一提起去哪位哥哥家去，吃哪位嫂子做的饭，父亲的脸上就会扬起幸福快乐的微笑。

父亲，女儿爱您！

作者简介

分飞燕（原名李小英），社区工作者，汉族，40岁。分飞燕诗观：诗歌似灵魂的驿站，宁静悠远，冷暖相伴；快乐时播几句种子，忧伤时洒一缕阳光；几经沧桑，几许涟漪，诗歌陪伴着我们低吟浅唱，生活才不会迷茫。

花开的声音

五月，夏未央

高冬梅

　　时光清浅，岁月无痕，载满光阴的流年，在无数的期许中似流水，缓缓而行！生命淡然静默，如一夜的花开与花落，不惊不扰，只将一夜的明媚芳香奉于世间，如此，生命再无遗憾！

——题记

　　初夏的五月，温润了眼眉，滋养着身心，一切都是轻轻的、浅浅的、淡淡的，没有似火的骄阳，没有桑拿的酷热，没有梅雨季节的潮湿，比早春多了一些暖意，比盛夏多了一些凉爽，更多了一些大自然赋予的葱茏繁华，满眼的郁郁葱葱，花已开到荼靡，绽放！绽放！将怒放的生命印在眼里，尽收心底！

　　五月未央，如诗、如歌、如画、如雨、如风！

　　如诗！一首隽永的小诗，平仄间的韵味，浓唱淡吟，似一滴甘露沁入心扉，清沥甘甜，回味悠远。字字珠玑滋养心田，似一剂良药治愈伤痛，将郁结已久的不快，瞬时化为乌有，释怀了、轻松了、淡然了！

　　如歌！一曲经年老歌，荡漾在心底又将逝去的春心涌动，此时才知初心未改，扬起的嘴角却沁入了咸涩的液体。曾经的美好已成为心底永恒的记忆，经历过的人和事，即使封存已久，一首怀旧的老歌，却将思绪淡淡的氤氲，在脑海里浮现。值得珍藏的，始终在心里，不曾改变，就像一首经典老歌，记录着曾经的欢笑与泪水，伴着你走过经年，走过岁月，走过记忆，也伴着你走过花样年华，走过春华秋实！

如画！蓝天在阳光的衬托下，绽放着蔚蓝的颜色，片片祥云悠悠地变幻着身姿，如黛的远山，那未曾融化的冰雪，衬托着山脚下绿树红花，溪水潺潺。蓝天、白云、远山、近水、绿树、繁花，芳草碧连天，犹如一幅幅唯美的画卷，心旷神怡。醉了心，迷了眼，乱了魂！

如风如雨的五月，在清风细雨中洗尽铅华，洗尽尘埃，洗尽烦恼，落得个清清亮亮，干干净净的世界。雨过天晴，清新靓丽，空气中弥漫着泥土的芳香，满眼葱绿，婉约而静美，明媚的光阴，总会有惊喜不期而至，伴着一路的暖，且行且歌，且行且珍惜……

五月未央，风和日丽，却已繁花落尽！花瓣雨随着微风洒落一地，惆怅着看花人的心，叹息生命的无常。"花谢花飞飞满天，红消香断有谁怜？……试看春残花渐落，便是红颜老死时！一朝春尽红颜老，花落人亡两不知。"一颗多愁善感的心，为落花与容颜的凋落而悲悯。我却为生命的顽强而赞叹，一朵柔弱的花蕾，明知有风雨的摧残，却会在风雨来临之际绽放美丽，生命只有一次，即使无人欣赏，无人喝彩，无人赞誉，也要将芳香奉献给人间，不惊不扰，淡然静默，这就是生命意义的所在！

五月未央，一季花开，一季花落。花开灿烂，花落静美。人活一世，草木一秋！时光或行云流水，或波澜不惊，心灵的安然静谧，日月与之奈何？舍与得之间，如蓝天白云，风轻云淡；如小河流水，欢唱而过；如我心这般淡然惬意！去留无意是一种心境，也是一种姿态；荣辱不惊是一种修为，也是一种豁达。

五月未央，清浅恬淡，在一抹绿意中安然静默，在一簇繁花中缄默清欢，在一份清宁中银碗盛雪，在一缕晨曦中踏歌而行，在一米阳光中尽享爱恋，在顺其自然中简单随行，在随遇而安中春暖花开！

五月，夏未央！浅夏的阳光将一些情愫溢满，思绪里的暖在清风中摇曳着，寂静的光阴里，一个人独自行走，执一支素笔，携一份清欢，安然于一隅，品味茶香、书香、墨香。红尘路上，一些遇见，一些离别，来之淡然，失之坦然。微笑着接受生活给予的馈赠，流水的光阴，总是会将美好带给你，如初春的那一抹绿，在今天已是繁花似锦了。窗外，清风裹携着花香，四处飘逸。随风舞动的衣袂和秀发，也浸透着花的芳香。一些无关风月的情愫，一些无关花事的思绪，就这样弥漫开来，牵着素笔，写尽薄凉与清欢。

五月，夏未央！繁花烂漫，行与陌上。微风习习，拂过脸颊，穿过发梢，将流年记忆镌刻在足下。深深浅浅的印记，见证着每一刻欢喜、幽怨、快乐、惆怅！寂静时光，安然无恙。不想被惊扰，有鲜花小草，林荫微风的陪伴，有蓝天白云，温暖阳光的相随，淡然于心，快乐于心！愿世间的繁杂与困扰，被清凉的夏风带走，时光定格在此刻，惬意而温婉，随性而美好！

喜欢这样的日子，宁静而安逸，恬静而安稳。每一天看似平淡而平凡，心中的那份期许却依然在心中温润，在无垠的流年岁月里无悔地付出着，感恩地收获着，被幸福裹携着的时光，是那么的美好，温馨，微笑洋溢在脸上，左手牵着淡淡的快乐，右手牵着稳稳的幸福！

现世安稳，岁月静好！生活着、努力着、执着着、安稳着、平淡着，如此安好！

作者简介

高冬梅，笔名安然（垂柳亚子），辽宁省沈阳市法库县中心医院主管护师，沈阳市作协会员，法库县作家协会常务理事，法库县辽文化研究会会员，法库文联《厚土》编辑部副主任，散文编辑，盛京文学网散文精品评审员，烟雨社团小说主编。近三四年散文，小说，诗歌发表在江山文学网盛京文学网，多篇作品在江山文学网盛京文学网获得精品。在多次大奖赛中获得一、二等奖，纸媒见于省级刊物，区市级、县级刊物。

初恋，我失去的芳菲

秋 韵

那天你离开了，离开了我们相遇的城市！你说你的事业终于成功了，可是身边却不是我！过了许久，仍然收不到你QQ的讯息，我以为，你要用沉默代替所有。半个小时以后，你哽咽着说：猪头，电脑死机了！泪水湿了键盘，我的心现在好痛！

那天我离开了，离开了那座充满生机的城市！看着即将爬上的顶峰，我放弃了！放弃了我心爱的事业，我很淡定地告诉你：我走了！我把所有的情感如同组培的幼苗一样，装进了透明的瓶子加以封存，让它继续无菌。

植物克隆是你的向往，组培事业是你的方向。恋人的甜言蜜语被我们用工作改装，我们的心随着植物培养液的变化而成熟，我们早已忘记了男女间还需要爱恋的目光，当所有人都以为我们一定会携手走进婚姻的殿堂时，我们确实相聚了，这时的你，是行内的佼佼者，而我成了一名技术研发师，当我们端起酒杯的那一刻，我们很彷徨，彼此道着口是心非的祝福，用傻笑掩埋着内心的慌张！那是最后一次相见。

你离开的那天，你说：我们是患难的情侣，我们一起走过了最艰苦的岁月，无论今生你在哪里，未来是幸福还是疲惫，你都会记得有个"猪头"存在的岁月！我离开的那天，对我自己说：换个手机扔掉过去，一定要把你从我的世界中赶离！我总是这么绝情，我认为离开了就是离开，不应该还有过去。因为我当时根本诠释不了什么叫情侣！

是啊！我怎能忘记那个铭心的黑夜，我至今无法想象被你打掉大牙的歹徒，当时那种极恶的凶神，你真的很聪明！你用关键时刻的智慧保护了自己的性命，用你的机灵让警察在最短的时间捉获了可恶的歹徒，这一切，只缘于我离开你去了另一个更大的工厂，你为了给我送一只可以联络的手机。伤了就伤了！痛了就痛了！可是你却要求姐姐一起瞒着我，说怕姐姐说漏嘴，说怕"猪头"会伤心！最后还是姐姐的良心作了梗告诉了我。姐姐说不想我被瞒着，也不想你就这样独自痛着，当看到你头上缝合了10多针的伤口时，我的双眼瞬间下起大雨，不过我只允许泪往心里流，最后我口中的爱还是没能说出口。

你说支持我去更大的空间，去发挥自己，我答应了！其实我更清楚这不是你的本意，你说博士后师兄是个书呆子，跟你比不了实践的能力，其实你多想了，我当时根本没精力去在乎师兄的那些爱意，那时的我，心里装的是一罐罐沸腾着的培养基，装的是凌晨四五点钟的黑夜。每个上班的凌晨，看着寂静的厂区，我居然没有一丝害怕，我有时候确实很佩服我自己，我在期盼，期盼楼下的路灯快点熄灭，期盼一个个上班人群的背影，在那样的岁月里，我多么希望自己的人生，就像壶里高温消毒后培养基，无菌无毒，只要不会污染，就会延续着成长和美丽。

记得那个早班的下午，回到我那小小的房屋，一桌热气腾腾的饭菜，香味向我扑面而来，可是你却在电话里笑着说你从没有来过，于是我也不再多说，因为我知道你的口中从来不生长爱，我只是你的一个"猪头"。

后来有一天，我穿上了婚纱，我通过网络对你无声地诉说，你却对姐姐说，我还有个特点就是幽默，总是喜欢用别人的照片来附和。当我认真说出口的那一刻，你问我为什么？我说光阴告诉我，我不能走进你我婚姻的坟墓。

别人告诉我，你结婚了，新娘就是厂里的一个普通操作女工，别人说，他们真的猜测不透，为什么新娘不是我？我淡定地笑笑，说我早已经习惯了孤独！当我鼓着勇气问你对婚姻为何如此草率，你说她是女人，能生孩子就好！我真的不知道是什么让你对情感变得如此顺安，是什么让我们之间变得如此平淡！

当我用理智送走了与你相关的岁月后，我从不承认自己有初恋，我不知道初恋是什么？因为我们没有时间闲着去牵手！我不知道初恋是什么？我们没有时间去相互为爱挽留！我们各自都在奔跑，我们有个共同的目标，那就是成功和骄傲。

我们相遇在那个秋天，我们相遇在同一个城市同一个工厂的两件白大褂前，最后我们却默默地分离于网络两头的键盘之间！岁月如此静好！原来情感在时间的磨合下是如此的淡然！

我经常在想,这究竟算不算初恋,如果不算,又将如何诠释青春期间的过往?如果算,彼此聪慧的我们为何没能超越那道警戒线,给情感一个归路,也好答谢亲朋的瞩目。

初恋,我逝去的芳菲,初恋,我把它更名为宿命的从然。

作者简介

秋韵,原名吴玥孜,现居杭州,一名爱好设计创新的自由工作者,自幼爱好文学,尤其偏爱感恩系列及儿童教育写作。

红尘深处

马佳欣

　　红尘滚滚,世间的一切形形色色,尘世中的你、我、他,在心灵最深处都有难以磨灭的痕迹,如同落叶归根,是对故乡、对家最深的眷恋。

　　每个人都有很多的不得已,或为了求学、或为了生活、或为了梦想,种种的原因,让我们漂泊在外,流浪在天涯海角,放逐到名利浮云中。羁旅之行,岂能如家?一个人出门在外,身体和心灵都免不了辗转于多个城市之间,熙熙攘攘的人群,都在车站里得以短暂栖息。偌大的车站,霓虹灯恍如白昼,或许,你根本分不清是白天还是黑夜,呈现在你眼前的不过都是一个繁华的世界。周遭的人很多,可都与你素不相识,即便身处繁华深处,仍旧是落寞。

　　家,是每个人心中最柔软的地方,即使是铁石心肠、十恶不赦的人,当想到家时亦会心动不已;家,是那个你漂泊了很久,始终没有归属感,可是一回到这里,连近乡情怯都省略了,变成了浓烈的爱了;家,是你永远的避风港,不管你贫穷也好、富贵也罢,这里都会是你的归属。在这片生你、养你的土地上,不止有爱你的亲人,还有伴你生长、生活的一草一木,点点滴滴,如溪水潺潺流入你的心田,似七色花编织成最美的花环。

　　我的家乡在祖国的东北方,那里天辽地宁,我出生在一个临海的小城市里,小城故事里,演绎成活色生香的生活!

　　在这里,春季小草破土而出,绿油油的看着人都充满了希望,仿佛一切都被绿色笼盖一般耀眼。春光如许，万物在春风里招摇，我喜欢湖畔周围的垂柳，嫩嫩的柳条，刚刚吐牙的柳叶，把它捧在手中，贴在脸上，仿佛千万只手轻轻地抚摸。每每此时，我总会折上几根柳条，欢欢喜喜地插在书桌上的花瓶中，再配上几支杏花、桃花，好不热闹，看着人心里暖暖的。从小，就爱那些花花草草，以前家里的院子里有桃树、杏树、樱桃树、李子树、山楂树，开出了桃花、杏花、樱桃花……，热热闹闹的开在枝头，开到我的心中。总爱在树枝上挂上红绳许下心愿，在秋千上荡漾，就像在梦里徜徉一般。

夏季的海水泛着波澜，渤海之湾，一望无际的海面，只有海鸥低低的略过地平线。海上的日出、海上的日落，一切都那么美好，许下多少情侣的今世今生。你看，夜幕悄悄降临这座小城，茶余饭后，几家人步行到海滩上，看孔明灯在视野中渐行渐远，望明月映着海面升起，皎洁的月华下，安然的沐浴在银色的世界。夏日的荷风伴着荷花送来了阵阵荷香，早有露珠滴滴答答的在荷叶上翻着，偶有蜻蜓立于那莲蓬之上，就像精灵一般降临。桥上来来往往的行人，看着荷花也掩饰不住的欣喜……还有菜园的黄瓜、西红柿，长在自然里，努力的向上攀爬着。黄色的花儿谢了，黄瓜、西红柿便毫无章法地长在藤蔓上，你可以随手采摘下你喜欢的那一个，不管它是否已长成，最是随心。还有好多好多的青菜，轮番装点你的饭桌。

一季一个故事，一季一个人生。秋季，一直就是一个过渡的季节，不至于夏天太热、一下子又太冷。大地里，高粱、玉米都低垂下了头，听，是那丰收的福音。空旷的大地上，忙碌的人儿笑弯了腰，收割机转了一圈又一圈，马车走了一趟又一趟，沉甸甸的都是自然的馈赠。天空不时飞来成群结队的大雁，或成"一"，或成"人"字形，在你的视野中逐渐淡成一个光点，消失不见，它们跋涉千里，追寻温暖的足迹。明年，春暖花开，梁间檐下，依旧是那呢喃的燕子，似曾相识。远处还有成行排列的白杨树，树叶铺了满地，好像一条绵延不断地地毯。而白杨却视而不见，依旧是那样笔直地挺立，即使秋风飒爽，也依旧傲然，不曾屈服过半分。

秋风扫落叶，以迅雷不及掩耳之势结束了季节的过渡，大地也迎来了初雪的覆盖，冬天不似画家的画板，而是一幅只有留白的水墨画，似乎就只有单调的白色。对于初雪，或许大多数人是欣喜的，就如对贵如油的春雨一般喜爱、期待，瑞雪兆丰年祈盼来年的大丰收。每有初雪，小孩子们也总爱出去打雪仗、堆雪人，在雪地里尽情地嬉戏。北国的冬天，千里冰封，万里雪飘，似乎总是被冰雪笼罩。天空飘着鹅毛大雪，地上白茫茫一片，山河万里，都在你的脚下。天空偶尔还夹杂着冰雹来侵袭，寒风凛冽，大雪却是无情。

一年又一年，即使重复相同的光景，也是不一样的故事。就像一辆开去很远很远地方的列车一般，中途总是有不同的风景，也不断有人下车离去，不断有人闯进你的生命中。那时候的日子很短很短，眨眼就是十年，如同沙漏里的细沙每分每秒都会流逝，留不住的只有怀念。人终究都会长大，独自面对生活中的风风雨雨。长大成人，完成了学业，有的人回到了家乡，在安逸的小城里继续播种希望；但大多数的人会选择在外闯荡，背上背囊，去外面的世界磨砺自己，看尽人事沧桑，体味不一样的人生乐章。

走过很多的城市，最后择一城终老，在这里，你可能是陌生的，甚至没有归属感。城市太陌生，谁也不是谁的谁，世上从来没有无缘无故的好与坏，爱与恨，谁又会为谁而驻足感叹！可是，时间是不等人的，太阳依旧东升西落，人潮也依旧熙熙攘攘，一天再一天，一年又一年，不会因为你而改变什么。有些场景再美、再好，只能发生在电视剧中，终究不会是现实。

从前觉得岁月静好无恙，总是被人小心地收藏好，风霜雨雪都是开心的符号。可到了一个陌生的城市里，你流离失所、无处安身，城市太大，却没有你的容身之处？夜幕降临，霓虹灯闪烁，你却无处躲藏。心酸或许都会有，却无济于事，叹息也是毫无意义。在街上游荡了好久，人行路上白色的斑马线永远平行于视野之外，也阻隔成了无法逾越的距离，车灯闪的人睁不开眼睛，站在马路中央措手不及，看着来来往往的车辆，那么的局促不安，好想与夜色融为一体。一日复一日，明天，又要将故事在哪里续写？无枝可依，找不到方向，该何去何从？又有多少束手无策？备尝世人的冷眼，孤独所为何？小心的经营着，一点一点、一步一步地过着自己的生活。

摊开那发了黄的日记本，写下一天的故事，那是属于自己的、属于青春的故事。心有千千言，落笔之处，不知该从何说起，只潦草地勾勒。窗外，明月依旧，故乡的笛声伴着清风在耳边响起，却似乎隔着珠帘，让人望不到，反而如身在雾里，生出了几多惆怅。紧紧地闭上双眼，故乡的山山水水如同放映的电影，一点一点地出现在荧幕上，永不散场！

别离后，才知情深重，故乡的根深深地扎在心中，风雨同路，故乡的思念一圈又一圈的画着，未曾停止过脚步。乡愁，原来也是一种肝肠寸断，思念，也是一种刻骨铭心，祝福，就是千里共婵娟。人生就是这样，不断地变换，不断地经历，机遇有万万千千迷人眼，可是，你最后真正在乎的、你真真实实抓在手里的，无非也就仅仅一个而已。离开不是逃离，而是一种挑战。离开了一个地方，虽然放弃了那熟悉的风景，放弃了属于你的位置，甚至错过了很多人，世事都与你无关。不过，你也在转角处收获了你的另一个传奇,在这个路程中,你成长了,也读懂了生活的真谛。再回首,岁月的路上,铺满了橘色的野蔷薇,或风雨、或含苞待放、或绚烂夺目……都是那么的美丽,鲜活!

无论天涯海角,何时何地,都总是有家人的牵念,一句问候,载不动对远方亲人的祝愿;合十祈祷,抵不了对远方亲人的祝福。"山海不为远",心早已飞过万水千山,踏过四季如春!

风景如画,而今,相隔天涯,寄一轮明月,不再飘零,相伴春夏秋冬,走过山花烂漫,于秋叶静美处驻足,寄一片最美的树叶,送上祝福如旧,情暖,浅笑,珍惜值得你珍惜的,放弃不再属于你的,生活如同写文章,删繁就简,世事随心、随缘,仅此而已。红尘深处,誓言不一定要海誓山盟,生活不一定要轰轰烈烈,守住心中的桃源,也是平凡中的伟大。

原来,我心中自有一座城,那里面一山、一水、一片清宁!

作者简介

马佳欣,女,汉族,中国共产党党员,《美丽之声》文学社诗歌主编。1992年出生于辽宁省兴城市,工商管理类专业,大学本科。在大学期间担任学生会编辑部部长,负责出版杂志等工作,多次在校内刊物上发表文章。2014年创作第一篇古代言情体裁的小说《良风醉晚》,并陆续发表小说《主编,爱在尘埃》《山河故人归》等。作品散见于盛京文学网、江山文学网、晋江文学网、中国文字缘、起点中文网等网站上。作品曾发表在《绥中文艺》等纸媒上,诗歌作品《天涯望》曾在盛京文学网"清王酒"全国征文活动中荣获三等奖。

花开的声音

小雨中遐想

景艳玲

清晨，在送女儿上学的途中下起了小雨，在雨中我想了许多事情……

听着下雨的"沙沙"声，我想起了小时候在大姨家——贵州省安顺市时的梅雨季节，那时雨天天下，我在那人生地不熟的，发生了许多事情。也许令人回忆的，有时也想忘记。小时不在父母身边的感觉不是很好。

看不见太大的雨，但是地面湿了，人们也渐渐撑起了伞，各色的，当然也有没拿伞在雨中漫步的，也有手中拿着伞而不打开的，慢悠悠地走在雨中。

女儿在悄悄地与我说着考试如何，因为她期中考试考得不错，也想在期末时考出好成绩。女儿为了自己的梦想在奋斗着。勤能补拙是良训，一分辛劳一分才。看来只要是努力奋斗就会取得良好成绩。

雨中不是很冷，不过感觉也是有些许的凉意，但自己蛮开心的，好久未在雨中想事情了。在雨中我好快乐。

人生也如同这雨吧，淅淅沥沥地从天空中下来，渐渐地化成地面上的小湿点，融入这美丽的世界，人生又何尝不是如此，就如同小雨，不被人所知，但是却是存在的。

因为下雨的原因，太阳被云遮住了，天空中布满了云，也许一天也许一会儿就会晴天的。在人生的征途中，我又该如何去面对人生的雨或是云呢？

海阔凭鱼跃，天高任鸟飞。在我的人生中，不存在放弃，只有坚持，无论遇到什么样的事物，我就是坚持，坚持到底就是胜利。

希望这雨一直下着，这样我就能永远地去想事情。在未来的人生之中，会有所领悟。在现实的世界中，我也会好好地生活。没有什么过不去的，只是诚挚待人，好好活着，即可。

在雨中，我会好好地享受这雨所带给我的快乐，去享受这雨所带给我的幸福。我祝福自己永远拥有一颗感恩的心去聆听这个世界所带给我的一切。

雨，可以冲洗掉我的悲伤，同样也可以冲洗掉我的不愉快。在人生之中，雨如同泪，是可以调节自己的心情的。身为人，谁又能没有烦恼呢？谁又能没有压力呢？只是看你如何将烦恼化作开心，将压力化作动力。这样的人生是充满挑战性的人生。人生苦短，所以要把一切不利于自己生命的东西要转化为有用的东西或事物，这样才能走出阴霾，才能走向光明。

这场雨令我浮想联翩，使我深度思索，让我信步前行。人生没有后悔的东西可以做，唯有坚持才是真。没有最高只有更高。在自己的生命之中，要有所感，有所想，有所思，有所悟。谢谢你小雨，是你让我有短暂的停歇，是你让我对人生有更深层次的看法及想法，是你让我坚定了活出自我的信念，是你让我的人生绽放光彩。

作者简介

景艳玲，女，1974年6月生，中国共产党党员，网名语蝶，现任沈北新区文体广电新闻出版局文化科科长，沈北新区作家协会会员、沈阳市作家协会会员、辽宁省当代文学研究会会员。现任盛京文学网沈北风散文编辑。喜欢文学，尤其喜欢散文。莫问收获，但求耕耘。自2011年开始文学创作，发表的作品有《紫烟薰衣草庄园，我的爱！》《人生当如茶，清廉胜浮华》《发展中的广播电视站》《星星之火，可以燎原》《蝶之语》《父爱》。

花开的声音

安宁一片

毛靓华

从丽江乘车过大理，一线山路蜿蜒，看着窗外缓缓掠过的风景，山青柳绿，鸟唱虫鸣。不知为何，虽然有些晕车，心情却出奇得好。

大理能名声在外，除了有若干年前那部《五朵金花》的"蝴蝶泉边来相会"，还得加上金庸先生的《天龙八部》。"下关风，上关花，下关风吹上关花；苍山雪，洱海月，洱海月照苍山雪"，我仍是只对古老的大理感兴趣，只想让自己融入若干年以前的那个过去。

下了车，站在大理城东门外的一个牌坊前深深呼吸，苍山在眼前，洱海在身后，一种幸福感就这样绕着心灵飞翔，快乐就是这么简单。

因大理古名为叶榆，所以大理畔的洱海便又名"叶榆泽"了。洱海湖水清澈如镜，碧色的水波在船尾翻起了阵阵水花。俯身细细看去，有的地方竟能望见湖中游鱼优游自在。望湖四面，风光秀丽，两岸青青翠翠，红花掩隐着琉璃瓦的飞檐，时有飞鸟低旋轻啼。一抬眼，却见远处的苍山，白雪皑皑，一时愣住，如此美好，水如诗，山如画，我如梦中人。

苍山海拔约三千多米，一共有19座山峰，重峦叠嶂、峰峰相连，山顶长年积雪，山下却四季如春。人说"登高望远"，果然，俯瞰的感觉让人觉得自己成了飞鸟。脚下是郁郁葱葱的林木，风来便如波浪般起伏，隐隐可见紫蓝色的小花，漫山遍野的盛开着。突然体会到了一种独自快乐的心境，或许没有人会来欣赏，却有自我芬芳的快乐。抬头四望，再远的地方微微泛着些银光，想想，那该是洱海的方向了。在午后的阳光下，闪着波光，粼粼一片。

　　回到大理古城，像从虚无缥缈的仙境回到了踏踏实实的人间。哪里都各有哪里的好，所以走到哪，我都快乐着。走过大理最古老的南城门，用手指碰触那丝凉意，看见上面刻着的字："大理，古名叶榆……西汉武帝在云南设置郡县时，大理纳入了汉王朝的版图。唐宋时期，大理先后出现隶属于唐宋王朝的南昭国和大理国两个地方政权。在元代前，大理一直是云南政治、经济、文化的中心……"一点点抚摩过来，指尖开始变得冰冷。是不是我的记忆太重？这次我竟然听不到历史的诉说。

　　晃过西门，苍山便在门外；转过东门，那是我来时的路；回到北门，寻到了一家茶舍。大理的城门只余南、北两座古迹了，东西两座是后来修复的，却没有了早年的沧桑劲美。穿过大理古城最有名的洋人街，一个个酒吧门前的灯笼都燃得那么妖娆，不知道这暗色的角落里是不是正上演着那出故事。突然一下，感觉身边的一切都静止了，只有我缓缓穿行，从这里，到那里。

　　大理的夜来得很晚，7点过后，天才渐渐昏暗了下去。坐在房门前的木栏上感受晚风，轻柔中夹杂了些许的花香，淡淡的，一瞬间竟恍惚得不知身在何处。躺在床上，透过雕花的门栏隐隐可见窗外的星月。大理的夜是如此宁静，这点和丽江是不同的，在这里真正感受到了山城的沉寂。偶尔有风掠过，飕飕地也不知道有没有就这样带走谁的记忆，然后或许就再没留一丝痕迹。我是念着欧阳修的文字入睡的，在这样一个夜里，然后一切又在夜色里晕开了去，如同一树花开。"星月皎洁，明河在天，四无人声，声在树间"，一切都静了。床很舒服，可我仍是早早就醒了，因为舍不得错过大理古城在每一个时辰的面貌。轻轻推开木门，吱嘎一声响，将我带到了另一个天地。门外的一切都微微泛红，太阳还浅浅躺在山的那头。垂首，看清楚小院的地面是麻石铺成的，四周种满各色植物，青翠中隐隐可见花的嫩红，再轻吸一口，微香入肺来，顿时神清气爽。不远处，三两只小鸟蹦蹦跳跳在对面的屋顶，看着，心生柔情，对这样活泼的生命，对这样可爱的早晨。

作者简介

毛靓华，女，1980年出生，沈鼓集团电气高级工程师。出身书香之家，爱好读书旅行。数年闲散文字，曾于2009年集结一册，名为《亮色年华》。沈阳市作家协会会员，匠工文坊编辑。

克什克腾的四月

盛 韬

四月的内蒙古克什克腾草原由白云、黄沙、蓝天和风组成。沿旋转的高速公路行驶，蜿蜒而深远的道路像一曲悠远而深情的蒙古长调，带着我疲惫的内心，走入那片旷远、洁净并且安宁的原野。在进入这片土地的瞬间，我无法判断，我是在寻找沿途的风景，还是在寻找我们生命的本身？

如同所有本真的事物一样，历经数千年风暴的撕打，那云依旧纯净而简单，在料峭而又不失温情的春风中保持着最初的模样，就像一群安详的羊群在天空慢慢地展开，那份恬静与率真在不知不觉中沁入内心，让久居都市的我发出由衷的羡慕与感慨。

而放牧的人哪儿去了？那黑色的骏马、晨曦中微笑着在淡青色的草地上挤奶的少妇，莫非也随着流逝的时光渐行渐远……作为成吉思汗的子民，蒙古的男人们裸露着古铜色的臂膀，用狂风般的呐喊与马头琴的柔情宣泄着男人的勇敢与浪漫。那背影，散发着雄性的光芒，灿烂的映照了整个十三世纪的天空。血性、狂野、热情，放荡不羁……

而今天，他们在哪里？那撕破夜幕的牛角、漫天燃烧的篝火、那狂欢后掷碎的酒碗……甚至连同那些在大风中传唱的狂歌莫非也随着最后一缕狼烟而灰飞烟灭了吗？想象的烽火湮没在遥远的记忆中。牧马的人足迹湮没在岁月里。与岁月相比较，所有的映像或者足迹都显得那样的单薄并且脆弱。在克什克腾旗的界区，我看到的马踏飞燕标识青铜般凝重，在流动的白云中，凝固的马蹄固执地张开着奔驰的狂想。那飞扬的神情、骄傲姿态在静默中陈述着人类试图穿越时间、空间的渴望。可即便我们真的拥有超越光速的马匹，历史的河水还能保持它当初的形态，蜿蜒着倒流而来？

打量马蹄下那只可怜的燕子，我在想，它到底是伤于一次风暴中的偶然，还是折翼于一支没有任何意义的箭矢？

莫非所有灵动的生命都注定要毁灭于力量的法则？黄昏来临，夕阳映衬着黛青色的山峦，炫耀着一种绝世的美艳。绵延的群山像一块块古朴的石头，暮色中愈发显得坚冷。婀娜的白杨树摇晃着风声仿佛在四月的牧歌声中燃烧，那云染满了血色，沉静中散淡成一曲中世纪的绝唱。

四月的克什克腾草原，没有我想象中的花朵和绿色，却有着一种复杂的心绪和难以名状的气息，带着迟到的春意扑面而来。

由近而远，由远而近……

作者简介

　　盛韬，男，1962年出生，供职于沈阳造币有限公司。1990年开始学习诗歌创作，诗歌作品散见《诗潮》《星星诗刊》等刊物。最喜欢的诗人：惠特曼。渴望用简单的方式理解并且对待繁杂的生活，厌恶语言的苍白和行动的懦弱！始终坚信正义的光芒必将灿烂所有的夜晚、迷失的人群和方向！认为诗歌必须要具有悲天悯人的情怀，用内心走近内心！诗歌是一种不可战胜的力量！不是占有而是给予和牺牲！

散文卷

残

孙怡冰

> 当一个东西将消失殆尽的时候,你才会注意到你最初拥有它时,它所附加的意义。
>
> ——题记

直到有一天,我才发现,你所珍视的某样想保留一生的东西,总有一天会以一种令你十分懊悔的方式变得残缺,以残缺来代替完整的意义。可能是亲友留给你的某件首饰,可能是出生时祖母为你戴上的银手环,可能是中考前班主任亲手为你系上代表幸运和祝福的红绳。再比如,17年来父亲送我的唯一一件用心挑选的惊喜——那块手表。

当一块表不再正常转动,当它失去了它所有的实用价值,它又以什么身份存在于我的记忆里?一种象征,抑或一种怀念。只是隐约觉得它掉在地上伴随着钨钢碎裂的清脆声音,似乎那些所谓的对父亲的不理解、不接受全都一并摔得粉碎。让我感觉到它如同父亲所寄予我的那些一样,重,沉稳。

当手表被前桌碰到地上的一刻,我后悔桌子上卷纸太多,我讨厌前桌回身来问我化学题,我后悔我因为天热而把它摘下。如果桌子干净,如果我没问题,前桌就不会因为拿着练习册询问就碰掉了手表。当一个人对现状无能为力,当一个人对过去耿耿于怀,他就会不断地想着如果,如果没有……这就是我眼睁睁地看着我的手表毁灭时遗憾而无奈的状态。

捡起表后,我发现,指针已经摔得会因为重力作用而来回转动,前桌小张用他那一贯木然没有温度的表情,甚为不解地看着我震怒的样子。

"怎么啦?把你的表摔坏了?"

我愤然不语,还用得着问吗?!我懒得理他。顺着那倒转的指针,我仿佛回到了它刚来到我身边的那一天。

那是一个炎热的午后,父亲郑重地把一个精美的盒子递给我,还神秘地诱导我打开盒子。原来是一块亮晶晶的钨钢手表,看上去很贵重的样子。我大为不解,为父亲郑重的眼神,为突如其来的惊喜。

"这钨钢表链十分耐磨,无论你怎样刮擦它,都不会留下划痕。但它的缺点就是脆,所以千万别摔了。一摔就碎。"父亲得意地向我介绍,一副心满意足的样子。后来,妈妈告诉我,为了祝贺我升入初中,从少年走向青年,父亲精心挑选了这块跟中学生身份不大匹配的"高级"手表。如今算来,都已经五个年头了。

想必在父亲心中,相比于那质地轻而又不耐磨的白钢,唯有这沉甸甸的历久弥新的钨钢才能真正代表我对他的意义,和他对我的关怀。我一度想忘却,忘掉父亲曾经的付出,忽略父亲为我做的每一件事。犹如《爱情公寓》里的子乔将记忆删除一样,删掉这些我以为不需要的、不想要的。可是,沉淀在记忆里的,从来就不会忘却。就像子乔无意中的一句话,就会唤起曾经删去的所有记忆。这就是潜意识中对爱的深刻理解,这是一种本能的需求。

前桌还在不知所措,而我思想的飞船,就这样穿越了时空和流光,让我随着这逆转的表针,拨向五年来的一幕幕,成长的叛逆、无休止地抗拒,对父亲的教诲的不屑与懵懂的对抗,因为幼稚、因为固执、因为自负。而父亲,总是在我一回首就能望到的地方等我,包容而温暖。

前桌还在因为我怔忪的表情而喋喋不休,而我,似乎不知道应该愤恨他还是感激他。愤恨他损坏了我心爱的礼物?感激他摔醒了我沉睡的记忆?我不知道。或许,有些东西坏了就坏了吧,因为它有了新的使命,以残缺来代替完整的意义。

残缺之后的它提醒着父爱对于青春期的我所代表的意义;残缺之后的它,让我落泪,如果是我曾为父亲流泪,那这可能是17年来唯一的一次。

可能有时候,东西保存得太完整,就会成为存在的被遗忘,或是珍视得不再那么重要。当它经历意外后变得残缺时,有着不甘,有着心疼,有着遗憾。它更加贪婪地占据着你心中最重要的位置。存在而不被遗忘，保护，不曾被遗弃。

作者简介

孙怡冰，女，1999年出生，沈阳市第20中学学生，辽宁省散文学会会员。7岁在《小学生报》发表第一篇习作《坚持就能成功》，后在《少年文艺》《新民晚报》《当代教育》《北京晚报》等有影响力的报纸杂志多次发表文章，2008年、2009年、2010年获沈阳市教育局主办的各类假期征文一等奖，创作发表散文、小说十万余字。代表作《撑起心中的伞》《黄老师的嗓子》《世界很美，你们很暖》《阳光着自己的生命》《腾格里孕育的智慧》等。

雪伴落叶的思念

杨 冰

  一直盼望的入冬以来的第一场雪，终于在前夜拉开了序幕，雪下得不大却很急，母亲说这场雪比往年晚来了半个月，我想也许是雪姑娘故意地放慢脚步姗姗来迟，好让人们更加的期盼和思念她，她的到来让人们真正进入了寒气袭人的冬季。

  在下雪的那一刻，我和儿子正在街上走着，飘落的雪花在霓虹灯的照耀下显得更加的晶莹剔透，儿子伸出小手接着飘下来的雪花，兴奋地喊着："下雪了，下雪了……"我便问儿子："珅玚，你快看路灯下面飘着的雪花像什么？"儿子毫不犹豫地回答："像一群亮晶晶的荧火虫在飞，好漂亮啊！"我愣了一下，儿子竟和我想象得一模一样，这也正是我想要说的，看来我和儿子还真是"心有灵犀"，我心里非常高兴，夸儿子真聪明，想象力真丰富，儿子还很小，就能把雪花比喻得恰到好处，我想他以后的写作能力会很好，这也许遗传了我的文学细胞吧。

  街面上还不时地有些枯落的树叶飘下来，被我们踩在脚下，在寒风的吹卷下发出沙沙的响声，看着飘飘扬扬的雪花，听着风吹落叶的声音，我的心也不免跟着沉落下来。回到家里，随手打开音响，放上略带伤感却很喜欢听的音乐，倚窗坐在窗台上，望着窗外的景色，此时我的内心不由自主地想起一些伤感的往事，想着那一年也是第一场雪，我们坐在温暖的餐厅内，听着优雅的音乐，共进晚餐的情景，想着我们并肩行走在雪地上的情景，我知道这早已成为彼此一生的回忆；成为彼此一生的痛处。面对此情此景，我不知道经历了多少次，明知很凄凉，却也很喜欢这样的氛围，也许这和我的性格有关,我是一个情感化的感性女人,朋友们都说多愁善感是我的老毛病。

此时,我想到丈夫一个人在他乡,也许正在欣赏着雪景,也许又在为了逾期交工的工程而加班,奔走在为我们创建幸福的坎坷路上。想到这我不由得抿嘴笑了一下,我是在笑自己,这是怎么了?这算不算是胡思乱想,但这也是常人所能理解的"相思之苦"吧。

"雪里闻香梅,梅上看玉雪",我想到了"踏雪寻梅"的意境,因为雪和梅像一对姐妹相约在冬季,为这严寒的季节披上冷艳的盛装。

"蝶恋花清香,花羡蝶彩衣",我想到了"蝶恋花"的故事,蝴蝶和花像一对恋人相约在春天,因为蝶知道花会为了它如期的绽放,花也明白蝶会为了它耐心的等待,不会错过花期。

而此时的我们呢?我们的重逢又在何时?你临别时对我说你喜欢听我在电话里的声音,因为那虽然只是只言片语的问候,却也能化解你无尽的相思。而我也喜欢在电脑旁,让挥舞的指尖敲出我心中的思念。无需海誓,无需山盟,我们都在为彼此静守着内心的孤独和寂寞。

窗外的雪和树叶掺伴着飘落,这是孤独一季的严寒;这是孤独伤感的一幕,在这孤独的季节里,美丽的佳人在岸一旁遥望着那彼岸的舵手为她划来幸福的小舟;在这孤独的季节里,寂寞的伊人在水一方盼望着那思念的心湖为她泛起爱的涟漪。

这是爱的真谛,就像雪和梅的相约;这是爱的境界,就像蝶和花的守候。

作者简介

杨冰,女,1976年6月6日出生于农民家庭,中专毕业后留居沈阳,现就职于沈阳国际鞋城,做财务工作。从小就喜欢诗词歌赋,喜欢看文学作品,喜欢把生活中的喜怒哀乐,随感随想倾于笔墨,写于文字。文字是心语,是灵魂深处的挚爱。受父母亲勤劳淳朴的性格熏陶与影响,懂得珍爱生活,崇尚"腹有诗书气自华",一直都在努力做一个"入得厨房,出得厅堂"的女人。目前任盛京文学网匠工文坊编辑。

漫步大昭寺

水 灵

到西藏的第一站，便是游览大昭寺。

也许是第一次踏上雪域高原的缘故，在去往大昭寺的车上，我的心竟然跳得很厉害，关于大昭寺的林林总总的故事与传说，都"一窝蜂"地在大脑里互相碰撞着，让我有些无所适从。但真正吸引我的还是关于宗教的神秘和基于这些神秘而衍生出来的庙宇、器物、壁画、传奇和仪式，这一切引导着我，一步一步地走进梦幻的、遥远的、神秘的大昭寺。

跟随着人流走过去，首先看见的便是"拉萨八廓街"的碑牌，静静地伫立着，仿佛无声地诉说着过往的历史。我的眼睛里充满了人，游览的，朝拜的，汉族的，藏族的，中国的，外国的，每个人的眼睛都在热切地搜寻着、印证着什么，每个人又好像都怀着一颗虔诚、畏惧的心，也包括我在内。

大昭寺门前，聚集着众多的信徒，他们周而复始地磕着长头。每个人都那么的专注，似乎将自己的生命都倾注在那长长的一拜之中，我既新奇又感动，新奇的是我从来没看见过那么多的人聚集在一起膜拜，感动的是他们的执着与虔诚。导游介绍说，这些人都是从各个地区专程赶到大昭寺朝拜的，有的人还可能是带着积攒了一生的财富和信念，一步一步地跪拜到大昭寺，完成十万个对佛的礼拜，甚至有的人这么一拜之后便只能是魂归故里了。面对他们，我禁不住在心里拷问自己，对于理想与信念也能如此的坚定与执着吗？也许我不能，虽然我可以用理智来为自己开脱，但至少在对人生目标的追求上缺少了那一份虔诚。

我整理了一下思绪，抬眼一望，大昭寺正庄严肃穆地屹立在我面前。

大昭寺，位于拉萨的中心地带。又名"祖拉康""觉康"（藏语意为佛殿），始建于唐贞观二十一年（647年），建造的目的据传说是为了供奉释迦牟尼8岁等身像，该佛像是当时吐蕃王松赞干布迎娶的尼泊尔尺尊公主从加德满都带来的。之后寺院经历代扩建，形成庞大的建筑群，目前占地25100余平方米。现在大昭寺内供奉的是文成公主从大唐长安带去的释迦牟尼12岁等身像，而从尼泊尔带来的8岁等身像于八世纪被转供奉在小昭寺。大昭寺建造时曾以山羊驮土，因而最初的佛殿曾被命名为"羊土神变寺"。1409年，格鲁教派创始人宗喀巴大师为歌颂释迦牟尼的功德，召集藏传佛教各派僧众，在寺院举行了传昭大法会，后寺院改名为大昭寺。大昭寺是各教派共尊的神圣寺院，西藏政教合一之后，"噶厦"的政府机构也设在大昭寺内。活佛转世的"金瓶掣签"仪式历来在大昭寺进行，1995年，确定十世班禅转世灵童的金瓶掣签仪式也是在这里举行的。

走进寺内，我也和游人及藏民一样，虔诚地敲起钟，钟声嘹亮，向神明告知，我来了！那一刻，在燃燃不息的酥油灯火中，在森严肃穆的佛像面前，在喇嘛有节奏的诵经声中，在信徒虔诚的膜拜中，我强烈地感受了宗教信仰的力量。我禁不住闭上双眼，嗅着酥油和藏香混合的味道，自己也仿佛入定了一般……

大昭寺的布局方位与汉地佛教的寺院不同，其主殿是坐东面西的。主殿高四层，两侧列有配殿，布局结构上再现了佛教中曼陀罗坛城的宇宙理想模式。寺院内的佛殿主要有释迦牟尼殿、宗喀巴大师殿、松赞干布殿、班旦拉姆殿、神羊热姆杰姆殿、藏王殿等等。寺内各种木雕、壁画、佛像金光闪闪，珠光宝气，精美绝伦，技艺精湛；空气中弥漫着酥油的缕缕香气，藏民们神情虔诚地参拜、转经、供奉；喇嘛们神情庄重，诵经声音此起彼伏，连绵不断。徜徉在不同的大殿中，我似乎都有不同的感觉，有对宗教历史的一种探寻，也有对民族文化的追寻，也有对藏民心灵的挖掘。一种说不清的、别样的情愫深深地牵动着我的心，恍如隔世一般，一份虔诚渐渐在心中升起。

走上二楼的平台上，艳阳高照，让我紧绷的神经不禁一震，刚才还沉浸在宗教里的思绪，竟然有了丝丝的温热，模糊与不安在阳光下也一点一点地消散，我知道刚才我是太屈从于大昭寺的神秘，而忘记了我自己。在这阳光里，我又重新成为我自己。

俯瞰大昭寺广场，右边远处山上是布达拉宫，近处的柳树相传是文成公主所栽种的"公主柳",二者似乎在相互呼应。仰望大昭寺的金顶,在蔚蓝天空的映照下,异常的夺目和金光闪闪,形成一幅艳丽的画卷,抛开大昭寺的宗教意义,在这雪域高原纯净的天空里,这又何尝不是一幅梦想中的家园美景呢?美的神秘,美的古老,美的又是那样的纯净,或许这种情境是几千年来千百万个信徒心灵的净化使然罢。

寺中人很多,我无暇停留的太久,便随着人流匆匆离开了大殿,出寺之前,我特意在磕长头的信徒身后伫立了一会儿,心中与眼中竟都仿佛有清泉涌出,不为别的,只为他们的执着,或许他们是辛酸与困苦的,或许他们没有瑰丽与多彩的人生,但心中的信念却让他们的灵魂是如此的高贵,在这群衣衫并不华丽的信徒面前,我自愧不如。

离开拉萨的前一天,正好晚上还有些时间,我信步又来到大昭寺门前。人依然如白天一样多,"磕长头"的人成排的、有序地行着礼。也许这些人早已经不是几天前的人们了,但虔诚却是一模一样的。晚上的大昭寺增加了转寺的人流,熙熙攘攘的,一圈一圈的转动着,如同一个大漩涡,把我这个局外人也似乎要卷进去了,我呆望着,觉得这一切是那样的让人难以置信,却又真实地呈现在眼前,宗教与信仰真的有着如此强大的力量,让人无法抗拒。

突然,膜拜的人群中冲出来一位特殊的信徒,边行走边磕着长头,丝毫不顾忌外界的环境与他人的目光,那种执着的、用尽全身心的力量的顶礼膜拜,让我有些吃惊,他每一次的礼拜好像都是在摔打着自己,似乎每一次摔的都很重,可他还是那样执着地继续着,也许这是他自认为对佛礼拜最好的一种表达方式吧。

天,灰蒙蒙的,我嗅到了雨的味道,要下雨了,人们却丝毫没有紧张的意思,还在一个一个执着地磕着长头,一圈一圈虔诚地转着,我知道也许他们的日子就是这样度过的,将自己一生都寄托在他们心中神圣的佛的身上,每天虔诚的膜拜,这是他们的追求与宿愿。我心生敬佩、敬畏与感动,只为他们一生都不变的执着。

离开大昭寺的路上,我久久地回味着历史,又咀嚼着现实,二者交织在一起,让我有些痴迷,又有一丝不知所措,不过我很庆幸,我还能做自己心灵的主人。大昭寺广场上,我任由自己闭上眼睛,想让自己的心停滞一下,做一会儿虔诚的藏民,冥想大昭寺千年的文化、悠久的历史和无尽的艺术魅力。

也许若干年后,我心中的大昭寺会随着时光褪色,但那一个又一个咚咚作响的长头会永远留在我的心里。我没有用任何形式上的东西来礼拜这一切,但我却曾经用心灵来体会过,我想这就足够了。

别了,大昭寺!也许,今生不复相见,但灵魂还能无数次在梦里徜徉,因为我记住了你的模样!

作者简介

扈哲,笔名水灵,铁岭市作家协会会员,辽宁省散文学会会员,作品曾发表于《辽宁作家网》《海燕》《辽河》《香稻诗报》《中国文学》《中国诗》《天涯诗刊》《燕赵文学》《辽海散文》《饮食科学》《美塑》诗刊、铁岭县《莲花湖》《调兵山文学》杂志,《晚枫笔韵》《建设银行报》《太阳诗报》《辽宁职工报》《铁岭日报》《辽沈晚报铁岭版》等各类报纸杂志;曾荣获首届"大荒源谷"杯全球华语诗歌大赛特等奖。以文字养心,自由恬淡。

懂你，渐老的母亲

王丽红

"三八"妇女节那天，早上起来就给妈妈打了电话，祝福她老人家。然而萦绕在心中许久对妈妈的敬重，催促我提起笔，用文字表达心中对妈妈的爱和祝福。

每逢过年，我们兄弟姐妹一大家子都团聚在妈妈家，陪着老母亲欢度春节，全家十多口人四世同堂在一起，就是为了看到老妈脸上的笑容。常言道：有妈才有家。是啊，妈妈是我们经常奔向家里的原因和动力。老妈妈八十多岁了，满头银发、没有了牙齿，慈爱地看着我们说笑吃喝，这时的妈妈是最开心的，因为子女们都聚在她的身边！

五年前，爸爸离世了，妈妈的世界轰塌了，虽然有了思想准备，但妈妈还是无法接受恩爱了一辈子、依赖了一辈子的老伴先她而去，竟然一度精神恍惚，每天叨念：你爸爸什么时候回家吃饭呢，他去哪儿了，怎么还不回家吃饭？妈妈用这种方式，拒绝承认爸爸离开的事实，有阵儿还不认识每天伺候在左右的嫂子了，这让我们兄弟姐妹几个说不出的难过着急。我们还没来得及从失去老爸的悲伤中走出来，却又陷入了担心老妈的痛苦之中，情急之下的我突发中耳炎，做了两次穿刺小手术。

妈妈在十三四岁的时候就认识了爸爸，因为两家是邻居，住前后大院，豆蔻年华初识年轻帅气的爸爸，情窦初开的他们自由恋爱了，之后结婚生子，一辈子风风雨雨，经历坎坷，酸甜苦辣，不离不弃，恩爱到老，携手共度人生近七十载。我小时候常常听妈妈讲爸爸少年、青年时的一些事情：吹口琴、骑自行车、翻墙……我也常常边听边在脑海中勾勒出一幅青葱画面：二十世纪四十年代，一个骑着自行车的帅气青年，貌似不经意实则很走心地吹着口哨，向自己心爱的美丽姑娘走近……低眉俯首、暗生情愫的貌美姑娘，看似躲藏回避，却在胡同里传出的悠扬的口琴声中，追寻着自己心上人的足迹……爸爸和妈妈真可谓是青梅竹马，男才女貌。

妈妈的一生从此和爸爸紧紧地连在了一起，妈妈跟随爸爸辗转迁移，走了好几个城市，却始终在同一个单位工作。妈妈是名护士，小时候的我常常看到妈妈天不亮就早早醒来，背诵那些难记的拉丁文的药名、缩写符号和用法、疗效等，由于妈妈刻苦钻研业务，加上工作态度和蔼可亲，患者都愿意让妈妈扎针，因为没有疼痛感。多年来，妈妈勤勤恳恳、认认真真地工作，多次被表扬，还被晋升为护士长。

二十世纪五十年代初，新婚不久的爸爸参加抗美援朝志愿军，在朝鲜四年枪林弹雨中出生入死，妈妈忍受着思念的痛苦和对爸爸安危的担忧，却从来没有任何怨言，默默地支持着爸爸，一边工作，一边照顾老人和幼子，一人担起家庭的重担。1976年唐山大地震后，妈妈和所在医院的部分医务工作者一起，不顾余震的危险，奔赴抗震救灾第一线，救死扶伤。

我是家里最小的孩子，脐带缠脖的我出生时，妈妈不仅要承受身体上撕裂般的痛苦，还要忍受被无辜错打成"牛鬼蛇神"在"牛棚"里接受再教育的爸爸不在场的无助。妈妈让哥哥给爸爸送去我平安出生的消息时，顺便给爸爸送的饭盒里加了一道好菜，却让"造反派"把饭盒翻了个底朝上。生活的艰难、生孩子的痛苦没有让妈妈掉下眼泪，当听到哥哥回来后跟妈妈讲此番情景时，妈妈潸然泪下了……

妈妈对我疼爱有加，因为生我时妈妈受惊吓没有奶水，妈妈总说我是喝米汤长大的，小时候，妈妈总是给我额外做"小灶"吃。二十世纪六七十年代，爸爸妈妈姥姥还有哥姐，我们一大家子八口人，靠爸爸妈妈的工资和妈妈、姥姥的精打细算，维持家用。每天一家人在一起吃饭的时候，是最快乐的时光，吃起饭来也特别香，到现在我还能回味出用酱油、荤油拌米饭的美味。我生病了，妈妈就给我煮鸡蛋、买糖水罐头，这在当时可谓是"奢侈品"。在妈妈的精心呵护下，我的童年是幸福快乐的，从来没有感到物质匮乏的困扰。

"文革"时期，武斗中的一枚流弹，落在了碰巧路过的我的大哥身上，才华横溢的大哥意外受伤了，爸妈忍受着巨大的苦痛，送血肉模糊的大哥到北京治疗。大哥保住了性命，却留下了终身残疾，这也成了我们家族一个永远的痛！家里的顶梁柱，我那高大英俊的二哥在不惑之年不幸得了重症，早已退休的妈妈，在那个寒冷的冬天，冒着凄冷的寒风，顶着纷飞的大雪，一次次往返在家和医院的路上。二哥吃不下什么，可妈妈还是坚持每天亲自下厨做好饭菜给二哥送过去，她老人家是想用诚心感动老天，留住我的二哥！命运如此捉弄人，给我们家一次次的灾难，妈妈的心呢，又怎能再经得住如此蹂躏和打击！白发人送黑发人的痛苦，难以言表。

  年近七旬的妈妈以泪洗面，无法自拔。这个时候，是我天使般的女儿，让姥姥逐渐从老年丧子的悲痛中走了出来。刚刚一岁的女儿，像能看懂姥姥的心思一样，每当姥姥流泪的时候，她都用小手绢给姥姥擦泪。孩子天真可爱的笑脸和日渐成长过程中的童真童趣，给妈妈带来了很多快乐，也是为了让妈妈开心，我隔段时间就把爸爸妈妈接到我家，女儿从小懂事，惹人喜爱，隔代人的亲和爱，融化了妈妈心中很多悲痛……

  如今我女儿已经高三了，老妈也在哥姐嫂子的精心照顾下，身体和精神都恢复了很多，八十多岁的老妈竟然又能踩缝纫机了。妈妈不愿意给子女增添负担，由保姆照顾着，只是特别盼望周末和节假日儿女们回家团聚。妈妈一辈子经历坎坷，却一直乐观豁达。妈妈的善良、勤奋、勇敢和坚忍是一笔财富，多年来这些优秀品质也耳濡目染地影响、激励着她的儿女们积极向上。又是一年"三八"妇女节，我衷心地祝愿我亲爱的妈妈健康长寿，幸福永远！

作者简介

  王丽红，沈阳市骨干教师，获文学学士学位、教育硕士学位，全国儿童文学研究会会员，全国学前教育研究会会员，辽宁省教育学会教师教育专业委员会常务理事，辽宁博雅诗词学会副秘书长，博雅文学社副主编，《小学生优秀作文》特约撰稿人。编写了多部教材和专著，在全国各大出版社出版发行，撰写内容达100多万字，发表了十余篇导读文章，在杂志报纸上发表了多篇散文和诗歌。

葡萄藤丝语

金 萍

四季是人生的依托，而安如流水的日子里，我独爱葡萄架下度过的时光，它是我心中的小清喜，是我魂牵梦萦的一个念想。

在不断地昼夜更迭中，又是一个莺飞草长的季节。春阳明媚，碧野新绿，桃花娇俏梨花雪，丁香绽满情丝结。按捺不住一颗躁动的心长久的渴望，于是在一个和煦的清晨，披一肩清风，拂两袖香雾，撷着那个期冀的梦想，我来到了葡萄架下。经严寒而不畏，冒风雪而不夭，感觉自己的生命也因这片葱茏而庄严！看着那遒劲的盘藤上，镶嵌着一汪汪的嫩绿，古藤似蟠龙吐珠，嫩芽若碧玉滴翠，顷刻之间，那毛茸茸的生命澎湃了我的心底，就像幸遇一个温情敦厚的男子，孤独的心变得丰盈，恰似开启了一扇光亮的窗。久久地、我久久地凝望着、憧憬着……憧憬着那一大片茂密的绿……

当骄阳笼罩着大地，酷暑的热浪使人难以呼吸。此时，小院里的葡萄架下便是最好的清凉去处。风轻云淡，绿叶荫浓，葡萄架上爬满了浓密的大叶和藤蔓，叠翠流青，风姿绰约。看着葡萄藤用它坚实的身躯为人们遮挡着灼热的阳光，不禁深为感慨：真乃梅之精神也！

在葡萄架下品茶读书着实是一件令人惬意的享受。一张古木香的桌子，配上几把相同色调的藤椅，慢慢地品，细细地酌，依旧怀着少女时风花雪月的幻想。当风轻轻地拂过，掀起裙角随风舞动，叶子也簌簌作响，有一种身临青纱帐的感觉。疏漏的一抹斜晖映在脸上，把脸映得红红的。若逢有缘之人，高山流水话琴音，鸿儒谈笑烂柯矣，一杯琉璃盏，几阕落花词，便是人间仙境了！

到了七夕的夜晚，小街灯火通明，夜的天空则高远、宽阔而深邃。浪漫的夜晚总会涌动一种期盼的喜悦。今夜，天上人间，佳期如梦。这个夜晚，有无数望穿秋水的有情人终成眷属。而我，我的，我的梦中人可与我隔岸相守，默默等待？天各一方共此时，循着那个古老的传说走向彼此的梦中。葡萄架下，怀一颗虔诚的心，屏住呼吸，侧耳聆听牛郎织女那呢喃的情话，稚子般的好奇心再次萌动。清冷的晚风拂过发梢，思绪也随着发香四处游荡。此时，牛郎织女的愁伤化作沥沥小雨，轻轻地打在叶片上。那是情人的眼泪吗？时光静静地流淌，一曲亘古不变的《长相思》，不禁催人泪下。"长相思兮长相忆，短相思兮无穷极"，借问天梯何处？赐我一双燕翅，许我三尺羽翼，搭与一段鹊桥，迎着初秋的馨梦，伴着幸福的喜悦，飞进爱的天堂……

经雨水洗涤后的叶片格外清新，那枝梢待发的苞芽还含着经雨后圆润的水珠，或柔、或媚，玲珑剔透，不染铅华。而那纵横交错的枯干，却镌刻了多少岁月的沧桑。我俯下身，轻拥那攀枝的躯干，依稀中，抱住漫漫红尘离我最近的温暖！一腔的情愫，如何思量？有道是，相依相偎缠绵语，付与东风不老情！

秋风萧瑟，果实飘香。放眼望去，绿色的藤蔓，郁郁葱葱，遮天蔽日，一串串的葡萄紫玉垂珠，悬露凝霜，令人望而生津。心中便会不由自主地涌出两个字"壮观"！这是一幅静美的油画，涂有大自然赋予的浓重色彩，绿如翡翠，生机勃勃，紫如玛瑙，富丽荣光。感叹大自然造物之神奇！

缠藤一生，只为果的收获。亲手把葡萄剪下来，再一串串地摆好的时候，心中会有一种悸动。看着它们从小米粒大小长到成熟，很是欣慰。中秋节月圆之夜，一家人围坐在一起，餐桌上少不了葡萄和月饼这些隐喻团圆的鲜果美食。吃不了的葡萄可以酿成葡萄酒，自制的葡萄酒芳香沁脾，味道醇厚。你可以在寒冷的冬天，与亲朋相聚，听着舒缓的音乐，慢品佳酿，梦里清香滋味，人生能尽几回？

葡萄藤，增添了多少文人雅士浪漫的情怀，又使多少墨客为之素宣挥毫！

对葡萄藤一直都很眷恋。这种眷恋源于儿时葡萄架下的嬉戏，青涩岁月时葡萄架下对文学名著的着迷。随着时光荏苒，这些记忆挥之不去，这种眷恋与日俱增。竟有一夜梦到了一架葡萄，那纵横的枝蔓令人魂牵梦绕，于是便去寻了一幅十字绣，裱挂客厅，欣喜之余，也给居宅增添一抹绿色。

葡萄藤，醉了一季蝶飞花放的童年！

葡萄藤，醉了一季雨打芭蕉的浪漫！

葡萄藤,醉了一季霜凝紫玉的果香!
葡萄藤,我永远为之倾心的梦想!

作者简介

金萍,1968年出生,大连外语学院毕业,英语教师,辽宁省楹联家协会会员,盛京文学网优秀编辑。作品曾荣获2015年度诗词楹联大赛一等奖,蕙风诗词楹联大赛二等奖,盛京文学网两周年庆古诗词奖,首届"草根经典杯"读后感全国有奖征文大赛一等奖,民心杂志"七一"征文诗词二等奖,楹联三等奖。入选省楹联家协会抗战征文的五幅作品由著名书法家写成书法作品,在博物馆纪念馆永久悬挂。作品散见于在盛京文学网站和《蕙风诗苑》《中国诗赋》《民心杂志》《沈阳铁道报》《辽水歌吟》等报纸杂志。

亲情中的乡愁回味

邵国阳

也许，人的一生中，总有一种经历让你魂牵梦萦；也许，内心总有那一种，时时泛动的回忆，刻骨铭心地使你久久不能忘怀。

直到现在，我对于自己的人生经历，远不能很好地做出一个完整的追溯。尽管如此，回忆总会触及内心深处，我最薄弱最敏感的那一角。

对于童年及少年的印象，我依稀记得是在颇有些清贫但还算无忧中度过的。而事情的转折，始于一个夏天的傍晚。那年江南小城中小巷里，微弱的夏风，吹得巷边的梧桐树轻轻地摇曳，然无时不在的闷热，仍烦躁着你的情绪。那年我十九岁，正处于高考落榜之后的彷徨与无所事事之中。记得那天我正倚窗眺望巷口，翘首以待着父亲的归来。而直至父亲急匆匆地从巷口出现时，我还未能从某种意义上，预料到一件大事将会影响我今后的生活。

这天父亲回到家中，用一种前所未有的严肃神色，唤我与他相对而坐。他手里拿着一份招工表格，在递给我的时候，神情有些异样地对我说："你现在长大了，要工作了。有一件事今天必须告诉你，你不是我亲生的。因为，你妈妈有病不能生育，你是我们领养的。你的亲生父亲，就是你的舅舅。"我听罢此言惊呆了，继而号啕大哭。父亲接下来说些什么，我都有些恍恍惚惚。好像在父亲有点手足无措及他不停的"我还是爱你的"安慰中，我的哭声仍然持续着。我至今想来，我之所以这么痛哭，是源于一个人的正常反应，更是源于对父亲保留了十九年的秘密，于今天负责任的告知的一种感动！在这一刻，我在泪水纵横中，想起了母亲早逝的许多年来，父亲平时亦父亦母与自己相依为命，倍加关爱的点点滴滴。

从那天起，我知道了我的出生地是在远隔百里之外的乡下。我小时每年寒暑假，都要到舅舅家，其实是亲生父亲家去度过一段时光。那年即将工作的前夕，父亲又带我来到了乡下亲生父亲家中。这天，我站在舅舅面前，很有些不自在。因为，我一时里不知该称呼他什么。而他温厚略带着些许粗糙的手，抚摸着我的头，笑容满面地对着父亲和我说："还是叫舅舅，还是叫舅舅。"

我的出生地，是江南典型的半山区，近水傍山。小时每次去的时候，总要乘车数时，临近村口，还要摆渡过一条小河。进村口有一座不知经历了几百年沧桑的石拱小桥。一弯河水，在我的记忆中，总是那么温情地潺潺流淌着。寒假里冬风吹不走冰凌悬挂的时节，我时时沉浸于和村上的少年玩伴，流连于竹林翠绿深处，寻笋而掘的乐趣。夏天蝉鸣正当时，我还是从一放下期末试卷时就热切地盼望着和村上小伙伴，上树捉鸟下田捉蛙，体验在一塘塘荷莲之中，摸鱼捞虾的快乐与激动。

我家里上有三个哥哥，下有一小妹。大哥是个本分老实，平日里不善言谈的人。作为家中的长子，他对于我而言，总是自有一份威严的存在。二哥上学至初中毕业，在家里算是个文化人，因而，每回我去时总要带几本小说给他，直到他那年去海防哨所当兵后才停止。三哥自小拜师学了一门木匠手艺，其制作家具的活计，在四里八乡都是数一数二的。那年我小学六年级时，缠着大我四岁的他做了一把木手枪。带回城里，引起了同学们的羡慕是不言而喻的。小妹，比我小两岁，在那些年中，实足是我的跟屁虫。每回我去乡下，她总是不离半步地跟着我这个城里哥哥。听舅舅其实是我的父亲说：从一放假，她就不厌其烦地不停追问我到来的日期。

不知道什么原因，对于乡下舅舅的家，我时常有一种亲近感。也许，正因为是血脉相连的缘故。当我十九岁真正知道了自己的身世后，对这一点更是确信无疑。

舅舅（我还是改不了这个称呼，也许，自小习惯了很难适应爸爸的称呼）是村上的老书记。在我的印象中，对人诚恳热心。在家里格外慈祥敦厚，也有着农村人特有的精明。在那个时代，农村里大抵是靠天吃饭，挣几个为数不多的工分。但舅舅总是把一大家子安排得井井有条。而舅妈是个大字不识的农村妇女，却有着中国人传统的勤劳善良与本分，对我好像格外的疼爱。记得小时有回清明回乡，她单独做了几个江南特有的青团子让我和妹妹享用外，其余全部让我带回了城里，却让哥哥们站在一旁干咽口水。年老了她不幸得了青光眼白内障，但每次知道我回乡，总要任性地摸索着上村口的石拱桥，在桥上等我半天。当我迈上桥边石级时，她会清晰地分辨出我的脚步声，而显得十分高兴地唤我的小名。至今留在我脑海中，回乡的第一印象，就是她萦绕于河柳桑树竹林间的，那声声温暖亲切的呼唤。

那些年，我往来穿梭于江南小城的烟雨小巷与乡下小桥河湾翠竹桑田之间，从这一头到另一端，总是有种内心的牵念而时时扯连着。特别是知道了自己的身世后，对于那一片片阡陌纵横的远村，更是倍感亲切与思念。还记得工作的第二年的中秋，回乡第一件事，就是写了一封长信给了远在海防的二哥，信的开头是这样写的："二哥，你好。常言道'每逢佳节倍思亲'。今天是中秋节，是全家团圆的日子，而你在远方为祖国守海防。今儿的月特别圆，也特别亮。就借此皎洁的月光，寄于你一声问候。哥，我想你了……"

有人说："岁月是把杀猪刀"，沧桑了时光，年老了心情，但亲情却是时光越久越浓烈。时间的车轮，碾过了许多路程。我渐渐长大和成熟起来了。对于两个家，两份亲情的眷顾，我却从内心深感十分的幸福与幸运。

父亲历经坎坷，落实政策没几年就退休了。没享几年清福，就突发病毒性脑炎去世了。在意识还清醒时，他在病房中护士的药笺上歪歪斜斜地写了四个字："床边抽屉。"用那双无力的手，抖颤着递给我。当时，我还不太明白这其中的意思。直到事后整理遗物时，才从床边抽屉里，找出了一封写给我的信。打开信看到父亲大意是交待了我三件事，一是，我一个人要尽快成个家。二是，要多多回乡，去亲爸那儿，那是你的根。三是，切不可中断电大的学业。我不知道，父亲怎么会想起来写这一封信的。也许，冥冥之中于他有一种来日不多的预感。看到此信，我立即鼻子发酸，只任泪水无节制地从眼眶中纵横而泄。

父亲走了后，我孤身一人蜗居于小城。每至闲暇时，在江南的一夕宁静轻风中，或是月朗映西窗的时候，更觉一种寂寞之感油然而生。时不时有个声音对我说：归乡，归乡。以后的无数节假日中，我常常奔波于那一路归乡的亲情思念之中。

而舅舅也时不时托人带信叫我回家，特别是在晚年，拿着我买的手机，半夜三更也会打电话给我。问我的近况，和有些近乎烦琐地将杂七杂八的事情交待我。舅舅也算是个乡里的干部，后来也享用了一定的政府退休津贴，但他还是起早摸黑地开了一家乡村小店。农村里礼数多，我的三个哥哥的婚事的张罗，负担也不轻。后来，听村上的人和我说，他常常对人言及的，却是城里他还有一个儿，他最不放心的就是我。以至于每每在酒后，一想起我就老泪纵横而时时叹息：小儿苦了！

舅舅与舅妈已过去了好多年，但我常常于归乡之中，有一种情绪是始终无法排解的。每次到老屋中，看到他们睡过的床，坐过的椅子，乃至于在屋角堂前，恍惚地看到自己曾经的影子，总是伤心不已。一种难以莫名的忧伤总在心头萦绕不去！

古人写乡愁与亲情的句子很多，但更代表我心声的，莫过于李清照的"故乡何处是，忘了除非醉"，以及岑参的"凭添两行泪，寄向故园流"。

而说到底我沉浸于亲情与乡愁之中的内核是什么？是那一弯依稀的石拱小桥？还是曾经堆积于桑田阡陌上草垛的温暖？以及于舅妈手中那青团子的回味？想想也是，但也不仅仅是！

作者简介

邵国阳，网名醉爱，浙江省湖州市人。从小喜爱文学，年轻时的文学作品散见于本地报刊。因为种种原因，离开文坛多年。近年来重归文坛。目前是盛京文学网蓝魂社团小说散文主编。作品发表于《湖州日报》《二月文学》《三门峡日报》《古峡文学》《重庆江北报》和各大文学网站。

田野的味道

梁永生

  我爱田野的味道,尤其是家乡的田野。细腻的淮水孕育了它丰腴的肌体,它的味道总让我难以忘怀。那里的四季花木烂漫、鸟语花香、彩蝶翩跹;嫩芽萌发、枝繁叶茂、茁壮成长;色彩金黄、稻谷飘香、硕果满仓;北风呼呼、白雪皑皑、银装素裹。我对家乡的田野始终怀有一种挥之不去的眷恋。

  虽然闭塞的田野阻隔了我童年多彩的梦。但我也曾在它的胸膛里兴高采烈地放过风筝、大汗淋漓地舞过镰刀、争先恐后地溜过冰雪。尽管渺小的风筝束缚着我的眼睑,驽钝的镰刀让我的手掌生了老茧,光滑的冰块磨破了我的布鞋,我却嬉戏玩乐到得意忘形,有时还放歌起舞。孩提时我对田野既熟悉又陌生,既亲切又冷淡,说不上它确切是一种什么味道,大抵是一种朦胧的味道,一种天真的味道,还夹杂着一种温馨的味道,快乐的味道。

  随着时光飞逝,岁月变迁,我对田野逐渐产生了亲切感。每当怨气与委屈闷在我的心底,我就会在它的胸膛里疾驰狂奔、大吼大叫,这时田野成了我的出气筒。但它面对我的粗鲁,不仅没有发怒,反而显得异常平静,并始终以母爱的方式召唤着我,我的怨气与委屈便会因为她温和的态度慢慢平静下来。它吸纳了我的眼泪,并消融在自己博大的胸襟里。那时我对田野的感触有了很大的变化,它并非诗人笔下的狂妄不羁,文人心中的粗野傲慢,反而多了一份女人的脉脉温情。就像一个慈母用手帕为一个受伤的孩子轻轻拭去眼角的泪,为一个浪迹天涯的游子早晚祷告祈福。这时,田野的味道对我又变成了关怀的味道、亲情的味道、母爱的味道。

后来，我离开家乡到县城去读书，回家的次数越来越少了。田野里的一草一木、小沟大渠也渐渐与我疏远了，田野那种亲切的味道似乎逐渐淡漠了下去。而我每次回到家，那扑鼻的芳香、袅袅的炊烟、曲折的沟渠，又烙在我的脑海中挥之不去了。每当这时，田野的味道于我不仅没有衰减，反而又增添了新的内容。我好像与一个久别重逢的朋友碰面，彼此间沉积多年的话语，无论是快乐的、还是悲伤的，都一股脑儿奔涌了出来，那场面是何其催人泪下、感人至深。这时，田野的味道对于我又多了一份老友重逢的味道、知己交心的味道。

我工作以后，回家的次数就更少了。步入社会，我经历了许许多多的事，遇到了各种各样的人。现在我每次回家都要反复地咀嚼、深深地体悟田野的味道，仿佛它能让我把都市的喧嚣、人世的复杂遗忘于身后。同时我也赋予了田野新的味道，那就是在茫茫人海中迷失坐标时，回家寻根的味道；在灯红酒绿的都市怅惘时，返璞归真的味道；被混沌的浊世浸染后，沐浴洁身的味道。

作者简介

梁永生，笔名一路有你，一笑文学社诗歌版编辑，陕西西安市人。1965年出生，喜爱文学，在中华博大精深的文化熏陶下，抒写现代诗歌、散文、散文诗，蕙心纨质中记录我闲雅成长的感悟与思考。写作两年，有100多首现代诗，散文60篇，散文诗50篇发表在多家知名网站。作品入选《当代作家文学精品》1、2卷。散文《白发娘亲》获"五一"杯征文大赛三等奖。

吟月，把你写在我五月的记忆里

尹伊雪

一颗冰冷的心，沉入北极的寒日里。多么想回归，多么想回归，那爱的春天属不属于我，我渴望！我期盼！

你来了，你来在我的心里，我的心里有了春天，生了根，发了芽。你让我春光明媚，你让我春花烂漫。

我不敢想象这是真的？因为在我心里，上天没有给我预备着你，然而你还是来了，这么突然，这么猝不及防。我没有白等在人间五月天，"江湖寒月"你用你一轮的银辉，照耀了我冗长的夜，我不再孤寂，我不被冷落，枕着你的胳膊，抚摸着你的腰背，听你吟出诗句，此时此刻的时光是多么美妙，多么的美妙！你的诗来得迟，我的爱来得迟，仿佛这一切都是天意，既是天意，你说你特别珍惜，你可知道我也是，你外向，我内向，你说是天地绝配，我说是缘源故意，你笑了，笑得那么豪迈，笑得那么广阔，犹如你的名字包揽宇宙，傲气江湖。你说我恬静，旷达，是你人生难遇，我却担忧你诗人圈里女才人太多，你会不会也像过客把我丢弃？

我陶醉在你的爱里。我陶醉在五月里，我陶醉在你的诗美里，你说你一心专搞文学，也需要像我这样真诚的有着特殊感情的异性知己。你视我为知己？我感动，我激动，故流泪。叹人生苦短常悲恨，命无机缘分外伤啊，难道这就是人生机缘，天缘巧合你我在此相遇，是天意？还是机遇？我苦苦等的就是你！还是我命中注定就有你。

不要太多的话语，不要太多的给予，自古人生得一知己足矣。写好你的诗句，记住我的诚意，彼此心照不宣，互相关爱，互相尊重，做一对文字伴侣，生活有滋有味，是多么的快意，又有意义。我不是在妄想，我不是在幻想，我是真诚的追求和向往，我是真诚的在渴盼。

扛起我的锄头，走出我的巷柳，哼出我心里的喜悦，到田间，坐地头，心里有你我多么畅意。偷偷再看看再看看你的照片，悄悄再悄悄背诵你的诗篇，把你的诗集拥抱在我的胸前，把你的名字呼唤在我心间，此时此刻，天空多么晴朗湛蓝，大地多么青春烂漫，我多么想赶一群牛羊在山坡。

让你在山的那边帮我放牧守候，便是听不到你的声音，我也心领神会，陶醉于天地间，尽享人间五月天。

迎朝阳，迎夕阳，就等日日想着你，夜夜守着你，"江湖寒月"——吟月，吟月——把你写在我五月的记忆里。

作者简介

尹伊雪，笔名尹伊，一笑文学社小说编辑。从小爱好写作，小说发表在《女子文学》《三晋都市报》《虎头山》《松溪》《昔阳乡情》《悦读天下》等杂志。诗歌发表在《独鹿诗刊》。作品入选《2016年当代作家文学精品》第一卷，第二卷。在江山文学网、左岸风文学网、盐城文学网等多家网络撰写文章。2015年获"左岸风文学网"全国散文大赛特等奖，会员作品优秀奖。

转运竹的心事

一　墨

曾经在三楼住过一段时间。楼是老式的筒子楼，层与层之间不是太高，从一二层楼梯间的窗户处就能跳到储物间的房顶上，有些人家就把一些废旧物件扔在那里，比如，一张旧沙发。或者，一只拖鞋。再比如，一个断了胳膊的玩偶。

雨后的房顶上总是有那么几分狼藉。积水、枯枝、败叶、湿答答的残疾玩偶、唉声叹气的暮年沙发……与盛夏葱茏的绿形成鲜明的对比。转头看到在桌上残喘的几枝转运竹，实在是有几分沮丧——为什么这般好养活的植物在我手里也难逃必死之局呢？索性便端了瓶子，连同苟延残喘的转运竹一起放去了储物间的房顶——既然都是同病相怜之物，何不让它们在一起？

睡过午觉，雨后的清爽渐消，暑气再次嚣张而起，我窝在阳台上看《安妮宝贝》。那时，在年少的心里，爱情就应该如同科尔沁大草原般，纯澈而清净，透着幽幽的青草香，是掺不得一丁点沙子的。我不明白七月为什么在家明背叛后还会跟他在一起，也不明白安生为什么要以那样的姿态背叛。

那本蓝色的《安妮宝贝》呈一条抛物线的姿态被我从三楼的窗口扔了出去。我愤愤地发誓再也不看它了，心里眼里莫名地蓄着一股委屈，随时都能决堤的架势。仅仅一个转身，我却又后悔了，拖鞋都来不及换便忙不迭地从三楼冲下去。那本书就安静地躺在那里，无声地对我微笑。我上前捧起它，心疼地上下检视，看到书脊处被沙砾磕破的一小片，心里蓄着的那股子委屈如同找到缺口般，瞬间汹涌。哭，止也止不住。

等到风平浪静，我抱了书，顺着墙角往回蹭，生怕遇到哪个熟人，被人看去自己的狼狈样子。溜到二楼的时候却被一阵低低的歌声牵去了目光，就见一个十岁左右的小姑娘正在储物间的房顶上忙活着。也不知她从哪里捯饬来一些零碎的布头，用蹩脚的针线七七八八的缝在一起，她将这片色彩绚丽的"布"铺在那张沙发上；又搬来几块砖，支起几片差不多厚薄的木片，同样为它盖了一层绚丽的"布"，是茶几。

似乎感受到我的注视，她抬起头冲我笑笑，几分腼腆。

"你在做什么呢？"我好奇地问道。

"我给多多做个家！"说着，她指了指她的脚下——一个断了一只手的芭比娃娃。说完，她不再理我，又专注地做她的事了。

她小心翼翼地将一只玻璃瓶子抱上"茶几"，天！竟然是被我抛弃的那个花瓶。此时，瓶身上被绘得五颜六色，仔细看，依稀是"在一起"三个字，还有三张笑脸，两大一小。那几枝苟延残喘的转运竹只剩下光秃秃的枝干，顶着零星几片边沿泛黄的叶子。她郑重地将花瓶放在"茶几"的正中央，又从身上的小挎包里拿出几个玩具茶杯，倒扣在"茶几"上。不知想到了什么，她的神情有点飘忽，却又很快的再次哼起歌来。

她将那个残疾玩偶抱上沙发，摆正，又将那个断手的芭比"多多"偎进了它的怀里。她退后几步，默默端详着，却忽然返身跳过来，身手敏捷地翻过窗台，"咚咚咚"地向楼下跑去。

我呆立在那里，满心的莫名其妙。等了一会，不见女孩回来，便转身回了楼上，心里竟是隐隐多了一丝期待，便格外留意起楼道里的声音来。终于，我听到一阵急促的脚步声响起，几乎是不假思索的，我冲向了厨房。从厨房的窗户，我看到那个女孩又回到了房顶上，手里还抱了一个毛茸茸的布偶。她将布偶挨着残疾玩偶放下，又抱起，再放下，似乎有几分犹豫和不舍，我能感觉得到。是了，布偶还很新的样子。毕竟是个孩子啊，我在心里想到，忍不住的，嘴角浮起一丝笑意。笑着摇摇头，我从储物柜里扒出一个旧了的草莓兔走了出去。

接过草莓兔，她如释重负地笑了，几步路也颠颠地跑着，换下那个新的布偶，便拜托我帮忙抱着。她告诉我，布偶是妈妈买给她的生日礼物。她又向我炫耀身上的红色公主裙，那是爸爸买的。说这些时，她的眼睛闪闪的，就像夜空中璀璨的星子。我说，你真是个幸福的孩子，爸爸妈妈那么爱你！她的眼睛却黯了下去，星子上浮上大片的乌云，良久后，她才说，我一点都不希望收到他们的礼物。我问为什么？她说，他们要离婚，问我要跟谁……可是，我只想他们在一起。她问我，姐姐，如果我不要礼物，不要新衣服，他们是不是就不会分开了？问这话时，她的眼睛又再次如星子般闪亮起来，我却不知道该怎么回答。

女孩又继续忙碌起来，她用砖块支起一条瘸了腿的凳子，又折了几条树枝做了三双筷子。她说，多多是个可怜的孩子，没有人陪。我问她为什么给芭比起名叫多多？她歪着脑袋告诉我，她觉得自己好像多余的，希望多多能得到好多好多的爱。她还说，多多就是她，她就是多多。我听着，心里酸酸的。

后来，我经常看到女孩一个人坐在多多的"家"里。发呆，写作业，或者念念有词地做着"家务"。有时就窝在那张沙发上睡觉。

有一次，没见到女孩，我看到一个男人在那里忙活，他用篷布为那个"家"撑起了帐篷。问他，他说是囡囡的爸爸。我惊讶，他笑笑没再说话，倒是"茶几"上的转运竹旺盛地招摇着。

她，竟然把它养活了，已经成了郁郁的一丛。

作者简介

一墨，又名墨小白，原名张玉。80后，居山东淄博，淄博市青年作家协会会员，IT界"挨踢"人，业余瑜伽教练。痴迷文学，有文字零散刊发于报纸杂志。坚持"文字走心，先悦己，后悦人"。

母亲的红嫁衣

李爱林

三月，桃花盛开，片片嫣红的花瓣挤满枝条，争先恐后地粉墨登场，以她自然的妩媚，映衬着无限春光，染红了大地，染红了春色，染透了每寸属于你我的光阴。她是时光的春色，也是人生的春色。青春年华的母亲，在她人生的十七八，好似春色，甚似春光。

母亲的青春，明眸皓齿，水灵聪慧，她也和众多的年轻人一样，有她遥远的梦想，有对生活美好的追求。那时的母亲，也和我们年轻时一样，用自己饱满的人生，去抒写一篇篇属于她的生活篇章。那时的母亲，也和我们年轻时一样，充满活力，色彩斑斓。十七八的母亲，两条粗黑的大辫子，足矣是她生命的骄傲，她白净的皮肤足矣是她生命的诗行。她那青春的匆匆倩影，足矣是她最美的人生写照。母亲啊！女儿在亲昵地呼唤，透过您远去的背影，看到了您青春时的靓丽。

在我的记忆里，您那套红色嫁衣，在往后无数个六月初六的日子，总要拿到太阳底下晒晒，然后又把它叠得整整齐齐，放回原处，看得出，您是在思念那段美好的时光。那一刻的希望，充满了对生活美好的向往。看得出您是穿着那套让人羡慕的红嫁衣，走进了婚姻殿堂。此时，您如画中人，光艳夺目，镶嵌在众多人的眼眸。

可惜，我没能看到您穿那套红嫁衣的美貌，您每次精心收藏又何妨？后来渐渐长大的我，当看到母亲还在继续晒那套衣服时，小心翼翼地询问："这么漂亮的衣服，为啥不舍得穿呢。"

母亲略有所思地说，在我小时候，就给人家做童养媳，在别人家受尽屈辱。解放后，是党和毛主席提出提倡婚姻自由，母亲才从封建禁锢的枷锁里解放出来。当母亲回到外婆身边后，才知道外公早在困苦中病故。听到这消息，母亲痛苦地哭了一个晚上。后来的日子，就是随着外婆在互助组里劳动。那时的生活，是缺衣少食，多个人口，就好像多很大的负担。在母亲18岁的那年三月，凄凉的母亲受媒妁之言，父母之意，就要嫁给父亲。

出嫁的时候，太外婆心里难过，从小到大没看见母亲穿件像样的衣服，出嫁总不能让母亲穿破衣服吧。于是太外婆托人到武昌城带回几尺红金丝缎面面料，连夜请来裁缝，在家里，赶着为母亲做一套嫁衣。出嫁那天，18岁的母亲穿上那套新衣，光艳夺目。母亲本来就有一对黑黑粗粗的大辫子，加上母亲的好皮肤，白里透红，初露风华，送行的人都啧啧赞叹，夸母亲好看。上轿的那一刻，太外婆拉着母亲的手，久久不肯放开，伤心欲绝地说：你穿上这套红嫁衣，把红红火火带到婆家，让婆家人过上好日子。母亲的出嫁，娘家人送的是满满的嘱托。

当时，着实让一身黄泥巴腿子的父亲，美哉美哉了好一阵子。

难怪母亲舍不得穿，看到那套衣服，就好像听到娘家人谆谆告诫，诚挚的嘱托。是的，三月是春的开始，也是您人生的开始，从此，您踏着春天的脚步，走在了漫长而艰辛的人生道路上。

脱下那套红嫁衣，以后的您再也没机会穿上。从此，以粗布麻衣遮体，从事繁重的体力劳动，琐碎的家务缠身。

往后连续添我们几姊妹，生活的重担，让您掉进了无限惆怅的深渊。您以自己柔弱的生命，扛起家庭生活的大梁，无时无刻不在为家人的生活劳碌奔波。在无以数计的日子里，风雨兼程披星戴月，顶寒风，踏霜露，从青春，走到人生的终点。

从我有记忆起，就知道母亲非常热爱生活。我们小的时候，您总以红色为我们配比，让我们穿得如花一样美丽，可您却穿的是打着补丁又打补丁的衣服。只要过年过节来临，首先考虑的是我们哪个孩子应该做什么衣服，哪个孩子穿上什么颜色好看，却从来没为自己配上一套漂亮的衣装。

那是在我读小学的时候，记忆犹新的是：您在商店买回的格子红底葡萄粒的面料，用您自己的双手，仿裁缝做的样式，为我做一条西装长裤，上身配一件淡黄色的衬衣，当我背上书包去上学的那一刻，您从心底发出让人感觉十分温暖的微笑，那时母亲您还年轻，您牵着我的手，走在上学的路上时，村里的姊姊们看了个个都夸您会打扮女儿。

热爱生活的母亲，无论家里多艰难，从没让我们姊妹破衣烂衫地不像人样，母亲您总说："吃不穷，穿不穷，盘算不好一生穷。"本着这个理念，您精打细算，把生活安排得如诗一样。

那年的春节刚过，您带我们姐弟三人，到武东去照相。您抱着弟弟，我和大妹一路跟着，哪晓得在渡船码头，碰到父亲，您像见到天上的星一样的高兴，接着要父亲一起，一家五口到照相馆去照了个全家福。合影中的一家人，衣着时尚新颖，一点没有缺衣少穿的寒酸像。为贫穷添绿叶，把火红融进血液。布衣人生又怎样，母亲照样把它摇曳得浪漫。从此，那份温馨，定格在那张照片里，成为往后日子的永恒记忆。

母亲的一生一直与泥土打交道，容不得她去穿那套心仪的衣装。沧桑的岁月写满额头，布满老茧的双手掌握着家的乾坤，可就生怕摸坏那套金丝红嫁衣。在岁月的长河里，成为永久的陈列品。

母亲骨子里透着那份坚毅，如母亲身着一席红嫁衣。跫音向晚，行走雨巷，步履陌上，穿行在蒙蒙的烟雨里，飘然而至，定格在梦里水乡。其实您并没有老去，你的生命在我们身上继续延续。

娘家人的嘱托，成了您终身的诺言，又在岁月里沉香。

磨难让您失去了青春的容颜，一道道皱纹刻满您的脸庞，两鬓斑白，青丝渐少，它折射着岁月荏苒，写满的是华丽的诗行。

母亲啊，那套精美的红嫁衣，永远是您做人的底色，她不会因为日子的久远而暗淡，它只会随着您生命的厚重，越来越浓郁。即便泥土淹没，芳容犹存。

那套红嫁衣，收藏着父母两情相悦，两情相守的诗情画意。

如今，每到桃花盛开的时候，就好像看到母亲的红嫁衣飘然阡陌，把日子染得红红火火。

作者简介

李爱林，湖北武汉人，中国共产党党员，高中文化，江山文学网自由投稿人，曾任星月诗话编辑。2015年第三、第四季度被评为社团优秀编辑。作品《窗外的布谷鸟》在武汉市计生委征文中，被评为三等奖，作品《少年时的那个秋》被选入优秀文学作品集。于2016年3月12日签约江山文学网。2016年7月，担任东方文艺社团小说主编。

我与岁月还有你

刘楷强

我始终还是内心温情的人，不经意间就把自己活成了你的样子。

——题记

寂寞，或悲或喜，或歌或泣，都会依稀从指尖滑落。抛开尘世的喧嚣，喜欢一个人的时光，我可以读读书，听听音乐，也可以安静地去想一个人。茫茫人海，总有一个人是你的牵挂，你的守望，我会将你的好悉心珍藏，即便不言，亦心有灵犀。

一个人的时光，清寂而又安宁，静静聆听岁月走过的声音，用清澈的文字呵护着心底的一份至美的真情，感受着春风轻抚脸颊的惬意。一切的爱和拥有，在墨香里温柔。一切的梦想和期望，在通往花开的路上……

季节的琴弦漫过往昔穿心而过，看琉璃时光，在一场烟雨里开出满园芬芳。曾经，那一眼回眸，温柔了谁的岁月？曾经，辞章里的共鸣，倾城了谁的流年？一种无言的懂得早已入心、入梦。

听一场淅沥的夏雨，煮一壶初开的绿茶，将一段寂寞的心事，寄去飘走的云朵。疾风催雨，梅花凄露，碎碎的花瓣落满遍地，让人是如此的怜惜。

烟雨红尘，相遇是一首倾心的歌，婉转了那时的月色，瓣瓣心语在婆娑的花影里，凝结成动人的诗行，记录着曾经的美好。即使，花落天涯，岁月老去，依然会有遗落在时光里细碎的美丽，让我想起，还能，让淡淡的微笑溢在心田。

世事早已碾入风尘，淡淡的生活，不求懂得，只求能够坦然面对，让心在大自然中寻觅那份淡然。仰望天边飘逸的云朵，让淡淡的烦忧随着淡淡的风慢慢飘散。适当给自己留一点空间，去享受孤独，在寂寞中去沉思、回味与遐想。那些远去的风景，那些曾经的心动，那些不言于表的心痛，或许，只有云知道。我们，终会穿过自己心灵的羁绊，与温暖的阳光相逢。

那些久不触及的记忆，在某个月朗星稀的夜晚，清清浅浅的在心底泛起波澜，窗外的花开了又落，树上的青鸟来了又去，只有那一弯月色，一直静静地停留在我看得见的天空。云儿飘在夜里，泪儿落在梦里，而你，却在心里。海子说：为谁唱离歌，对谁说情话，给谁写天涯？其实，不想得到什么，只为了寻得心灵的一片沃土，让泪水在沧桑中开出微笑的花。今夜，请容许我，植一枚红豆于心间，多年以后，也许你已不记得我，抑或我已不再是那个低眉浅笑的女子，即便苍凉袭怀，唯愿那些迟暮的沿途，仍有我芬芳的心音。

五月，只要抬头，似乎到处都能看到花开，一串串，一朵朵缀满枝头，色彩缤纷，妖娆诱人。温情的季节总会有温情的回忆，记忆的风温柔地吹过心房，轻轻地，吹开如兰的情怀。有一种心动，穿过唐风宋雨，定格在心底的那一丛花蕊里，一直幽幽的盛开。有一种相守，是一抹朦胧婉约的留白，那是灵魂深处的挂牵。

雪小禅说：爱一个人，不一定要得到，有时，付出也是一种快乐。有些爱情，只简单到有一个拥抱。有些爱，是风飞过高山，是燕飞过屋檐，只要心里有过，就足够了。

时常在想，人与人相识相知是多么的不易。佛说：前世的五百次回眸，才换来今生的擦肩而过。所以，我们应该珍惜缘分，原谅那些伤害与错过，原谅那些情非得已和不辞而别，珍惜在一起时彼此给予的美好和温暖。无论是爱情还是友情，能够遇见便是美丽。好的感情若月光，千里之外，你始终在我心上，即使没有拥抱，你还可以在我眼里，在我的世界里。人的一生真的不易，我们应该为生命里有值得珍惜的人而感到温暖，为凡间弥漫的烟火而感到幸福。

窗外，阳光正好，几只小鸟飞过屋顶落在园子里的树上唱歌。清风徐徐地吹来，垂柳依依，似一袭飘舞的长袖，在风中拂弄着迷人情弦。浅夏的风，即将隐去四月的花红，榆梅的花开败了，一朵一朵落满院子，尚有月季在阳光里含苞。五月的花事未了，我的指尖，还残留着你的温暖；那些与你写过的诗句里，也有美丽的人间四月天。

有人说，人生就是如歌的行板，一路演绎着故事的悲欢聚散，那些被杨柳吹起的思念，那些一起走过的盈欢与伤感，一一浮在我的眼前……时光，让淡越来越淡，让深的越来越深，唯有那朵夕颜，总会如期开放。记得，花开时，你来过。

　　心灵深处的某个角落，藏着一些无法言说的情愫。今夜，没有月光，只有风儿，幽幽地吹着，我把那一抹思念放逐在风里，五月的花还未荼蘼，我静静地坐在这里，看着那一树花开，默默等待你的讯息。窗外风声不息，似乎也有琴声漫漫，听与不听之间，繁华不惊。红尘喧闹，只做无言低眉人。远去的背影，寂寞了一纸的柔情；远去的风华，是依旧开在心里的栀子花。花开有情，花谢无语。我有多想，风知道，只有风知道。

　　岁月缝花，一不留神，眼前又是繁华如锦。心念，始终如案几上的青花，自顾自地绽放着。真想，放下俗世的纷扰，在绿意盎然的枝头剪一段清美的时光，看青鸟在枝头觅食，聆听花开的声音。回眸，你就站在离我不远的地方，拈花微笑。想来，清欢有味，那是一种境界，让我淡泊了浮华，静敛了心性。时间煮雨，听着缓慢的曲子，和着嘀嗒嘀嗒的雨声，温一盏清茶，与你细细品酌……

　　浅夏如烟，碧水涟涟，在水之滨，我遐想着寂寞的晚风扬起你的长发。回眸，是谁拨响指间的琴弦，清凌凌的湖水和着美妙琴音，回旋在耳畔。多想，与你听渔舟唱晚，看平沙落燕。多想，携一纸宋词里的韵脚，在江南二十四桥里与你奏写美丽的乐章。任心底的荷花兀自开放，在明月的夜里熠熠生辉，摇曳一院的清香。

　　彼岸花开，月影婆娑，我知道，你一定在那个温暖的城市安好着，恬淡着，用执着描绘着人生的美丽。我说，你的眼睛，是我等了千年的月光。若有轮回，一定要记得我会在初遇的地方来找你。

　　愿岁月静好，现世安稳。

作者简介

　　刘楷强，笔名扎哲顿珠，代表作品：《拉萨乱雪》。主要文学经历：2009年开始从事文学创作，在书旗网连载长篇武侠小说《蝶舞剑天涯》，年末与网站签约。2010年在起点中文网发表短篇小说《裂雨》，同年开始创作长篇小说《拉萨乱雪》，2012年在《读者》杂志发表散文《谈张爱玲》，同年在小说阅读网发表散文集《轻雨轻沉》，2014年创作长篇小说《听见洱海》，同年《拉萨乱雪》创作完成，2015年开始创作长篇小说《黄河魂》，至今累计创作作品100多万字。现担任盛京文学网东方文艺社团小说编辑。

扇啪叽

万有裕

上周去岳父母家看望老人,进了小区看见三个八九岁的小男孩儿在扇啪叽,我饶有兴趣地凑上前看着他们玩,勾起了我儿时的记忆。

啪叽是用纸壳做的,正面粘贴上有各种圆形图案的纸,用剪刀剪下来就可以玩了。还记得玩法上分为打和扇两种。打就是玩的双方竞老头,输的那方出一个啪叽扣在地上,另一方拿一个啪叽打,打一下若正面朝上就算赢,输的那方继续扣。若被打的啪叽正好压在打的那张上面,那叫钻,输的那方还要多给一个啪叽。扇就是参与游戏的几个人各出同等数量的啪叽混合到一起,然后确认一个做"宝"藏在里面,摞好竖立放在地面上,以石头剪子布的方式确定谁先扇。所谓扇就是手掐一张啪叽,抡起胳膊向立在地上的那摞啪叽扇去,以谁先扇出"宝"并使"宝"脱离开那堆啪叽算赢。一般这个啪叽个头比较大,质地也比较厚,这样才能用上力,借着带起的风把那堆啪叽掀开,这个游戏可以锻炼孩子的臂力,也有一定的技巧性,更主要的是还须准确判断哪个是"宝",判断错了只有输的份了。

玩啪叽的还能增加历史知识,因为那些图案都是中国古代神话传说故事和文学作品中的人物。当时图案比较多的有封神榜、隋唐演义、岳飞传、杨家将中的人物,也有《三国演义》《水浒传》《西游记》《红楼梦》里的人物。什么姜子牙、二郎神、托塔李天王、关羽、宋江、李逵、岳飞、孙悟空、猪八戒、贾宝玉、林黛玉等等。那些栩栩如生的图案和动人心魄的故事一直印在脑海里,储存在童年的记忆中。不夸张地说孩提时的我们就是从那一张张啪叽对中国历史有了一点点的了解,啪叽简直成了我们的启蒙读物,这也许是啪叽带给我们的另一种收获。

扇啪叽是不分季节的全天候游戏项目。即使是下雨天,我们也可以在屋子里玩。就算是寒冷的冬季,我们也乐此不疲,玩得还是那么开心而快乐。但冬天在冰面上扇啪叽难度很大,啪叽几乎贴在冰面上,没有一丁点翘起,不论你是打、是扇,都难尽如人意,在冰上想赢几个啪叽真是好难好难。

扇啪叽的不足之处就是不卫生,成天在地面上打啊、扇啊的,小手总是脏兮兮的。冬天由于风干物燥,再加上尘土飞扬,手常常积了许多皴垢。记得每当母亲休息,她都要烧一壶水,让我烫手泡手,然后就给我搓皴,那时没有搓澡巾,母亲总是把毛巾卷在手上给我搓,搓完后再打遍肥皂,洗净晾干了,最后母亲给我涂上一层蛤蜊油。蛤蜊油是那个年代最好的护肤品,经济而实用,只是现在没人用了。

时光如梭,岁月蹉跎。游戏还有许多,我们不妨将快乐的回忆进行下去……

作者简介

万有裕,男,1958年1月15日出生于辽宁省沈阳市,现为沈阳城市公用集团时代金科置业有限公司副总经理,高级政工师。2008年开始向辽沈地区新闻媒体投稿,曾在《沈阳日报》《沈阳晚报》《时代商报》《辽宁职工报》《劳动者》《晚晴报》《沈阳供热》《沈阳物业》《沈阳房产》等报刊发表各类文章一百余篇,十余万字。

春天，与你有个美丽的相约

李海燕

又是烟雨时节，柔柔的风，蒙蒙的雨，在眼眸里萦绕缠绵。擎一柄淡紫色的花伞在细雨中，雨丝飘至伞面上，细细的声音，凝成滴滴细流，滴落，渐渐入心，心田里一个深藏的心事被洇开，只在瞬间，便又醉在自己的童话里……

一剪春风，一帘细雨，一枚相思，穿越时空入诗入画。期待，桃红柳绿中与你一场花香满径的相约。

捻一朵花开，揽一怀柳绿，站在绿草绒绒的杨柳岸边等你践约而来。清朦摇曳的轻烟里，屋檐下两只燕儿在叽叽喳喳地叫，然后，一前一后钻进那旧的巢，嘀嘀咕咕，你啄我的头一下，我啄你的嘴一口，似在倾吐着回家的喜悦。门前的垂柳，在暖风盈盈中摇动着柔软的腰肢，一只蝶儿曼舞轻姿。不知是舞的累了，还是柳枝上嫩黄的"毛毛狗"吸引了她，久久地落在上面——柳枝轻摇，它轻颤，像极了一幅蝶戏春柳图！一曲春日柔柔的暖意在图中轻吟而出，唤来一阵春风徐徐。细雨更是缠绵。

我安静地沉浸在诗情画意的时光里，静静聆听春的声音从远处飘来。恍惚你折一枝柳，插在我的秀发里，三四个鹅黄的"毛毛狗"在我的秀发上轻扬妩媚，心间清韵如莲的初相见的美丽里，便揉进了一缕淡淡的清香，萦绕。

流年的渡口，你坐落在开满粉色荷的池塘边，一曲箫音，婉转悠扬，如鸣泉飞溅，似百鸟轻吟，又恰如群卉争艳、雨声潇潇。箫声在绿叶粉荷中荡漾开来，又渐渐的远去，到最后若有若无……

只因多看了你一眼，已走过心灵的千年不悔。那个夏天，你用一枚荷叶为我写诗，清丽的诗句，靓丽了我孤暗的岁月；那个秋天，我用数片枫叶做一件梦的衣裳，在每一个叶片里，我涂满了相思的味道，然后遥寄给你，你说这件衣裳暖了你整个深秋；那个冬天，我们漫步在第一场初雪的晶莹里，你折一枝苍绿的柏枝，在洁白的雪地上画一幅春暖花开图。你说，我们相约春天……然后你把右手按在那幅图里，我看着那个清晰的手印，把自己一只手盖在上面，重叠的掌纹中，还有我羞红的心思和小鹿撞胸般的心跳。

打开折叠起的记忆，无数个夜深人静，我用指尖丈量一场初雪到一朵桃花的距离，于半弯的月光里编织梦的芬芳……

我们走在花径幽香的小路上，捡拾着花香，聆听着新绿的呢喃。与你同吟一阕春风的乐章，同涉一程春水的激滟，同谱一曲春雨的诗行。脚下新绿延伸，眼里蝴蝶曼舞，一丛迎春花抱着春光尽情地绽放。天际几片飘逸的白云，自由的卷舒，一群燕子叽叽喳喳的敲醒了岁月的门楣……只愿这时刻与你邀约一场"执子之手，与子偕老"的浪漫与圆满。在春天的土壤里播下一颗爱的种子，让它同露珠、绿草、鲜花一同萌发、成长，开出一朵淡淡的紫色情怀……

春已来，雁又归，你却没有来赴约，那个弧因为缺少一个春天一直无法圆满。那幅画里的掌纹早已化为一摊春水，解读着无法释怀的盟约誓言。

在这个春天里，我铺开一娟素笺，画上一双素手相牵，祭奠心里不曾老去的美丽相约。

我在心中留一间屋子，存放老去的故事。然后用温暖的手牵起春风的衣角，在上面画美好的愿，画靓丽的眉眼，画一抹浅浅的微笑，画棉花糖一样柔软甜美的爱，然后等着春风送来桃花香，然后等你再次经过……

作者简介

李海燕，网名紫忆梦（空间名字：飘落的记忆；博客：紫笺薇痕），出生于美丽的渤海之滨葫芦岛市一个贫瘠的小山村。一个平淡，简单，喜欢文字的女子，90年代曾经在报纸杂志上发表过数篇小说、散文。文学梦曾一度中断，2012年开始在文学网站发表文章，发表散文小说诗歌百余篇，五十万字左右。现在在盛京文学网蓝魂社团任小说副主编。

弟 弟

讷 讷

弟弟是个懒人，弟妹说。懒到连话都不愿说的程度，弟妹又说。和他恋爱6年，从没对我说过一回"爱"，弟妹有点"不平衡"。

弟弟是独生子。母亲40岁上才生他。他的上边，是两个残疾姐姐（包括我），按理说，他应该比一般家庭的独生子更娇贵，可是，——比我小8岁的弟弟，还穿开裆裤就知道撅着小屁股给我穿鞋了。

弟弟是个懂事的孩子。小学放寒假，别人家孩子都奔进场院里堆雪人打雪仗，弟弟却从不跑远，每隔一二十分钟便回来看看炉子、捅捅煤：姐，你冷不冷？记得1983年3月，我们一家从黑龙江迁来郑州，弟弟"落户"在距家乘车也要半小时的郑大附小，一日天已全黑，弟弟还没回来，由于路远天寒，父母急得团团转，正想再一次推门观看时，弟弟小脸通红地冲了进来：姐，快吃，还热的！说着，气喘吁吁地从怀来往外掏。"我走回来的，想省钱买甘蔗，一看烤红薯可香了，就买了——我揣棉袄里了，一点都没凉！"我想起小学二年级的时候，是夏天，他两手举着3支已不剩多少的冰棒跑进家门：姐，快吃，要化没了！——3支冰棒，都是光溜溜的一点牙痕没有，小脚的后边，是一溜汗水和冰水的滴痕……

弟弟长大了，从初二就开始读儒、道、墨、释、法和马克思著作，除陪女朋友出去转转，下了班便钻进书本里，政治经济学、公共关系学、哲学美学广告学……渐渐地，我觉得弟弟懂的越来越多了，不知不觉，许多问题我开始请教他，许多事我不得不征求他意见了。不过，还是懒：袜子不到变成靴子他不会洗！准弟妹一针见血，尽管他面片擀得极薄，面条切得极细，炒菜炖排骨味道好极了。

终于，弟弟结婚了。结婚前，不想装修房子，"懒得弄"，他说。他是怕父母花钱，可我就这一个儿子，攒了一辈子，不就为了这一天吗！母亲总是安慰他。

刚结婚那阵，我总担心他们不会持家过日子，因为我太了解他们了：弟弟不到光脊梁不会洗衣服，弟妹文静娇柔，很早就没了母亲，我心里很疼她，所以弟弟每次来看我我都要问上啥班吃啥饭，缺不缺青菜买没买肉，天热了找不找得到单衣下雨了有没有雨伞……我希望他能更多地承担一些，别凑合日子。

母亲快 70 岁了，急着想要个孙子，说再不生我都抱不动了。可弟弟无动于衷，像没听见。母亲说他是怕媳妇下岗，自己收入低，让父母操心。他想奋斗两三年后，再考虑要孩子的事儿。

谁知道呢，懒得养孩子也说不准！陪母亲从医院做完 CT 回来，弟妹在为母亲拢头发，弟弟低头给母亲削白兰瓜……

作者简介

王凝楠，网名讷讷，河南省作家协会会员，现任盛京文学网蓝魂社团散文主编。1962 年出生，患先天进行性肌营养不良，1980 年参加《山西青年》杂志社山西刊授大学中国语言文学专业学习，1984 年参加《百花园》小小说创作学习，1989 年参加诗刊社"全国青年诗歌函授学院"学习并逐渐开始在各种媒体发表散文、诗歌作品。其中，作品《在雨中》在 1992 年获全国青年文学作品"蓓蕾"（诗歌）赛三等奖。

花开的声音

爸爸在，我不怕

婷婷如玉

"姑娘，什么你都不怕，爸都这岁数了，还怕啥。"在医院做检查时，爸爸看着我认真的说。那眼神让我无法说出心里的感觉，背过身的一瞬间，眼泪出来了。我赶紧到走廊，假装去卫生间。

一项一项地检查出来结果，爸爸怎么一下子老了，身体功能大不如前，我不愿意接受，也不相信。印象中的爸爸在家养牛，逗猫，喂狗，干活，背着手，跟他的这些兵马说话，俨然指挥千军万马的将军架势。今天，在医院做检查，爸仍然不服老，跟在我后边，脚步也不慢，楼上楼下的走，有些喘，但依然扬着头。他最了解他的女儿，有点事就手足无措的女儿，有点着急从来都掩饰不住的女儿，无论表面再风轻云淡，可他能看透我的眼神，他怕女儿担心，一遍遍地重复那句，我姑娘不怕。

我不怕，为什么要怕，一点点小毛病罢了，我庆幸带爸爸来检查，让我警醒父母的衰老，让我更能做到一个女儿的担当。所以我不怕，但是我心疼，我心疼我那一辈子朴实憨厚、勤劳能干、任劳任怨、无欲无求的父母，那样的心疼就像心里有一把刀，剜着肉的疼，疼到我想捂住胸口，长舒一口气。

"姑娘，咱花多少钱够啊？"爸问我。"要不，咱把牛卖一个？"他说。自从给父母盖房子之后，爸妈知道我没有多少钱了，生怕再给我增添负担。有什么不舒服不到非常难受的时刻，从来不会告诉我。前几天，我把家里的牛棚重新盖了一个，房后又给垒个小仓库，也能抵挡冬天的寒风，爸妈知道我要强，默默地没作声，心里合计着我的日子，所以，爸爸在难受的情况下，竟然挺了半天的时间没有给我打电话。

冰凉的液体一滴滴滴入爸爸的血液，我摸着爸爸的大手。他的手依然那样大，手背上长满了老年斑，手指的骨节粗大，还有两处干活的伤痕，就是这双大手，曾经具有无穷大的能量，赡养老人，抚育孩子，给了我们全家安稳温饱的生活。我看着他的脸，满脸的皱纹如刀刻一般，胡子有点长，翘起来似乎还有点抖擞，满头的白发被妈妈给剪成了光头，新长出来的发茬根根立着，不屈服的样子，气管不好的他发出沉重的喘息声，我把头轻轻地枕在他的肩膀，端详着这个生命中我最爱的，最爱我的男人。

导管里流出血，鲜红的，爸爸的血，赫然让我的心一看就疼，摸着那袋血，仿佛无数条河流流过我的身体，奔涌，升腾，让我全身的血液都更加鲜活，记忆的潮水把我淹没。

我仿佛看到襁褓里的自己，小时候的我极其不省事，总是哭闹，爸爸说他抱着我，我的手指指向哪儿就得去哪儿，否则我就会哭个不停。他说他有一次抱着我在田地里走了好几里的路，我最后安静地在他怀里睡着了才罢休。上小学后的我也是如此，天天必须接送否则不敢上学，胆子小的吓人，身体瘦弱，隔三岔五就是打针生病，记忆中爸爸背着我，每天趟过村口那条河，穿过那个小树林，就把我送到学校了。生病时在客车上，人多挤着没有座位，也是爸爸背着我，下车后到医院那条很长的路，不知道是没有环路车还是爸为了省钱，记忆中的童年在爸爸的背上待的时间好长。

"给你妈打电话，告诉你妈不用惦记。跟你妈好好说，清楚一点，要不你妈该不睡觉了"爸爸嘱咐我。我把电话给妈妈拨出去，手机最近不好用，用了免提，当听到爸爸需要住几天医院好好调理身体，而且有可能做一个小手术时，妈妈那头有一刻的沉默，半天妈的声音才传过来。爸爸赶紧说话，啥事没有，待两天我就回家了。我没说什么，挂了电话，爸爸叹息了一声，"唉，你妈，就这样。刚才不说话肯定哭了。姑娘你去外边给你妈再打一个，好好地告诉一下，别让你妈上火。"

我从来都不承认爸妈之间有爱情，因为他们年轻时太能吵架了，吵得我都想离家出走，随着年龄增长，爸妈越来越相互依赖，眼神动作都能看出彼此的心疼，老伴老伴老了的伴儿，这话真是不假，四十多年相濡以沫的生活让他们彼此相互依存，互为一体，已经融入彼此生命，也许一生都不曾说出爱，但陪伴却是最长情的告白。

"姑娘，你好好上班去，别让领导们担心，不要影响工作。不就打针吗，爸自己没事。我姑娘不怕。"爸爸一直催促我上班，拗不过他，我走出医院，今天的阳光真好，暖暖的，柔柔的春风拂动着柳丝，已经冒出生命的嫩芽，长出细小的叶子，那些绿，仿佛在流动，在欢笑，在不停地生长，生命，是啊，这一切让我想到生命。生命的潮水滚滚流淌，一直向前，永无止境，在这美好的春光中，我心温润如初，足够勇敢，那些压在心头的焦虑慢慢变成了前行的动力，爸爸在，我不怕。

作者简介

其木格，笔名娉婷如玉，辽西小城中学语文教师，一个喜欢用心写字，诗意栖居的小女子，灵魂纯净，内心丰盈，嫣然娉婷，如玉风骨。作品见于《明光诗词》《白天鹅》《乌兰山》《辽宁经济与文化》等报纸杂志，《诗中国》《中国诗歌网》《盛京文学网》等网站文字平台，有个人文字平台《娉婷如玉》。《乌兰山》杂志编辑。辽宁省散文学会会员，辽宁省传记文学会员，白天鹅诗歌协会会员。现任洗水社现代诗副主编。

永远的木屋

耕 石

——纪念第二故乡生活60周年系列散文（1955年10月至2015年10月）

在"钢筋水泥的森林"里居住的太久，总想寻觅一片宁静，尤其人老了脑海里总也关不住回忆的闸门，于是有一天我去寻找我和亡妻曾经居住过的小木屋。

那是一个不见落日和霞光的灰色黄昏，雾霭笼罩着江面，夜幕从背后降下来，天地间混成了一个颜色。我步入古雅芳香的滨江公园，恍惚间回到了一个失落久远的梦境，几十年来我从没忘记那些江边上的小木屋。

年轻时我饮海河的水长大，由于书本上告诉我，苏联有条"母亲河"，那上面有座世界上最大的古比雪夫水电站，所以我常把长江的水想象得碧蓝碧蓝的，那是古远的雪山融化下来的圣洁的水，一定比母亲的乳汁还甘甜，无数遥远而甜美的梦，终于把我的憧憬带往三峡。

那时西陵峡口的小城仅有一台500千瓦的火电厂，可排出的灰渣却在江边上堆成了一个小"半岛"。曾记得，眼下屈原塑像的脚下是个小吊楼，木板掀着缝，顶上铺着发了黑的枯茅草，江风一吹，犹如一位身躯佝偻的老太婆，瘸着一条腿，拄着一根拐棍，披头散发，龇牙咧嘴，颤巍巍地望江兴叹。

我也曾住小木屋，那是妻继承下来的遗产，虽不龇牙咧嘴但板缝糊着报纸，虽不披头散发瓦顶也是黑灰色，遇上山雨欲来也未免先是"风满楼"。

我沿公园的石级缓步踱向江边，依稀看见与我家木屋隔街相望的那个地方仍停着一艘木制的趸船，两层的舱楼也像小木屋，小窗口透出一点昏黄的灯光。在它的近旁，一字排开泊着的木船上，稀稀落落地闪着光亮。不知有多少个那样的黄昏，我和妻常借着那些光亮在江边洗涤衣物。

有一次江水退了潮，趸船离江边很远，跳板和水面搭得很平，妻打着一双赤脚，裤筒卷过腿肚子，勾着腰在跳板上洗被单，我在一旁戏水相伴。那天她把一床打好肥皂的被单提出竹篮，利索地浸在水中摆了摆，然后放在跳板上抡起棒槌挥臂捶打，轻快的"啪啪啪"声从对面的磨基山传来回音。不一会儿，她忽拉一撒，一片白光随手而出，如渔家姑娘撒下一张渔网，然后捉住被单的边沿，让流水把被单浮在水面上，轻轻扭动身子，晃动着两个肩头，逆着水流把被单倒拖回来，一头递给我，拧干上面的水，然后再撒下去。

忽然，一艘轮船从上游开下来，江浪猛烈地冲击趸船，如一匹不羁的野马嘶风长啸，我和妻冷不防被扬起的跳板双双掀入水中。我忙把妻抱起来，抢过倒扣的竹篮，那床白色的被单却随波逐浪渐渐地远去。我和妻面面相觑，无计可施，当我无可奈何安慰她时，她却对我"咯咯咯"地笑，拉起我的手，淌着水向一只木船的船尾走去，在那里捞起了一篮子白菜的边叶子，竹篮顿时沉甸起来。我和她一人一只手提着篮子，溜水走出水面，踩着柔软的河沙，落汤鸡般地走向江岸。不久，木屋的墙根下又多出了一坛子酸腌菜……

我返身踏上公园的石级已经是万家灯火，鳞次栉比的建筑映入眼帘，用"万里长江第一坝"挖方的土，填出去两公里远，形成笔直而宽阔的沿江大道，可称得上是"万里长江第一道"。这时已是飞光流彩，流苏般的路灯交织着大江飞渡的长虹，使夜空比落日的霞光更灿烂。

再找不到我的木屋，也找不到那个小吊楼，所找到的正是屹立在岸边屈原塑像的望江沉思和我脑海中的永恒记忆。

作者简介

耕石，寓意在石头上耕耘，沿用12年。原名王世祺，现用名王世琪，天津市人。高级工程师技术职称,退休前曾任湖北省宜昌市供电局技术负责人和西陵区政协常委等多项社会兼职工作。酷爱文学,1982年开始发表作品。1995年因老伴突然去世停笔10年,2004年开始学习电脑进入敏思博客,曾自费出书长篇小说两部,中短篇小说集一部,其他纪实文学和散杂文集一部。曾任火种文学网小说主编兼短文编辑,现任江山崢嵘社团和盛京烟雨社团顾问。

上　坟

张殿云

　　我是不大相信有来生的，所以不太在意身后事，死后猪拉狗嚼都无所谓。当然理想的去处就是葬身大海，用自己的肉体喂养鱼鳖虾蟹，这样既不污染环境，又不与活人争耕地，又能及时进入自然的循环。这样的思想也使我对上坟添坟扫墓的事不太积极，只是对生者对长者保持一份尊重，保持一份孝道，珍惜当下，珍惜相处。

　　小时候，总把坟和死尸联在一起，不管那座坟埋下多久，过了几个世纪，那里就是一具死尸，死尸总是吓人的，何况有鬼的传说。所以小时候，我见了坟地就怵，害怕那里横陈一具尸体，害怕那里有鬼出没。所以独自一人我是不敢到坟地里去的，黑夜不敢看向坟地那个方向，如果真的逼不得已路过或看到坟地，也希望没有火星出现，因为如果发现火星，我可能就怀疑那是鬼火，就会紧绷神经，甚至撒丫子逃跑。

　　原来都是父亲带我上坟，听着他给我介绍坟下埋的是哪个长辈，我不在意，可是下地上坟的机会多了，还是记住了一些。去年父亲永远地离开我们，今年，我要给父亲上坟，我还是不相信送纸钱一说，可是那座坟茔寄托着我的怀念和哀思。给父亲烧百天纸时，我刚抹过屋角，眼泪就止不住。到了地里，看到父亲的灵堂，我终于忍不住地嚎啕大哭，仿佛昨天我们还在一起，今天就阴阳两隔，永远没有再见一面再说一句话的机会。我多么希望他能托梦给我，多么希望他有魂灵，他能化作鬼神，游走在我们儿孙身边，让我们时时想起他，想起他的好，甚至想起他的暴躁。现在我们只能给他上上坟,我们做得再多再好他都不知道不能再看一眼了,我们只是安慰自己安慰生者了。

　　今年,我父亲刚刚去世,上坟的事要庄重些,所以我等到所有的兄弟都来家才去上坟。我还带着儿子、侄子、侄女这些小辈的,也去上上坟,到了坟地,我又重复着我的父亲过去对我做的事情,告诉小辈们,这座坟下埋着谁,他们生前和身后事。可是等到到了西老林,那些坟茔埋得不合现在的丧葬习俗,我就搞不清原因了,父亲生前也是搞不清原因的,因为我的爷爷死得早,在我父亲刚刚学会爬的时候,我的爷爷就去世了,关于那座坟地,埋的是几世祖,他们身前身后事,就没有传下去,我们就不得而知。那一刻,我觉得我们家的历史好浅薄,幸好还有这几座坟茔,如果没有那几座坟茔,我家的历史就只到老太太辈;这时我突然希望那里有成片的坟地,有无数坟头,好让我家的历史再长一些保留再长一些保留。我家没有文字记载,多一座坟茔就是多一份历史实物,让我们缅怀家族的历史,它的兴衰它的荣辱。尽管现在一切都埋入地下,埋进虚无,但是不管我的祖先有着什么样的历史,他们值得骄傲的我们是他们子子孙孙,我们延续着他们的香火。更让我们骄傲的,我们是他们的子子孙孙,是他们给我们生命延续。我们不是猴子变来的,我们是他们生命的延续,为了这延续,他们一定努力过奋斗过,我们后代一定要给予他们应有的尊重和怀念,尽管我们不记得他们的历史,他们的面孔,但是我们身体内实实在在流着他们的血脉,延续着他们的基因。西老林坟头上有许多荆棘,我倒喜欢这些荆棘了,它固定这些坟茔,不让它发生偏转,让我们永世都能找到它的所在,这真是大自然的馈赠了。

　　我现在真的希望人死后埋在地下,哪怕堆个坟头占了一块地,但是坟头上可以长草,还是可以贡献一片绿色,甚至也贡献一份春意。一般人不把坟地作为风景,今年的年初一,我就把我家的祖坟和风景联在一起:初升的太阳,高高的杨树,长长的土路,茫茫的麦田,静静的环境,我的祖先就躺在那里,真是死后的好去处。那一刻我希望丧葬自由,我希望身后也到那个去处,我对我家祖坟有了柔柔的感情。

作者简介

　　张殿云,网名采风,中学教师,喜爱文字,喜爱旅游,对物质的东西追求很少,注重精神的饱满!

花开的声音

麻大湖人

绍 庆

早晨,我和朋友踏着湖中的小路,漫步在麻大湖畔。

晚秋季节,天气微露寒意,露珠挂在小麦的叶子上,像一粒粒晶莹的珍珠,微风轻吹,那珍珠随着麦叶的摇曳,滚落下来,滴落在地上,倏的便不见了踪影。

太阳慢慢从地平线上冉冉升起,透过淡淡的薄雾,显得又圆又红。

湖中的小鸟,边飞边鸣,唤醒了沉睡的麻大湖,给麻大湖增添了勃勃生机。

我们一边欣赏着麻大湖中的景物,一边继续向前走着。

眼前出现了一间小渔屋,我们便仔细地打量起来:小渔屋的周围,是一个长方形的荷花池,大约有二亩左右,池中荷叶已经被打掉,还残留着很少的一部分,几个成熟了的黑色的莲蓬分布在荷叶之间,真有"留的残荷听雨声"的韵味。

小屋不足六平方米,非常简陋,而又非常别致。四周的墙面都是用湖中的淤泥堆积而成,呈灰白色,墙面上露着一层白色的玉米粒大小的小蚌壳,真像一粒粒珍珠岩。

小渔屋坐北朝南,而门口却开在西边的屋山上,三面都有一个圆形的小窗户。屋顶全是用湖中的小草,截成一节一节的,粘上泥浆,盖在上面。门前还用芦苇盖成了一个四米见方的凉亭,冬天蔽风雪,夏天遮太阳。

我们正欣赏着这座别致的"别墅",从"别墅"里走出一个人来,我上下打量了一下,他身高在一米七左右,年龄大约有七十岁,古铜色的脸上布满了一道道深深的皱纹,刻画着在湖中饱经风霜的岁月。上身穿一件白色的粗布褂子,外套一件黑色的棉坎肩,腰里扎着一条用芦苇拧成的草腰带,下穿一件黑色的宽松裤,裤脚挽在膝盖以上。

他笑容满面地把我们让进屋里,里面的陈设一览无余,一张单人床,一张方形的地面砖放在几个砖头上,就是吃饭用的饭桌,两个小座位,在床的一边,一个脸盆里,养着刚从密封子(一种捕鱼的工具)里看上来的小鱼。

经过交谈,我们知道他姓周,从四十岁就住在这麻大湖里,已经有三十多年了。

好客的老周,一会儿不知道从哪里端来了一盘马大湖里的金丝鸭蛋,一盘醋漆小鱼,还拿出一瓶酒,笑着对我们说:"你们好不容易来麻大湖里一趟,没有什么好招待你们的,这金丝鸭蛋和这醋漆小鱼可是麻大湖一带的名吃,你们听说过这样一个顺口溜么。"

说着,他就像背经卷似的朗诵起来:"金丝鸭蛋味道好,醋漆小鱼面子椒,锅贴嘎呀(一种鱼的名字,因为叫声嘎嘎呀呀,由此得名)吃不够,嫩藕白糖荷叶包。"

我们被老周的盛情感动了,不好推辞,便拿起筷子夹了一个小鱼放进嘴里,的确,别具风味。辣滋滋、香喷喷、脆生生的还有一点儿酸味。说真的,我们还从来没有吃到过这样好的美味佳肴。

老周用筷子,夹起一块咸鸭蛋,放在我们每个人的面前,笑着说:"尝尝,麻大湖里的金丝鸭蛋可是一道上好的菜,来麻大湖里旅游,不尝一尝这金丝鸭蛋,那可是要后悔的吆。"

我们拿起一块鸭蛋,用筷子夹出蛋黄放进嘴里,只觉得的满口油香,津盈盈,香喷喷的。

老周十分健谈,他几杯酒下肚后,便向我们讲起了麻大湖的历史,还有许多神话传说,人物掌故。

他告诉我们,麻大湖原来叫马踏湖。相传,春秋时期,齐国称霸,齐桓公会盟各路诸侯,聚兵列阵,平地马踏成湖,因此得名——马踏湖。现在叫麻大湖,又叫马大湖。这里是天然的旅游胜地,素有北国"江南水乡"之美称。

他还告诉我们,关于麻大湖还有一个传说:天上的神仙送给王母娘娘一个碧玉盘,上面有波光粼粼的清水,有花草树木,鸟兽虫鱼。有一天,王母娘娘给众位神仙传看,当传到八仙之一铁拐李手中的时候,八仙都争着看,没想到,铁拐李失手掉落在地上,变化成了麻大湖。王母娘娘大怒,要狠狠地惩罚铁拐里,八仙都争着说是自己失手落在地上的,太上老君也为他们求情。王母娘娘才免去了八仙被罚人间的罪过，命老君带着他的弟子——八仙，在麻大湖旁建一座老君堂，让八仙日夜守护着麻大湖。

传说归传说，在麻大湖边，的确有一座老君堂，并且香火经久不衰。

老周越说越高兴，他说："俗话说，靠山的吃山，靠湖的吃湖。我们麻大湖周围的地区，大多数是靠麻大湖发家致富的。麻大湖里三件宝：'蒲子、绵柳、芦苇草'。我们这一带，男劳力都到外边干活，妇女在家里搞蒲编、柳编和苇编。特别是蒲编工艺，可是我们这里妇女的绝活，她们编织的工艺品有上千种。出口美国、日本和东南亚国家和地区。一个妇女在家里，一天挣个百儿八十不成问题，连七八岁的小学生，利用星期天和假期，每天也能挣个十元二十元。"

说到这里，老周脸上露出了自豪的神色。

我看了笑着说："以后，博兴县城向南发展，小清河上的大桥已经动工了，到时候你可要搬到楼房里去住了。"

老周喝了一口酒，高兴地说："是啊，我看过规划图，湖、渠、路、楼房，都是配套的，这里成了公园，旅游区，那时候，我们这里合村并居，都住进了楼房，说真的我还真舍不得离开，这里空气多好呀！"

我听了说："你也在麻大湖里待了一辈子了，也该享享清福了。"

老周听了哈哈大笑："我们在这麻大湖里，劳动了一辈子，一旦闲下来，还真不适应。过去，开汽车，住楼房，只是一个梦，咱们老百姓连想都不敢想，现在好了，我们的孩子有了汽车，再住进了楼房，梦想也就实现了。"

我接着说："好梦成真么，以后的日子会越来越好。要好好地活，多看看景致。"

老周说："是要好好地活，就像电视剧《康熙王朝》歌里唱的那样：我真的好想再活五百年。"

说完，哈哈大笑，我们都跟着笑起来。

太阳已经升起了一竿子高，我们要走，老周把脸盆里的小鱼倒进一个方便袋，非叫我们拿着不可。我掏出十元钱给他，他接过去，给我塞进口袋里说："这你们就见外了，你们来这里是客人，给你们捎上点儿不值钱的东西，再要你们的钱，多不仗义啊！以后再来时，我们好好的啦一啦。"

我们告别了老周，往回走，走出了很远很远，我们回头看看，老周还站在那里向我们招手。

麻大湖的人啊，都是这个样：朴实、忠厚、好客。

作者简介

初绍庆，男，生于1953年2月，是博兴县锦秋街道孟桥村人，大学专科文凭，2009年加入滨州市作家协会。涉猎长短篇小说、散文随笔、寓言故事、诗歌、民间传说、剧本等各种题材。作品分别在故事荟《黔声周刊》《故事会周刊》《今古传奇》《贵州政协报》《山鸣杂志》《天池小小说》《齐鲁作家年展》《山东青年作家》《今日博兴》《董乡文学》等报纸杂志发表数百篇。在各类征文中，也多次获奖。参与创作的《漂着金子的河》，目前正在各大城市展演。

母亲，母亲

刘 星

"你想找一个什么样的男朋友？"
"像我妈一样。"

——题记

看到书上的这句问答时我扑哧一声笑了，可随即便安静了下来。大概在这个还依赖母亲掌管衣食住行的年纪，你也会和我一样，在母亲的千百条有理有据的"不允许"里不谙世事，仗着她可以无条件的爱自己。然在忍俊不禁以后，脑海总会想起那个扛得起花生袋、拉得动手推车，仿佛男人一样有力量却让人心疼的母亲。

不知何时种下的"强迫症"的草，我一直以为等待是这个世界上最让人无法忍受的事，它会让我变得莫名的焦躁不安。虽然我的大学是在母亲千般"乞求"之下安营在本省，但母亲却还是坚持到车站接我回家。电话里头的她执拗地说老地方等我，她是如来佛么，总是那么会掐时间，都知道我该几点到家！沿着那条熟悉的路，远远地就看到母亲在路边，阳光照得她眯缝着眼睛，路边的电线杆好像也被晒得流油，她不住地望向远处的车辆，若换做是我呢，早不耐烦地把这烈日下的火发给母亲了吧！后来跟朋友谈及此事，她说对于母亲来说，等待是这世界上再简单不过的事，你该学会等。那是个热得让人内疚的夏天，那一幕，至今还停留在眼前。

我不是孙猴子，而她也绝不是如来佛，然而她就是那样神通广大，我在北极打个喷嚏她在南极都能听得见！曾野心勃勃想要到处跑的我们，像孩子一样急于摆脱她的怀抱，可最后才发现那里才是最让人安心又怀念的地方，经年累月后的心，也终于开始承认，那份爱，如此炙热和深沉。

我曾经读过这样一个故事，一个名为"舍弃的爱"的测试，你伸直的五根手指，分别代表着事业、金钱、生命、儿女和母亲，而你必须做出决定，一个一个的弯下，表征一个一个的舍弃。故事的主人公是一位年轻的母亲，百般思忖，她终究在放弃自己的生命以后，放弃了母亲，而选择留下了自己可爱的女儿。因为她相信换做母亲，也一定会跟她做出相同的决定。我不禁想起年幼时故意难为母亲的问题，"如果我和姥姥被坏人绑走了，妈妈你先会救谁？"母亲笑说，我会先救你。尽管年幼的自己听到了满意的答案，因为可以信心十足地说妈妈只爱我一个人，就算妈妈的妈妈也抢不过，却还是忍不住问为什么，"因为姥姥是大人啊，她可以保护自己，可是你不能。"时隔多年，也许母亲早已忘了当初我不着边际的提问，而我也不再是当年那个围着她问十万个为什么的孩童，可偏偏看到那个故事的结尾，第一个想到的就是当年的那个答案。也许母爱就是在一代又一代的割舍里义无反顾、熠熠生辉。

每每握及我的手，她都会遗憾地说，若生在城市，这该是一双可以弹钢琴的手！我知道，于我她总是带着几分歉疚，儿时的自己总是对很多事物充满好奇，我不成熟的演讲，她是我第一个听众，我歪歪扭扭的画本，她是我第一个老师。然而家境的不允，我终究对于自己的兴致只字未提，只想好好走学习这条路，可以早些帮她分担。大人们说，那年一场重病，一个肢体已然冰冷的女婴，硬是让那个不肯放弃的女人把热水灌满瓶子围在四周，硬从死神的手里抢了回来！然而，基因和药物的影响，我的视力开始变弱，变得不能清晰地分辨事物，这常使我感到自卑和小心翼翼。每每听到有人夸赞后的好奇，我总是接不住那句问语。那时，母亲总是充满保护地接过话题，所以就算是在高考的年月，母亲也决不允许我晚于十点睡觉，我知道当年的母亲就是因为配不起一副眼镜，而早早辍学。在这个世界上，有一个人承受着我所承担的苦难，她把所有的路摸索一遍，好告诉我，那个位置是不是很危险。

母亲教我诚实，却一直对我们隐瞒她的辛劳和委屈。也许是那份天性的坚忍，也许是因为多年乡间劳作的迫使，我总以为她是铁打的骨头坚不可摧。我以为，母亲是疲于农村的生活，所以才会常在耳边唠叨着"等你工作了，把妈接去城里！""城里有什么好啊，邻里之间半年也碰不上面，到时候我白天工作，又不能在家陪你，有什么意思啊！"而我，永远也不会忘记母亲想去城市的理由，"那样的话，我还能在家里，你就不用上班累了一天，回来后还得一个人点灯、做饭，至少回到家还有个盼头啊！"字字句句，那么轻，又那么重，深入耳畔，只因有一种爱深入骨髓……

算一算，自己在外求学的日子已有七年，从没有手机一周联系一次母亲到现在日日埋于其中却没时间给她打个电话。那天无意中看到这样一个话题"你屏蔽Ta的朋友圈了吗"，这个Ta不是别人，正是我们的母亲，结果，居然很多年轻人的微信都选择屏蔽。理由很简单，发个心情，事无大小，她都要担心地评论，那样没了隐私不说，还会被哥们儿嘲笑！若你也有同我一样的经历，我想，你绝不会那么做。为了缓解家里的压力，读大学的姐姐假期一个人跑去北京打工，那大概是她的第一份工作，其间的辛酸和苦楚当属母亲最能体谅。也就是那段时间，连老年机都不会用的母亲开始学英文字母，花不起长途电话费，她说说要学发短信。她让我把26个英文字母对应拼音，就每天认、练，像个孩子一样，固执得让人心疼！不会读，就用一个简单的汉字标注上，直到纸变皱、变旧她也舍不得扔，趁着在假期在家，就多学一些，她说不然没人教她。每天早上都会提醒姐姐别贪睡一定要吃早餐，每天晚上都要等到她安全到公寓的短信才肯踏实地去睡……

若你是独生子，便不可能同时感知，身在异乡的你，在抱怨周遭种种际遇的时候，她在挂了电话以后会有怎样的泪流满面；你并不知道，对于那些全新的字母，认的吃力的她又有多坚定，有多固执的力量；你不知道，她打字的手是有多粗糙，速度是有多慢，她努力追着年轻人的脚步，不过是想更多的适应你的方式和习惯，想更多地去涉及你的领域，她也怕被你嫌弃和遗忘，就像小时候你怕与妈妈在人群里走散一样！她曾经紧紧握住我们的手，那么现在，我们抓紧她们的力度，够不够当初的十分之一呢？

我们羡慕美国青年人不受父母的管制和约束，可什么时候，我们既没有学会他们的自由，又失去了传统最根本的孝道！不知道你可曾注意，你的某一次车行，身边若有一位健谈的母亲，那她的话题里也总离不开她令人骄傲的儿女；不知道你是否留意，你的每一次电话，可以短短一句"妈，给我打钱"而不论缘由，可她务必会叮嘱你那边天气的冷暖，就像一个最及时的气象预报员！关注一地的天气，不过是因为那里有她关注的人。而我们，还在伸手要钱，要的"理直气壮"的我们，必须要做的就是努力，不让她们羡慕别人的儿女。

母亲，当属这世界上最称职也最忠实的劳仆了吧！为了你，为了整个家庭，曾经也一样洗碗都嫌弃的掌上明珠做有二十几载的早饭，刷你连自己都嫌脏的球鞋。当有一天，你突然回到家里，想要拥抱母亲，却在靠近时，发现她鬓发上那一撮扎眼的斑白，你一定会皱眉，然后清楚地感觉到自己夺走了她的青春，却没本事遮住那缕白发……

很久以后，我才知道，从亲戚朋友的遗憾里知道，学字母学得笨拙可笑的母亲是当时班里唯一一个考上中学却因贫苦辍学的孩子！大概，她这辈子最骄傲的事，就是她的女儿，在她苦心经营的农家院里完整地实现了她的大学梦。

很久以后，我才知道，从她和邻里轻描淡写的谈话里知道，身体一直不好的她竟在一年里做了四次手术！可我甚至不知道那一幕幕发生在何时。可能是在我厌烦课桌上让人喘不过气的试卷的时候吧，可能是我觉得所谓的苦难配不上自己的野心的时候吧，那一年，我高考。

后来，母亲曾托人给我捎带来家乡的包裹，里面还夹着一张字条：异地的东西新奇但要少吃，小心水土不服坏肚子。如今我也要给母亲回信了，在这个枫叶绝美的秋季！

炊烟起了，我在灶旁等你；

哨声响了，我在终点等你；

太阳落了，我在烛火边等你；

时光老了，我在下一世等你！

作者简介

　　刘星，20岁，在校大一学生，从小热衷于演讲、写作，也会把喜闻乐见勾勒于画册之上；喜欢美的事物，也追求诗与远方。一本书，一支笔，专注的绽放和勾写。记录文字里美好的情愫，把简单、纯粹的情感寄予在书海的厚藏，坚定繁华落尽，不忘初心。"永远年轻，永远热泪盈眶"，在宁静中寻以致远，努力工作，认真生活，只为在最美的时光里遇见最好的自己！

棋盘山寻美

宫学大

久居大都市的沈阳城里，盼望回归绿色的大自然怀抱，去寻找美景。棋盘山之美，早已在诗人、画家的笔下得已展现，然而，若想真正欣赏她的美，还需审美者亲自去寻。夏初的一天，我们全家一起乘车来到距沈阳市内东北部20多公里的棋盘山旅游。棋盘山是长白山余脉，沈阳辉山风景区的一个重要组成部分，海拔为200多米，这里山高峻峭挺拔，山谷怪石嶙峋，树木百态千姿，别有一番风光。

上午10时许，车缓缓驶进了棋盘山风景区的大门，正山门上，是四个烫金大字：棋盘神韵。进入景区，仿佛一轴色彩纷呈的画卷正在徐徐展开。秀湖之水，宽阔清澈，碧波荡漾，似一颗明珠镶嵌于群山环抱之中。长长的湖岸线，浩浩渺渺的水波，四处山脉环绕湖周，两岸奇峰异石，壁陡山高，风景秀丽，多么美丽，多么幽静啊！到时达棋盘山下，天空晴碧，绿色的树木如同翡翠镶嵌在山上，自然界宛如浸上浓浓的绿意，在这里绿色是最高统治者，显得格外高贵而神圣；林上的露珠闪耀着清澈的光芒。凝视着稳健的高山，山顶的光环无限的诱人，无数的小鸟追逐嬉戏，上下翻飞，令人神往。

经不住这一幕幕的诱惑，我们开始向山顶攀登。沿着蜿蜒崎岖的山路我们走走停停，停停走走，一幅幅迷人的景色映入眼帘。近看，桃花、梨花盛开，一簇簇、一团团。耀眼的阳光从树叶的间隙中射下来，所有的阴暗都被它照亮了，绿草伸直了腰，树木抬起了头，这一切都充满了安静，清新，快乐的感觉。远望，山峦起伏，一片片绿覆盖着群山，楼阁景点点缀其间，人造景观，绿树鲜花，碧云朵朵，自然风光美不胜收。我们继续攀登，脸上淌满了汗水，荆棘也给衣服划上了痕迹。这里虽比不上蜀道之难，却也费尽了艰辛，我一向认为只有参与了过程的全部，才能体会到结果的喜悦。

当我们吁吁作喘地到达山顶，顿觉天矮了几许，云低了几分。突然，看到有块长宽约10米的石棋盘。据说这是古代神仙在此对弈留下的，棋盘山由此得名。现今，棋盘依旧，仙人又到哪里去了呢？我们顾不上问仙访迹，寻幽探秘。极目四野，天地何等广阔，真令人回肠荡气，胸襟洞开。这那里是山？分明是海，分明是画，分明是诗画交融的艺术境界。站在山顶放眼远眺，棋盘山、辉山、大洋山、秀湖，"三山一水"环抱在一起，碧塘风荷、北岭春晓、芳草云天、林木葱郁，湖光山色，尽收眼底；脚下，被称为秀湖的棋盘山水库，犹如一面明镜镶嵌在万绿丛中，对面是风景区的最高峰——辉山，是由灰白的怪石构筑成闻名遐迩的沈阳八景之一"辉山晴雪"，在七彩的阳光下，那色彩，那形状，让人销魂的美，忘情之至。我心中诗意萌动，轻声朗诵起当代诗人汪国真的诗句"世上没有比人更高的山，没有比腿更长的路。"

"老爸，你像个诗人。"女儿看着我，眼里含着甜甜的笑意。

我说："诗言志。人生之路也像登山，不畏艰难登上峰顶，才能饱览大自然美景。"女儿似乎听懂了我的诗外之音。"对，老爸说得对。"我笑了，女儿笑了，大家都笑了，山顶上飘荡着朗朗的笑声。

置身在青山绿水之中，饱尝清新的空气，尽赏湖光山色。任思绪在山水中徜徉。是享受，是陶冶。无限的感慨油然而生，在这林木葱郁，山花竞相争艳的山上，寻美者到这里来，正是欣赏这天然美景中，得到美的享受。

这时，一股冷气犹如烟柱向我们缓缓飘来，山上的树叶，轻风吹拂，微微浮动，恰似一片绿云绕山飘荡。我左右环视，上下观望，看到的是一片风光无限，令人心旷神怡，我抓起一把泥土，摘下一朵山花，连同这壮观的景色，一起捧到心中。

下午3时，当我们下山时，被那森林的景色震撼。森林用宽大的胸怀拥抱着我们，倾听着森林阵阵的林涛，倾听着声声歌唱的鸟鸣，倾听着人们发自胸中的欢唱。人与自然在交流，自然与人在共生，棋盘山让人遐想，让人陶醉！

有人说，看景不如听景，而我却认为，再怎么说得天花乱坠，也不如亲身去看，去赏、去体验、去发现。美是客观存在的，要靠人去发现，去探寻，何况有些美的境界，是非到特定的时间、地点、有特定的条件，有赏美者特定的素质和心境，方能领略得到的。

棋盘山，这如含羞少女的含蓄美，就尤其如此。

作者简介

宫学大，1949年出生，祖籍大连，大专学历，高级职称，中国共产党党员，退休。1968年自大连24中下乡到北票，1971年抽工，40多年来从事宣传工作。先后任宣传干事、办公室主任、记者。自1969年以来，在全国40多家报刊、电台发表通讯、消息、诗歌、古诗词、散文等4000多篇，多篇征文获奖，并著有《游踪记趣》一书。大连诗词、女子诗院常务版主、盛京文学编辑。

沐浴尽嗅自然香

刘洪琴

久闻大朝阳温泉的松花汤、神木汤、美人汤和祖根汤是行业首创,全国独一。一个冬日的午后,我们一行二十几人专程从沈阳驱车一百八十公里来到北镇医巫闾山脚下,亲身体验大朝阳温泉的魅力。到达温泉山城已是傍晚,宏伟的城门楼彰显出山城的气魄,身后的建筑群张灯结彩、身披霓虹,渲染出这里喜迎八方宾朋的热情氛围。吃过晚饭,我便急不可耐地来到温泉区泡浴。

神木汤之梦

耳闻千年金丝木是十分珍贵的宝物,用此木刨制的浴桶,我真想立刻目睹其芳容。

走近女浴区即看到两个大木桶,旁边墙上标着"神木汤"。到近前发现,这是两个中心掏空大树墩。它就是不远万里从非洲购进的金丝木,相传有一千多年树龄。大朝阳温泉山城将它们刨制成了浴桶,泡在金丝木刨制的浴桶里会是什么感觉呢?我很期待。

缓步踏进金丝木浴桶,立即感觉温暖、愉快、轻松。这几天我腿部的风湿犯了,左腿有点疼,有时走路踮着脚,索性在汤中泡着不走了。坐下来,轻轻地抚摸着千年金丝木桶,木桶外壁手感硬实,内壁比较光滑。身体完全没入神木汤中,只将头露在外面，撩着齐肩深的温热的泉水，袅袅冒着的热气，让我有些晕眩。松开发束，任齐腰的长发千丝万缕的浮于水面，似静还动，随着水波的荡漾散去又拢来。仰面躺下，全身放松，就感觉身体被托起，就在水面上漂着。闭上眼，任泉水浸润着自己的皮肤，好像泉水已渗进自己的身体，亲切、温暖。想象自己一束浮萍，随着泉水漂向未知的前方；又想象自己是一片花瓣，身不由己，随波逐流；又如一条回归自然的鱼，畅玩在此；不是，都不是，泡在神木汤中真实的感觉就是，像胎儿在母亲的子宫中熟睡。把自己完全交给了神木汤，舒坦、解乏，好愉悦好满足。一切烦恼都抛在脑后，无欲无求，只想静静地享受神木汤那种美妙的温润。

泡浴结束后，我问山城的主人，用这么名贵的木材做了温泉泡池是不是有点可惜了？主人说，这是为了让到此休闲游玩的朋友人人都享受这里独有的神木汤，打造全国首创的温泉，让朋友们分享到神木赋予的福气。那么建温泉时，金丝木掏出来的木屑去哪了？原来木屑都被附近的老百姓一抢而空，拿回家做了枕头瓤子。

连神木的木屑都是宝，老百姓枕了神木做的枕头睡觉一定又香又甜好梦连连，真是物尽其用。

美人池中浴美人

令我印象深刻的是沐浴美人汤。我慵懒地躺在美人池中，任由美人汤亲吻着我，像母亲的手抚摸着我的每一寸肌肤。听着古琴奏出的古曲"高山流水"，品着普洱香茗，真是神仙般的日子，快活自在，即美肌又减肥，怡身怡心怡性。我想起了在北镇流传很久了的辽太子三追高美人的故事：

"辽国太子叫耶律倍，这一年因宫廷事变，他让出太子之位，来闾山隐居。偶遇高家姑娘高云云，太子爱慕其美，命人求亲。高父不愿高攀，表面应允，连夜带女儿逃至山中，隐居下来。如是者三次，太子明白'强扭的瓜不甜'，但心中已另有打算，一天高姑娘到山中采药，险些失足坠崖，幸得一书生相救，高姑娘见救她之人是曾经求亲的太子，便与他冰释前嫌，将其邀至家中，二人商量暂时向高父隐瞒身份。高父甚是喜欢这书生，得知其孤身一人，以打猎为生，便把他招赘至家，成亲后书生才道出他就是当年求亲被拒的大辽国太子。

"因高云云容貌俊美，长发及地，日常在河边理鬓多有不便，耶律倍命人寻一巨石，凿一口方型大石池，池长、深各五尺有余，常盛满热水与高美人共浴，亲自为美人理鬓，并给此池取名为'美人池'。"

这个美好的爱情故事的确很让人向往。若与爱人共浴，我就是高美人，你就是辽太子。若与闺蜜共浴，品着香茗，唠着知心嗑，说说心底的小秘密，岂不悠哉！多想穿越回唐朝，在那个以胖为美的年代，也许我就是杨贵妃。哦！沐浴中的杨贵妃，"回眸一笑百媚生，六宫粉黛无颜色。春寒赐浴华清池，温泉水滑洗凝脂"，自己不知不觉地陷入幻觉中，思绪随着头顶的热气飘来飘去……

一个人随心所欲地静静浸在池水中，闭上双眼，享受这大朝阳山城里神奇的温泉。每个细胞仿佛都被美人汤亲吻得更具活力，激发出无尽的潜能，让自由的心绪从指尖流出，让堆砌的疲惫从毛孔蒸掉。烦恼压力瞬间变得烟消云散，使整个人变得轻盈水灵了。悠闲惬意的享受，真是另外一种放松的境界，只有亲身体验过的人，才能得其奥妙。

盐疗房、汗蒸房小憩

泡汤累了，来到三楼新颖别致的盐疗房，四周墙壁抹的和地面铺的都是肉粉色的盐粒子，平躺在温热的盐粒子上，三两好友聊着趣事，舒服、惬意。同伴提议，将盐放在肚脐上、小腹上更舒服，于是我们一一照做，片刻，我的汗水就将汗蒸服打湿了一大片。出了盐疗房看看自己所有露在外面的皮肤都是红红的。

我们又来到玉石汗蒸房小憩了一会儿。这里是采用玉石、香木、玛瑙、木炭和澄泥五种材质，按《黄帝内经》中金、木、水、火、土五行相生理论专门为熏蒸养生所设计的中医蒸房，能使人神经放松，身体机能得到充分调整，获得安神益智、解除疲惫恢复活力的神奇功效。伸伸胳膊、扭扭腰，活动活动腿，经过温泉的浸泡，又有盐疗房、汗蒸房的休憩，风湿的腿竟然不疼了，好神奇！

松花汤遐想

拾阶而上，是通向半室外和室外温泉的路，室外的松花汤又是一绝。

大朝阳温泉山城特有的万亩黑油松每年四五月开花，开花季节到这里泡松花汤，名副其实。沐浴松花汤里，空气中夹着松花、松油的芳香，微风带来无数松花粉飘到脸上散落到池中，养颜、抗疲劳、疏通经络、延年益寿。屈原《离骚》有云"浴兰汤兮沐芳"，松花汤处于四周花木繁荫、清石流泉、明月松间的天人合一之境，疗疾养生、其乐陶陶，加上清澈悦耳的古琴在耳边回荡，这样的温泉你想不陶醉都很难。

沐浴大朝阳温泉，凡尘的喧嚣远离了，都市的压力洗脱了，人的心结也解开了。它让你全身心放松，静心、静悟、静思考，柔和缠绵的乐曲中，你会为大朝阳温泉带给你的精致文化生活而陶醉。

这里是"心的故乡"。

作者简介

刘洪琴，笔名夏日清风，从事过文秘、档案、财务等工作。1999年，作品《三十岁生日的祝福》荣获辽宁女性精短散文大赛二等奖，2004年《生日的祝福》获"三山杯"辽宁青年散文新作优秀奖，并入选《辽宁散文大观》《辽宁女性散文》等书。现为辽宁省散文学会理事。

故乡之魂

萧 笙

每次回故乡看望年迈的父母,我都会有一种失落感。

这种感觉一是来自于父母的年龄越来越大,对他们的照顾越来越欠周到;二就是我总会想起去世的、最疼爱我的爷爷。这是我心忧伤的主要原因。

我小的时候在家里是爷爷经常带着我玩,让我享受了很多童年的乐趣:打鸟,捉鱼,爬树,摘樱桃,学做风筝等等。也有一些意外发生。记得有一次我在院子里捡到了一枚曲别针,出于好奇,在玩耍的时候我故意放到嘴里,没留神却把它吞了下去。这下可把爷爷吓坏了,怕我有生命危险,于是就天天看着我什么时候能随大便把它排除来。他那焦急得火上房的样子我至今都清晰地印在脑海里。

还有一次,我逃学去野浴,被一个粗壮而鲁莽的大人推到了水库里,由于不会游泳差点被淹死。可能有人提前告诉了父母,我怕他们打我,天黑了也不敢回家,就藏在自家后院的玉米地里,隔着窗户微弱的灯光偷偷向屋里观望。爷爷看天都很晚了还不见我的踪影,就急得拄着拐杖在屋子里来回转悠,还发动了许多亲朋好友在村子里到处寻找。没找到就又聚到我的家里,边安慰我生气的父母,边商量其他办法。我在一片嘈杂声中听到爷爷狠狠地教训着我的父母:等我孙子回来,看你们谁敢碰他一下!小孩子哪有不犯错误的……我听到后忍不住哇哇地大哭起来,接着诚惶诚恐地走进家门,带着满眼后悔而温暖的泪水……

我上大学的时候,是1987年。那几年,家里生活条件很艰苦。每个星期回家的时候，爷爷总会往我的衣服兜里塞钱，30元、50元，有时会更多。爷爷说，一个小孩子离家在外吃不饱穿不暖，多预备点零花钱，买点学习用品，或零食，或衣服。我心里虽然充满了自豪，但热乎乎的亲情还是让我感到有些不安：爷爷毕竟70多岁了，还在自食其力，开个小饭店，贴补家里，也非常辛苦。

  我成年后，经常回忆起一些爷爷的历史：解放前在地主家做过长工，为了工友们的利益总是和地主斗智斗勇；解放后在生产队里做木工，平时家里的活计没忙完，只要有人求上门来，就会毫不犹豫地出去帮助村里的百姓上房梁、打炕柜、修理桌椅；经历过"文革"，受过迫害，腿被打瘸了——戴过"四类分子"的帽子游街；改革开放后率先在村里开了方便村民的小吃部，有些家庭困难的人吃完饭，奶奶要收钱的时候爷爷却给拦住了……我觉得，爷爷的历史虽然没有那些拿起枪杆子闹革命、打江山的英雄的事迹光辉灿烂，但也应该是最纯粹、最真实的百姓史吧。

  爷爷临去世的前一年因腿摔伤一直躺在床上。我回家看望他的时候，母亲说爷爷有些糊涂了，给他买的药总是不愿意吃，扔到地上，说药不是好东西，这辈子就不喜欢吃它。我听到后很是担心，但也很是佩服爷爷的刚强个性。虽然岁月不可抗拒地催人老去，但我还是希望爷爷是个例外，唯他长生不老是天下所有儿孙的心愿吧。我端来一盆水，给他洗完脚后剪脚趾甲的时候，看见爷爷迷蒙的目光里分明还含着安详的微笑。

  我清清楚楚地记得：爷爷是2007年7月5日去世的，享年九十六岁。

  这些年，我时常在睡梦中见到爷爷那苍老而和蔼的面容。

  我深深知道，其实爷爷就是我梦中常常寻找的故乡之魂。

作者简介

  萧笙，本名王斌，辽宁沈阳人，1968年出生。沈阳市作家协会会员、辽宁省散文学会会员，辽宁省作家协会网络作家。作品散见《诗刊》《诗潮》《诗歌月刊》《山东诗人》《辽西风诗刊》《新民文化》《长江诗歌》《白天鹅诗刊》《大别山诗刊》《北极星诗刊》《兴安文学》《中国诗赋》《未名文艺》《沈北风》《沈阳日报》《辽宁职工报》《辽宁老年报》等，有作品入选《当代精美短诗百首赏析》《汉诗三百首鉴赏》。

洒满阳光的回忆

王明杰

月明星稀，夜凉如水。

嗅着这冷冷的夜香，心底里泛起涟漪，仿佛被多情的蜻蜓点了水面，却无声无息。冰冷的夜风里燃烧寂寞，时不时地漂浮过来，把一些往事吹落在一座记忆的城池。我微顿首，想将那抹缠绵的惆怅顺着眼神甩进夜的深处，可窗外每一寸灯火都叫做落寞，每一缕夜风都伴着错过。

直到如今，我依旧固执地坚信着，少年时的感情才值得我们铭记着一生。我将永远清晰记着那年，柳开新翠，温柔的风调皮地将耳边的头发吹乱，路边的小草舒展着嫩嫩的黄色。你就站在蓝天白云下，欢笑的声音像铃铛，也可能像百灵鸟，清脆悦耳。你对我说，只要告诉你我的名字，我们就是朋友。我当然说好。我看见阳光在你的侧脸上跳舞，你笑出的酒窝正好盛满了太阳的温暖和活力。你就像太阳一样散发着无穷无尽的快乐因子，让人为之侧目。

初中时，你我同班。我的成绩比你好，于是每天给你补习。你整日大大咧咧，闹喳喳的像只麻雀，还经常打趣说，以后要我跟着你混，保证我吃香喝辣。你从不会为了一次考试失利而伤心，相信下一次一定会好；你会在朋友难过时和她玩，逗她开心；你还会讲笑话，是所有人的开心果。我开始明白为什么你身边的朋友都喜笑。你的确有一种魔力，会让人忘掉所有的烦恼和不开心，让人随时都沐浴着正能量，让人无时无刻不感受着这世界的美好。

青春是一架钢琴，想弹出美妙的乐曲必定有琴键的交替跳动，黑白黑白黑。所以后来你转学，应该就是这场青春的演奏曲中最高潮的一章吧。送你那天你扎了俏皮的马尾，在我面前潇洒地左右摇晃。你转身和我挥手喊加油，我看到你眼睛里不舍的泪光在闪动，脸上却带着大大的笑容。你总是可以笑着面对一切悲伤，而我却难过自己又要何时才能再找到像你这样的朋友。之后，我日日在窗边发呆，脑中却尽是初见你时的情景。那年柳开新翠，你欢笑、跳跃、吵闹、无忧无虑。

我开始写诗。我写道：

"青春是长满柳树的河岸，我们是过客，把顺手折下的柳条系在船头，抬头可见。我做梦，被你推醒，我以为你嬉笑而至，却终是花水幻影，今日微醺。不信一生憔悴，我默许这只字片语，即便这样如何的华而不实，你信我信即可。"

我们已经多年没有联系，可能你早已忘记了儿时还有我这一玩伴吧。可无论时光把你推得再远，我也依旧对生命中你的出现感激不尽。你教会了我笑，教会了我乐观，教会了我如何发现生命中的美好。我也不再是纯粹的跟随你的脚步，也开始学习做别人的太阳，用自己的热情与开朗去温暖别人的心灵。何炅说所谓良友，必得相遇时好上加好，而分开时也能各自潇洒。我也开始明白，青春就是一个不断结束又不断开始的过程，我们要在青春里学会相遇，学会心动，学会肆无忌惮，学会担当，也学会分离。但我们不是丢掉过去，我们在为自己书写故事的同时，也在见证着别人的人生，这才是我们要一直珍藏的宝藏，它叫做回忆。

月色渐浓，在那一束柔和的月光下又一次出现了你的身影，活泼、跳跃、洒脱、无所顾忌，而我的背影清瘦、俊朗、挺拔、坚定。人生中一次又一次的相逢别离，总是殊途同归。而那年纯真青涩的记忆，我将视若珍宝。尽管现在时光不再，我也相信这段记忆，将再次洒满阳光。

月已西沉，崭新的明天随东方的鱼肚白款款而来。也许多年以后，也会有这样一个夜晚，月明星稀，夜凉如水，我一个人嗅着夜香，翻看着以往的日记。那天我一定会笑，也一定感到温暖，最后迎着朝阳，看着如今的时光也变成一场洒满阳光的回忆。

作者简介

王明杰，笔名王浔，辽宁石油化工大学学生，抚顺市作家协会会员，盛京文学网蕙风文学社编辑。曾在《绿野》发表小说《电话》，以网名苍北幻境在起点中文网发表短篇小说《乱世蒲公英》，连载小说《第六幻境》。

百年小路

宇 佳

这条小路不是人铺就的,是脚踩出来的。很细,只能勉强过两辆马车。东西走向,西端是乡,经由乡可到县,由县到省,由省到全国,全世界。东端是一个小村庄,叫抢垦屯。

为什么叫抢垦屯呢？妈说,这里原是一片荒草甸子,谁来谁开垦,所以叫抢垦。

七十年前,衣衫褴褛的母亲牵着她母亲的衣襟,跟在背着破行李卷的父亲身后,由西向东,走在这条小路上。他们是因为饥饿逃出来投奔抢垦屯的亲戚的。妈说,那时候这里棒打狍子瓢舀鱼,野鸡飞进饭锅里。这暄厚的黑土地肥的冒油,垦出来的荒地三年不用上粪,结出的苞米棒子一尺多长。老爷并没有大片的开垦土地,而是给地主扛活。他和从这条小路上走来的移民一样,原都是脸朝黄土背朝天的农民,从饥饿的死亡线上逃出来,除了一副枯瘦的骨架,干瘪的肚皮一无所有,拿什么开荒呢？一直到解放前,村里已发展到百十户人家,也只有一户地主,两户富农。地主富农的土地也不多,都是靠自己勤劳节俭,攒钱买几头牲口,栓辆大车就很了不起了。

然而,移民的理想——吃包饭,在这里实现了！记得"文革"时忆苦思甜,一位老农民被大队革委会逼着上了台,他语无伦次地说：地主狠毒,我给他家扛活,晌饭是黏豆包,晚饭是大碴子,管够吃。年底给他家拉柳条子,还能吃上猪肉炖粉条子。能吃饱何必还开荒？中国农民的意识里从没有扩张。

四十年前,我牵着母亲的衣襟走在这条小路上,我也是逃荒移民的一员。母亲因为受不了我父亲家乡大西北的荒凉与贫瘠，带我逃回姥姥家。

那是二十世纪六十年代的事儿，村里有百十户人家，一栋栋草房坐北朝南整齐地排列着。村西是一片杨树林，杨树笔直高耸，树干青光粼粼，我常在两个树干上拴上绳子打秋千，听风吹那肥大的树叶哗哗喧响，看阳光在树叶上跳跃，无数的幻想在那闪闪烁烁中飞扬。村北和村东是松树林，村南没有树，平展展的开阔地，一条清亮的小河缓缓流过。村东两里地外有一条小河，河上有道小桥，叫头道桥，桥下有道闸，水从闸门通过轰鸣巨响。每到夏季村里的妇人们都在河边洗衣裳，洗完晾在岸边的青草野花上一会就干。我边帮妈妈干活，边在河里摸鱼玩水，还常跑到下游的果树园，那里有淡黄色的太平果和火红的灯笼果。当然我还常常瞒着妈妈和小伙伴往那儿跑，每走到半路，听到那河水的轰鸣声，忐忑的心情一扫而光，振奋的我跳跃奔跑。

那时还有些许的荒地，记得北边的甸子上，每到夏天就像个大花园，最多的是蓝色的马兰花和成片成片的红花黄花。黄花摘下来晒干是鲜美的菜肴。沥沥细雨天，在屋里静静地等候，雨停了赶紧跑到院里，柞木障子上长满了木耳。

小路上仍断断续续走来逃荒的移民，衣衫褴褛，腹内空空。他们一进村看见那和房子一般大小的柴火垛，就惊呼到了天堂。我认识一户人家七口人，中年夫妻带着五个孩子。刚到屯里找了个半间房住下，因为没有户口，所以就没有口粮。女人带着两个大女儿，到周围各村讨饭，转上多半天，讨来得饭就够一家人一天吃得饱饱的，在地边村头拣点树枝柴火就够烧饭取暖了，我每次到他家，总见那男人坐在炕上悠闲地晃着头唱小曲儿，他的眼睛愉快地放光，他的额头幸福地发亮。这饿不死人的黑土地啊！

这条小路从土改开始，有了从东往西走出去的人，第一批是当兵的，第二批是升学的，第三批是投亲的。总之，人往高处走，水往低处流，城里比农村好，谁不努力往外奔呢？于是这小路像一个双向的管道，流淌着来来往往的农民。逃出饥饿后再逃出劳累。我是这第三批的一员。

三十年前的一天，我走在这条小路上，由东向西。那是亚麻花盛开的季节，蓝色的亚麻花像璀璨的星星，闪烁在金色的波浪里。苞米出缨了，麦子抽穗了，阵阵风过，起伏的麦浪荡向天边。蝴蝶蜻蜓围着我转，它们曾是我愉快的伙伴。而我的小心脏里鼓动着原始而绵长的愿望，毫无依恋之情地快步往前走。我要到东北最大的城市沈阳去，去投奔五十年前因上学而走出去的舅舅。

当忘记了农村小路的泥泞，也就厌烦了城市马路的刻板。一年四季不停的风，卷着煤灰沙土在灰色的楼房间肆虐，我也如一粒尘，在钢筋混凝土那冷漠单调的空间，无奈地盘旋沉浮。改革开放后，我也和大多数人一样，把羡慕的目光投向南方甚至国外。因为读了几本好书，浮躁的心终于沉静下来，深情地看着脚下的土地，也想起了那美丽的小村庄。改革开放后，全国农村都普遍好转，它怎么样了呢？

走到村口，心就往下沉，村周围的树林被砍伐一半，留下一桩桩树根像被人遗忘的骸骨悲怆地立在那。村周围又多了一些不规则的新草房，像给那紧凑的小屯子套了一件破棉袄，显得臃肿而杂乱。整个屯子没有青砖瓦房，更不要说很多农村有的二层小楼了。原来的草房都在，只是更加破败，像老妇人垂着的干瘪乳房，再也不被成年的儿女依恋。街上跑着的孩子，手脸肮脏，衣衫破旧。他们用惊恐新奇的目光望着我这个穿着"奇装异服"的人。村里的大部分人都不认识了，原先的老户大都举家迁出，挤进周边的城镇，现住的是后几年逃荒来的人和实在没能力出走的人。

在街口，我看见了当年的小伙子二黑，当年他浑圆的脸黑里透红，像脚下的土地一样泛着油光。今天，刚五十岁的他，满脸皱纹，头发灰白，穿着打着补丁的衣服，牵着头黄牛，用呆滞的目光看着我。

我走进小学同学的家，外屋锅台上是一盆猪食，锅里是一锅猪食。一个木板搭的碗架橱柜，简陋乌黑。里屋土炕上破席子卷着，炕梢一个柜，柜上几床被，拐炕上两个箱子，箱子上摆着几个瓶子和两个小镜子。没有了，再什么也没有了。屋里屋外没有一件新鲜光亮的东西。她蓬头垢面地坐在炕上，我约她出来照相，她万分欣喜，我先出来，等了她二十分钟，她才出来，梳光了头发，换了一件皱巴巴的白的确良衬衫，看来这是她尽最大努力的妆扮了。

出村往东走，去看我梦中萦绕的头道桥，几个人边谈边走，突然听带路的人说，到了。我说，怎么会？我还没听到闸水的轰鸣。带路人跺了一下脚断然说，就这。他脚下是长满荒草，快要坍塌的小桥，桥下是一条浅浅的河床，没有一滴水，大大小小的河卵石欲哭无泪地伫立着。我惊愕在那，凄怆无语。悲叹这肥沃的土地，仅是人们饿不死的一块跳板。

我又踏上了这条小路，由东向西，抢垦屯像铅块一样在后面坠着我的心。这个给了我美轮美奂童年的小村庄，我给过它什么呢？那些因在这里得以活下去而又走了的人，谁还感念它呢？逃荒者一批又一批搜刮着它的油脂油膏，如今这丰腴的土地也乏了。

百年小路依然泥泞，它的震撼使我想起了这同一区域的沈城和我的那些工友们。当国有企业日渐衰微的时候，他们等，靠，要，在纷纷下岗后，她们仍用以前的积蓄，金戒指，金耳环来衬托自己的"身份"。收入微薄日子仍过得悠闲，有人还常常打打小牌。他们也抱怨没钱，每对他们说：干点什么吧。他们大都会说：现在啥都不好干，不挣钱。在这个南方人俯拾既金钱的城市，我们那纹在黑眼线里的眼珠却不会往下看。祖辈遗传的心理，总使我们左右顾盼。我的妹妹又从这城市往西，去了美国。她回来时，也斜着眼蔑视嘲讽她成长的家乡，夸耀着美国的繁华与先进，而她对美国的开发史和美国人的精神却一无所知。我常想，她的心理再遗传下去，她的儿女们还将移往何方呢？地球就这么大，已没有天涯海角……而身后又得留下多少个搜刮殆尽的抢垦屯呢？

想想我们的父辈，至多是祖父辈，他们都是从一个又一个村子移到这里的，从住工棚到住砖房，到住楼房，物质生活的变化太大了，可却没有改变人们那左右顾盼的眼神和自在的生活形态。"学会抽烟斗的狗依然是一条狗。一个脑筋仍滞留在十六世纪却驾驶着最新式的罗尔斯·罗伊斯轿车的生意人，仍然是一个带着十六世纪脑筋的人。"（注：摘自《人类的故事》[美]亨德里克·威廉·房龙）。今天，国家要振兴东北老工业基地，但政策只是一方面，一个区域的持续发展归根到底是人的自觉自为精神的觉醒。"因为人对自然的每一步超越与战胜都必须以对自身的超越和战胜为前提。"（注：摘自《中西人论的冲突》杨适著）。摆脱动物的迁徙本能吧，俯拜脚下这亲情的土地，才能创造出东北人的文明富裕的东北。

作者简介

宇佳，本名赵宇红，女，1959年生人。中国诗赋学会会员，蕙风文学社编辑。曾于沈阳铁道报发表散文《我爱秋天》，《中国诗赋》杂志发表《桃源忆故人·立春》等诗词；在盛京文学网发表小说、散文、评论、现代诗、古典诗歌等。

一个人的世界

刘建国

很长时间以来,我都是一个人独处在家里。一个人在家的日子很随便很随意太放松太自由;一个人在家的日子也很孤独很寂寞也太安静太沉闷。一个人在家,家就是一个人的世界,你可以尽情地在这个世界里体味和体验属于一个人的东西。

我主宰着这一个人的世界,这个世界的一切都听命于我,当然都是没有生命的物什。早晨走出家门时,什么东西摆放在屋里的什么位置,摆放成什么姿势,以及它们都带着什么表情……那么晚上回到家看到它们时,它们仍在原来的位置仍是原来的姿势和表情,面对它们这种静寞的样子,我从内心感叹我所独处的这个世界静止得太完美太生动了。所以有时我进到屋子好久,也懒得动一动这些物什,我好像不愿破坏它们那种特别的沉静姿态。我坐在或躺在一个什么地方,默默地打量和欣赏它们,渐渐,我觉得自己也变成了一个什么东西,与它们为伍与它们一样凝固成静物了。不过有时候我也会不断地颠覆这种静止,把屋里的东西进行没有什么必要的重新整理和摆放,我大约是有意要打破这个世界无奈的安静,要让这个世界热闹一些喧嚣一些。当然这样折腾了一阵子后,这个世界还会恢复到静止的状态,一切都还会归于平静。我无法改变这个世界静止和平静的状态,我只好屈服于这种状态了。

我习惯了一个人的独处,这不是喜欢不喜欢的问题,我只是习惯了这种生存方式。习惯就是习惯,这是一种自然的形成,而不以谁的意志为转移。屋子里安安静静空空荡荡的,没有什么能够打扰你,安静和孤独的滋味,就是这样纯粹和超脱,你一个人在家呆上一天或一个晚上，也总是你一个人这样呆下去，雷打不动一成不变，偶而朝窗外看上几眼，不经意间便看到了落日、黄昏、黑夜、黎明……外面的世界按部就班地变化着，周而复始气象万千，不知不觉让你沉浸到某种情境中，你也许会想到十几年前某个晚上的月光；你也许会想到多少年前的一个白日梦；你也许会想到那个无雨的夏天给你带来的焦渴……

　　一个人的世界是很有意味的，也是很没趣的。不管是很有意味还是很没趣，我都顺理成章地习惯了，习惯了就不愿去改变也无法改变，我一个人吃饭，愿意什么时候吃就什么时候吃；我一个人睡觉，愿意什么时间睡就什么时间睡；我一个人胡思乱想，愿意想什么就想什么；我一个人做事，愿意做什么就做什么……在一个人的世界里，我活得很随便很自由，也好像活得太不规范太放任自流。但我必须认同这种生存状态，或者说是习惯这种生存状态，也许人的一生会有不仅一种生存状态。我的很多生命时光就在这一个人的世界中走过去了，带着美妙的孤独和无奈的寂寞。有很多时候，我还是想做点什么，比如看看书写些什么，或者看看电视剧什么的。这也许能满足我的精神需求，而我作为一个作家，也理所应当来玩这个。书架里的书在光阴中变得老气横秋，都带着某种沧桑感。我翻着那一页页逐渐变黄的纸，如同翻看一块块人类的精神化石。当我的目光触碰到那些铅字，就仿佛碰撞出一束束精神的火花，这是人类精神瑰丽的火花，并没有被时光所淹灭，在一个人的世界里，能够与我进行心灵对话和沟通的，也只有这些伟大的书。当然，我还有创作激情，我还有艺术的灵感，我还有对人生的种种感悟，所以我还必须写下去，把我的心灵和精神袒露给人们……如此说来，在这一个人的世界里，我的灵魂既是寂寞和孤独的，又是热烈而喧嚣的，这是不可避免的生存二律背反。每天晚上电视里都播电视剧，层出不穷热闹非凡。我可以几天都不看一眼，也可以从晚上一直看到第二天黎明。好的电视剧我可以投入地看，不好的电影剧我也可以投入地看。只是好的电视剧我投入的是激情和共鸣；不好的电视剧我投入的是无聊和无奈。反正夜晚的时光很漫长，在失眠的情况下，就得用它们打发失眠的时光。现在的电视剧大多都是爱情题材的，简直是有些"泛爱成灾"了。在这一个人的世界里，我也只能顺从地接受一场又一场"爱的游戏"的上演；任电视剧里的人物爱怎么"爱"就怎么爱吧。记得有个男主角很感慨地说："没有爱的人生，活一天，就是浪费自己一天的生命。"我想，这是不是有些危言耸听？不过这句话倒刺激了我，令我莫名地感到十分恐惧。按照这位男主角的逻辑，我已经浪费了大半辈子的生命？没有爱……看来我真是无可救药了。人生有些东西，正一步步地走近你；人生有些东西，也会一步步地离开你。什么能走近我又是什么能离开我，我真的无法预知。我只知道，我现在所拥有的，只是我一个人的世界，是一个人的情感和精神在支撑和主宰着我，我别无选择。写到这里，我忽然想到了哥伦比亚作家马尔克斯的《百年孤独》，这本书那个有些黯淡和素雅的封面，把一种孤独精神很辉煌地表现出来了。这使我感到，孤独才是人类精神的本真，这也许具有永恒的又无可奈何的魅力。在这一个人的世界里，我最好还是阅读《百年孤独》吧……

作者简介

刘建国，国家二级作家，辽宁省作家协会会员，沈阳市作家协会理事，曾为沈阳市首批签约作家。现任法库县文联副主席，县文化馆创编部主任。先后在《人民文学》《鸭绿江》《北方文学》《春风》《芒种》《海燕》《小说林》等文学刊物上发表多篇作品。曾出版长篇小说《河东河西》。

图书在版编目（CIP）数据

花开的声音：盛京文学网2015卷/沈阳市作家协会编.—北京：中国书籍出版社，2017.2

ISBN 978-7-5068-6027-7

Ⅰ.①花… Ⅱ.①沈… Ⅲ.①小说集—中国—当代②诗集—中国—当代③散文集—中国—当代 Ⅳ.①I217.1

中国版本图书馆CIP数据核字（2017）第021663号

花开的声音：盛京文学网2015卷

沈阳市作家协会　编

图书策划	牛　超　崔付建
责任编辑	刘　娜　刘文利
责任印制	孙马飞　马　芝
出版发行	中国书籍出版社
地　　址	北京市丰台区三路居路97号（邮编：100073）
电　　话	（010）52257143（总编室）（010）52257140（发行部）
电子邮箱	eo@chinabp.com.cn
经　　销	全国新华书店
印　　刷	三河市华东印刷有限公司
开　　本	710毫米×1000毫米　1/16
字　　数	550千字
印　　张	29
版　　次	2017年5月第1版　2017年5月第1次印刷
书　　号	ISBN 978-7-5068-6027-7
定　　价	74.00元

版权所有　翻印必究